JULIE LESCAULT

Rosalie und der Duft der Provence

Julie Lescault

Rosalie und der Duft der Provence

Roman

GOLDMANN

Der Verlag weist ausdrücklich darauf hin, dass im Text enthaltene externe Links vom Verlag nur bis zum Zeitpunkt der Buchveröffentlichung eingesehen werden konnten. Auf spätere Veränderungen hat der Verlag keinerlei Einfluss. Eine Haftung des Verlags ist daher ausgeschlossen.

Dieses Buch ist auch als E-Book erhältlich.

Verlagsgruppe Random House FSC® N001967

2. Auflage
Originalausgabe März 2017
Copyright © 2017 by Wilhelm Goldmann Verlag, München,
in der Verlagsgruppe Random House GmbH,
Neumarkter Str. 28, 81673 München
Dieses Werk wurde vermittelt durch die Literarische
Agentur Thomas Schlück GmbH, 30827 Garbsen.
Umschlaggestaltung: UNO Werbeagentur München
Umschlagfoto: © Evgeni Dinev/getty images
Sylvain Sonnet/Corbis
Redaktion: Rainer Schöttle
BH · Herstellung: Str.
Satz: DTP Service Apel, Hannover
Druck und Bindung: GGP Media GmbH, Pößneck
Printed in Germany
ISBN: 978-3-442-48532-1
www.goldmann-verlag.de

Besuchen Sie den Goldmann Verlag im Netz

Prolog

Die harte Frühlingssonne warf ihr grelles Licht auf den kleinen Marktplatz von Brillon-de-Vassols. Einige der eng aneinandergeschmiegten, alten Häuserfassaden leuchteten hell und farbig, während der Rest des Platzes im Dunkel seines eigenen Schattens verharrte. Die Platanen um den kleinen Marktplatz reckten ihre noch kahlen, knotigen Äste in einen azurblauen Himmel und warfen scharfe, graphische Schattenmuster auf das unebene Pflaster. Die Luft roch mild und blütenreich.

Mit dem beruhigenden Gefühl, alles Wichtige erledigt zu haben, verließ Vincent Olivier sein Haus. Gewissenhaft verriegelte er die neu eingebaute Glastür der Apotheke und sicherte sie mit dem elektronischen Code. Einen Augenblick lang hielt er inne und betrachtete zufrieden seine neue Wirkungsstätte. Die Renovierungsarbeiten waren so weit abgeschlossen, die Lagerbestände kontrolliert und aufgefüllt, sodass er in der folgenden Woche guten Gewissens das Geschäft eröffnen konnte. Ein Blick auf die Uhr verriet ihm, dass er schneller mit allem fertig geworden war, als er gedacht hatte. Für ein Mittagessen im *Mistral* war es noch zu früh, ganz abgesehen davon, dass das Essen dort abscheulich war. Doch er meinte sich zu erinnern, dass es im nächsten Ort ein ordentliches Restaurant mit einem preiswerten Mittagsmenü gab. Der strahlend blaue Himmel und die angenehmen Temperaturen machten ihm die Entscheidung leicht. Warum nicht etwas für seine angeschlagene

Gesundheit tun? Er beschloss, die gewonnene Zeit zu nutzen und über die Colline dorthin zu wandern. Außerdem hatte man von der kleinen Anhöhe, die Brillon-de-Vassols vorgelagert war, einen spektakulären Ausblick auf den Mont Ventoux. Vincent atmete befreit aus und machte sich auf den Weg. Es war ein gutes Gefühl, dem hektischen Großstadtleben in Paris endgültig den Rücken gekehrt zu haben.

Auf der Cours de la République, der Straße, die das Dorfzentrum wie einen Ring umschloss, hörte er jemanden in dem ehemaligen Blumenladen der alten Simone herumhantieren. Im nächsten Augenblick wuchtete ein stämmiger Mann eine halb zerfallene Kommode aus der Tür und ließ sie direkt vor ihm auf den Boden krachen. Vincent musste mit einem geschickten Sprung zur Seite ausweichen, um nicht mit dem Möbel zu kollidieren.

»Pardon. Ich habe Sie nicht gesehen«, keuchte der Träger. Er war völlig aus der Puste und fuhr sich mit dem Ärmel über sein staubiges Gesicht. »Bin gerade dabei, den alten Kram rauszuwerfen. Kaum zu glauben, was in so einen kleinen Raum alles hineinpasst.«

»Kein Problem. Sie konnten ja nicht ahnen, dass ich hier vorbeikommen würde.« Vincent nickte dem Mann kurz zu und beeilte sich, seinen Weg fortzusetzen. Da war sie wieder, diese Angst, die ihn immer dann überfiel, wenn er von Fremden angesprochen wurde. *Agoraphobie* nannte sein Psychotherapeut die scheinbar grundlosen Angstattacken.

»Sind Sie nicht der neue Apotheker?«, rief ihm der Mann hinterher. Seinem Dialekt und Aussehen nach war er Nordafrikaner. »Ich habe Sie neulich schon mal auf der Straße gesehen.«

Wie vom Donner gerührt blieb er stehen. *Du musst dich der*

Situation stellen! Vincent versuchte, seinem Wunsch Herr zu werden, Hals über Kopf die Flucht zu ergreifen. Nur mit großer Willenskraft gelang es ihm, Doktor Bertrands Ratschläge zu beherzigen. *Stellen Sie sich unangenehmen Situationen. Nur so können Sie positive Erfahrungen sammeln und ihre Ängste überwinden.* Also holte er tief Luft und wandte sich dem Mann wieder zu.

»Ich will nicht aufdringlich sein«, entschuldigte sich der Nordafrikaner schuldbewusst. »Es ist nur so, dass ich ebenfalls einen Laden hier aufmachen werde – Obst und Gemüse. Wir sind also gewissermaßen Nachbarn.«

Vincent zwang sich zu einem Lächeln, während er krampfhaft nach einer passenden Erwiderung suchte. Er hasste Small Talk. Er führte ihm nur seine eigene Unzulänglichkeit in sozialen Dingen vor Augen. Tatsächlich war sein Gegenüber jedoch ein sympathischer Kerl, etwa in seinem Alter, mit einem offenen, freundlichen Gesicht und lustig funkelnden Augen. Nichts an ihm war abschreckend.

»Ich heiße Rachid. Rachid Ammari«, meinte der Mann. Er streckte ihm die Hand hin und lächelte ihm aufmunternd zu. Nur zögernd ließ er sich auf den Handschlag ein.

»Olivier, Vincent Olivier.«

»Freut mich! Auf gute Nachbarschaft! Wir sollten unbedingt demnächst einen Tee zusammen trinken, Vincent.« Rachids Lächeln war offen und unbekümmert. Er klopfte ihm kumpelhaft auf die Schulter, so als würden sie sich schon seit Ewigkeiten kennen. »Vielleicht spielst du ja auch Schach? Ich bin immer auf der Suche nach einem ebenbürtigen Partner.« Rachids freundliche Worte lösten auf wundersame Weise Vincents Anspannung. Endlich hatte er sich wieder in der Gewalt.

»Das ist in der Tat keine schlechte Idee«, meinte er schon sehr viel lockerer.

»Ich bin kürzlich von Aix hierhergezogen«, plauderte Rachid munter weiter. »Mein Vater ist vor einigen Monaten gestorben, also muss ich mich jetzt um die Familie kümmern. Meine Mutter und meine Schwester wohnen schon seit einiger Zeit in Vassols. Erst wollte ich sie zu mir nach Aix holen. Leider gab's keine passende Wohnung. Die Mieten dort sind ja unerschwinglich. Aber was soll man machen ...« Er fügte seiner Bemerkung ein schicksalsergebenes Schulterzucken hinzu. »Und was hat dich hierher verschlagen?«

»Ich bin freiwillig zurück«, antwortete Vincent zurückhaltend. »Nächste Woche mache ich die Apotheke auf. Ich bin hier aufgewachsen.« Mit einem Mal hatte er das Gefühl, genug geredet zu haben. »Ich muss jetzt weiter. Man sieht sich!« Er hob die Hand zum Gruß und beeilte sich, seinen Weg fortzusetzen.

Schon nach wenigen Minuten bereute er es, sich nicht länger mit dem Obsthändler unterhalten zu haben. Er schien ein netter Kerl zu sein, noch dazu spielte er leidenschaftlich Schach – genau wie er selbst. Vincent lächelte versonnen vor sich hin. Kein schlechter Anfang. Doktor Bertrand würde zufrieden mit ihm sein. Er war erst seit zwei Wochen wieder zurück in der Provence, und schon ging es ihm um einiges besser als in den Jahren zuvor, die er in Paris für eine fragwürdige Karriere und eine enttäuschende Beziehung geopfert hatte. Als Resultat einsamer Forschungsnächte hatte sich bei ihm eine Phobie voller diffuser Ängste herausgebildet. *Alles wird sich mit der Zeit wieder legen,* hatte ihm Bertrand versichert. *Gehen Sie unter Leute oder fangen Sie am besten ein ganz neues Leben an.* Er hatte den Ratschlag seines Therapeuten nach langen Überlegungen befolgt und war in seine Heimatstadt zurückgekehrt.

Mit neuer Zuversicht setzte er den Weg fort. Um ihn herum

zirpten die ersten Grillen. Auf den zart blühenden Thymianblüten tummelten sich Wildbienen, Hummeln und einzelne Schmetterlinge. Vincent liebte diese stille Beschaulichkeit und genoss die Einsamkeit in der Natur. Sie war wie Balsam für seine Seele. Der Pfad schlängelte sich nun im Zickzack durch schulterhohe Ginsterbüsche und führte zu einem Waldstück, wo der Anstieg begann. Die Colline, ein ausgedehnter Hügel, der wie ein Riegel zwischen Brillon-de-Vassols und dem Mont Ventoux lag, stellte bereits einen vorgelagerten Teil des Mont-Ventoux-Massivs dar.

Aufgeregtes Hundebellen ließ ihn mit einem Mal aufmerken. Vermutlich war das Tier einem Wildschwein auf der Spur. *Wahrscheinlich ein Jagdhund, der seinem Herrchen ausgebüxt ist,* sinnierte er. Er sah sich sicherheitshalber um und lauschte, ob auch Menschen in der Nähe waren, konnte aber nichts ausmachen. Die Jagdsaison war seit zwei Wochen vorüber. Doch das wollte nicht unbedingt etwas heißen. Nicht jeder hier hielt sich an die Reglements. Als Spaziergänger konnte man leicht in die Schusslinie von Hobbyjägern geraten. Da das Bellen verstummte und auch sonst nichts Auffälliges zu hören war, setzte er seinen Weg fort und begann dem steilen, felsigen Pfad durch den Wald zu folgen. Obwohl er nicht unsportlich war, musste er immer wieder eine kurze Pause einlegen, um durchzuatmen. *Ich muss dringend wieder mit dem Radfahren beginnen,* nahm er sich fest vor. *Meine Kondition ist hundsmiserabel.* Er sah sich um und nahm sofort die veränderte Stimmung wahr. Es war dunkler und stiller als auf dem offenen Feld. Vincent fühlte sich seltsam beklommen. Er hatte irgendwie das Gefühl, dass jemand ganz in seiner Nähe war. War da nicht das Knacken von Zweigen? Sofort beschleunigte sich sein Puls, und er bekam Herzrasen. Einen Anflug von Panik niederkämpfend sah er sich in alle Richtungen um. Doch weit und breit war niemand zu sehen. *Es ist nur die Einsamkeit und Stille, die mich verunsichert. Alles ist gut! Niemand verfolgt mich.* Wie ein Mantra betete er die Beruhigungsfloskeln herunter, dabei schloss er die Augen und atmete tief den würzigen Duft der Pinien und Steineichen ein. Danach ging es ihm tatsächlich besser. Doktor Bertrand hatte ihm eingetrichtert, sich seinen diffusen Ängsten bei jeder Gelegenheit zu stellen. Er hatte mit ihm einige Strategien eingeübt, mit Paniksituationen zurechtzukommen. Anscheinend funktionierten sie! Ein gutes Gefühl!

Er setzte seinen Weg fort. Über gewundene, teils felsige Pfade stieg er weiter steil bergan, bis er schließlich die unbewaldete Anhöhe der Colline erreicht hatte. Auf dem Wanderparkplatz fiel ihm ein heruntergekommener ockerfarbener Lieferwagen mit einheimischem Kennzeichen auf. Beim Vorübergehen entdeckte Vincent auf dessen Beifahrersitz einen Stapel Brennholz. Bemerkenswert war, dass es sich um wertvolles Eichenholz handelte. Sein Besitzer hatte offensichtlich versucht, es mit einer Jacke zu verdecken. Vincent musste schmunzeln. Es war also auf dem Land immer noch Brauch, dass man anderen Leuten etwas Feuerholz entwendete, wenn man sich unbeobachtet fühlte.

Über einen zarten Blütenteppich von Thymian, wilden Narzissen, Veilchen und Wolfsmilchgewächsen wanderte er zu dem Aussichtspunkt nahe der Abbruchkante. Von dort hatte man einen atemberaubenden Blick in die Landschaft. Während sich in seinem Rücken das wilde, mächtige Mont Ventoux-Massiv erhob, breitete sich unter ihm die jahrtausendealte Kulturlandschaft des Vaucluse aus. So weit das Auge reichte, waren Weinfelder zu sehen, deren noch unbelaubte Stöcke wie knotige Finger aus der hellen, steinigen Erde ragten. Dazwischen gab es Oliven- und Obsthaine, einzelne Gehöfte und malerische Dörfer mit Zypressen oder Pinienalleen. Bei klarem Wetter war sogar der Papstpalast in Avignon zu sehen. Zum ersten Mal seit langer Zeit war er in der Lage, die Stille und Einsamkeit ohne irgendeinen Beigeschmack zu genießen. *Hier werde ich wieder zu mir selbst finden.* Da war er sich plötzlich ganz sicher.

Das wilde Bellen des Hundes riss ihn erneut aus seinen Gedanken. Es klang laut und voller Anspannung. Das Tier konnte nicht weit entfernt sein. Er überlegte, was den Hund so in Aufregung versetzt haben mochte. Womöglich hatte er tatsächlich ein Wildtier gestellt. Doch mit einem Mal ging das Bellen über in ein schmerzhaftes Fiepen und gellte durch die klare Luft wie das unerträgliche Schrillen einer Kreissäge. Vincent fuhr es durch Mark und Bein. Er rechnete schon mit einer neuen Panikattacke. Doch nichts dergleichen geschah. Er blieb erstaunlich gelassen. Stattdessen versuchte er auszumachen, woher der Klagelaut kam. Offensichtlich befand sich das Tier am anderen Ende der Colline. Nachdem das jämmerliche Fiepen nicht nachließ, beschloss er, der Ursache nachzugehen. Er hatte selbst einmal einen Hund besessen und nie vergessen, wie sehr er ihn geliebt hatte. Mit raschen Schritten begab er sich zurück zum Parkplatz, überquerte ihn und folgte der Straße in Richtung Bedoin. Das schmerzvolle Heulen des Hundes ging über in ein erbärmliches Winseln, das immer schwächer wurde und schließlich ganz verebbte. Unheilvolle Stille trat ein, selbst das Gezwitscher der Vögel war für einen Augenblick verstummt.

Vincent war sich sicher, dass er den Hund nicht weit entfernt, etwas unterhalb am Hang, finden würde. Er suchte sich einen Pfad, der abwärts führte, und folgte ihm eilig, bis er zu einer kleinen Mulde kam. Unterwegs schnappte er sich für alle Fälle einen kräftigen Stock. Es war gut möglich, dass der Hund von einem Wildschwein attackiert worden war. Halb verdeckt von einem Wacholderbusch entdeckte er schließlich einen zuckenden weißbraunen Hundelauf, der von einem Schlageisen halb abgetrennt worden war. Um ihn herum breitete sich eine Lache von Blut aus. Der Hund lag leise fiepend auf der Seite. Er war kaum noch in der Lage, seinen Kopf zu heben, als Vincent sich ihm näherte. Er überlegte keine Sekunde, sondern stemmte seinen Stock zwischen die Bügel des gezähnten Tellereisens, um das arme Tier von seinem Martyrium zu befreien. Vorsichtig löste er den malträtierten Hinterlauf und umwickelte ihn mit seinem Taschentuch, um die Blutung zu stillen. Das arme Tier war zu kraftlos, um irgendeine Reaktion zu zeigen. Voller Abscheu betrachtete Vincent die grausame Falle. Sie war groß genug, um auch einem Menschen gefährlich zu werden. Welcher Idiot dachte sich nur solche Sachen aus? Er streichelte die verängstigte Hündin am Kopf und sprach beruhigend auf sie ein. »Dich bekomm ich schon wieder hin«, versprach er ihr. »Ich werde mich um dich kümmern.«

I

Mit jedem Kilometer, den sich Rosalie LaRoux ihrer alten Heimat näherte, wurde sie unruhiger. Jérômes alte Klapperkiste tuckerte erst tapfer durch die kurvigen Straßen der Seealpen, um dann in das weitläufige Tal der Durance zu rollen. Noch vor wenigen Tagen hätte sie jeden für verrückt erklärt, der ihr erzählen wollte, dass sie jemals wieder nach Brillon-de-Vassols zurückkehren würde. Nicht umsonst hatte sie in den letzten fünfzehn Jahren die Gegend rund um Carpentras gemieden wie der Teufel das Weihwasser. Gerade mal neunzehn war sie gewesen, als sie von dort weggezogen war. Damals hatte sie sich geschworen, niemals mehr zurückzukehren.

»Ich werde ja nur kurz dortbleiben«, versuchte sie sich selbst aufzumuntern. »Sobald die Formalitäten erledigt sind, verschwinde ich wieder! Das ist klar!«

Sie drosselte die Geschwindigkeit des Renault Express, um in Cadenet in Richtung Lourmarin abzubiegen. Sie wählte bewusst die spektakulär schöne – wenn auch etwas zeitraubende – Abkürzung über den Luberon, weil sie nicht zu früh in Vassols, wie das Dorf von seinen Bewohnern kurz genannt wurde, ankommen wollte. Der Termin bei dem Notar war erst für drei Uhr nachmittags anberaumt. Aus diesem Grund hielt sie immer wieder an einem der Aussichtspunkte an, um einen Blick auf die hügelige Landschaft mit ihren Weinfeldern, kleinen malerischen Dörfern und Zypressenhecken zu werfen.

Bei Goult, auf der anderen Seite des Gebirges, bog sie nach links auf die D 900 in Richtung Cavaillon ab und nahm schließlich die D 901 in Richtung Isle-sur-la-Sorgue. Die von Weinfeldern gesäumte Straße verlief nicht weit von dem Flüsschen Sorgue und weckte plötzlich Kindheitserinnerungen. Als sie etwa zehn Jahre alt gewesen war, hatte ihr Vater sie und ihre Halbbrüder hierher zum Angeln und Kanufahren mitgenommen. Einen ganzen Sommer lang waren sie frühmorgens in der Dunkelheit von zu Hause aufgebrochen, um mit dem ersten Morgenlicht ihre Angeln in das topasgrüne Wasser des Flusses zu werfen. Ihr Vater hatte immer behauptet, dass man dort die besten Forellen des Vaucluse fing. Die außergewöhnliche Farbe verdankte das klare Flüsschen besonderen Algen, die nur hier zu finden waren. Ebenso bemerkenswert war seine kreisrunde Quelle, die sich nicht weit entfernt am Rand eines senkrecht aufragenden Felsplateaus befand. Um diese Jahreszeit sprudelte die Karstquelle von Fontaine de Vaucluse vermutlich über. Durch die Schneeschmelze in den Seealpen wurden Unmengen von unterirdisch verlaufendem Wasser aus der Quelle gedrückt, die den Oberlauf des Flusses in ein wildes, tosendes Gewässer verwandelten. Das Wasser quoll aus einem weitverzweigten Höhlensystem mit mehreren Siphons und war nicht nur das Ziel wagemutiger Tauchexpeditionen, sondern auch unzähliger Touristen, die hier unter anderem den ehemaligen Wohnsitz des italienischen Dichters Petraca aufsuchten.

Der Sommer an der Sorgue gehörte mit zu den schönsten Kindheitserinnerungen, die Rosalie hatte. Das positive Gefühl hielt leider nicht lang an. Wie immer, wenn sie über diese Zeit nachdachte, legte sich schon bald ein schaler Nachgeschmack auf die noch eben empfundene Freude. Dieses Mal war es die Erinnerung an die Forelle, die ausnahmsweise sie selbst bei einem jener Aufenthalte aus dem Wasser gezogen hatte. Der Fisch war größer und schwerer gewesen als alle, die ihre Brüder und sogar ihr Vater in dieser Saison gefangen hatten. Was war sie stolz gewesen, als sie ihren Fang dem Vater präsentiert hatte. Die neidischen Blicke ihrer beiden Brüder im Rücken strich sie sein Lob ein und fühlte sich darauf den ganzen Tag wie auf Watte gebettet. Es war das erste und einzige Mal, dass er sie vor ihren Brüdern auszeichnete. Was machte es schon aus, dass Maurice und Louis sie dafür den ganzen Tag piesackten. Ihr Glücksgefühl verflog so schnell, wie es gekommen war, als ihr Vater bei der Rückkehr nach Hause den Fang vor der Stiefmutter als den Triumph ihrer Brüder ausgab.

»Sieh nur, was für erfolgreiche Angler unsere Jungs sind«, hatte er stolz getönt und dabei ausgerechnet Rosalies Fisch präsentiert.

Als sie daraufhin empört die Sache richtigzustellen versuchte, war ihr die Stiefmutter nur ungeduldig über den Mund gefahren. »Nun stell dich nicht so an. Es ist doch nur ein Fisch.«

Nicht Isabelles Worte hatten Rosalie damals gekränkt – sie war es gewohnt, dass ihre Stiefmutter sie ständig herunterputzte –, sondern die Tatsache, dass ihr Vater keinerlei Anstalten unternommen hatte, offen Partei für sie zu ergreifen. Nie würde sie vergessen, wie er ohne ein Wort zu sagen die Küche verlassen und sich anderen Dingen zugewandt hatte.

Es war immer dasselbe gewesen. Obwohl sie in seinem Haus aufgewachsen war, wagte ihr Vater es nicht, Isabelle seine Zuneigung zu der unehelichen Tochter zu zeigen. Ihre bloße Anwesenheit war und blieb das Mahnmal seines schlechten Gewissens. Rosalie war damals klar geworden, dass sie in dieser Familie niemals akzeptiert werden würde. Von da an hatte sie aufgehört, an gemeinsamen Familienunternehmungen teilzunehmen.

Genau genommen aber war dieser Vorfall nur einer von vielen anderen, die ihr immer wieder schmerzhaft vor Augen geführt hatten, dass sie nur der ungeliebte Bastard in der Familie Viale war – der lästige Kollateralschaden eines Seitensprungs ihres Vaters mit einer algerischen Erntehelferin.

Wildes Hupen riss Rosalie aus ihrer Gedankenwelt. Im Rückspiegel registrierte sie, wie sich von hinten mit überhöhter Geschwindigkeit ein reichlich verbeulter ockerbrauner Renault-Kastenwagen näherte und zu einem waghalsigen Überholmanöver ansetzte. Der Fahrer eines entgegenkommenden Autos hupte hektisch, woraufhin der Kastenwagen wieder knapp hinter Rosalie einscherte. Kaum war das Auto jedoch an ihnen vorüber, setzte er erneut zum Überholen an. Während er an ihr vorbeizog, öffnete sich die seitliche Schiebetür einen Spaltweit, und beim Einschwenken auf die rechte Fahrbahn wurde ein Plastikkübel mit einer Pflanze direkt vor ihren Wagen auf die Straße geschleudert. Rosalie riss in letzter Sekunde das Steuer herum. Nur um Haaresbreite gelang es ihr, dem Kübel auszuweichen. Allerdings verlor sie dabei für einen kurzen Augenblick die Kontrolle über ihr eigenes Fahrzeug. Sie geriet ins Schleudern und raste direkt auf ein erneut entgegenkommendes Fahrzeug zu. Hektisch riss sie das Steuer zurück und versuchte ihren Wagen wieder unter Kontrolle zu bringen. Schließlich kam sie mit qualmenden Reifen auf dem Seitenstreifen zum Halten. Rosalies Herz raste wie wild. Sie holte erst einmal tief Luft, bevor sie ausstieg, um den bedrohlich aufsteigenden weißen Wasserdampf unter ihrer Motorhaube zu inspizieren. In der Ferne sah sie den Lieferwagen um die nächste Kurve verschwinden.

»*Idiot! – Ton permis, tu l'as trouvé dans une pochette surprise!*« Der Blödmann hat seinen Führerschein wohl auf dem Jahrmarkt geschossen! Rosalie fiel es schwer, sich wieder zu beruhigen. Sie zitterte noch am ganzen Körper vor Schreck.

Mitten auf der Straße lag immer noch der Kübel mit der Pflanze, der den Zwischenfall anscheinend unbeschadet überstanden hatte. Rosalie ging darauf zu, um ihn näher in Augenschein zu nehmen. Sie fand ein filigranes, dorniges Bäumchen mit kräftigem Stamm vor. Obwohl sie sich eigentlich gut mit Pflanzen auskannte, war ihr diese Baumart gänzlich unbekannt. Da er hübsch aussah, beschloss sie, ihn mitzunehmen – gewissermaßen als Entschädigung für den Schrecken, der ihr gerade widerfahren war. Mit einiger Anstrengung versuchte sie, den schweren Pflanzkübel von der Straße in Richtung ihres Autos zu rollen. Unterdessen näherte sich ein weiterer Lieferwagen, der erst langsamer fuhr, dann ihr auswich, um schließlich in einigen Metern Entfernung anzuhalten. Wenig später sah sie den Fahrer auf sich zukommen. Rosalie richtete sich auf, um ihn näher in Augenschein zu nehmen. Der Mann mochte etwa in ihrem Alter sein, war groß, schlank und trug eine dunkle Sonnenbrille. Die dichten braunen Haare trug er schulterlang. Erst als er die Sonnenbrille auf die Stirn schob und sie zurückhaltend anlächelte, bekam sie eine Ahnung, wen sie da vor sich hatte.

»Vincent?« Rosalie war sich nicht ganz sicher. »Vincent Olivier? Bist du es wirklich?«

Das Lächeln auf dem schmalen Gesicht mit den braunen Augen wurde breiter.

»Du hast dich aber ganz schön gemacht!« Sie meinte das durchaus als Kompliment. So wie sie Vincent aus ihrer Jugendzeit in Erinnerung hatte, war er ein unscheinbarer, schlaksiger und noch dazu pickliger Junge gewesen, dem sie kaum Beachtung geschenkt hatte. Er hatte zu der Dorfclique von Vassols gehört, mit der sie damals abhing.

»Rosalie! *Dich* habe ich allerdings sofort erkannt! Schon allein wegen deiner feuerroten Haare. Sie sind also immer noch dein Markenzeichen. – Wenn das kein Zufall ist!« Seine Stimme klang nach wie vor jungenhaft, wenn auch kräftiger und voller als früher.

»Und was machst du hier? Besuchst du deine Eltern?«, erkundigte sich Rosalie, während Vincent sie mit den üblichen drei Bisous begrüßte. Dabei stieg ihr sein Armani-Parfum angenehm in die Nase.

»Meine Eltern wohnen mittlerweile bei meiner Schwester in Lille«, erklärte Vincent. »Ich habe in Paris gelebt, doch nun bin ich dabei, hier wieder sesshaft zu werden. Erinnerst du dich noch an die Apotheke des alten Chirac?«

»Na klar! Das war doch der alte Geizkragen, der beim Einkauf kein Rückgeld, sondern Pflaster herausgab.« Rosalie lachte. »Was hast du mit ihm zu schaffen?« Ihr fiel auf, dass er sehr sorgfältig, wenn auch leger gekleidet war. Zu den dunkelblauen Designerjeans trug er helle Chucks, ein hellblaues tailliertes Hemd, das seine durchtrainierte Brustmuskulatur betonte. Darüber ein dunkles Jackett.

»Ich habe vor Kurzem die Apotheke gekauft und werde sie selbst führen. Mit fast neunzig Jahren fand der alte Chirac wohl, dass es an der Zeit ist, an seinen Ruhestand zu denken.«

»Also hast du studiert und bist Apotheker geworden. Respekt!« Rosalie war wirklich beeindruckt. Wer hätte das gedacht. Vincent war von der Clique oft gehänselt worden, weil er so schüchtern und linkisch wirkte. Niemand hatte ihm wirklich etwas zugetraut.

Er deutete auf den Lieferwagen. »Das ist der Rest meiner Habseligkeiten. Ich habe mit Paris endgültig abgeschlossen.«

»Das kapier ich nicht!« Rosalie zog die Stirn kraus. »Wie kannst du das aufregende Großstadtleben nur freiwillig gegen Vassols eintauschen? Ich meine, du verdienst doch sicherlich genügend Geld, um es dir dort richtig gut gehen zu lassen.«

»Geld ist nicht alles!« Vincent zuckte mit der Schulter. »Paris ist mir auf die Dauer zu stressig geworden. Ich habe die letzten Jahre in der Forschung gearbeitet, und jetzt bin ich es leid, den Spielball zwischen Industrie und Wissenschaft zu geben. Da sitzt man dauernd zwischen allen Stühlen. Außerdem habe ich das Landleben und die Provence vermisst. Und was ist mit dir?«

»Ich bin weiß Gott nicht freiwillig hier«, platzte Rosalie heraus. »Mamie Babette hat mich zu ihrer Erbin gemacht.«

»Josette hat mir erzählt, dass sie vor ein paar Wochen gestorben ist.« Vincent wurde ernst. »Ihr Tod muss dich sehr getroffen haben. Hast du nicht einige Jahre bei ihr gelebt?«

Seine aufrichtige Anteilnahme irritierte Rosalie und nahm ihr etwas von ihrer eigenen Selbstsicherheit. »Ihr Tod geht mir sehr nah«, meinte sie leise. Sie musste die Lippen aufeinanderpressen, um Haltung zu bewahren. Tatsache war, dass Babettes Tod sie nicht nur schmerzte, sondern auch lange verdrängte Schuldgefühle in ihr geweckt hatte. »Ich habe Babette nicht mehr gesehen, seitdem ich damals weggegangen bin.« Merkwürdigerweise fiel es ihr leicht, Vincent gegenüber so offen zu sein. Schließlich kannten sie sich im Grunde genommen überhaupt nicht gut. »Babette war damals ziemlich sauer, als ich fortgegangen bin. Ich habe sie damit sehr gekränkt. Um ehrlich zu sein, verstehe ich überhaupt nicht, weshalb sie ausgerechnet mir ihr Erbe vermacht hat.«

Vincent deutete auf ihren vollgestopften Wagen. »Dann kehrst du also auch wieder zurück nach Vassols?«

»Auf keinen Fall!« Rosalie antwortete ruppiger, als sie beabsichtigt hatte. »Ich werde mein Erbe antreten und dann so schnell wie möglich hier wieder verschwinden! In dem Kaff zu bleiben, dazu bringen mich keine zehn Pferde. Paris ist mein nächstes Ziel.«

»Schade!« Vincent wirkte enttäuscht. »Werden wir uns trotzdem sehen, solange du dort bist? Wir könnten gemeinsam essen gehen. Ich finde, du bist mir nach deinem plötzlichen Verschwinden vor so vielen Jahren wenigstens einen gemeinsamen Abend schuldig. Ich möchte wissen, wie es dir so ergangen ist.«

Ihr fiel auf, dass seine Augen das samtige Braun einer Haselnuss hatten, während er sie erwartungsvoll musterte.

»Warum nicht?« Die Aussicht, mit einem Jugendfreund ein paar angenehme Stunden zu verbringen, war durchaus angenehm, falls sie gezwungen sein würde, länger in Vassols zu bleiben. Vielleicht konnte er ihr ja einen Tipp geben, wo sie in Paris eine günstige Unterkunft finden konnte.

»Was willst du überhaupt mit dem Dorngestrüpp?«, erkundigte sich Vincent, während er ihr half, den Pflanzenkübel in ihrem Kofferraum zu verstauen.

»Keine Ahnung. Das Teil ist gerade so einem Idioten aus dem Wagen gefallen, als er mich auf kriminelle Weise überholt hat. Ich wäre seinetwegen um ein Haar von der Straße abgekommen. Ich kann es ja schlecht hier liegen lassen.«

Vincent betrachtete den Kübel näher und zog erstaunt die Stirn in Falten. »Das ist eine *Argania spinosa*, ein – vor allem in einem Blumentopf – höchst seltener und womöglich alter Baum. Er wächst normalerweise im südöstlichen Algerien.

Aus den Kernen seiner Früchte wird das Arganöl hergestellt. Kennst du bestimmt. Sieh nur, jemand hat den Baum über viele Jahre zu einem kunstvollen Bonsai gemacht. Sein Besitzer wird das gute Stück mit Sicherheit vermissen.«

»Geschieht ihm recht«, schnaubte Rosalie und strich sich mit einer fahrigen Handbewegung eine Haarsträhne aus dem Gesicht. »Wenn ich mir sein Nummernschild hätte merken können, würde ich ihm das gute Stück persönlich zurückbringen, samt einer Gardinenpredigt, die sich gewaschen hat.«

»Das kann ich mir gut vorstellen«, schmunzelte Vincent amüsiert. »Dein flinkes Mundwerk war schon damals im ganzen Dorf gefürchtet.«

Rosalie dachte an ihre momentan wenig erfreulichen Lebensumstände und brachte nur ein schmallippiges Lächeln zustande.

»Wirst du bei deinem Vater wohnen?«, erkundigte sich Vincent weiter. Sie war gerade dabei, unter die Motorhaube zu schielen, um sich zu vergewissern, dass kein weiterer Dampf aus dem Kühler hervortrat. Bei seinen Worten zuckte sie unwillkürlich zusammen. Sie sah mit Absicht nicht auf, als sie antwortete.

»Nein! Er weiß nicht mal, dass ich komme. Und ich möchte auch nicht, dass er davon erfährt – oder einer meiner Brüder. Für mich existiert die Familie Viale nicht mehr. Ich habe mit ihnen abgeschlossen.«

»Ihr habt euch also immer noch nicht versöhnt«, stellte Vincent nüchtern fest.

»Ich weiß nicht, was dich das angeht«, raunzte Rosalie ungehalten und richtete sich endlich auf. Es fiel ihr schwer, ihre aufwallenden Emotionen zu unterdrücken. »Wenn dir daran gelegen ist, dass wir uns wiedersehen, solltest du dieses

Thema besser nicht noch einmal anschneiden. Mein Vater ist mir gleichgültig – und damit basta!« Plötzlich hatte sie das Bedürfnis, sofort abzubrechen. »Ich muss jetzt los.« Sie nannte ihm ihre Handynummer und stieg in ihren verbeulten Renault Express. »Man sieht sich«, rief sie ihm zu, während sie mit angezogener Handbremse und quietschenden Reifen anfuhr.

2

Je näher Rosalie ihrem Heimatdorf kam, desto weniger konnte sie sich dem Zauber der Landschaft entziehen. Der Vorsatz, sich nie wieder daran erinnern zu lassen, verblasste in Anbetracht dieser kargen Schönheit. Wie hatte sie nur diesen ganz besonderen Geruch des Vaucluse vergessen können? Jede Jahreszeit hier hatte ihre eigene Duftnote. Im Augenblick mischte sich das unverwechselbare Aroma der zartblau blühenden Rosmarinhecken mit dem harzigen Geruch von Zypressen und dem Duft der blühenden Aprikosen- und Kirschbäume.

Die unvergleichliche Mischung legte sich wie Balsam auf die Seele und ließ vieles in einem anderen Licht erscheinen. Rosalie war sich plötzlich nicht mehr sicher, ob ihre Kindheit und Jugend wirklich so unglücklich gewesen waren, wie sie es sich all die Jahre eingeredet hatte. Zumindest die Zeit, in der sie bei Mamie Babette gewohnt und durch sie ihre Liebe zur Friseurkunst entdeckt hatte, war etwas Besonderes gewesen. Die ältere Cousine ihres Vaters hatte es verstanden, die kreative Seite in ihr zum Schwingen zu bringen. Dieser wunderbaren, warmherzigen Frau war es zu verdanken, dass sie nicht einfach Friseurin, sondern Haarkünstlerin geworden war. Rosalies Ansicht nach war ein Haarkünstler dazu da, Menschen dabei zu helfen, das zu werden, was sie gern darstellen wollten. Ein passender Haarschnitt, die richtige Farbe und das notwendige Styling hatten schon oft aus einem Mauerblümchen eine attraktive Frau gemacht; wer die Friseurkunst nicht richtig beherrschte, konnte aber auch das genaue Gegenteil bewirken. Sie hatte gelernt, dass Frisuren überaus subtil sein konnten. Über Haare ließen sich Charaktereigenschaften ausdrücken, verborgene Talente oder unangenehme Züge aufspüren und Ungesagtes sichtbar machen – im positiven wie im negativen Sinne. Babette hatte sie immer darin unterstützt, genau das aus ihren Kunden herauszukitzeln.

Leider hatten ihre späteren Arbeitgeber nur selten Verständnis dafür gehabt. Das hatte zur Folge, dass sie in den letzten Jahren darauf verzichtet hatte, als angestellte Friseurin zu arbeiten. Lieber widmete sie sich anderen Aufgaben im Leben, als ihre feste Überzeugung aufzugeben. In ihren Augen war es eben ein Frevel, den kreativen Beruf einer Friseurin auf einfaches Waschen-Legen-Föhnen zu reduzieren. Rosalie ließ sich nicht gern auf vorgefertigte Muster festlegen. Sie war nicht der Typ Frau, der sich einfach vor einen Karren spannen ließ. Sie hatte ihren eigenen Kopf und war stolz darauf. Ob diese Eigenwilligkeit ihrem maghrebinischen oder provenzalischen Erbe geschuldet war, konnte sie nicht sagen. Auf jeden Fall war ihr Dickkopf der Grund dafür, dass sie schon an zahlreichen Orten viele unterschiedliche Berufe ausgeübt hatte.

Wie es wohl gewesen wäre, wenn ich damals in Vassols geblieben wäre? Zum ersten Mal seit vielen Jahren ließ Rosalie diesen Gedanken zu. Es war ja nicht nur Babette gewesen, die sie trotz ihrer Eigenheiten im Grunde genommen so akzeptiert hatte, wie sie war. Mit einigen Dorfbewohnern war sie befreundet gewesen, und es hatte eine Zeit gegeben, in der es selbstverständlich schien, dass sie für immer bleiben würde.

Doch dann war dieser schreckliche Autounfall geschehen,

bei dem ihre Stiefmutter Isabelle ums Leben gekommen war. Rosalie hatte unglücklicherweise am Steuer gesessen, als sie in den Bergen der Nesque von der Straße abgekommen und den Abhang hinuntergestürzt waren. Auf der engen Fahrbahn war ihr ein Auto mit überhöhter Geschwindigkeit entgegengekommen. Sie hatte ausweichen müssen, um nicht mit ihm zu kollidieren. Dabei war das Unglück geschehen. Während sie selbst wie durch ein Wunder unverletzt geblieben war, war Isabelle dabei getötet worden. Ihr Vater und ihre Brüder hatten nie einen Hehl daraus gemacht, dass sie ihr die Schuld an dem Unglück gaben. Auch die Dorfbewohner schienen diese Ansicht zu teilen. Zumindest glaubte sie es aus der Art herauszulesen, wie die Menschen sie auf der Straße musterten. Rosalie, von Selbstvorwürfen und Schuldgefühlen zerfressen, war nicht damit zurechtgekommen. In jeder noch so freundlich gemeinten Geste hatte sie eine stumme Anklage vermutet. Also hatte sie keine andere Lösung für sich gesehen, als die Heimat für immer zu verlassen.

Und nun ist Babette tot, und ich habe mich nie dafür entschuldigt, dass ich ihr nicht mal einen Abschiedsbrief geschrieben habe. Als einziges Lebenszeichen hatte sie ihr ab und an eine Postkarte geschickt und ihr darin ihren jeweiligen Aufenthaltsort mitgeteilt. Die darauf folgenden Briefe von Babette oder ihrem Vater hatte sie ungelesen vernichtet. *Ich dürfte gar nicht hier sein,* dachte sie verbittert. Doch nachdem Jérôme mit ihrem Ersparten durchgebrannt und der Traum von einem eigenen Friseursalon im fernen Australien wie eine Seifenblase zerplatzt war, blieb ihr gar keine andere Wahl, als diese Erbschaft anzutreten.

Ihre Hände umklammerten das Lenkrad, als wolle sie es zwischen ihren Fingern zerquetschen. Heftiger Zorn und nagender Schmerz wechselten mit bitterer Enttäuschung, wenn sie an diesen Schuft dachte. Im Augenblick überwog die Wut auf sie selbst. Wie hatte sie nur so naiv sein können, ihrem Geliebten die Vollmacht über ihr Konto zu erteilen? Ihr blindes Vertrauen hatte sie ihr gesamtes Erspartes gekostet. Dieser Mistkerl hatte offensichtlich nur auf solch eine günstige Gelegenheit gewartet. Wäre sie vor Liebe nicht so blind wie ein Maulwurf gewesen, wäre ihr sicherlich aufgefallen, dass Jérôme niemals vorgehabt hatte, mit ihr nach Australien auszuwandern. Noch dazu die bittere Erkenntnis, dass er sie die ganze Zeit mit einer anderen betrogen hatte. Bestimmt hatte diese Lora Jérôme dermaßen zugesetzt, dass er sie schließlich beklaut hatte. Vermutlich saßen die beiden jetzt auf ihre Kosten in irgendeinem schicken Luxushotel und lachten sich schief über ihre Naivität und Gutgläubigkeit.

Glücklicherweise gehörte Rosalie nicht zu den Menschen, die sich durch Niederlagen den Lebensmut rauben ließen, selbst dann nicht, wenn kurz darauf der nächste Schicksalsschlag folgte. Mamie Babettes Tod hatte sie tief erschüttert.

Die alte Frau mit ihren violetten Haaren und dem extravaganten Auftreten war eine der wenigen Personen gewesen, die es immer gut mit ihr gemeint hatten. Sie hatte immer Verständnis für Rosalies Eigenwilligkeit gezeigt und nicht wie alle anderen versucht, sie in irgendeine Schublade zu stecken. Sie hatte Babette nicht umsonst *Mamie* genannt. Die ältere Frau war für sie immer wie eine Großmutter gewesen. Auch wenn sie sich geschworen hatte, nie wieder nach Vassols zurückzukehren, war sie es der alten Dame, auch nach ihrem Tod, schuldig. Und sie sah in dem Schlag, den Babettes Tod ihr versetzt hatte, auch ein Zeichen dafür, dass es Zeit war, sich einen neuen Ort zum Leben zu suchen. Also hatte sie kurzerhand ihre Anstellung in der Brasserie in Nizza aufgegeben und befand sich nun statt auf dem Weg nach Australien unterwegs nach Brillon-de-Vassols.

Der klapprige Renault sollte das Einzige bleiben, was sie noch an Jérôme erinnerte. Die Schrottkiste drohte zwar, jeden Augenblick ihren Geist aufzugeben, doch solange sie fuhr, würde sie sich nicht von ihr trennen.

Rosalie dachte an einen Umzug nach Paris. Sie hatte dort einige alte Bekannte, die sie aufsuchen wollte, sobald sie die Angelegenheit mit dem Testament hinter sich gebracht hatte. Womöglich würde sie in der Hauptstadt eine neue Anstellung als Friseurin finden. Schließlich waren die Pariser für ihre Kreativität bekannt. Dem Schreiben des Notars hatte sie entnommen, dass Babette sie als Alleinerbin eingesetzt hatte. Doch wenn sie es realistisch betrachtete, war außer dem Inventar des kleinen Salons wohl nichts Wertvolles zu erwarten.

3

Als das mächtige Bergmassiv des Mont Ventoux vor ihr auftauchte, wurde ihr mit einem Mal warm ums Herz. *Mons Ventosus*, der Windige, hatten die Römer den kegelförmigen Berg genannt, auf dessen beinahe zweitausend Meter hohem Gipfel selbst im Hochsommer ein kühler Wind wehte. Der Berg mit seiner kahlen Spitze sah aus, als wäre er ständig von Schnee bedeckt. In Wirklichkeit handelte es sich jedoch um ein immenses Kalkschotterfeld, das diesen Eindruck hervorrief. Da der Berg sich über eine Ebene erhob, die sich nur wenige Meter über dem Meeresspiegel befand, war seine Höhe umso beeindruckender. Er hatte etwas geheimnisvoll Beherrschendes, das der gesamten Landschaft seine Prägung aufdrückte. Nicht umsonst zählte er schon seit der Keltenzeit zu einem der »heiligen« Berge der Provence. Er beherrschte die Ebene auf der östlichen Seite der Rhône und war bis Avignon gut zu sehen.

Rosalie umfuhr die kleine Provinzstadt Carpentras und näherte sich langsam Brillon-le-Vassols. Der kleine Ort zählte nicht einmal zweitausend Einwohner und thronte auf dem Rücken eines sanften Hügels nur wenige Kilometer vor dem Anstieg auf den Mont Ventoux. Während der Revolution waren sowohl das Schloss als auch Teile der Befestigungsmauern niedergerissen worden. Dennoch hatte das Dorf seinen Festungscharakter behalten. Der Ortskern bestand aus eng stehenden, alten Steinhäusern, deren heller, oft ins Orange und Rötliche gehende Verputz sie wie aneinandergereihte farbige Würfel aussehen ließ. Eine romanische Kirche, unter deren Fundamenten Reste eines keltischen Heiligtums gefunden worden waren, stand abseits des Dorfkerns und bildete mit seinem polygonalen Turm ein Pendant zu dem runden Glockenturm mit seinem schmiedeeisernen Gitter in der Dorfmitte.

Rosalie stellte ihren Wagen auf dem von Platanen umringten Parkplatz vor der Kirche ab, wo zweimal die Woche ein Markt stattfand. Jetzt um die Mittagszeit war der Platz fast leer. Das Dorf machte seinen gewohnt verschlafenen Eindruck. Nur ein paar Katzen streunten entlang der Hausmauern. Rosalie war, als wäre sie nie fort gewesen.

In einer der Seitengassen befand sich die *Etude* des Notars. Nachdem sie mit Hilfe des Rückspiegels ihre Hochsteckfrisur geordnet und sich die Lippen nachgezogen hatte, stieg sie aus dem Wagen. Sie hatte sich extra für diesen Anlass in Schale geworfen und zu ihrer schwarzen Röhrenlederhose, der hellen Bluse und der grünen Lederjacke ihre High Heels angezogen, mit denen sie jetzt über den unebenen Platz stolzierte. Aus dem Augenwinkel registrierte sie eine Bewegung in einer der Seitengassen der Cours de la République. Als sie genauer hinsah, entdeckte sie zu ihrer Überraschung den ockerfarbenen Kastenwagen, der beinahe den Unfall auf der Landstraße verursacht hatte. Zwei Männer waren gerade dabei, ihn zu entladen. Möbel, Teppiche und Umzugskisten stapelten sich bereits in der Gasse und wurden nach und nach in ein schmales Haus transportiert. Eine ältere, stämmige Frau mit Kopftuch und bodenlangem Mantel beaufsichtigte die Arbeiten. Sie schien eine recht energische Person zu sein, denn sie gestikulierte heftig und trieb die Männer zur Eile an. Rosalie überlegte, ob sie die Männer kurz ansprechen sollte. Trotz des Unmuts, den sie über die Rücksichtslosigkeit des Fahrers immer noch empfand, regte sich in ihr das schlechte Gewissen. Schließlich besaß sie etwas, das ihr nicht gehörte. Ein Blick auf die Uhr sagte ihr überdies, dass sie keine Zeit mehr hatte. Einen Notar ließ man schließlich nicht warten.

Maître Colombère empfing sie mit der distanzierten Würde, die das Amt des Notars ihm auferlegte. Nach einer kurzen, förmlichen Begrüßung wies er ihr den Weg durch einen dunklen Flur. Das Kabinett, in das er sie geleitete, war ebenso düster wie einschüchternd. Ein massiver Schreibtisch beträchtlichen Ausmaßes beherrschte den länglich geschnittenen, hohen Raum. Davor standen vier gepolsterte Stühle. Die polierte Tischfläche war bis auf einen fein säuberlich gestapelten Aktenberg und eine schwere Messinglampe leer.

Der Maître bat Rosalie, auf einem der Stühle Platz zu nehmen, und setzte sich hinter seinen Schreibtisch. Da er direkt vor dem einzigen Fenster saß, wurde Rosalie durch die eindringende Nachmittagssonne geblendet. Sie konnte nur die Umrisse des Notars sehen, während er seine Akten und Mappen noch einmal sorgfältig ordnete. An der Wand links von ihr entdeckte sie einen mit Stuck verzierten Kamin, über dem zwei in Goldrahmen gefasste Männerporträts hingen. Beiden Herren, die mit strengem Blick in den Raum starrten, war der missbilligende Ausdruck gemein, den Rosalie auch bei Maître Colombère beobachtet hatte. Vermutlich handelte es sich um Vater und Großvater des Notars.

Rosalie räusperte sich ungeduldig, als der Notar auch nach einigen Minuten keinerlei Anstalten machte, endlich mit der Testamentseröffnung zu beginnen. Sie hatte ihm bereits ihren Ausweis ausgehändigt und sich ausreichend legitimiert. Sie sah im Gegenlicht, wie der Maître auf seine Uhr sah und kaum merklich seinen Kopf schüttelte. Erst dann bequemte er sich zu einer Äußerung.

»Sie müssen sich noch ein klein wenig gedulden, Madame LaRoux«, bat er sie mit seiner leisen, näselnden Stimme. »Monsieur Viale muss jeden Augenblick hier eintreffen.«

Rosalie glaubte sich verhört zu haben. »Sagten Sie gerade Monsieur Viale?«

»Ihr werter Herr Vater, ganz genau!«

»Das ... das verstehe ich nicht!«

Sie spürte, wie ihr das Blut aus dem Gesicht wich. Die Aussicht, ausgerechnet diesem Menschen hier zu begegnen, war das Unangenehmste, was sie sich im Augenblick vorstellen konnte. Die Neuigkeit weckte in ihr sofort den Wunsch, die Kanzlei Hals über Kopf zu verlassen, nur um ihrem Vater nicht begegnen zu müssen. Zum Glück schaltete sich ihr Verstand jedoch kurz darauf wieder ein und Entrüstung machte sich breit. »In Ihrem Anschreiben stand, dass ich die Alleinerbin bin«, sagte sie, um eine feste Stimme bemüht.

»Das mag schon sein«, bestätigte Maître Colombère, »allerdings wünschte meine Mandantin Madame Babette Cluzot ausdrücklich, dass auch Ihr Vater bei der Verlesung des Testaments anwesend sei.«

Bevor Rosalie ihren Schreck auch nur annähernd überwunden hatte, klopfte es an der Tür. Kurz darauf betrat Bertrand Viale den Raum. Rosalie vermied es, sich ihm zuzuwenden. Sie wartete, bis er mit gewohnt schweren Tritten neben sie getreten war. Auch dann musterte sie ihn nur aus den Augenwinkeln. Ihr Vater war immer noch ein beeindruckender Mann von kräftiger Statur. Doch sie hatte ihn größer und ehrfurchtgebietender in Erinnerung gehabt.

»Bonjour, Maître Colombère. Ich bitte meine Verspätung zu entschuldigen. Ich wurde aufgehalten.« Seine tiefe Bassstimme war kräftig, aber nicht mehr so klangvoll wie früher. Die Brüchigkeit des Alters hatte ihr etwas von ihrer Schärfe genommen. Sie überlegte, wie alt ihr Vater jetzt wohl sein mochte. Mitte sechzig, oder gar schon siebzig? Die Zeit hatte auch vor ihm nicht Halt gemacht.

»Rosalie«, begrüßte er sie knapp, doch sie spürte sehr wohl seinen neugierigen Blick. Ja, sie hatte sogar das Gefühl, dass er eigentlich vorgehabt hatte, noch etwas hinzuzufügen. Doch als er ihre ablehnende Haltung wahrnahm, begnügte er sich mit einem zackigen Nicken. Rosalie schien dies in Anbetracht ihres abgekühlten Verhältnisses durchaus angemessen.

»Nehmen Sie doch Platz, Monsieur Viale, und überreichen Sie mir freundlicherweise Ihren Ausweis«, forderte ihn der Notar äußerst zuvorkommend auf. An seinem Ton war zu hören, dass er Bertrand große Achtung entgegenbrachte. Schließlich gehörte dieser einer der angesehensten und reichsten Familien der Region an. »Wir können dann gleich mit den Formalitäten beginnen. Das Testament von Madame Babette Cluzot ist nicht sehr umfassend.«

Ihr Vater schob, wie verlangt, seinen Ausweis über den Schreibtisch und setzte sich auf den Stuhl neben sie. Es wunderte Rosalie nicht, dass er selbst zu diesem offiziellen Anlass nur seine gewöhnliche Arbeitskleidung trug. Zu der grauen Stoffhose hatte er ein braunes Hemd und eine grobe Cordjacke an. Die Füße steckten in schlammverschmierten Stiefeln, was ihr zeigte, dass er vermutlich direkt von den Weinfeldern kam. Sie wusste, dass um diese Jahreszeit viel zu tun war.

Der Notar begann mit seiner näselnden Stimme ihrer beiden Personendaten zu verlesen, um sie dann über die formalen und juristischen Umstände einer Testamentsvollstreckung aufzuklären. Dazu gehörte unter anderem, dass er, wie er nicht müde wurde zu betonen, befugt war, das Testament zu eröffnen, weil seine Mandantin Madame Babette Cluzot (er wiederholte ständig den gesamten Namen) ihn persönlich zum Testamentsvollstrecker ernannt hatte. Rosalie hörte der zähen Litanei, die aus der Aufzählung unzähliger Paragraphen bestand, nur mit halbem Ohr zu. Ihr Vater ließ die Prozedur ebenfalls mit unbewegter Miene über sich ergehen und blickte nicht einmal zu ihr hinüber. Rosalie ärgerte sich nun doch über sein offenkundiges Desinteresse. Nach einer gefühlten Unendlichkeit war der formale Teil endlich vorüber.

»Aus dem Artikel 1007 des Code Civil ergibt sich nun, dass ich Ihnen das handschriftlich bei mir hinterlegte Testament der Madame Babette Cluzot vorlese. Ich habe es ordnungsgemäß innerhalb der vorgeschriebenen Frist geöffnet und beim ›Fichier Central‹ angefragt, ob dort eine Schenkung oder ein anderweitiges Testament registriert ist. Nachdem dies nicht der Fall ist und Monsieur Viale so freundlich war, alle erforderlichen Unterlagen für die Eröffnung zusammenzustellen, werde ich nun den letzten Willen von Madame Babette Cluzot verlesen. Gibt es dazu noch irgendwelche Fragen?«

Als sowohl Bertrand als auch Rosalie dies verneinten, zog der Notar endlich aus einem bereits geöffneten Umschlag einen handgeschriebenen Brief heraus.

Mein letzter Wille.

Liebe Rosalie, lieber Bertrand,
wenn dieses Schriftstück verlesen wird, werde ich nicht mehr unter Euch weilen. Jetzt, da ich das schreibe, scheint mir das ein seltsamer Gedanke, denn ich fühle mich noch gesund und im Vollbesitz meiner

geistigen Kräfte. Ich hatte ein gutes Leben und wunderbare Freunde. Nach einer unglücklichen Liebe in meiner Jugend war mein größtes Leid, ohne Familie und Kinder durchs Leben gehen zu müssen. Doch dann kamst Du, liebe Rosalie, in mein Leben – und ich lernte in Dir die Tochter oder Enkeltochter zu sehen, die ich mir immer gewünscht hatte. Ich habe mich vom ersten Augenblick, als man Dich vor Bertrands und Isabelles Tür gefunden hat, für Dich verantwortlich gefühlt und deswegen auch später, als die Schwierigkeiten mit Deinen Eltern immer größer wurden, zu mir genommen.

Das hatte auch einen bestimmten Grund. Bitte verzeih mir, dass ich Dir niemals erzählt habe, dass ich Deine leibliche Mutter gut kannte. Es gab eine Zeit, da waren wir tatsächlich gute Freundinnen. Immer wieder wollte ich Dir von Malika erzählen, doch nie schien mir der richtige Zeitpunkt gekommen zu sein. Dann warst Du nach dem schrecklichen Unglück plötzlich verschwunden und hast leider auch nie auf meine Briefe geantwortet. Ich befürchte, Du hast sie nicht einmal gelesen, denn sonst wärst Du sicherlich noch einmal nach Vassols zurückgekehrt.

Aber das ist eine andere Geschichte. Zurück zu Deiner Mutter. Malika war eine wunderbare Frau, die Dich niemals im Stich gelassen hätte, wenn sie die Wahl gehabt hätte. Es waren die Umstände, die sie zu dem für sie so fürchterlichen Schritt gezwungen haben. Ihr blieb keine Wahl, als die Schwangerschaft mit Dir geheim zu halten, denn hätte ihre algerische Familie davon erfahren, hätte man sie nicht nur verstoßen, sondern womöglich grausam bestraft. Wie du weißt, war Bertrand damals längst mit Isabelle verheiratet und hatte zwei kleine Söhne. Malika wusste, dass er sie ihretwegen nie verlassen würde. Abgesehen davon war er Christ, und Malika war schon seit Kindertagen einem muslimischen Landsmann versprochen. Sie befand sich durch die Schwangerschaft in einer ausweglosen Situ-

ation und dachte daran, sich das Leben zu nehmen. Ich war damals ihre einzige Vertraute und hielt sie davon ab. Gemeinsam tüftelten wir an einer Lösung. Schließlich einigten wir uns, dass Malika die Schwangerschaft geheim halten sollte. Ich half ihr dabei. Ich war es auch, die ihr bei Deiner Geburt zur Seite stand und die Dich vor Bertrands und Isabelles Tür ablegte.

Du siehst also, Bertrand, ich war von Anfang an über alles im Bilde! Da ich Dein aufbrausendes, aber im Grunde genommen gutmütiges Wesen nur allzu gut kenne, haben wir darauf vertraut, dass Du Dich um die kleine Rosalie kümmern würdest, was Du ja auch getan hast. Es hat mich immer sehr bekümmert, wie schwierig Dein Verhältnis zu Deiner Tochter war. Isabelle hat es Dir dabei auch nicht leicht gemacht. Sie hat sich leider nie damit abgefunden, dass Du sie betrogen und ihr ein fremdes Kind untergeschoben hast. Darunter hattet Ihr alle zu leiden. Ich weiß, dass Du Rosalie im Grunde Deines Herzens über alles liebst. Leider machtest du den großen Fehler, es ihr niemals zu zeigen. Doch Fehler sind dazu da, dass man aus ihnen lernt, findet Ihr nicht auch?

Vielleicht gelingt es mir ja noch einmal, ein wenig Schicksal zu spielen. Deshalb hört meinen letzten Willen. Ihr habt nun lange genug darauf gewartet.

Rosalie soll meine Alleinerbin sein, denn sie steht meinem Herzen nah. Auch sehe ich in ihr meine Nachfolgerin für meinen Friseursalon. Deshalb ist es mein Wunsch und letzter Wille, dass sie sowohl mein Haus samt allem Inventar sowie mein kleines Barvermögen erben soll. Es wird ausreichen, um ihr ein bequemes Leben zu ermöglichen. Allerdings knüpfe ich an meine Erbschaft eine kleine Bedingung. Erst wenn Rosalie fünf Jahre lang in meinem Haus gelebt und meinen Friseursalon weitergeführt hat, wird sie endgültig Besitzerin von Haus und Vermögen sein. Danach kann sie damit machen, was sie will. Ist sie nicht damit einverstanden, gehen Haus

und Vermögen an Bertrand Viale und seine beiden Söhne Maurice und Louis. Mehr habe ich dazu nicht zu sagen.
Babette Cluzot
Brillon-le-Vassols, den 15. Februar 2017

»Haben die hier Anwesenden den Inhalt des Testaments verstanden?« Maître Colombère sah erst Rosalie, dann Bertrand Viale an.

»Da war ja wohl nichts misszuverstehen«, brummte Bertrand ungnädig. Rosalie nickte nur schwach. Sie stand noch viel zu sehr unter dem Eindruck der eben verlesenen Worte. Obwohl vom Notar so trocken und spröde vorgetragen, hatte der Brief Babette noch einmal lebendig werden lassen. Vor ihrem inneren Auge sah Rosalie deutlich die alte Frau mit ihrer gepflegten Föhnfrisur. Mehr noch als das Testament musste sie verdauen, dass Babette ihre Mutter gekannt hatte. Warum hatte sie ihr niemals von ihr erzählt?

»Neben dem Haus in der Rue Salette hat Ihnen Ihre Tante ein Barvermögen von hundertfünfzigtausend Euro hinterlassen. Die Besitzurkunde für das Haus und die Zugangsdaten für die Bank erhalten Sie gemäß des Testaments zu gegebenem Zeitpunkt. Datum der Übergabe ist der heutige Tag in fünf Jahren, also der achte April 2022, vorausgesetzt, Sie nehmen das Erbe an. – Madame LaRoux?«

Rosalie schreckte auf. Nur langsam drangen die Worte des Notars in ihr Bewusstsein. Hundertfünfzigtausend Euro! *Mince alors!* Das war mehr Geld, als sie jemals besessen hatte. Dazu ein Haus, das gut und gern noch mal so viel Geld einbrachte. Damit konnte sie auswandern, wohin sie wollte! Ihr schwirrte der Kopf. Erst dann wurde ihr bewusst, welche Bedingungen an das Erbe geknüpft waren, und ihre Euphorie fiel in sich zusammen wie ein Soufflé, das Zug bekommen hatte. Plötzlich spürte sie nicht nur den erwartungsvollen Blick des Maîtres auf sich, sondern auch den ihres Vaters. Sie glaubte auf seinem Gesicht Spott und Schadenfreude zu sehen. Wahrscheinlich ging er davon aus, dass sie das Erbe nun ausschlug. Das machte sie wiederum wütend.

»Wie lange kann ich darüber nachdenken?«, wandte sie sich an den Notar.

»Sie haben von heute an zwei Monate Zeit, Madame La-Roux. Sobald ich Ihre Zusage habe, bekommen Sie von mir die Schlüssel für das Haus.«

»Verstehe!« Rosalie biss sich verbittert auf die Lippen. So einfach, wie sie sich alles vorgestellt hatte, würde es wohl nicht werden. Sie wollte sich gerade erheben, um sich zu verabschieden, als ihr plötzlich in den Sinn kam, dass sie noch gar nicht wusste, wo sie heute Nacht schlafen sollte. Zu Vincent konnte sie nicht gut gehen. Er würde ihre Bitte um ein Nachtlager falsch verstehen, und für ein Zimmer im einzigen Hotel war ihr Budget zu knapp. Sie überlegte hin und her, bis ihr ein neuer Gedanke kam.

»Was ist, wenn ich das Erbe sofort antrete und später die Bedingungen nicht einhalten kann?«

»Dann geht das Erbe von Madame Cluzot in die Hände Ihres Vaters und seiner Söhne über. Das Barvermögen wird Ihnen ohnehin erst dann zugeteilt, wenn die von Madame Cluzot geforderte Frist verstrichen ist. Ich dachte, ich hätte mich klar genug ausgedrückt!« Er räusperte sich und warf Bertrand Viale einen Blick zu, den sie nicht deuten konnte.

»Ich möchte dir einen Vorschlag machen.« Die Stimme ihres Vaters suchte noch nach Festigkeit. Es war das erste Mal, dass er das Wort an sie richtete. »Ich weiß, dass dich in Vassols nichts hält, und ich habe auch verstanden, dass Babette möchte, dass du nicht leer ausgehst. Was hältst du deshalb davon, wenn du auf das Erbe verzichtest und ich dir im Gegenzug daraus fünfzigtausend Euro sofort und in bar zukommen lasse? Damit kannst du gehen, wohin du willst, und dir etwas Anständiges aufbauen.«

Rosalie hatte Mühe, ihre Überraschung zu verbergen. Das Angebot hatte durchaus etwas Verlockendes. Fünfzigtausend Euro. Das war eine Menge Geld. Wenn sie annahm, konnte sie damit innerhalb kürzester Zeit von hier verschwinden und endlich nach Paris gehen. Ein unbestimmtes Gefühl ließ sie jedoch mit der Antwort noch etwas zögern.

»Ein großzügiges Angebot, wenn Sie nicht vorhaben, in Vassols zu bleiben«, pflichtete Maître Colombère ihrem Vater bei. Der Notar hatte zweifellos recht. Dennoch verstärkte sich Rosalies Unwohlsein, denn sie hatte mit einem Mal das Gefühl, die beiden Männer könnten irgendwie unter einer Decke stecken. Und das ließ ihre inneren Alarmglocken schrillen. Ihr fiel plötzlich wieder ein, wie gut ihr Vater in der ganzen Gegend vernetzt war. Es gab kaum jemanden, der ihm nicht einen Gefallen schuldete. Hatte Colombère Bertrand womöglich vorab über die Erbschaftsbedingungen informiert? Wieso kam der Vorschlag wie aus der Pistole geschossen, ohne dass ihr Vater darüber länger nachgedacht hatte? Babettes letzter Wille musste doch auch für Bertrand überraschend gewesen sein. Selbst für einen Mann wie ihn war ihr Erbe nicht uninteressant.

Je länger sie darüber nachdachte, desto mehr begriff sie, dass ihr Vater dabei war, sie zu übervorteilen. Während sie mit einem lächerlich geringen Anteil abgespeist werden sollte, würde ihm so gut wie alles sofort zur Verfügung stehen. Das sparte ihm nicht nur eine lange Wartezeit, sondern damit wurde er seine Tochter auch ein für alle Mal los. Allein die Möglichkeit, ihre Schlussfolgerung könne der Wahrheit entsprechen, empörte sie dermaßen, dass sie sich zu einer Trotzreaktion hinreißen ließ.

»Dein Angebot ist einfach lächerlich«, schnaubte sie verächtlich. »Du möchtest mich gern billig loswerden. Das werde ich nicht akzeptieren. Vergiss es!«

Bertrand holte tief Luft. »Du verlangst also mehr Geld?« Seine Stimme klang gepresst, während sich in seinen Gesichtszügen eine Spur von unfreiwilliger Anerkennung widerspiegelte. »An wie viel hast du gedacht? Gibst du dich mit siebzigtausend zufrieden?«

Rosalie spürte, wie ihr bei seinen Worten das Blut nur noch mehr in den Kopf schoss. Ihr Vater hatte sich tatsächlich darauf eingelassen, mit ihr um *ihr* Erbe zu feilschen, nur, damit er sie möglichst rasch wieder loswurde. Diese demütigende Erkenntnis schmerzte nicht nur, sie verstärkte auch ihren Widerstand. In einem tiefen Winkel ihres Unterbewusstseins traf sie gleichzeitig die Erkenntnis, dass Babette genau diese Reaktion bei ihr vorausgesehen haben musste. Dennoch konnte sie nicht anders. Sie wandte sich Maître Colombère zu, ohne ihren Vater noch einmal eines Blickes zu würdigen.

»Ich habe mich bereits entschieden«, sagte sie mit fester Stimme. »Ich nehme Babette Cluzots Erbe an!«

4

Josette Balbu war gerade dabei, die neu gelieferten Magazine und Zeitungen in die Ständer einzuordnen, als Arlette Farnauld in das *Magasin du Journal* schwebte.

»Hast du schon gesehen, dass in das Haus der Meunières jetzt schon wieder eine dieser Araberfamilien einzieht?«, fragte die Frau des Bäckers sichtlich erregt. Sie war eine energische Frau Mitte vierzig, an der jegliches Körperteil irgendwie rund war. »Wenn das so weitergeht, leben im Dorf bald mehr Ausländer als Franzosen! Ganz abgesehen davon, dass sie dem Staat und damit uns nur auf der Tasche liegen! Die sind doch alle radikal und arbeitslos! Es wird höchste Zeit, dass sich das ändert. Unser Bürgermeister ist viel zu nachsichtig. Jean-Luc würde dafür sorgen, dass das Algerierpack schnell wieder aus dem Dorf verschwindet.«

»Die Bürgermeisterwahlen sind erst nächstes Jahr, liebe Arlette. Du kannst dich also mit dem Wahlkampf für deinen Mann noch etwas zurückhalten.«

»Du bist mal wieder viel zu unpolitisch«, tadelte Arlette. Josette stützte sich mit ihren Händen an den Zeitschriftenständer und sah die Bäckersfrau süffisant lächelnd an. Dabei rutschte ihr die viel zu große Strickjacke von ihren hageren Schultern. »Ist dein werter Göttergatte denn jetzt endlich nominiert worden?« Sie konnte sich die bissige Bemerkung gegenüber ihrer übereifrigen Freundin einfach nicht verkneifen.

»Der Front Radical steht geschlossen hinter ihm«, erwiderte Arlette hochnäsig. »Jean-Lucs offizielle Nominierung ist nichts weiter als reine Formsache.«

Aus sicherer Quelle wusste Josette, dass ihre Freundin damit reichlich übertrieb. Für die Rechten war Jean-Luc Farnauld nur einer von drei möglichen Kandidaten für die nächste Bürgermeisterwahl. Seine Chancen standen im Augenblick nicht besonders gut, weil er trotz seiner radikalen Ansichten den Parteimitgliedern immer noch zu harmlos erschien. Doch sie wollte Arlette nicht verärgern, also zog sie es vor, wieder auf die neuen Mieter zu sprechen zu kommen. »Soweit ich gehört habe, sind die Neuen Verwandte von den Ammaris. Sie heißen Bashaddi und kommen direkt aus Marseille. Ach ja, und Rachid Ammari hat übrigens den leer stehenden Laden neben den Bouviers gemietet. Ich habe gehört, er will dort einen Obst- und Gemüseladen eröffnen.«

»Wo hast du das denn her?« Arlette war sofort ganz Ohr. »Das wird Hervé und Lucinde aber ganz und gar nicht passen. Der neue Gemüseladen liegt ja direkt gegenüber ihrem Lebensmittelmarkt.«

»Konkurrenz belebt das Geschäft«, meinte Josette stoisch. »Vielleicht geben die beiden sich ja dann auch mehr Mühe, wirklich frisches Gemüse zu verkaufen.«

»Also ich werde bei diesem Araber ganz bestimmt nicht einkaufen«, meinte Arlette abfällig. »So einer kann doch gar nicht wissen, was gutes Gemüse ist.«

»Wart es doch einfach mal ab«, riet Josette. »Ich finde die Ammaris sympathisch. Sie sind fleißig und bemühen sich, am Dorfleben teilzunehmen. Ich denke da zum Beispiel an den Stand von Zora Ammari bei den *Fêtes des Fruits* im letzten Sommer. Ihre selbst gemachten Makrouts und Baklavas waren hervorragend – nicht zuletzt, weil ihr Süßgebäck bezahlbar war.« Josette konnte sich die Spitze nicht verkneifen. Sie spielte damit auf die viel zu teuren Himbeer-Tartelettes an, die die Farnaulds ebenfalls auf dem Sommerfest verkauft hatten. Ihr Gebäck war zwar zweifellos ebenfalls köstlich, aber viel zu teuer gewesen.

»Jean-Luc und ich verwenden für unsere Kreationen eben nur die besten Zutaten, und die haben ihren Preis«, konterte Arlette schnippisch.

Josette zuckte gutmütig mit den Schultern. »Leben und leben lassen, sag ich immer.« Mit diesem Spruch pflegte sie gern fruchtlose Diskussionen zu beenden.

»Wo sind denn überhaupt die Lotteriezettel?«

Josette wies auf die Kassentheke. »Bedien dich. Ich komme gleich zum Kassieren.«

Während Arlette den wöchentlichen Lotterieschein ausfüllte, fiel ihr Blick durch die geöffnete Tür auf den Marktplatz, wo gerade eine kleine, schlanke Frau auf hochhackigen Schuhen zielstrebig über das unebene Pflaster eilte. Die feuerroten langen Haare waren zu einer kunstvollen Hochsteckfrisur aufgetürmt. Ihre Haltung drückte trotzige Entschlossenheit aus. Nur einen Augenblick später folgte ihr ein älterer Mann. Arlette erkannte in ihm den alten Gutshofbesitzer Viale aus dem etwa zwanzig Kilometer entfernten Vacqueyras. Er holte die junge Frau ein und verwickelte sie in ein Gespräch. Schon bald begannen die beiden wild zu gestikulieren.

»Was hat denn der alte Viale mit dieser fremden Frau zu schaffen? Der ist ja völlig aus dem Häuschen!« Josette legte die Zeitungen, die sie gerade einordnen wollte, wieder auf den Stapel zurück und trat neugierig neben ihre Freundin.

»Da soll mich doch der Teufel holen! Das ist doch unsere

Rosalie«, rief sie überrascht aus. »Wenn das mal keine Neuigkeit ist!«

»Rosalie? Du meinst doch nicht etwa die uneheliche Tochter des alten Viale?« Arlette ließ aufgeregt den Kugelschreiber fallen. »Jetzt, wo du es sagst, erkenne ich sie auch wieder. Zu dumm, dass ich meine Brille zu Hause liegen gelassen habe! Wie sieht sie aus? Die muss doch jetzt auch schon über dreißig sein!«

»Sie sieht blendend aus«, meinte Josette, nachdem sie ihre Lesebrille gegen die Fernbrille ausgetauscht hatte. Beide Brillen pflegte sie ständig um den Hals zu tragen. »Sie ist richtig elegant, wenn du mich fragst. Die Kleine hatte schon immer einen guten Geschmack. Meine Haare waren nie schöner als unter ihren Händen!«

»Was will die nur hier? Ich dachte immer, dass wir sie nie wieder hier sehen würden.«

»Bestimmt ist sie wegen Babettes Testament hier«, mutmaßte Josette und reckte ihren Kopf noch weiter nach vorn, um das Geschehen besser beobachten zu können. »Ich könnte mir vorstellen, dass die Gute ihrer Lieblingsnichte etwas vermacht hat.«

»Und jetzt gibt es Streitigkeiten wegen der Erbschaft. Ich sag ja immer: Kaum sind die Toten unterm Boden, fangen die Erben an zu roden.«

»Was bist du nur wieder bissig«, schimpfte Josette. »Der alte Viale ist doch gar nicht auf die paar Kröten angewiesen, die Babette besessen haben mag. Er ist einer der reichsten Grundbesitzer in der Gegend. Wer weiß, vielleicht ist das ja die Art, wie sie sich begrüßen.«

»Du bist naiv! Jeder im Dorf weiß doch, dass die beiden noch nie besonders gut miteinander konnten! Hast du schon vergessen, dass Rosalie ihren Nachnamen in LaRoux geändert hat, nur um ihren Herrn Papa zu ärgern?«

Unterdessen hatten sich die beiden Streitenden getrennt. Viale war in seinen verschmutzten Landrover gestiegen, während seine Tochter auf die Bar zusteuerte.

*

Rosalie brauchte nach all der Aufregung dringend etwas zu trinken. Sie betrat die Bar *Mistral* an der Cours de la République und orderte an der Theke einen *perroquet*. Sobald der Pastis mit Pfefferminzsirup vor ihr stand, leerte sie das Glas in einem Zug.

»Noch einen«, forderte sie den schlaksigen Jungen hinter der Theke auf. Normalerweise trank sie nur wenig Alkohol, doch heute war ihr danach zumute, sich zu betrinken. Die Auseinandersetzung mit ihrem Vater hatte ihr mehr zugesetzt, als sie sich eingestehen wollte. Er hatte sie nochmals gedrängt, auf sein Angebot einzugehen. Er wolle ihr doch nur helfen, wieder auf die Beine zu kommen, hatte er in seiner Überheblichkeit behauptet. Allein die Unterstellung, dass sie hilfebedürftig sein könnte, hatte sie erneut auf die Palme gebracht. Was war ihr Vater doch für ein schamloser Heuchler! Ihm hatte ja noch nie gefallen, was sie getan hatte. Sie hatte ihm geantwortet, dass er sie endlich in Ruhe lassen solle. Daraufhin war er wütend geworden und hatte sie als undankbar und verantwortungslos beschimpft. Schließlich war er aufgebracht davongefahren. Sie hoffte inständig, dass sie den Alten nicht so schnell wiedersehen musste.

Auch das nächste Glas leerte sie in einem Zug. Der scharfe Anis-Minz-Geschmack wärmte angenehm ihr Blut. Sie spürte längst die Wirkung des Alkohols, denn sie hatte den ganzen

Tag noch nichts Anständiges gegessen. Erst jetzt sah sie sich in der Bar um. An einem der Tische erkannte sie Didier, den Eigenbrötler von St. Pierre. Sie hatte ihn als unangenehmen Burschen in Erinnerung, der ständig Streit suchte, meist auch mit Erfolg. Vor einem halb leeren Bierglas sitzend brütete er vor sich hin. Er hatte sich kaum verändert in all den Jahren. Nur seine struppigen blonden Haare waren etwas grauer geworden. Sobald er Rosalies Blick auf sich spürte, fuhr er zu ihr herum. Mit unverhohlener Neugier musterte er sie aus seinem stachligen, unrasierten Gesicht, bis plötzlich ein Anflug von Wiedererkennen seine Augen aufleuchten ließ.

»Wieder zurück in Vassols?« Es war mehr eine unfreundliche Feststellung als eine Frage.

»Was dagegen?«

»Mir doch egal!«

»Dann ist ja gut!« Rosalie wandte sich demonstrativ ab. Sie hatte keine Lust auf eine weitere unerfreuliche Unterhaltung.

Gespräche mit Didier Gris endeten häufig mit einer bewussten Provokation, die je nach Alkoholisierung seines Gegenübers gern in eine Prügelei ausartete. Er war ein notorischer Unruhestifter.

Didier brummelte etwas Unverständliches, dann wandte er sich wieder seinem Bier zu. Schließlich erhob er sich schwerfällig und kramte ein paar Münzen aus seiner Jeans, die er achtlos auf den Tisch warf. An seinem unsicheren Gang ließ sich unschwer erkennen, dass er schon einige Biere intus hatte. Schwankend steuerte er in Richtung Tür und stolperte dabei direkt in zwei Männer, die die Bar gerade betreten hatten. Rosalie erkannte die beiden Typen aus dem Kastenwagen. Der jüngere von beiden machte einen ausgesprochen verschlossenen Eindruck. Er mochte vielleicht Ende zwanzig sein, war schlank, gut durchtrainiert und trug zu einer dunklen Jeans eine schwarze Lederjacke. Über seine linke Wange zog sich eine feine weiße Narbe. Sein Begleiter war das genaue Gegenteil. Er war etwas älter, vielleicht Mitte dreißig, größer und kräftiger gebaut als sein Freund. In seinem runden, offenen Gesicht funkelten dunkle Augen. Er trug helle Jeans und einen schwarzen Rundhalspullover. Er war es auch, der den taumelnden Didier auffing. Dieser reagierte prompt wütend.

»Fass mich nicht an, verdammter Araber!«, brüllte er und stieß den Mann vor die Brust. Der wich sofort einen Schritt zurück und hob beschwichtigend die Hände.

»Alles gut, Monsieur. Wir wollten Sie nicht belästigen.«

Rosalie war überrascht, wie höflich er blieb. Seinem Freund fiel das offensichtlich viel schwerer. Er hielt Didiers feindseligem Blick mit finsterer Miene stand. Dieser nahm es als willkommene Provokation. Anstatt wie geplant nun nach Hause zu gehen, baute er sich drohend vor den beiden Neuankömmlingen auf. Didier war ein großer, kräftiger Mann, der die beiden Nordafrikaner um beinahe einen Kopf überragte.

»Was habt ihr hier zu suchen?«, fuhr er sie mit schwerer Zunge an. »Für so'n Pack wie euch isss hier kein Platz nich. Geht dahin zurück, wo ihr hergekommen seid!«

»Keine Bange. Wir wollen hier nur einen Kaffee trinken.« Der Ältere blieb weiterhin freundlich und versuchte, sich mit seinem Begleiter an Didier vorbeizumanövrieren. Doch der packte ihn am Ärmel.

»Habt ihr nicht verstanden, was ich gesagt habe?«, blitzte er ihn an. »Raus hier!«

»Du hast uns hier gar nichts zu sagen«, konterte der Mann mit der Narbe und ballte seine Hände zu Fäusten. »Lass meinen Freund los und mach selbst, dass du wegkommst.«

»Ich zeig dir gleich, wer hier das Sagen hat.« Didiers Wut steigerte sich. Er ballte die Fäuste und nahm eine Art Kampfhaltung ein.

Rosalie sah bereits eine Schlägerei auf die Männer zukommen. Der Junge hinter der Theke verkrümelte sich von der Theke in den Durchgang zur Küche. Hilflos sah er zu ihr herüber. Gerade noch rechtzeitig trat durch die Hintertür der Wirt in den Schankraum und stellte sich zwischen die Streithähne. Trotz der angespannten Situation fühlte sich Rosalie erleichtert. Es handelte sich um niemand anderen als um Josef Jauffret, ihren alten Jugendfreund und zuverlässigen Beschützer aus alten Tagen. Der tapsige Hüne mit den Bärenkräften war also tatsächlich Wirt geworden! Mit seiner Größe von gut einem Meter neunzig überragte er vermutlich die gesamte Dorfbevölkerung von Vassols. Dazu war er stämmig und gut genährt. Allein seine Anwesenheit machte ordentlichen Eindruck auf die Anwesenden. Didier ließ den Algerier prompt los, wenn er ihm auch weiterhin aggressive Blicke zuwarf.

»Gut, dass du da bist, Josef! Das fremde Pack hat hier nichts zu suchen! Mach ihnen das klar. Das sind doch alles Kriminelle! Raus mit ihnen, sag ich.«

»Lass den Quatsch«, brummte der Wirt und schob Didier mit sanfter, aber unmissverständlicher Gewalt in Richtung Ausgang. »Du hast mal wieder genug. Eigentlich hast du doch gar nichts gegen die Typen, oder? Schlaf deinen Rausch aus und mach hier keinen Aufstand. Die Leute haben das gleiche Recht wie du, hier zu sein. Kapiert? Wir sind hier keine Rassisten in Vassols.«

»Die haben *kein* Recht, hier zu sein!« Didier machte sich ungehalten los und ging nun auf den viel größeren Josef los. »Steckst du mit diesen Islamisten etwa unter einer Decke, hä?

Verdammt! Habt ihr euch denn alle verschworen gegen mich! Steckst du auch mit dem Tierquäler unter einer Decke? Erst Ric und nun auch noch Loulou. Mir reicht's! Ich scheiß auf euch!« Er schüttelte benommen den Kopf, bevor er Josef erneut zu fixieren versuchte. »Bisss auch nicht besser als diese Mistkerle. Ich werde es euch schon noch zeigen, ich ...«

»Du wirst jetzt hier verschwinden«, unterbrach Josef seine verwirrte Tirade. Seine Stimme klang ruhig und bestimmt. Während er mit der einen Hand die Tür öffnete, stieß er den Querulanten mit der anderen hinaus auf die Straße. Didier stolperte ein paar Schritte, bevor er sich wieder gefangen hatte. Danach tobte er noch eine Weile auf der Straße herum, bevor er endlich laut fluchend in seinen Wagen stieg und davonfuhr.

Josef schüttelte den Kopf und entschuldigte sich bei den beiden Männern. Erst da erblickte er Rosalie. Sein breites, fleischiges Gesicht strahlte, als er sie wiedererkannte.

»Rosalie LaRoux«, donnerte er mit seiner kräftigen Bassstimme. »Wenn das mal keine Überraschung ist!«

»Ganz schön was los in Vassols«, spottete Rosalie, der bei der herzlichen Begrüßung ganz warm ums Herz geworden war. »Sag bloß, du hast Maryse tatsächlich überredet, dich alten Schwerenöter zu nehmen.«

Josefs ohnehin gerötetes Gesicht wurde noch eine Spur dunkler. »Nun ja«, brummte er bescheiden, »ihr blieb letztendlich wohl keine andere Wahl.« Mit einem ungeschickten Räuspern versuchte er seine Verlegenheit zu überspielen. »Aber was zum Teufel machst du wieder in Vassols?« Er kratzte sich durchs kurz geschorene Haar seinen Schädel. »Dumme Frage! Es ist wegen Mamie Babettes Tod, nicht wahr?« Seine graugrünen Augen sahen sie teilnahmsvoll an.

»Ja, ähm, so könnte man es wohl sagen«, meinte Rosalie

und spürte plötzlich wieder diesen Kloß im Hals, der sich seit dem Besuch beim Notar in ihr breit und breiter machte.

»Könnten wir vielleicht einen Kaffee bestellen?«, hörte sie plötzlich einen der Nordafrikaner fragen. Rosalie nutzte die Gelegenheit, um einem weiteren Verhör zu entkommen.

»Hey, kann es sein, dass ihr beiden einen ockerfarbenen Lieferwagen fahrt?«, richtete sie sich an die beiden.

»Und wenn schon!«, raunzte der Jüngere prompt. Sein Freund runzelte nur verwundert die Stirn.

»Dann wart ihr also diejenigen, die mich heute Morgen um ein Haar in einen Unfall verwickelt hätten. Ganz schön rücksichtsloser Fahrstil, *Messieurs*!«

»Ist ja wohl nichts passiert«, brummte der Jüngere.

»Aber beinahe! Du hast leider vergessen, deine Schiebetür richtig zu verriegeln. Ich konnte gerade noch bremsen, bevor mir so ein dämlicher Pflanzenkübel direkt vor meine Räder gerollt ist. Ich hätte tot sein können.« Sie runzelte verärgert die Augenbrauen. »Dafür ist normalerweise eine Entschuldigung fällig!«

»Damit hat Ismael nichts zu tun. Es geht auf meine Kappe«, mischte sich nun der andere ein. Im Gegensatz zu dem Jüngeren war er eindeutig um Frieden bemüht. »Ich saß nämlich am Steuer, auch wenn der Wagen meinem Cousin gehört. War viel zu spät dran. Meine Mutter hat mächtig Druck gemacht. Deshalb die Eile. Aber wenn es dich beruhigt: Sie hat mir danach die Ohren lang gezogen, weil ich den wertvollen Arganölbaum ihrer Großmutter verloren habe. Wenn du willst, entschuldige ich mich natürlich.« Er legte den Kopf schief und sah sie mit einem treuherzigen Hundeblick an. Rosalie musste unwillkürlich schmunzeln. Bei so viel Pathos konnte sie nicht länger wütend sein.

»Entschuldigung angenommen«, gab sie sich gnädig.

»Ich bin übrigens Rachid.« Seine betretene Miene verwandelte sich im Handumdrehen in ein sympathisches Lächeln. Er streckte ihr die Hand entgegen. Sie fühlte sich überraschend warm und fest an. »Und das hier ist mein Cousin Ismael Bashaddi. Er lebt noch nicht lange in Frankreich und hat noch ein wenig Schwierigkeiten, sich an die französischen Umgangsformen zu gewöhnen. Nimm es ihm nicht übel, wenn er ab und zu so grimmig dreinschaut. In Wirklichkeit ist er sanft wie ein Lamm.«

Ismael streckte mit einem noch etwas verkniffen wirkenden Lächeln ebenfalls seine Hand aus, und Rosalie drückte auch sie.

»Ich bin Rosalie, die neue Friseurin im Dorf«, stellte sie sich vor.

»Dann übernimmst also *du* Babettes Studio«, mischte sich Josef wieder ein, der dem Geplänkel erst mit Schmunzeln und nun mit ehrlichem Erstaunen zugehört hatte.

Rosalie rümpfte die Nase. »Mir bleibt da leider im Augenblick keine andere Wahl.«

»Falls du Hilfe brauchst, steh' ich dir gern zur Seite«, meinte Rachid sofort beflissen. »Ich bin zufällig Architekt. Und für dich sind meine Tipps umsonst – als Wiedergutmachung gewissermaßen!« Er zwinkerte ihr zu.

Rosalie legte den Kopf schief. »Ach ja?«

Rachid ließ sich von ihrem provozierenden Blick nicht beeindrucken. »Leute unserer Provenienz müssen zusammenhalten, findest du nicht auch?« Rosalie sah ihn erst etwas begriffsstutzig an, bevor sie begriff, dass er mit dem hochgestochenen Fremdwort auf ihre gemeinsame nordafrikanische Abstammung anspielte.

In der Zwischenzeit hatte auch Josefs Frau Maryse den Schankraum betreten. Rosalies Ankunft hatte sich in Windeseile auch bis zu ihr herumgesprochen. Die hochgewachsene Wirtin stürzte überschwänglich auf sie zu: »Das darf doch nicht wahr sein! Unsere Rosalie!«, kreischte sie und drückte sie so fest an sich, dass der zierlichen Rosalie fast die Luft wegblieb. Nach den obligatorischen drei Bisous folgte ein Wortschwall mit nicht nachlassender Freudenbekundung. Endlich kam Rosalie dazu, ihre Jugendfreundin ebenfalls zu begutachten. Auch wenn sie es niemals zugegeben hätte, so war sie von der überschwänglichen Begrüßung doch gerührt.

Maryse hatte sich in den vergangenen Jahren kaum verändert. Sie war immer noch schlank und bildhübsch. Ihre ebenmäßigen Gesichtszüge hatten nichts von ihrer Puppenhaftigkeit verloren. Nur ihre Haare waren eine einzige Katastrophe. Sie waren dünn, strohig, schlecht blondiert und dann noch zu einem unmöglich toupierten Zopf zusammengebunden, der mit einer geschätzt halben Dose Haarspray etwas vortäuschen sollte, was in Wirklichkeit nicht vorhanden war.

Rosalie konnte nicht anders, als sie nun eben war. Statt ihre Freundin erst einmal zu begrüßen, sagte sie nur: »Deine Haare sind immer noch unmöglich, Maryse! Du musst mich gleich morgen in meinem Haarstudio besuchen!«

5

»Na, meine Schöne, geht es dir heute etwas besser?« Sobald Vincent die Küche betrat, hob die verletzte Hündin ihren Kopf und schlug mit ihrer Rute kräftig auf den Boden. Seit er sie aufgelesen hatte, erschien sie ihm zum ersten Mal etwas unternehmungslustiger. Sie richtete sich sogar auf und humpelte auf ihn zu. Vincent unterband es und drückte sie wieder sanft auf ihr Kissen zurück. »Nicht zu übermütig, meine Kleine. Du möchtest doch sicherlich nicht, dass deine Wunde wieder aufbricht.«

Die Hündin, der er den Namen Minouche gegeben hatte, legte ihren Kopf schief und betrachtete ihn aus ihren braunen Augen so aufmerksam, als könne sie ihn verstehen. Ihr Blick wärmte Vincents Herz. Er hatte sich schon viel zu sehr an sie gewöhnt. Der Gedanke, sie zu behalten, wurde ihm immer vertrauter. Niemand im Dorf kannte das Tier, und auch in der Umgebung schien keiner einen Hund zu vermissen – wenigstens soweit ihm bekannt war. Für ihn stand längst fest, dass er sich ohne Notwendigkeit nicht mehr von dem Tier trennen würde. Die stoische Gelassenheit, mit der Minouche ihre Schmerzen ertrug, und die Tatsache, dass sie darüber hinaus sogar noch dankbar für jede noch so kleine Zuwendung war, beeindruckte ihn.

Gedankenverloren streichelte er ihren Kopf. Ob Rosalie wohl auch Hunde mochte? In letzter Zeit musste er immer öfter an sie denken. Seit sie wieder zurück in Vassols war, schien ihm das Leben bunter und interessanter zu sein. Ja, selbst die Albträume, die ihn die letzten Monate so geplagt und niedergedrückt hatten, kehrten nicht mehr mit der steten Regelmäßigkeit zurück. Doktor Bertrand, mit dem er sich einmal wöchentlich über Skype austauschte, war der Ansicht, dass dies ein gutes Zeichen sei. Vincent scheine seine Agoraphobie rasch überwinden zu können, müsse allerdings am Ball bleiben und dürfe sich auf keinen Fall wieder in sein Schneckenhaus zurückziehen.

Aber genau das war sein Problem. Weder hatte er bislang Rachid Ammaris Angebot angenommen, mit ihm eine Partie Schach zu spielen, noch hatte er Rosalie zu sich nach Hause eingeladen, obwohl er eigentlich täglich an sie dachte. Ihr zufälliges Zusammentreffen auf der Landstraße war nun schon beinahe zehn Tage her. Seither war er ihr nur noch einmal kurz auf der Straße begegnet. Sie hatte ihm nicht sehr begeistert berichtet, dass sie nun doch gezwungen sei, etwas länger in Vassols zu bleiben. Für ihn hätte es keine schönere Nachricht geben können, doch anstatt die Gelegenheit beim Schopf zu ergreifen und sich sofort mit ihr zu verabreden, war er nur in hilfloses Gestammel verfallen. Mehr als: »Dann werden wir uns ja wohl noch öfter sehen«, hatte er nicht hervorgebracht. Ihre überraschende Kundgebung hatte ihn schlicht und einfach überrumpelt. Mit Sicherheit war er der größte Dummkopf von Vassols. Rosalie musste mit Recht annehmen, dass sie ihm völlig gleichgültig war. Dabei brannte er darauf, mehr über diese herrlich erfrischende Frau zu erfahren. Ihre muntere, direkte Art tat ihm gut, und auch dieser Ammari schien ein sympathischer Kerl zu sein. Es war Zeit, etwas zu ändern.

Während er beim Frühstück sein Croissant in den Milchkaffee tunkte, reifte in ihm der Entschluss, Rosalie endlich an das versprochene Abendessen zu erinnern. Wenn sie noch wollte, würde er sie zu sich nach Hause einladen. Von der Bäckerin Arlette, die gemeinsam mit ihrer Busenfreundin Josette für den Umlauf von Tratsch im Dorf zuständig war, hatte er beim morgendlichen Einkauf erfahren, dass sie am nächsten Tag ihr Haarstudio eröffnen wollte. Konnte es eine bessere Gelegenheit geben, als ihr mit einem Blumenstrauß zu gratulieren und die Einladung auszusprechen? Allein der Gedanke versetzte Vincent in beinahe euphorische Stimmung. Leise vor sich hin pfeifend überlegte er, ob die Bouffiers noch Wildschwein haben mochten. Daraus könnte er bereits heute im Laufe des Tages eine *Daube* ansetzen. Je länger der Schmortopf aus Fleisch, Schalotten, Orangenstücken, Tomaten und Kräutern vor sich hin simmerte, desto köstlicher wurde er. Oder würde Rosalie ein weniger bäuerliches Gericht bevorzugen? Vielleicht eine *Foie gras* als Vorspeise und als Hauptgericht eine *Dorade royale* mit frischem Frühlingsgemüse? Zum Nachtisch dann eine *Crème brûlée?* Oder war sie womöglich Vegetarierin oder gar Veganerin? Wie leicht konnte man mit einem schlecht gewählten Essen einen falschen Eindruck erwecken. Er stellte fest, dass er überhaupt nichts über Rosalies Vorlieben wusste. Ich werde sie am besten danach fragen, beschloss er aufgeregt.

Nach einer ausgiebigen Dusche, die er stets mit einem Schwall eiskalten Wassers abschloss, kleidete er sich sorgfältig an. Dann trug er Minouche die Stufen hinunter auf die Straße, damit sie zwischen den Platanen, die die Place de l'Eglise umschlossen, ihr Geschäft verrichten konnte.

»Na, immer noch auf den Hund gekommen?«, zog ihn Josette auf, die gerade auf dem Weg zu ihrem *Magasin du Journal* war. »Dem armen Tier scheint es ja wieder besser zu gehen.«

»In der Tat«, meinte Vincent gut gelaunt. »Die Wunde heilt gut. Allerdings wird es noch einige Zeit dauern, bis sie wieder richtig laufen kann. Ich befürchte sogar, dass sie ihr Leben lang hinken wird.«

»Was sind das nur für Idioten, die solch abscheuliche Fallen aufstellen!« Josette schüttelte angewidert den Kopf. »Etienne hat mir erzählt, dass neulich jemand in dem Wald, der an Rivas Weinfelder stößt, einen verendeten Hund gefunden hat. Angeblich hat er dem verrückten Didier gehört. Der war ganz außer sich. Hat einen Aufstand gemacht, als hätte man ihm sein Kind getötet.«

»Ich kann ihn gut verstehen«, gestand Vincent. »Mir ist Minouche auch schon richtig ans Herz gewachsen. Dabei kennen wir uns noch gar nicht lange!«

Josette wechselte das Thema. »Wirst du morgen auch zu Rosalies Eröffnung gehen? Ihr wart doch alte Freunde.« Vincent spürte, wie sie ihn neugierig musterte, bevor sie fortfuhr: »Ganz schön mutig, dass sie schon aufmacht, obwohl doch die Einrichtung noch nicht mal ganz fertig ist.« Sie senkte ihre Stimme, als ob sie ihm ein Geheimnis verraten würde. »Wahrscheinlich hat sie es finanziell nötig. Ihr Vater lässt sie offenkundig hängen. Der alte Viale hat ja keinen Hehl daraus gemacht, dass er nicht sehr begeistert von ihrer Rückkehr ist.«

»Das sind doch alles nur Gerüchte.« Vincent war von Josettes Tratscherei nicht sehr angetan. Außerdem begann ihm ihr Redeschwall auf die Nerven zu gehen.

»Oh nein, sind es nicht!«, behauptete sie unbeeindruckt. »Dass sie in Geldnot ist, zeigt doch schon, dass sie es nötig hat, sich als Fußpflegerin zu verdingen.« Sie sah ihn vielsagend an und zupfte gedankenschwer an ihrem faltigen, hageren

Hals, was Vincent prompt an eine Truthenne erinnerte. »Sie hat überall Aushänge angebracht, in denen sie unterschiedliche Dienste für die Leute auf dem Land anbietet. Fußpflege, Einkaufen, Massagen, lauter solch merkwürdige Dinge. Obwohl ...« Josette kratzte sich an der Wange. »Obwohl ich es eigentlich für gar keine so schlechte Idee halte. Schließlich gibt es doch genügend Leute auf dem Land, die nicht mehr mobil sind und sich freuen, wenn sie auf diese Weise umsorgt werden. Also ich werde Rosalie auf jeden Fall unterstützen und mich gleich morgen bei ihr sehen lassen.«

»Das wird Rosalie sicherlich freuen. Leider muss ich nun los und meine Apotheke aufschließen.« Vincent nickte Josette knapp zu und machte Anstalten zu gehen.

»Ich bin ebenfalls spät dran.« Josette hob ihre Hand zum Gruß und huschte zu ihrem Laden, der auf der gegenüberliegenden Seite des Platzes lag.

Der Morgen verging für Vincent in schleppender Langsamkeit. Er war mit seinen Gedanken einfach nicht bei der Arbeit. Jetzt im Frühling plagte sich die halbe Dorfbevölkerung mit Erkältungen und wollte hustenlindernde Medikamente, Halsschmerztabletten und Schnupfenmittel empfohlen haben. Obwohl er dadurch alle Hände voll zu tun hatte, sah er immer wieder auf die Uhr. Als gegen halb eins der letzte Kunde aus seiner Apotheke verschwunden war, schloss er ab, um sich in Nicolettes Blumenladen kurz vor Ladenschluss nach geeigneten Blumen umzusehen. Nach längerer Überlegung entschied er sich, Rosalie mit subtilen Blumen zu überraschen. Er hatte in Erinnerung, dass sie ein besonders ausgeprägtes Duftempfinden hatte. Sie roch Dinge, die den meisten anderen Mitmenschen überhaupt nicht auffielen. Vielleicht würde ihr ja ein Frühlingsstrauß aus einheimischen Blumen gefallen?

Osterglocken und Tulpen, dazu zur Auflockerung ein paar Vergissmeinnicht? Vincent traf seine Wahl und machte sich mit dem Blumenstrauß auf den Weg zu Rosalies Laden, der in einer Seitenstraße der Place de l'Eglise lag.

Schon als er die Gasse betrat, hörte er das Geräusch einer Bohrmaschine. *Auf jeden Fall ist sie zu Hause*, dachte er beglückt. Er spähte durch die Glasfront in das Innere des kleinen Ladens und sah, dass bereits je drei Spülbecken und Friseurstühle montiert waren. Die Wände waren neu verputzt und fast fertig gestrichen. *Rosalie hat Geschmack*, stellte er bewundernd fest, als er durch die Glastür den Salon betrat. Schon jetzt strömte der Raum sowohl vornehme Kühle als auch Behaglichkeit aus. Der Boden war mit Steinfliesen in changierenden Grautönen ausgelegt. Damit harmonierten die weißen Waschbecken und die schwarzen Friseurstühle. Um etwas Extravaganz in den Raum zu bekommen, hatte Rosalie drei große Spiegel mit Goldstuckrahmen anbringen lassen. Die Wände waren bis auf die der Glasfront gegenüberliegenden Seite, die in einem warmen Beerenton gehalten war, weiß gestrichen, wobei immer wieder Stücke von Putz fehlten, um die darunter liegenden Natursteine zur Geltung zu bringen.

»Vincent!« Rosalies Ruf riss ihn aus seinen Betrachtungen. Er entdeckte sie erst jetzt, wie sie gerade vergeblich versuchte, einem auf der Leiter stehenden Mann eine tönerne Lampenabschirmung zu reichen. Vincent erkannte Rachid Ammari, den Gemüsehändler, erst auf den zweiten Blick. Die beiden wirkten ziemlich vertraut miteinander, oder bildete er sich das nur ein? Vincent spürte die Unsicherheit, die ihn immer in Situationen überkam, die er nicht genau einzuschätzen wusste. Mit seinem Blumenstrauß in der Hand kam er sich zudem ziemlich lächerlich vor.

»Ähm, ich wollte nicht stören«, begann er hilflos. »Ich dachte nur, dass ich vielleicht ...« Sein Stocken wurde ihm zunehmend peinlich, und er kämpfte mit dem immer stärker werdenden Wunsch, auf dem Absatz kehrtzumachen und schleunigst von hier zu verschwinden. Rosalie ließ es allerdings nicht zu.

»Du störst überhaupt nicht. Im Gegenteil. Kannst du mal eben Hand anlegen? Ich bin nicht groß genug, um Rachid diesen verdammt schweren Schirm zu reichen.«

»Aber sicher.« Vincent legte seinen Blumenstrauß auf einem Hocker ab und nahm Rosalie das Terrakottastück aus der Hand.

»Das ist sehr freundlich von Ihnen, Herr Nachbar«, begrüßte ihn Rachid mit einem vergnügten Augenzwinkern. »Sie haben sich in letzter Zeit reichlich rargemacht. Können Sie das Teil halten, während ich die Öse an den Haken hänge?«

Vincent nickte nur und half dem Algerier, die Vorrichtung an dem bereits in der Decke angebrachten Haken aufzuhängen, was eine gewisse Geschicklichkeit voraussetzte. Nach einigem Hin und Her war der Schirm endlich angebracht, und Rachid stieg von seiner Leiter. Die beiden Männer reichten sich kurz die Hand.

»Kennen Sie Rosalie von früher?«, erkundigte sich Vincent möglichst beiläufig.

»Rachid ist der Idiot, der mich um ein Haar vor ein paar Tagen von der Landstraße abgedrängt hat«, mischte sich Rosalie munter ein. »Als Strafe dafür muss er mir hier helfen.« Sie knuffte Rachid in die Seite, worauf dieser ihr charmant zulächelte. »Aber ihr beide scheint euch ja ebenfalls zu kennen«, sagte sie wieder an ihn gewandt.

»Kennen ist wohl etwas übertrieben«, brummte Vincent

nicht gerade begeistert. »Monsieur Ammari und ich haben uns neulich kurz auf der Straße getroffen.«

»Was mir jedenfalls ein großes Vergnügen war, Monsieur Olivier«, entgegnete Rachid mit neckendem Unterton.

»Nun seid mal nicht so steif«, zog Rosalie die beiden auf. »Vincent, das ist Rachid. Rachid, das ist Vincent. Hier in Vassols, und besonders in meinem Laden, da duzen sich meine Helfer.«

Rachid öffnete ergeben die Hände und rollte theatralisch mit den Augen. »Das sollten wir wohl respektieren, nicht wahr …?« Er machte eine kurze Pause. »Vincent?«

»Natürlich, Rachid.« Vincent bleckte notgedrungen die Zähne. Er kam sich reichlich albern vor.

Zu allem Überfluss begann Rosalies neuer Freund nun auch noch einen auf vertraut zu machen. »Lass uns unsere Bekanntschaft doch nächsten Samstagnachmittag bei einer schönen Tasse Tee und einem spannenden Schachspiel vertiefen«, sagte er. Er klopfte ihm kameradschaftlich auf die Schulter und wandte sich dann an Rosalie. »Ich muss jetzt gehen.« Er nahm sie in den Arm und drückte ihr einen zärtlichen Kuss auf die Wange. »Wir sehen uns dann heute Abend zum Essen, ma chérie!«

Rosalie winkte ihm zu, bis er durch die Tür verschwand. Sprachlos sah Vincent dem Mann hinterher. Musste er etwa dessen Konkurrenz fürchten?

»Ist etwas mit dir?« Rosalie sah ihn besorgt an. Ihre Stimme klang himmelschreiend arglos.

Vincent riss sich zusammen. Er nahm den Blumenstrauß vom Hocker und überreichte ihn Rosalie mit einer schwungvollen Geste. In diesem Augenblick blieb sein Blick an der Vase auf dem Kassentisch hängen, in der ein prächtiger, weitaus größerer Strauß weißer Orchideen prangte. Dagegen nahmen sich seine Blumen geradezu lächerlich aus. »Oh, da ist mir wohl jemand zuvorgekommen«, murmelte er enttäuscht. Mehr fiel ihm mal wieder nicht ein.

»Die Orchideen sind von Rachid. Sie sind hübsch, nicht wahr?« Dann nahm sie ihm seine Blumen mit einer entschlossenen Bewegung aus der Hand. »Und diese hier sind einfach wunderbar!« Sie lächelte ihm charmant zu.

»Ähm, ja! Natürlich! Alles Gute zur Eröffnung.«

Rosalie bedankte sich, indem sie den Strauß an ihre Nase drückte und intensiv daran schnupperte. »Ich liebe Frühlingsblumen«, meinte sie versonnen.

Vincent war sich hundertprozentig sicher, dass sie das nur aus Höflichkeit sagte. Er hatte eindeutig die falsche Wahl getroffen. Mit einem Mal kam er sich reichlich albern vor. Er war einfach nicht der charmante Galan, der aus so einer Situation seinen Vorteil ziehen konnte. Es war Zeit, dass er den Rückzug antrat.

»Ich muss dann wieder zurück zur Apotheke. Man sieht sich.«

Und schon machte er auf dem Absatz kehrt und verschwand durch die Tür.

Rosalie überlegte, welchen Fehler sie wohl begangen haben mochte, da Vincent es plötzlich so eilig hatte. Sie bedauerte, dass er sich so rasch verabschiedet hatte. Hatte sie ihn brüskiert? Oder wartete womöglich seine Frau auf ihn mit dem Mittagessen? Der Gedanke war eigentlich naheliegend. Ein so gut aussehender Mann wie er lebte sicherlich nicht allein. Aber warum hatte er ihr dann Blumen gekauft? Ihr Blick wanderte von den Orchideen zu den duftigen Frühlingsblumen. Zwei unterschiedliche Sträuße, zwei unterschiedliche Verehrer? Rosalie seufzte und dachte an Jérôme, der sich in diesem Augenblick gerade mit ihrem Geld und seiner neuen Freundin in irgendeinem Luxushotel an der Côte d'Azur oder sonst wo vergnügte, während sie in diesem Kaff saß und gezwungen war, ihr altes Leben aufzunehmen. Nein! Von Männern hatte sie erst einmal die Nase voll.

6

Rosalie hatte die Eröffnung ihres Friseursalons bewusst auf den Dienstag gelegt. An diesem Tag war vormittags Wochenmarkt, was in jedem Fall Laufkundschaft versprach. Außerdem hatte sie überall Plakate aufgehängt, die nicht nur auf die Eröffnung ihres Haarstudios hinwiesen, sondern auch auf die zusätzlichen Leistungen, die sie anbieten wollte. Der Gedanke, womöglich den ganzen Tag untätig in ihrem Friseursalon auf Kunden zu warten, gefiel ihr ganz und gar nicht. Warum also nicht die Angebotspalette erweitern? Schließlich hatte sie in mancherlei Berufen ihre Erfahrungen gemacht. Auf die Idee, Dienstleistungen wie Massagen, Fußpflege und Einkäufe für die ältere Bevölkerung auf dem Land anzubieten, hatte Maryse sie gebracht. Ihre Freundin war zwar eine miserable Köchin, hatte aber dafür ein ausgezeichnetes Gespür für Geschäftsideen.

Um die Einzigartigkeit ihres neuen Studios, wie sie den Salon nannte, hervorzuheben, hatte Rosalie sich einen besonderen Namen ausgedacht. *Les Folies Folles* – die verrückten Launen – wollte sie ihn nennen. Der Name prangte nun in großen, schwungvollen Lettern von einem verspielt gestalteten Rahmen umgeben als Schild über dem Eingang. Darunter stand in kleinerer Schrift:

Passende Frisuren – Massagen – sonstige Probleme? Wenden Sie sich vertrauensvoll an Rosalie LaRoux!

Die etwas eigenwillige Umschreibung war ebenfalls Maryses Idee gewesen. Sie hatte das Schild anfertigen lassen, um Rosalie damit zu überraschen. Diese war hin- und hergerissen. Zweifellos sah das Schild hübsch aus, aber irgendwie auch ziemlich übertrieben. Doch Maryse überzeugte sie schließlich, dass genau das die Einzigartigkeit des *Folies Folles* herausstellte.

Nun war es also so weit. Kaum hatte Rosalie ihr neues Reich betreten, schrillte auch schon das Telefon.

»*Les Folies Folles*. Rosalie LaRoux am Apparat«, meldete sie sich selbstbewusst.

»Bonjour. Hier ist Madame Rivas«, tönte eine ältere, leicht brüchige Stimme am anderen Ende. »Bist du es, Rosalie?«

Rosalie benötigte einen Augenblick, bevor ihr klar wurde, dass sie Suzanne Rivas, eine der besten Freundinnen von Mamie Babette, am Apparat hatte. Ein nervöses Kribbeln machte sich in ihrem Magen breit. »Die bin ich«, bestätigte sie. War es nicht merkwürdig, dass ausgerechnet der erste Anruf gleich etwas mit Babette zu tun hatte?

»Herzlichen Glückwunsch zu deiner Eröffnung, *ma chérie!* Ich wäre gern selbst gekommen, um dir zu gratulieren, aber Yves hat mal wieder keine Zeit, wenn es um seine Mutter geht.« Madame Rivas' Seufzen war lang, aber ergeben. »Er gibt vor, viel zu beschäftigt zu sein. Immer ist er auf Achse und hetzt seinen Geschäften nach. Was soll man da als alte Frau, die nicht mal Auto fahren kann, schon machen?«

»Kann ich Ihnen irgendwie zu Diensten sein?«, versuchte Rosalie vorsichtig auf den Punkt zu kommen. Sie stellte soeben fest, dass jemand vergeblich versuchte, den Salon zu betreten. »Möchten Sie, dass ich Ihnen die Haare schneide? Ich mache auch Hausbesuche.« Suzanne Rivas wohnte auf einem Weingut etwa drei Kilometer außerhalb von Vassols.

»Ach ja, die Haare kannst du mir auch machen«, meinte Madame Rivas erfreut, »aber eigentlich rufe ich an, weil mir einige Fußnägel eingewachsen sind. Ich kann kaum noch auftreten. Yves könnte mich natürlich auch zum Doktor fahren, aber da muss ich dann wieder so lange warten.«

»Kein Problem. Wenn es für Sie in Ordnung ist, komme ich morgen Nachmittag bei Ihnen vorbei. Passt es gleich um dreizehn Uhr? Dann habe ich gerade Mittagspause im Salon.«

»Das ist wunderbar! *Au revoir*, Rosalie! Schön, dass du wieder im Lande bist. Babette würde sich freuen!«

Rosalie legte auf. Wenn Suzanne wüsste, wie sehr sie diese Frau vermisste! Warum hatte sie sich nur all die Jahre nicht mehr um sie gekümmert! Zum Glück hatte sie keine Zeit mehr, weiter zu grübeln, denn das Rütteln an der Tür wurde in zunehmendem Maß ungeduldig.

»Ich komme ja schon!« Rosalie beeilte sich, die Tür zu öffnen, woraufhin Josette Balbu in ihr Studio drängte, um sich erst einmal ausgiebig umzusehen.

»Donnerwetter«, staunte sie sichtlich beeindruckt. »Da hast du Babette aber tüchtig ins Handwerk gepfuscht. Da ist ja nichts mehr, wie es früher war!«

»Was für ein charmantes Kompliment«, antwortete Rosalie trocken. »Allerdings bin ich mir sicher, dass Babette nichts gegen die Änderungen einzuwenden hätte.«

»Natürlich nicht, Schätzchen! So war es auch gar nicht gemeint!« Josette knurrte gutmütig und begrüßte Rosalie erst einmal mit den obligatorischen drei Begrüßungsküsschen. »Diese Farbpigmente im Putz sind mir auf Dauer ohnehin auf den Keks gegangen. Nein, nein, du hättest deinen Salon durchaus schlimmer einrichten können.« Nach diesem zweifelhaften Kompliment ließ es Josette dabei bewenden und setzte sich ohne Aufforderung auf den mittleren der drei Friseurstühle. Doch kaum sah sie sich ihrem Spiegelbild gegenüber, sackte die Journalverkäuferin resigniert in sich zusammen.

»Ist es nicht eine Schande, wie ich aussehe?«, klagte sie.

»Allerdings.« Rosalie konnte nicht anders, als ihr recht zu geben. Josettes grau melierte Haare hingen schlaff und leblos rechts und links an ihrem mageren Gesicht herunter und ließen ihren faltigen Hals noch länger erscheinen, als er ohnehin schon war.

»Du warst offensichtlich lange nicht mehr in fachkundigen Händen«, stellte sie schließlich fest. Ihre Hände glitten durch Josettes Haar, um dessen Struktur zu prüfen.

»Seit Babettes Tod habe ich niemanden mehr an mein Haar gelassen«, gestand sie zerknirscht. »Was soll ich denn Geld ausgeben, wenn ich nicht weiß, worauf ich mich da gerade einlasse, hä?«

»Keine Angst! Das bekommen wir schon wieder hin.« Rosalie holte einen Spiegel und betrachtete Josettes Kopf von allen Seiten. »Ich würde dir zu einem kinnlangen Bob raten. Der Nacken bleibt kurz. Die grauen Strähnen färben wir mit Naturfarben dunkel. Das greift das Haar nicht an. Den Pony würde ich mit einer weißen Strähne betonen. Sie macht dich jugendlich und verleiht deinem Gesicht etwas Frische. Was hältst du davon?«

»Ich weiß nicht«, mäkelte Josette unsicher. »Kannst du nicht einfach nur die Spitzen schneiden und Babettes Frisur wieder in Form bringen? So hatte ich es doch immer.«

»Deshalb siehst du auch so sauertöpfisch aus«, sagte Rosalie ungerührt. »Wenn du willst, dass ich dir die Haare mache, musst du mir schon vertrauen.«

Josette überlegte hin und her. Rosalie wusste genau, dass es ihr in Wahrheit ums Geld ging. Schließlich trat ein gewisser Schalk in ihre Augen. »In Ordnung. Aber wenn mir die Frisur nicht gefällt, dann schneidest du mir das nächste Mal die Haare so, wie Babette es immer getan hat – und zwar umsonst.«

Rosalie schmunzelte. »So machen wir es!«

Während sie die Farbe für Josettes Haare mischte, ging erneut die Tür auf, und zwei Handwerker betraten den Laden. Rosalie schickte sie gleich wieder weg.

»Ihr könnt ruhig noch im *Mistral* einen Kaffee trinken und in zwanzig Minuten wiederkommen. Dann hab ich für euch Zeit«, beschied sie sie. »Sagt Josef, dass der erste Kaffee auf mich geht.« Die Handwerker grinsten und zogen von dannen.

»Du bist ganz schön geschäftstüchtig«, stellte Josette anerkennend fest. »So habe ich dich gar nicht in Erinnerung. Du musst mir unbedingt erzählen, wie es dir in den letzten Jahren ergangen ist.«

»Da gibt es nicht viel zu sagen.« Rosalie machte sich daran, die Farbe gleichmäßig aufzutragen. »Ich war in Marseille, in Paris, in Toulouse, auf La Réunion und schließlich bis zuletzt in Nizza. Jetzt bin ich wieder hier. So einfach ist das. Erzähl du mir lieber, was sich hier im Dorf so getan hat. Wie kommt es, dass der alte Maurel immer noch Bürgermeister ist? Hat er tatsächlich vor, in Erfüllung seines Amtes vor unseren Herrn zu treten? Er muss doch mittlerweile schon an die achtzig sein.«

»Er wird nächsten Monat neunundsiebzig.« Josette seufzte lauthals. »Stell dir vor, Albert will sich tatsächlich noch einmal wählen lassen. Wenn er das schafft, dann ist er bei Amtsende der älteste Bürgermeister Frankreichs.« Sie kicherte albern. »Wahrscheinlich macht er es der Queen von England nach und will über sechzig Amtsjahre erreichen.«

»Was für ein schrecklicher Gedanke. Gibt es keinen geeigneten Nachfolger?«

»Jean-Luc Farnauld ist fest entschlossen, Maurel abzulösen. Allerdings paktiert der mit den Rechten. Das will mir so gar nicht gefallen. Ich bekomme als Sozialistin immer Bauchkrämpfe, wenn ich diese Proleten gegen die Ausländer wettern höre. Dabei sind Leute wie die Ammaris ehrenwerte Mitbürger. Sie zahlen ihre Steuern und schicken ihre Kinder in unsere Schulen. Nein! Zu den Rechten gehören mir viel zu viele Idioten. Die wollen sogar aus der Europäischen Union austreten. Wo kommen wir denn da hin!« Josette war nun kaum mehr zu bremsen. Während sie ohne jede Zurückhaltung ihre Meinung darlegte, wurde Rosalie gleichzeitig über den aktuellen Dorftratsch ins Bild gesetzt. Eines der Hauptthemen im Dorf war offenkundig die Zuwanderung von immer mehr Nordafrikanern. »Leute wie Jean-Luc und Arlette, aber auch die alte Bouvier wollen am liebsten, dass nur noch alteingesessene Franzosen oder bestenfalls ein paar reiche Belgier, Schweizer und Deutsche im Dorf leben«, verkündete Josette. »Die Araber hingegen wollen sie loswerden. Ich dagegen sage: Leben und leben lassen.«

Ihr Redefluss brach erst ab, als Rosalie ihr die Wärmehaube überstülpte, damit die aufgetragene Farbe in Ruhe einziehen konnte. Kurz darauf trudelten die beiden Handwerker wieder ein, um sich die Haare schneiden zu lassen. Rosalie erfuhr, dass sie auf Montage und nur zufällig in der Gegend waren. Für halb elf kündigte sich Hervé Ligier, der Besitzer des örtlichen Lebensmittelladens, an. Während Rosalie Josette die Haare wusch und anschließend schnitt, erfuhr sie auch über ihn so einiges.

»Irgendetwas stimmt mit Hervé nicht. Ich glaube, ihm ist

in seiner Jugend etwas Merkwürdiges zugestoßen«, mutmaßte Josette. »Er benimmt sich manchmal einfach sonderbar. Kein Wunder, dass Lucinde immer so griesgrämig aus der Wäsche schaut. Ach, schau mal ...«, unterbrach sie sich selbst und deutete auf die kleine Straße vor Rosalies Studio. »Da ist ja Arlette. Die ganze Zeit schon streicht sie wie eine räudige Katze um dein Studio. Bestimmt traut sie sich nicht hinein.« Sie kicherte vielsagend. »Die Gute spioniert immer erst alles aus, bevor sie etwas wagt.« Sie winkte ihr übertrieben zu, woraufhin Arlette rasch das Weite suchte.

Rosalie machte sich daran, Josettes Haare zu föhnen und mit etwas Festiger in Form zu bringen. Schließlich war sie mit ihrem Ergebnis zufrieden und präsentierte es von allen Seiten in einem Handspiegel. Die Zeitungsverkäuferin stieß einen anerkennenden Pfiff aus.

»Mein Gott! Bin das wirklich ich?« Ihr Staunen war nicht gespielt. Sie erhob sich und drehte sich mehrmals um sich selbst. »Ich bin ja kaum wiederzuerkennen. Wenn ich es nicht besser wüsste, könnte ich es glatt noch einmal auf dem Heiratsmarkt versuchen«, alberte sie. »Allerdings muss ich nur an Lucinde denken – und schon ist mir die Lust wieder vergangen.«

Als hätte sie ihm einen Einsatz gegeben, trat in diesem Augenblick der nächste Kunde in den Salon. Es war Hervé Ligier, Lucindes Ehemann. Eigentlich schwebte er mehr, als dass er ging, wie Rosalie fand. Der korpulente Lebensmittelhändler war nicht besonders groß, hatte aber durch seine Gesten etwas Raumgreifendes an sich, was ihm eine natürliche Dominanz verlieh. Aus dem runden, pausbäckigen Gesicht strahlten ihr wässrig blaue Augen entgegen, die wach und aufmerksam die Umgebung erkundeten.

»Ich bin doch nicht etwa zu spät?«, erkundigte er sich höflich.

»Alles prima! Ich bin gleich für Sie da. Setzen Sie sich doch einfach schon mal hin.« Rosalie deutete auf die Friseurstühle, während sie mit Josette zur Kasse ging.

Ligier schien mit ihrer Anweisung überfordert. Er wandte sich hilfesuchend an sie, indem er eine für seinen Körperumfang erstaunlich feingliedrige Hand leicht affektiert nach hinten abknickte. »Ach bitte, werte Madame LaRoux. Raten Sie mir, welchen der drei Stühle ich nehmen soll. Das ist einfacher für mich.«

»Leben und leben lassen«, murmelte Josette kopfschüttelnd und zückte demonstrativ ihr Portemonnaie.

»Nehmen Sie den linken, Monsieur Ligier.« Rosalie musste sich ein Schmunzeln verkneifen, während sie Josette zur Tür begleitete und verabschiedete. Wenn dieser Typ nicht schwul war, dann wollte sie einen Besen fressen. Der Tag versprach weiterhin amüsant zu werden.

»Wie kann ich Ihnen helfen?« Rosalie trat hinter ihren neuen Kunden und musterte ihn kritisch durch den Spiegel vor ihnen. »Sie fühlen sich nicht wohl in Ihrer Haut, stimmt's?« Sie sprach aus, was ihr auf der Zunge lag.

Ligier drehte sich erstaunt zu ihr um. »Wie kommen Sie denn darauf?« Kurz darauf begann er sich unglücklich auf seinem Stuhl zu rekeln. »Aber Sie haben natürlich recht! Hach, meine Frau möchte immer, dass ich männlicher rüberkomme und meine Haare ganz kurz schneiden lasse, aber schauen Sie mich doch an! Ich sehe aus wie ein Michelin-Männchen, wenn Sie mir jetzt auch noch die Haare abrasieren, wie es Lucinde wünscht. Ist das nicht eine Schande?« Seine wässrigen Augen suchten eine Bestätigung.

Ligier hatte in der Tat dichte, glatte Haare, die sich dazu eigneten, länger getragen zu werden, schon allein, um seinen ausgeprägten Eierkopf nicht zu sehr zu betonen.

»Dann rate ich Ihnen dazu, Lucinde dieses eine Mal zu enttäuschen«, riet sie ihm entschieden. »Ich jedenfalls weigere mich, Ihnen die Haare ganz kurz zu schneiden!« Sie zwinkerte ihm selbstbewusst zu und hoffte, dass er ihren Wink verstand. Tatsächlich huschte ein erleichtertes Lächeln über Ligiers Gesicht. »Sie sprechen mir aus der Seele, werte Madame LaRoux.«

»Nennen Sie mich doch einfach Rosalie!«

»Und ich bin Hervé!«

Damit war das Eis zwischen ihnen gebrochen. In der kurzweiligen Unterhaltung, die nun folgte, erfuhr Rosalie, dass die Ligiers seit zwei Jahren in Vassols wohnten und erst kurz zuvor geheiratet hatten.

»Lucinde ist eine wundervolle Frau«, behauptete Hervé. »Sie kann gut rechnen, ist zuverlässig und sorgt dafür, dass unser Laden gut läuft. Allein würde ich das niemals hinbekommen. Die Leute unserer Supermarktkette tun schon gut daran, nur Eheleute mit der Führung ihrer Märkte zu betrauen.«

»Das hört sich ja wirklich sehr begeistert an.« Rosalie hob spöttisch eine Augenbraue.

»Oh, ja! Das war auch meine Absicht«, verteidigte er sich sofort. Im nächsten Augenblick betraten Rachid und sein Cousin Ismael den Laden. Sie setzten sich auf die beiden Sessel, die als Wartestühle vor die rückwärtige Wand geschoben waren, und warteten geduldig, bis Rosalie Zeit für sie hatte. Als Hervé schließlich mit neuem Pagenschnitt im Schwebeschritt das Studio verließ, wirkte er höchst zufrieden. Rachid und Ismael starrten ihm feixend hinterher. Ismael konnte sich schließlich sein breites Grinsen nicht länger verkneifen.

»Alter! Irgendwie sieht der jetzt noch schwuler aus«, raunte er Rachid zu. »Wie eine Tunte!«

»Das hab ich gehört, Ismael«, fauchte Rosalie kämpferisch. »Hervé fühlt sich wohl so. Und das ist wohl die Hauptsache! Selbst wenn er eine Tunte ist, hat er das Recht, so zu sein, wie er ist.«

Ismael verzog das Gesicht. »Die sind doch abnormal«, meinte er verächtlich. »Leute wie die gehören in ein Krankenhaus für Verrückte.«

»Und Leute wie du gehören zurück nach Afrika, wo sie herkommen«, konterte Rosalie sofort. Sie verabscheute jegliche Art von Rassismus. Ismael hatte verstanden. Zum Zeichen des Friedens erhob er beschwichtigend die Hände, während Rachid sich offen ins Fäustchen lachte und seinen Cousin obendrein aufzog.

»Gegen die kommst du nicht an, Alter! Was ist, traust du dich jetzt noch auf ihren Friseurstuhl, nachdem du gesehen hast, dass Rosalie aus jedem das macht, was sie in ihm sieht? Vielleicht steckt in dir ja auch ein Mädchen?«

»Ganz so schlimm bin ich auch wieder nicht«, verteidigte sich Rosalie schmollend. Sie musterte Ismael fachkundig. »Bei dir stelle ich mir einen markanten Kurzhaarschnitt vor. Untenrum kurz, oben etwas länger und gegelt, die Koteletten zum Mundwinkel spitz zulaufend. Ist es das, was du willst?«

Ismael kratzte sich verlegen am Kopf. »Bist du etwa Hellseherin?«

»Das nicht, aber ich kann Menschen beobachten.«

Noch einmal ging die Tür auf. Dieses Mal war es Arlette Farnauld, die sich endlich in Rosalies Studio wagte. Sobald sie jedoch die beiden Algerier sah, gefror ihr aufgesetztes Lächeln zu einer eisigen Maske.

»Ach! Ich komme wohl etwas unpassend?«, befand sie spitz. »Ich wusste nicht, dass hier *jedermann* bedient wird.« Sie kicherte gekünstelt. »Na ja, jeder so, wie er es möchte, nicht wahr? Dann muss ich wohl wieder nach Carpentras zu meinem alten Friseur fahren. Da ist das Umfeld dann doch irgendwie passender.«

Rosalie musterte Arlette von unten nach oben und dann noch einmal von oben nach unten. Schließlich zuckte sie nur verächtlich mit der Schulter. »Tu, was du nicht lassen kannst, Arlette.« Damit ließ sie die Bäckersfrau stehen und wandte sich wieder ihren beiden Freunden zu.

7

Am nächsten Morgen erwachte Rosalie mit steifem Nacken. Babettes Bett war so durchgelegen, dass die Metallfedern bereits schmerzhaft durch die Matratze drangen. Sie würde das alte Möbel so schnell wie möglich ausmustern und ihr erstes verdientes Geld in ein neues, größeres Bett investieren müssen.

Ihr Blick schweifte wieder einmal über die vergilbten Blumentapeten zu den einzelnen Möbelstücken. Alles war bunt zusammengewürfelt, ohne eigenen Stil. Babette hing an Erinnerungen, nicht an Möbeln, dachte sie flüchtig. Ihr ganzes Leben hat sich unten im Haarsalon abgespielt, nicht hier oben. Die Einrichtung zeugte von den Hinterlassenschaften einer einsamen alten Frau. In der altmodischen Porzellanvase auf dem Sideboard standen immer noch staubige Strohblumen und getrockneter Lavendel. Vielleicht waren sie einst das Geschenk jenes Liebhabers gewesen, den sie in ihrem Testament beiläufig erwähnt hatte. Von den Blumen ging ein wehmütiger, muffiger Duft aus, der an Vergänglichkeit und Trauer erinnerte. Überhaupt nahm Rosalie mit ihren empfindlichen Geruchsnerven in allen Ecken von Babettes Wohnung Gerüche wahr, die sie selbst nach so langer Zeit noch immer an ihre Gönnerin erinnerten. Der feine Lavendelduft, der Babette stets umhüllt hatte, hing noch in der Luft. Rosalie verband ihn mit ihrem verschwörerischen Lachen, das so ansteckend gewesen war.

Doch darüber hinaus war da auch der schwere Geruch von Einsamkeit und unerfüllter Sehnsucht.

Auf der Kommode und dem kleinen Teetischchen im Wohnzimmer lagen immer noch alte Modejournale herum. Manche hatten Seiten mit umgeknickten Ecken, so als hätte Babette erst gestern darin geblättert und sich bestimmte Dinge merken wollen. Ein Blick auf das orange-grüne Blumenmuster der ausgetretenen Fliesen rief die Erinnerung an die einst so energischen Schritte ihrer Mamie wach.

Rosalie hatte in den knapp zwei Wochen, die sie nun in Vassols lebte, noch keine Zeit gefunden, sich näher mit ihrem neuen Zuhause zu beschäftigen. Sie war nur zum Schlafen hier gewesen, oft so müde, dass sie gar nichts mehr um sich herum wahrgenommen hatte. Ihre ganze Energie war in die Ausgestaltung des Studios gegangen, das sich im Untergeschoss befand. Bei näherer Betrachtung hatte sie es gar nicht mal so schlecht getroffen. Die Zimmer waren gut geschnitten. Von einem schmalen, rechteckigen Flur gingen mehrere großzügige Räume ab. Von der Wohnküche aus gelangte man auf eine kleine Terrasse, von der man einen atemberaubenden Blick direkt auf den Mont Ventoux hatte. Das alles konnte jedoch nicht über die Mängel hinwegtäuschen, die das Haus ebenfalls besaß. Das Bad musste dringend erneuert werden. Der alte Boiler keuchte und stöhnte, wenn sie ihn anwarf. Ebenso waren die Wasserleitungen alt und marode, von den elektrischen Leitungen und der Heizung mal ganz abgesehen. Der alte Gasherd war unzuverlässig, und überhaupt war es höchste Zeit, die hässlichen Tapeten von den Wänden zu reißen. Doch das würde noch etwas warten müssen, da ihr für solche Dinge gerade das Geld fehlte.

Im Studio wartete sie vergebens darauf, dass sich der

muntere Andrang vom Vortag auch heute fortsetzte. Die erste Stunde ließ sich weder jemand blicken noch läutete das Telefon. Dafür drang von draußen das typische Heulen und Poltern eines ständig stärker werdenden Mistrals. Der kalte Nordwind pfiff durch die kleinsten Ritzen und Öffnungen der alten Häuser und brachte die Fensterläden zum Klappern. Kein Wunder, dass sich heute kein Mensch für eine neue Frisur interessierte.

Gegen halb elf sah Rachid kurz bei ihr vorbei, um mit ihr einen Kaffee zu trinken. Sie hatte den vorigen Abend bei seiner Familie verbracht, gewissermaßen als Dank dafür, dass sie den Arganbaum gerettet hatte. Obwohl Rosalie selbst algerische Wurzeln besaß, war sie noch nie zuvor bei einer muslimischen Familie zu Gast gewesen. Es hatte sich fremd und doch gleichzeitig irgendwie vertraut angefühlt. Besonders angenehm hatte sie überrascht, wie modern und selbstbewusst Rachids Mutter Zora und seine Schwester Sara waren. Angesichts der körperverhüllenden Kleidung samt Kopftuch, die sie auf der Straße trugen, war Rosalie nicht darauf gefasst gewesen, dass die beiden sich zu Hause so freizügig gaben. Sara trug sogar ein hautenges Oberteil mit einem knappen Minirock. Sie war atemberaubend schön mit ihren dunklen, dicht gewellten Locken, die ihr bis fast zur Hüfte reichten. Die Schönheit hatte sie zweifelsohne von Zora geerbt, die mit ihrem großen, schwungvollen Mund und den wachen, funkelnden Augen auch jetzt noch eine besondere Ausstrahlung besaß. Nur die tief eingeschnittenen Mundwinkel und die Schatten unter ihren Augen verrieten den Kummer über den Tod ihres Mannes.

Rosalie hatte sich sehr wohl gefühlt. Während sie eine köstliche Tahine mit Lammfleisch, Kichererbsen und viel Gemüse aßen, unterhielten sie sich zwanglos und lachten viel. Rosalie erfuhr unter anderem, dass Sara das *Lycée* besuchte und im Sommer ihr Abitur machen wollte. Danach beabsichtigte sie, Betriebswirtschaft zu studieren oder zur Polizei zu gehen. Rosalie hatte das Gefühl, sie alle schon lange zu kennen. Natürlich hatte auch Rachid nicht einen unwesentlichen Teil dazu beigetragen. Seine charmante, witzige Art amüsierte sie. Sie fühlte sich wohl in seiner Nähe und war ihm dankbar für die Unterstützung, die er ihr weiterhin anbot. Ohne seine und Josefs Hilfe hätte sie es niemals geschafft, das Studio so schnell zu eröffnen. Allerdings fürchtete sie, dass Rachid ihr nicht ohne Hintergedanken half. Seine kleinen Gefälligkeiten waren eindeutige Zeichen, dass er über kurz oder lang mehr von ihr erwartete. Natürlich schmeichelte ihr das, ja es gefiel ihr sogar ausnehmend gut. Dennoch fühlte sie sich im Moment nicht reif für eine neue Beziehung. Die Sache mit Jérôme saß ihr immer noch viel zu tief in den Knochen. Aus diesem Grund gab sie ihm auch kurzerhand einen Korb, als er sie für den Abend ins Kino nach Avignon einladen wollte. »Ich muss noch meine Buchhaltung machen«, gab sie vor.

Nachdem Rachid sich wieder verabschiedet hatte, surfte sie etwas im Internet. Als jedoch gegen halb zwölf immer noch keine Kundschaft aufgetaucht war, beschloss sie, den Laden abzuschließen und sich gleich auf den Weg zu Suzanne Rivas zu machen. Sie würde sicherlich nichts dagegen haben, wenn sie etwas früher kam.

Als Rosalie kurze Zeit später mit ihren Frisiertaschen auf die Straße trat, wurde sie von einem heftigen Windstoß erfasst, der sie auf die gegenüberliegende Mauer zudrückte. Dabei knickte sie schmerzhaft mit dem Fuß um.

»*Merde!*«, fluchte sie. Da hatte sie doch ganz vergessen, wie unberechenbar der Mistral war. Die hohen Absätze ihrer Stiefeletten auf dem holprigen Pflaster waren im Augenblick auch nicht besonders hilfreich. Ganz abgesehen davon, dass der Wind ihr sorgfältig frisiertes Haar ruinierte. Sie ließ einen weiteren Fluch folgen und humpelte weiter zu der Straße, wo sie ihren Renault geparkt hatte. Der böige Wind machte ihr auch auf der Fahrt zu dem Gehöft zu schaffen. Sie war froh, als sie endlich durch die von Zypressen geschützte Hofeinfahrt der Rivas kam. Sie war gespannt, was sie wohl erwartete. Rosalie erinnerte sich, dass Suzannes Sohn Yves vor etlichen Jahren ein gut aussehender Mann gewesen war, bei dem die Mädchen Schlange gestanden hatten. Josette hatte sie bezüglich seines Lebenswandels auf den aktuellen Stand gebracht. Statt sich für das hübscheste Mädchen zu entscheiden, hatte Yves die unscheinbare Nicole Sauci geheiratet. Es war kein Geheimnis, dass er seine Wahl weniger wegen Nicoles Schönheit als vielmehr wegen ihrer beachtlichen Mitgift getroffen hatte. Doch das allein hatte Yves kein Glück beschert. Nicole Sauci mochte zwar unansehnlich sein, dumm war sie jedenfalls nicht. In dem gleichen Maße, wie er fremdging, verflog die Liebe zu dem hübschen Ehemann. Stattdessen erfüllte sie Rachsucht, vor allem, nachdem sie festgestellt hatte, dass er sie bereits während ihrer Hochzeitsreise betrogen hatte. Mit Hilfe der besten Anwälte in Avignon hatte sie ihn bis aufs Hemd ausgezogen. »Seitdem ist er ein notorischer Geizhals und ein elender Raffzahn«, hatte Josette Rosalie verraten. »Wenn du seine Mutter besuchst, musst du aufpassen, dass er auf seinem Hof keine Parkgebühren für dein Auto nimmt!«

Rosalie war auf allerlei gefasst, als sie Rivas auf dem Hof stehen sah. Doch ihr gegenüber schien er ganz umgänglich. Er winkte ihr sogar zu, als sie aus ihrem Auto ausstieg. *Eigentlich ist er immer noch ein gut aussehender Mann*, dachte Rosalie, als sie ausstieg und seinen Gruß erwiderte. Der Weinbauer war ein stämmiger Mann um die fünfzig. Die grauen Schläfen an seinen dichten Haaren verliehen ihm ein interessantes Aussehen, auch wenn die Falten um seine Mundwinkel ihn etwas verlebt erscheinen ließen.

»Was für ein Mistral!«, begann er die übliche Konversation.

»Ganz schön nervig, nicht wahr?«

»Kann man wohl sagen! Laut *Méteo* soll der Wind noch bis Freitag anhalten.«

»Dann regnet es wenigstens nicht!«

Statt darauf zu reagieren, ging Rivas an sein Telefon, das plötzlich zu klingeln begonnen hatte.

»Was gibt's?«, raunzte er seinen Gesprächspartner an, während er Rosalie einen entschuldigenden Blick zuwarf. Was er nun zu hören bekam, schien ihn zunehmend aufzuregen. Rosalie sah, wie ihm das Blut in den Kopf schoss.

»Ein Loch im Wachtelgehege? Wie konnte das geschehen? Wieder diese verdammten Köter, sagst du? Verdammt! Na warte! Denen werde ich es zeigen! Bin gleich da!« Er legte auf und steuerte auf seinen Landrover zu, der vor einem der Nebengebäude stand. Bevor er einstieg, deutete er kurz auf das Haupthaus. »Maman wartet bereits! Geh nur rein. Ich muss noch mal los!« Er tippte kurz an seine Mütze und brauste mit quietschenden Reifen davon. Rosalie sah ihm kopfschüttelnd hinterher.

»Komm rein! Ich sitze in der Küche«, hörte sie die alte Suzanne rufen, nachdem sie den altmodischen Türklopfer betätigt hatte. Sie öffnete die schwere, dunkle Eichentür und trat durch einen düsteren Flur mit bunt gemusterten Steinfliesen. An dessen Ende führte eine geschwungene Treppe in das obere Stockwerk. Links ging es ab in das Esszimmer und den Salon, rechts in die Küche. Der betörende Geruch eines frisch gekochten Eintopfs strömte ihr daraus entgegen. Rosalie schloss unwillkürlich die Augen und bekam den süßen Geruch von Karotten und weißen Rüben, Bohnen, Thymian, Rosmarin und Lorbeer in die Nase, noch bevor sie Suzanne am Herd stehend vorfand. Die alte Frau schüttete gerade *Vermicelles*, feine Fadennudeln, in eine würzig riechende Gemüsesuppe, die mit Sicherheit in kürzester Zeit in einer *Soupe au pistou* ihre Vollendung finden würde. Rosalie knurrte unwillkürlich der Magen.

»Hilf mir mal, mein Kind!«, sagte Suzanne, ohne sich nach ihr umzudrehen. Sie griff in das Regal neben sich und zog zwei Teller heraus. »Stell die mal auf den Tisch. Du hast doch bestimmt noch nichts gegessen, stimmt's?«

Rosalie musste schmunzeln. Das war eindeutig einer der Vorzüge, wenn man auf dem Land wohnte. Man kam kaum einmal ungelegen, selbst in der Mittagszeit nicht. »Ich sterbe vor Hunger«, gestand sie freimütig, während sie den Tisch deckte.

Suzanne zerstieß unterdessen in einem Mörser Knoblauch, Basilikum, geriebenen Käse und Olivenöl zu einer sämigen Paste, dem Pistou, und stellte sie gemeinsam mit dem Suppentopf auf den Tisch. Jetzt erst fand sie Zeit, Rosalie anständig zu begrüßen.

»Du hast dich gut gemacht«, meinte sie nach einer eingehenden Musterung. »Die Zeit in der Fremde scheint dir nicht geschadet zu haben!«

Sie hieß Rosalie frisches Landbrot aufschneiden, das sie in einem hölzernen Brotbehälter aufbewahrte, und schöpfte ihnen beiden etwas von der köstlichen Suppe auf, in die sie einen dicken Löffel von dem Pistou hineinrührte. Rosalie entdeckte in der Suppe neben grünen Bohnen auch Feuerbohnen,

Sellerie, Lauch, Navets, Zucchini, Tomaten und Kartoffeln. Auch ein Sträußchen *Bouquet garni* aus Thymian, Rosmarin und Lorbeer schwamm darin. Kein Zweifel, Suzanne wusste, wie man die Suppe kochte.

»*Bon appétit!*« Suzanne setzte sich schwerfällig auf einen der geflochtenen Stühle und begann ihre Suppe zu löffeln. Rosalie tat es ihr nach. Das Gemüse, die Kräuter, das selbst gepresste Olivenöl – es schmeckte einfach wunderbar. Wortlos hielten die beiden ihr Mittagsmahl. Erst als sie den zweiten Teller Suppe geleert hatten und Suzanne zum Nachtisch etwas selbst gemachten Mandelnougat auf den Tisch gestellt hatte, war die alte Frau zu einer Unterhaltung bereit.

»Gefällt es dir, wieder in Vassols zu sein? Babette hatte große Sorge, dass du womöglich gar nicht auf ihr Angebot eingehen würdest.«

»Du wusstest also darüber Bescheid.« Rosalie war nicht wirklich überrascht.

»Ich war ihre beste Freundin«, stellte Suzanne beinahe beleidigt fest. »Babette wäre übrigens sehr glücklich über deine Entscheidung.«

»Mir blieb, ehrlich gesagt, gar nichts anderes übrig.« Rosalie sah keinen Grund, mit der Wahrheit hinter dem Berg zu halten. »In letzter Zeit ging es mir nicht besonders gut.«

»Wo hast du vorher gelebt?« Suzanne zeigte aufrichtiges Interesse.

»In Nizza. Dort habe ich in einer Brasserie bedient. Es war kein schlechter Job, aber ich habe ihn nur gemacht, um genügend Geld für Australien zu verdienen.«

»Um Himmels willen!«, rief die alte Frau erschrocken aus. »Was wolltest du denn *dort*?«

»Auswandern! Für immer weggehen aus diesem spießigen

Land! Ich hatte sogar einen eigenen Friseursalon in Sydney in Aussicht. Leider wurde dann nichts draus!« Rosalies Stimme wurde patziger als beabsichtigt, doch der Gedanke an Jérômes Verrat tat immer noch weh.

»Dann sei froh, dass es so gekommen ist!«, stellte Suzanne, ohne Verständnis zu zeigen, fest. »Die Leute dort unten sprechen ja nicht einmal unsere Sprache!«

»Wie geht es denn Yves?« Rosalie wollte das Thema nicht weiter vertiefen.

»Ach, was weiß ich!«, knurrte Suzanne ungehalten. »Mein Sohn wird seit seiner Scheidung immer eigenwilliger. Er ist besessen davon, dass ihn jeder übers Ohr hauen will. Sieht hinter jeder Ecke einen Verräter lauern – und das natürlich völlig grundlos. Wahrscheinlich kontrolliert er seine Felder und sieht nach, ob seine ausländischen Helfer ordentlich arbeiten.« Sie rollte vielsagend mit den Augen. »Er hat vor einiger Zeit ein paar Maghrebiner neu eingestellt, die er herumscheucht, als wären sie seine Leibeigenen.«

Wahrscheinlich weil sie billiger sind als die einheimischen Arbeitskräfte, dachte Rosalie. Sie verkniff sich jedoch die Bemerkung und musste plötzlich an Rachid denken, der gezwungen war, einen Gemüseladen zu führen, obwohl er eigentlich ein gut ausgebildeter Architekt war. Suzanne zuckte gleichmütig mit den Schultern. »Nun ja, Yves ist erwachsen. Er kann tun, was er will. Wollen wir jetzt endlich beginnen?«

Rosalie war froh, dass die Unterhaltung beendet war. Sie war schließlich nicht gekommen, um irgendwelche Diskussionen über Suzannes Sohn zu führen. Lieber sorgte sie dafür, dass Suzanne es sich auf einem Sessel bequem machte. Mit ein paar geschickten Handgriffen half sie ihr dabei, ihre Strumpfhose auszuziehen. Die Füße der alten Frau sahen wirklich schlimm aus. Hornhaut, eingewachsene Fußnägel und eine ungesunde Stellung ihrer großen Zehen mussten ihr jeden Schritt zur Qual machen. Sie bereitete ihr erst einmal ein warmes Fußbad mit einer Kräutermischung zu und kümmerte sich danach um ihre Haare. Wie viele Provenzalinnen legte auch Suzanne Wert darauf, selbst im hohen Alter ihre Haare noch zu blondieren. Rosalie hatte dafür großes Verständnis und begann sogleich, die passende Farbe anzurühren, um sie gleichmäßig auf die Haaransätze aufzutragen.

»Mit einer kleinen Stützwelle könnte ich noch mehr Halt in dein Haar zaubern«, riet sie ihr. »Dazu müsstest du allerdings in mein Studio kommen. Yves wird das doch hoffentlich einrichten können?«

»Ach, Yves! Der ist doch dauernd mit seinen Wachteln zugange, wenn er nicht seine Arbeiter auf den Feldern quält. Diese Vögel und ihre Vermarktung sind ihm doch wichtiger als seine alte Mutter! Dieses Viehzeug bringt doch nur Ärger.«

»Das hab ich auch schon mitbekommen.«

»Ach ja?« Suzanne sah sie interessiert an. Rosalie bereute ihre vorschnelle Äußerung, die ihr nur so herausgerutscht war. Doch Madame Rivas wartete auf eine Antwort.

»Als ich gerade gekommen bin, hat er irgendeinen Anruf bekommen. Angeblich sind fremde Hunde in das Gehege eingebrochen.«

Suzanne machte eine verächtliche Handbewegung. »Die Hunde sind nicht das eigentliche Problem. Yves hat Vorkehrungen getroffen. Viel mehr Ärger machen doch diese Tierschützer, die behaupten, dass Yves' Wachteln nicht artgerecht gehalten würden. Sie machen ihm das Leben zur Hölle. Erst neulich haben sie heimlich nachts an den Gehegen Transparente angebracht, auf denen ›Mörder‹ geschrieben stand. Yves hat natürlich sofort die Polizei eingeschaltet. Doch der junge Arduin konnte niemandem etwas nachweisen.«

»Und wo ist die Wachtelfarm? Hier auf dem Hof ja wohl nicht.«

»Gott bewahre!« Suzanne verzog angewidert das Gesicht. »Die Viecher stinken wie die Pest und machen einen Mordskrach. Das wurde selbst meinem Sohn zu viel. Sie sind oben auf der Colline in einem Gehege, gleich neben dem Hof von Alfonso. Den scheinen der Krach und Gestank nicht zu stören. Er versorgt die Tiere auch.« Suzanne verdrehte vielsagend die Augen. »Wahrscheinlich auch nur für einen Hungerlohn, wie ich meinen Sohn so kenne.«

Sie wechselten das Thema und unterhielten sich über die bevorstehende Stierkampfsaison in Arles, zu deren Eröffnung Suzanne dieses Jahr von Verwandten an Ostern eingeladen worden war. Als Rosalie zwei Stunden später mit ihrer Arbeit zu Ende war, war die alte Frau mehr als zufrieden. Sie geleitete sie zur Tür.

»Ich fühle mich fast wieder wie ein junges Mädchen«, kicherte sie.

»Nicht zu viel loben, sonst verlange ich beim nächsten Mal das Doppelte«, ging Rosalie auf ihr Scherzen ein. Sie empfand ein angenehmes Kribbeln, wie immer, wenn jemand mit ihrer Arbeit zufrieden war. Außerdem mochte sie die alte Suzanne, schon allein, weil sie eine Freundin von Babette gewesen war.

Die beiden Frauen verabschiedeten sich herzlich. Der Mistral brauste mit unverminderter Lautstärke über das Land. Das Rauschen des eisigen Nordwinds in den Ästen der noch kaum belaubten Platanen mischte sich mit dem Klappern der Fensterläden und halb offenen Türen. Die Luft war kalt und beinahe geruchlos, während vom blitzblauen Himmel die

Frühlingssonne verführerisch schien. Während Suzanne im Haus verschwand, steuerte Rosalie auf ihr Auto zu. Zwei weitere Fahrzeuge versperrten die Ausfahrt. Eines davon gehörte Yves. Quer davor parkte der alte Kastenwagen von Ismael Bashaddi. Vor den Fahrzeugen bauten sich gerade die beiden Besitzer voreinander auf. Die Art, wie sich die beiden Männer gegenüberstanden, zeugte von unverhohlener Aggressivität. Der Wind blies so laut, dass sie nur einzelne Wortfetzen verstand.

»... machst gefälligst, was ich dir sage!« Rivas' tiefe Stimme klang wie ein Gewehr-Stakkato.

»... aber ... nicht unsere Abmachung!« Auch Ismael war empört.

Rosalie hatte mit seinem aufbrausenden Temperament ja bereits selbst Erfahrungen gemacht. Sie wusste, wie erregbar der junge Mann war, vor allem, wenn er sich ungerecht behandelt fühlte. Die beiden ließen sich nicht von ihr stören, also wurde sie unwillkürlich Zeugin ihrer Auseinandersetzung.

»Wenn du nicht tust, was ich von dir verlange, dann kannst du genauso gut deine Papiere abholen und hier verschwinden«, drohte Rivas. »Ich diskutier doch nicht mit meinen Hilfskräften!«

»Wir sind zum Schneiden der Weinreben angestellt, nicht für andere Dinge!«, begehrte Ismael auf. »Ich will mit den verdammten Viechern nichts zu tun haben! Das ist keine Arbeit für uns! Verstehen Sie das endlich! Außerdem muss es aufhören, dass Sie uns ständig Geld abziehen. Meine Brüder und ich arbeiten hart genug für den geringen Lohn!«

»Ein faules Pack seid ihr, das ständig Pausen macht und sich um die richtige Arbeit drückt! Seid froh, dass ich euch nicht noch mehr abziehe!« Rivas' Augen verengten sich zu drohenden Schlitzen. »Ich hab dich doch beobachtet. Willst du etwa leugnen, dass du am Freitag eine halbe Stunde früher nach Hause gegangen bist, hä?«

»Ich war mit meiner Arbeit längst fertig! Meine Brüder und ich haben extra auf die Mittagspause verzichtet, nur um fertig zu werden. Was soll das Theater? Zahlen Sie gefälligst unseren Lohn!«

»Auch noch frech werden, was, Bürschchen? Halt die Klappe und tu, was ich dir aufgetragen habe. Die Wachtellieferung muss heute Abend fertig sein! Alfonso fällt aus! Los jetzt!« Rivas machte eine gebieterische Handbewegung, die Ismael wütend ignorierte.

»Gar nichts werde ich tun! Ich bringe keine Wachteln um – für Sie nicht und auch nicht für andere! Ich bin zum Weinschneiden und für die Feldarbeit angestellt, nicht zum Tierekillen! Kapieren Sie das endlich!«

»Gehörst du etwa auch zu den verdammten Tierschützern?« Die Adern an Rivas' Hals schwollen dick an, und sein Gesicht war puterrot. »Hast du womöglich die Transparente an den Käfigen angebracht, hä?«

Ismael hielt seinen wütenden Blicken stand. »Das geht Sie gar nichts an! Ich will nur das, was mir zusteht!« Seine Stimme klang gepresst. Offenkundig gelang es ihm kaum noch, seine Erregung unter Kontrolle zu halten. Rosalie sah sogar, wie er seine Hände zu Fäusten ballte.

»Willst du jetzt auch noch frech werden?« Rivas fühlte sich von Ismaels Wut nur noch mehr angestachelt. »Wer mir hier auf meinem eigenen Hof so kommt, kann sofort verschwinden. Du musst nicht glauben, dass du nicht zu ersetzen wärst. Verschwinde! Du bist gefeuert! Und deine Sippschaft gleich mit dir! Ich will keinen von euch hier mehr sehen!« Rivas hatte sich so in seinen Zorn hineingesteigert, dass er einen Schritt auf Ismael zutrat, so als wolle er ihn gleich am Kragen packen.

»Und was haben meine Brüder mit dieser Sache zu tun?«, fragte Ismael für einen Augenblick fassungslos. Er schien erst jetzt zu begreifen, was sein Aufbegehren für Folgen hatte.

»Dass sie allesamt verdammtes Araberpack sind, das hier nichts zu suchen hat. Leute wie euch gibt es an jeder Straßenecke. Ihr seid den Dreck nicht wert, den ihr fresst!«

»Das nimmst du zurück, verdammter Ausbeuter!«

Obwohl Rosalie in einiger Entfernung stand, konnte sie sehen, wie Ismaels Wut neu aufbrandete. Sein Gesicht wurde kalkweiß, während seine linke Hand in die Hosentasche fuhr. Für einen kurzen Augenblick glaubte sie das Blitzen eines Messers zu sehen. Sie atmete heftig aus. Sie fürchtete, Ismael würde sich damit auf Yves stürzen. Zum Glück bekam er sich jedoch wieder in den Griff. Doch die Art, wie er seinen ehemaligen Chef hasserfüllt musterte, verursachte ihr einen Gänseschauer. Rivas wurde die Bedrohung nun ebenfalls bewusst.

Mit einem hastigen Schritt brachte er sich hinter der Seitentür seines Wagens in Sicherheit und fingerte nach seinem Handy. »Verschwinde endlich von meinem Grund! Sonst hole ich die Polizei.«

Ismaels Augen loderten noch einmal auf, bevor er voller Hass vor ihm ausspuckte. »Dir werd ich's schon noch zeigen!«, drohte er ihm unverhohlen. Er stieg in seinen Kastenwagen und kurbelte das Fenster herunter. Rosalie konnte noch einmal sein vor Wut bleiches Gesicht erkennen, als er noch »so wahr mir Allah helfe« hinzufügte, um dann mit aufjaulendem Motor vom Hof zu sausen.

8

»Hände hoch!«

Vincent blieb abrupt stehen. Eben noch war er mit Minouche an der Leine ahnungslos durch den kleinen Eichenwald gelaufen, als ihm plötzlich unvermittelt jemand von hinten ein Eisenrohr in den Rücken drückte. Sofort brach ihm kalter Schweiß aus, und er begann unkontrolliert zu zittern. Sich an Doktor Bertrands Atemtechnik erinnernd atmete er tief aus und ein, um wieder Herr der Lage zu werden. Jedoch bereute er zutiefst, gerade diesen Weg genommen zu haben. Er hatte sich mit seinem Hund zu einem Spaziergang aufgemacht, um Wildlauch zu sammeln.

»Du hinterlistiger, gemeiner Dieb! Was hasss du mit meinem Hund vor?«, hörte er hinter sich eine tiefe Stimme lallen. Vincent nahm allen Mut zusammen, bevor er sich langsam seinem Angreifer zuwandte. Ein Übelkeit erzeugender Geruch von Alkohol und altem Schweiß waberte ihm entgegen. Dann erst registrierte er den kräftigen, bärtigen Mann vor sich. Er brauchte eine Zeit, bis er in ihm den Sonderling Didier erkannte. Doch anstatt erleichtert zu sein, stieg in Vincent erneut Panik auf. Er war kein Held, noch nie einer gewesen. Völlig verängstigt stierte er auf den bedrohlichen Gewehrlauf, der nun direkt auf seine Brust gerichtet war.

»Dir werd ich's ssseigen, verdammter Tierquäler. Mach meine Loulou sofort los oder ich verpass dir 'ne Ladung Schrot!«

Vincent kam der Aufforderung ohne Widerspruch nach. Das Klicken der Gewehrentsicherung beschleunigte sein Tun. Irgendetwas lief hier verdammt schief. Zu seiner Überraschung humpelte Minouche sofort schwanzwedelnd auf den Wahnsinnigen zu. Erst da begriff er die Umstände.

»Hey, hey! Ich hab deinem Hund nichts angetan. Ich ...«, begann er zu stottern.

»Halt's Maul!« Didier legte offenkundig auf Erklärungen keinen Wert. »Du redest nur, wenn ich dich was frage! Kapiert?«

Vincent nickte, während er in rot unterlaufene Augen blickte, die ihn kaum zu fixieren vermochten.

Didier beugte sich über den Hund und begann ihm begütigend über den Kopf zu streichen. Dabei murmelte er unverständliche Worte. Das Gewehr lehnte er achtlos gegen eine Steineiche. Vincent dachte, dass dies der geeignete Zeitpunkt war, sich unbemerkt davonzustehlen. Sie befanden sich einige Kilometer außerhalb von Vassols. Sein Auto stand außerhalb des Wäldchens, in etwa fünfhundert Metern Entfernung. Doch dazu musste er erst an diesem Verrückten vorbei. Sie befanden sich außerhalb einer Stacheldrahtumzäunung, hinter der eine Menge Schrott, Gerümpel, gestapeltes Holz, alte Autos und zwei heruntergekommene Schuppen samt einem Wohnwagen standen. *Chiens méchants* – bissige Hunde – stand auf dem handgemalten Schild. Bevor er sein Vorhaben jedoch umsetzen konnte, nahm Didier ihn erneut ins Visier.

»Ich habe nicht gewusst, dass sie dein Hund ist, sonst hätte ich sie dir längst gebracht«, versuchte er es erneut mit einer Erklärung. Vielleicht entschärfte sie ja die Situation.

Didier blinzelte verwirrt. Er machte auf ihn einen orientierungslosen Eindruck, so als hätte er den Anlass ihrer Auseinandersetzung bereits vergessen. Doch dann besann er sich wieder. Mit einem Ruck richtete er sich auf und fixierte ihn aus schmalen Augen.

»Weisss du, wer meinen Ric getötet hat?«, verlangte er zu wissen.

»Damit habe ich nichts zu tun«, versicherte Vincent rasch. »Ich habe Minouche nur das Leben gerettet. Sie war in eine Falle geraten und schwer verletzt.«

»... und dann hasss du dir gedacht, den Hund reisss ich mir unter den Nagel. Iss ja schließlich en Trüffelhund! Jawoll! Der alte Didier wird's schon nich merken. Der ist doch eh balla-balla!« Er rülpste und besann sich prompt auf sein Gewehr, das er sofort wieder in Anschlag brachte. »Übrigenss heisssst der Hund Loulou!«

»Loulou, ja! Selbstverständlich!« Reden schien Vincent die einzige Möglichkeit, um den Betrunkenen zu besänftigen. »Hör zu, ich hab nicht gewusst, dass das dein Hund ist. Niemand im Dorf wusste es.«

»Weil die alle unter einer Decke stecken«, schimpfte Didier zornig. »Die haben sich alle gegen mich verschworen, dabei wissen ssie gar nicht, wie schlau ich bin!« Er lachte hässlich. »Ich bin nich so dumm, wie ihr alle denkt.« Er fuchtelte so wild mit dem Gewehr herum, dass Vincent angst und bange wurde.

»Um Gottes willen, leg das Ding beiseite«, flehte er. »Gleich geschieht noch ...«

Doch es war schon zu spät. Im selben Augenblick löste sich ein Schuss. Vincent war überrascht, wie gut seine Wahrnehmung funktionierte. Obwohl es nur den Bruchteil einer Sekunde dauerte, registrierte er jede Einzelheit wie eine Abfolge schnell hintereinander geschossener Fotos. Er sah, wie sich die

Ladung Schrot aus dem Lauf löste und beinahe gleichzeitig explodierte. Er sah, wie das Geschoss in den Ast oberhalb seines Kopfes einschlug und diesen in mehrere Teile zerbarst. Er konnte in allen Einzelheiten den Hagel von Holz und Splittern sehen, wie sie auf ihn herabprasselten. Nur, dass ihn etwas Hartes am Kopf traf und gleichzeitig etwas Spitzes in seine Wange bohrte, spürte er erst, als warmes Blut über sein Gesicht lief. Den stechenden Schmerz nahm er erst viel später wahr. Wie in Zeitlupe fuhr seine Hand an die verletzte Stelle. Er konnte den Holzsplitter fühlen, der darin wie ein Pflock steckte, und dann vollendete er wie ein Automat, der bereits aufgezogen war, seinen begonnenen Satz: ... ein Unglück.«

Didier war mindestens so erschrocken wie er. Als hätte er den leibhaftigen Teufel in der Hand, warf er das Gewehr von sich und sprang gleichzeitig zurück. »Das ..., das ... wollt ich nich ... Das war ein Gottesurteil«, stammelte er verwirrt. Ohne sich um Vincent zu kümmern, packte er hastig den Hund an seinem Halsband und flüchtete mit ihm hinter den Stacheldrahtzaun, um in einem der Schuppen zu verschwinden.

Vincent stand da wie angewachsen. Obwohl sein Körper im Augenblick zu keiner Regung fähig war, funktionierte sein Verstand in erstaunlicher Klarheit. Eigentlich rechnete er damit, gleich in unkontrolliertes Zittern auszubrechen, eine Panikattacke, ein Schreien, mindestens eine Ohnmacht war zu erwarten. Doch nichts dergleichen geschah. Es ging ihm den Umständen entsprechend sogar erstaunlich gut. Das schmerzhafte Pochen in seiner Wange verstärkte sich zwar, doch es wurde von der überraschenden Erkenntnis überdeckt, dass er noch einmal verdammtes Glück gehabt hatte. Wie ein Roboter setzte er sich schließlich in Bewegung. Schritt für Schritt tappte er vorwärts. Immer weiter, ohne sich umzudrehen. Er wusste nicht, wie lange er in diesem seltsamen Zwischenstadium zwischen Realität und Schock dahintrottete. Er spürte weder die gleißende Sonne noch den zerrenden Wind, der das Blut an seiner Wange trocknen ließ. Er bekam weder mit, dass er die falsche Richtung eingeschlagen hatte, noch merkte er, wie seine Kraft langsam nachließ. War es Einbildung oder Wirklichkeit? Er glaubte, ein Auto wahrzunehmen, das plötzlich neben ihm zum Stehen kam. Eine wunderschöne rothaarige Frau schwebte auf ihn zu. Ihre Haare wehten wie ein Flammenkranz um ihren Kopf.

»Vincent!«, hörte er eine glockenhelle Stimme rufen. Sie klang so schön und rein wie ein Engel aus einer anderen Welt. Er versuchte, sich ihr zuzuwenden, wollte etwas sagen, doch stattdessen umfing ihn ein immer dichter werdender Nebel, hinter der der Engel zu seinem Bedauern wieder verschwand.

9

Vincent lag auf seiner weißen Ledercouch mit einem Eisbeutel auf dem Kopf und blickte versonnen durch die Glastür seiner Dachterrasse. Die kalte Luft, die der Mistral mit sich brachte, ließ die Konturen des Dorfes ungewöhnlich scharf im späten Abendlicht hervortreten. Der Beffroi, der eisengeschmiedete Glockenturm, erschien dadurch wie eine grafische Zeichnung. Dahinter erhoben sich im samtigen blaugrünen Dunst malerisch die Berghänge des Mont Ventoux. Die weiße, von Kalkschotter überzogene Bergkuppe mit der Turmspitze wirkte wie der entrückte Wohnort einer geheimnisvollen Gottheit.

Obwohl ihn immer noch Kopfschmerzen plagten, fühlte sich Vincent so glücklich wie schon lange nicht mehr. Schließlich würde eine überaus besorgte Rosalie gleich bei ihm auftauchen, um nach ihm zu sehen. Es war tatsächlich sie gewesen, die ihn auf der Heimfahrt von Suzanne Rivas blutüberströmt und einer Ohnmacht nahe auf der Straße aufgelesen und kurzerhand ins Krankenhaus gebracht hatte. Auch dort war sie nicht mehr von seiner Seite gewichen. Nachdem man ihm den Splitter aus der Wange entfernt hatte und die Wunde mit ein paar Stichen genäht worden war, hatte sie ihn wieder nach Hause gebracht. Ohne dass er sie hätte bitten müssen, hatte sie darauf bestanden, ihn am Abend nochmals zu besuchen. Diese Aussicht war für seine Befindlichkeit wirksamer als jede Schmerztablette.

Der behandelnde Arzt hatte ihm zwar wegen seiner Gehirnerschütterung Ruhe verordnet, doch Vincent hatte es sich nicht nehmen lassen, für Rosalie eine Kleinigkeit zu kochen. Aus der Küche drang bereits der verführerische Duft der Wildlauch-Tarte. Er hatte sie mit frischen Tomaten, Thymian, Ziegenkäse und etwas Speck verfeinert. Wenig später ertönte der Summer an der Tür. Vincent kämpfte gegen den Schwindel, als er sich von seinem Lager erhob. Die Anstrengung forderte nun doch ihren Tribut. Doch das alles war schnell vergessen, als er Rosalie vor sich stehen sah. Sie sah einfach umwerfend aus, wie sie ihn aus ihren funkelnden grünen Augen anstrahlte. Unter einer ihre Figur betonenden violetten Lederjacke trug sie ein hellgrünes, leicht ausgestelltes Kleid mit einem roten Gürtel. Dazu passende hochhackige Pumps in derselben Farbe. Die Haare fielen ihr in langen kupferfarbenen Locken bis weit über den Rücken. Am meisten gefiel ihm jedoch ihr vergnügtes Begrüßungslächeln, das sowohl Schalk als auch Herzlichkeit verströmte. In ihren Händen hielt sie ihm ausgestreckt einen kleinen Plüschhund hin.

»Sie heißt Minouche und möchte künftig dein neuer Lebensgenosse sein«, meinte sie mit leicht schief gelegtem Kopf. »Ich weiß natürlich, dass sie dir die echte Minouche nicht ersetzen kann, aber vielleicht kommst du ja so besser über ihren Verlust hinweg.«

Vincent nahm das Plüschtier gerührt entgegen, ebenso wie die schnell hingehauchten Begrüßungsküsse und den feinen Duft nach Rosmarin und Lavendel, der Rosalie wie eine feine Wolke umgab.

»Hhm! Was riecht denn hier so gut?« Sie hatte sich schon an ihm vorbeigeschoben und hielt witternd ihre Nase in Richtung Küche. »Ich rieche Lauch, nein, warte, es ist feiner und auch subtiler als gewöhnlicher Lauch. Es müsste Wildlauch sein. Dazu Gruyère und Ziegenkäse, etwas Speck, Kräuter, ja, Thymian, und herrlich pfeffriges Olivenöl. Hab ich recht?« Sie drehte sich zu ihm um und sah ihn herausfordernd an. »Außerdem hast du kürzlich dein Ledersofa mit Reinigungsschaum behandelt, stimmt's?«

»Wie ... woher weißt du das?« Vincent war einigermaßen verblüfft.

»Hattest du vergessen, dass ich eine besonders empfindliche Nase habe?«, fragte sie. Es klang beinahe entschuldigend. »Mit meinem ausgeprägten Geruchssinn habe ich schon als Kind alle zur Weißglut gebracht. Mein Vater schlug sogar einmal vor, mich als Trüffelhund einzusetzen.« Sie grinste schief. »Dummerweise habe ich ausgerechnet in dieser Kategorie versagt! Vielleicht wäre er mir sonst gewogener gewesen!«

»Lass uns drinnen weiterreden.« Vincent half Rosalie aus ihrer Jacke, die er an die Garderobe hängte.

»Du wohnst nicht schlecht.« Sie deutete mit einer ausladenden Geste auf die ausgewählten Möbelstücke in seiner Wohnung. »Außerdem hast du einen bemerkenswert guten Geschmack für einen Dorfapotheker«, zog sie ihn auf.

Vincent freute sich, dass sie seine Vorliebe für ausgefallene Dinge sofort bemerkt hatte. Er hatte schon immer ein Faible dafür gehabt, moderne Dinge mit alten zu kombinieren. Neben seinem weißen Designersofa stand ein altmodischer roter Ohrensessel aus Plüsch, unter dem man einen kleinen Fußschemel herausziehen konnte. An den Wänden hingen moderne Malereien von zeitgenössischen Pariser Künstlern. Dazwischen ein altmodischer Sekretär, der einfach, aber schlicht ein Pendant zu den kühlen Stahlregalen an den Wänden darstellte. Dort bewahrte er seine Bücher auf. Auch hier war die Mischung auffällig. Neben Fachliteratur in Chemie, Biophysik und medizinischer Analyse gab es auch alt aussehende Folianten und eine ungewöhnlich große Auswahl an Kochbüchern. Die fielen Rosalie sofort ins Auge.

»Und ein Gourmet scheinst du auch zu sein! Das passt zu dir!« Sie blitzte ihn kurz an. »Von Kochen verstehe ich leider überhaupt nichts«, gestand sie freimütig. »Meine Vorlieben beschränken sich eher auf die Dinge, die ich direkt vor mir sehe.« Das Funkeln in ihren Augen verstärkte sich, sodass Vincent verlegen ihrem Blick ausweichen musste.

»Ich habe uns eine Kleinigkeit vorbereitet. Allerdings bin ich noch nicht dazu gekommen, den Salat zu waschen. Möchtest du das vielleicht übernehmen?« Er kam sich ganz schön töricht vor, wie er versuchte, seine Verlegenheit zu überspielen.

Rosalie wurde sich plötzlich des wahren Grundes ihres Besuchs bewusst. »Du solltest ohnehin im Bett liegen. Du bist ganz blass und brauchst deine Ruhe.«

»Seit du da bist, geht es mir wunderbar«, behauptete Vincent. »Außerdem hat mich das Kochen abgelenkt. Ich hoffe, du hast etwas Appetit?«

»Eigentlich wollte ich nur kurz nach dir sehen. Aber jetzt, wo du schon mal alles vorbereitet hast ...« Sie lächelte vielsagend. »... werde ich natürlich gern bleiben. Mach es dir bequem. Den Salat schaffe ich gerade noch.« Sie rauschte in die Küche ab, während Vincent sich wieder auf der Couch niederließ.

»Wirst du Didier anzeigen?«, tönte es aus der Küche. Nebenbei hörte er das Wasser aus dem Wasserhahn laufen. Die Situation hatte etwas wunderbar Vertrautes, fand er.

»Ich denke, nicht. Er wollte mir nicht wirklich etwas tun. Je länger ich über den armen Kerl nachdenke, desto mehr verstehe ich seine Wut. Er hat verständlicherweise geglaubt, dass ich ihm den Hund gestohlen hätte. Der Rest war eine Verkettung von unglückseligen Zufällen.«

»Die dich beinahe das Leben gekostet hätten.« Rosalies roter Schopf, den sie zum Salatwaschen mit einem lindgrünen Stirnband gebändigt hatte, lugte aus der Küchentür. Sie fixierte ihn vorwurfsvoll. »Du nimmst die Sache mit bemerkenswertem Leichtsinn. Mit Schusswaffen macht man keine Späße.«

Ihr kleines Abendessen verlief in wunderbar gelockerter Atmosphäre. Vincents angeborene Schüchternheit verflüchtigte sich mit jeder Minute, die Rosalie bei ihm war. Sie lachten viel und erinnerten sich an frühere gemeinsame Erlebnisse. Wahrscheinlich tat auch die Flasche Gigondas ein Übriges, die er, entgegen der Warnung seines Arztes, geöffnet hatte. Immerhin war sie mittlerweile fast leer. Der samtige, etwas erdige Geschmack mit den ausgewogenen Tanninen passte hervorragend zu der Wildlauchtarte und dem zarten Pflücksalat mit warmem, von Lavendelhonig beträufeltem Ziegenkäse. Es wäre ein Frevel gewesen, dazu einfach nur Wasser zu trinken.

»Wie hast du dich mittlerweile in Vassols eingelebt?«, wagte er schließlich zu fragen. Rosalie legte ihr Besteck beiseite, tupfte sich mit der Serviette den Mund ab und sah ihn nachdenklich an.

»Absurderweise fühle ich mich hier ziemlich wohl«, gestand sie nach kurzem Zögern. »Ich hatte mir alles viel schlimmer vorgestellt. Ist das nicht seltsam?« Sie lächelte ihm zu, während sie ihre Ellenbogen auf dem Tisch abstützte und ihr Kinn auf die gefalteten Hände legte. Ihre grünen Augen ließen ihn keinen Moment los. »Und du? Warum bist du von Paris weggegangen? Steckt etwa eine Frau dahinter?«

Die direkte Gegenfrage überrumpelte ihn. Gleichzeitig fühlte er wieder den Kloß im Hals, der ihm jedes Mal dann zu schaffen machte, wenn er über sich selbst Auskunft geben sollte. Sein Therapeut nannte dieses Phänomen *innere Dysmorphophobie*, was nichts anderes bedeutete, als dass er es einfach nicht schätzte, wenn man viel Aufhebens um ihn machte. Vincent wusste so vieles über psychologische Erscheinungsformen, dass er darüber ein Buch hätte schreiben können. Sein Wissen half ihm jedoch nicht dabei, seine persönlichen Probleme nachhaltig in den Griff zu bekommen. Doch das wollte er Rosalie natürlich nicht so auf die Nase binden.

»Ich habe es in der Großstadt einfach nicht mehr ausgehalten«, erklärte er mit einer gewissen Zurückhaltung. »Ich war in der forensischen Entomologie tätig, das bedeutet, dass ich ...« Er suchte nach einer möglichst einfachen Erklärung für das komplexe Betätigungsfeld, doch sie unterbrach ihn, bevor er die richtigen Worte gefunden hatte.

»... dass du dich mit dem postmortalen Zersetzungsprozess organischer Körper auseinandergesetzt hast. Ich bin zwar Friseurin, aber nicht doof.«

»Das würde ich dir niemals unterstellen«, versicherte Vincent rasch. Er lachte einigermaßen perplex. »Ich kenne nur kaum jemanden, der mit dieser Terminologie auf Anhieb etwas anfangen kann.«

»Ich habe eine Zeit lang als Küchenhilfe in der Kantine der Toulouser Polizei gearbeitet«, erklärte Rosalie schnippisch. »Da schnappt man so einiges auf. Doch nun erzähl weiter! Weshalb hat dich die Leichenfledderei nicht mehr interessiert?«

Ihr Interesse und vor allem ihre unprätentiöse Art beeindruckten Vincent mehr, als er zugeben wollte. Sie machten es ihm viel leichter, über seine Vergangenheit zu reden.

»Oh! Meine Arbeit hat mir eigentlich immer Spaß gemacht...« Er zuckte hilflos mit der Schulter. »Leider war das Drumherum nicht so, wie ich es mir vorgestellt hatte. Im Grunde genommen kamen mehrere Dinge zusammen. Ungemeiner Erfolgsdruck, weil wir für namhafte Pharmazieunternehmen tätig waren, war nur ein Grund. Sechzehnstundentage waren die Regel. Da blieb vieles auf der Strecke. Doch das alles wäre vielleicht noch zu ertragen gewesen, wenn mir meine Chefin nicht nachgestellt hätte.«

»Und du wolltest nichts von ihr?« Ihr Blick war neugierig und interessiert.

Vincent nickte. »Ich hatte eine Freundin. Wir wollten sogar heiraten. Das war meiner Chefin ein Dorn im Auge. Sie wollte sich einfach nicht damit abfinden, dass ich sie abblitzen ließ. Und als sie das begriffen hatte, fing sie an, gegen mich zu intrigieren. Oh, ja!« Er lachte bitter bei der Erinnerung. »Das Biest ging dabei sehr subtil vor. Lange Rede, kurzer Sinn: Erst verlor ich meinen Job, dann auch noch meine Freundin. Meine Chefin hatte Odile weisgemacht, dass ich sie mit ihr betrogen hätte. Leider hat Odile ihr mehr geglaubt als mir. Die Folge war, dass ich einen Nervenzusammenbruch erlitt, der dazu führte, dass ich Angst vor großen Menschenmengen bekommen habe. In einer Großstadt wie Paris ist das nicht unbedingt von Vorteil...«

»Du bist nach Vassols zurückgekehrt, weil du keine Menschen mehr sehen kannst?« Rosalie zog die Stirn kraus. »Das verstehe ich nicht. Du arbeitest schließlich in einer Apotheke. Da hast du es doch täglich mit vielen Menschen zu tun.«

»Das schon! Aber in einem überschaubaren Rahmen. Viele der Menschen hier kenne ich. Sie sind mir vertraut. Und trotzdem fällt es mir jeden Morgen schwer, die Apotheke zu öffnen. Es wird allerdings mit der Zeit besser werden, meint mein Therapeut.«

»Das ist ganz schön krass«, meinte Rosalie. »Und ich dachte immer, dass nur mir solche Dinge geschehen ...«

Vincent ließ einen schicksalsergebenen Seufzer los. »Das Leben ist eben kein Ponyhof!« Sie sahen sich kurz an, dann brachen sie beide gleichzeitig in erlösendes Lachen aus.

Vincent fühlte sich gut wie schon lange nicht mehr. Die Unterhaltung mit Rosalie war das Beste, was er seit Langem erlebt hatte. Selbst mit Odile hatte er nicht so offen reden können. Doch nun drängte es ihn, mehr über sie zu erfahren. »Du weißt nun also um mein kleines Geheimnis, jetzt musst du mir auch deines verraten. Du bist doch nicht nur wegen Babettes Erbe hiergeblieben, stimmt's?«

Rosalie zog kritisch eine Augenbraue hoch und musterte ihn. Einen Augenblick dachte er, dass er sich zu weit vorgewagt hatte. Doch dann lächelte sie so entwaffnend, dass ihre Wangen sternförmige Grübchen bildeten.

»Also gut! Quid pro quo.« Noch ein Terminus, den Vincent nicht so ohne Weiteres in Rosalies Sprachgebrauch vermutet hätte. Doch bevor sie mit ihrer Geschichte herausrücken konnte, meldete sich ihr Telefon. Erschreckt sah sie auf die Uhr! »Mein Gott! Schon so spät! Ich habe völlig die Zeit vergessen. Bitte entschuldige!« Sie durchwühlte ihre Handtasche und sah auf das Display. »Es ist Rachid. Es tut mir leid. Ich muss los. Er wartet seit über einer halben Stunde vor meinem Haus. Ich habe ihn total vergessen.« Sie zuckte bedauernd mit den Schultern. »Es tut mir leid. Meine Geschichte muss noch etwas warten.«

»Mir tut es auch leid«, brummte Vincent verstimmt. Er erhob sich mit Rosalie und brachte ihre Lederjacke aus der

Garderobe. *Schon wieder dieser Rachid,* dachte er mit leiser Eifersucht. Seine Verabschiedung geriet deshalb etwas knapp.

»Danke für deinen Besuch und vielen Dank für den Plüschhund.«

Rosalie war schon halb durch die Tür, als sie sich noch einmal besann und sich zu ihm umdrehte. Ehe er sichs versah, drückte sie ihm einen Kuss auf den Mund. Vincent war davon viel zu überrascht, als dass er sie hätte dicht an sich ziehen können, wie er sich das wünschte. Sie löste sich viel zu schnell wieder von ihm und hastete bereits mit eiligen Schritten die Treppe hinunter, während er ihr perplex und sprachlos hinterhersah. Zurück blieb nur der angenehme Erdbeergeschmack ihrer vollen Lippen.

10

Der Mistral fauchte nun schon den dritten Tag über die Landschaft des Vaucluse, ohne in seiner Heftigkeit nachzulassen. Das stete Zerren des Windes ging nicht nur den Menschen auf die Nerven. Zwar schien die Sonne trügerisch hell am blank geputzten blauen Himmel, doch sobald man auf die Straße trat, wurde man den unberechenbaren Launen des kalten Nordwindes ausgesetzt. Laut tosend suchte er sich zwischen den Häusern Windschleusen und wirbelte unverhofft Staub und alte Blätter auf. Wer es sich leisten konnte, blieb zu Hause am warmen Kaminfeuer.

Yves Rivas scherte das Wetter im Augenblick nicht. Er hatte soeben wütend das Haus seiner Mutter verlassen, wo sie beide ein spätes Mittagessen eingenommen hatten. Mit großen Schritten stapfte er über den weitläufigen Hof auf das alte Haus zu, das an das Weinlager anschloss. Das Gebäude hatte seinen Großeltern einst als Wohnhaus gedient. Heute befanden sich darin die Verkaufsräume, sein Büro und der ehemalige Salon des Hauses mit einem offenen Kamin. Seit Nicole aus dem Haupthaus, das sie gemeinsam mit seiner Mutter bewohnt hatten, ausgezogen war, hatte er sich hierher zurückgezogen. Er ertrug die ständige Nähe zu seiner Mutter nicht länger, denn sie hatte seit seiner Scheidung die lästige Angewohnheit wieder aufgenommen, sich ständig in seine Angelegenheiten zu mischen. Sie mäkelte an allem, was er tat, herum. Er sei ein Weiberheld, ein Geizkragen und überdies ein Ausbeuter. Kein Wunder, dass ihm die Frau davongelaufen sei.

»Pah!« In Erinnerung an ihre letzten Worte schnaubte er ungehalten. Auch heute hatte es beim Essen Streit gegeben. Er behandle seine Angestellten wie Leibeigene, hatte sie ihm vorgeworfen. Und das nur, weil sie mitbekommen hatte, wie er diesen unverschämten Bashaddi vom Hof gejagt hatte. Die alte Frau hatte ja keine Ahnung, wie man mit solchen Leuten umspringen musste. Wenn man sie nicht hart an die Kandare nahm, tanzten sie einem nur auf der Nase herum und brachten einen um sein mühsam verdientes Geld. Rivas hatte im Grunde nichts gegen die Maghrebiner. Sie waren gute Arbeiter, aber er hatte etwas dagegen, wenn jemand aufmuckte – und genau zu dieser Art von Querulanten gehörte dieser Bashaddi. Es war richtig gewesen, ihn zu feuern.

Rivas betrat das Gebäude und hielt direkt auf den Temperaturschrank zu, in dem die teuren Rotweine zur Verkostung lagerten. Ein guter Wein war genau das, was er jetzt brauchte. Er griff nach einem Côte du Ventoux, einem 2011er-Jahrgang, den er mit größter Sorgfalt ausgebaut hatte. Das Grundgerüst des Weines bestand aus der säurearmen Rebensorte Grenache, deren Aroma von schwarzen Früchten hervorragend mit dem schwereren, tanninhaltigen Mourvèdre harmonierte, den er beigemischt hatte. Ein schöner, ausgewogener Wein, mit dem er seinen Ärger schon hinunterspülen würde.

Im Salon, der ihm gleichzeitig auch als Schlafzimmer diente, war es jedoch eiskalt. Rivas fluchte. Aus Faulheit hatte er am Morgen keine neuen Holzscheite aufgelegt, weil der Vorrat neben seinem Kamin zur Neige gegangen war. Jetzt war das Feuer ausgegangen. Er stellte die Weinflasche auf den kleinen Beistelltisch neben dem Sessel, der vor dem Kamin stand, und machte sich auf den Weg nach draußen. Ihm fiel ein, dass unter dem überdachten Vorsprung neben seinem Haus höchstwahrscheinlich ebenfalls kein Feuerholz mehr zu finden war. Vermutlich musste er nochmals über den Hof und sich von dem Holzstapel neben dem Haupthaus bedienen. Bei dem Wetter wahrlich kein Vergnügen! Zu seiner Überraschung fand er den Schuppen jedoch angefüllt mit frisch gestapeltem Holz. Selbst kleine Anzündscheite befanden sich daneben. Rivas kratzte sich am Kopf. Er erinnerte sich vage, dass er Bashaddi Geld gegeben und damit beauftragt hatte, für neues Holz zu sorgen. Fast hatte er nun ein schlechtes Gewissen.

»War wohl doch nicht so faul, der Kerl, wie ich dachte«, brummte er und packte den Weidenkorb voller Scheite. Das Holz war gut abgelagert und trocken. Steineiche, stellte er verwundert fest. Normalerweise pflegte er mit dem billigeren Pinienholz oder mit Weinreben zu feuern. Vielleicht wollte ihm Luc, von dem er das Holz vom Mont Ventoux bezog, damit einen Gefallen tun. »Soll mir recht sein!«

Rivas schaffte das Holz ins Haus, legte einige Scheite in den Kamin und zündete es mithilfe der schmalen Anzündscheite an. Kurze Zeit später prasselte in der *Cheminée* ein munteres Feuer. Rivas ließ sich auf den zerschlissenen Sessel sinken, goss sich ein Glas Wein ein und leerte es in ungebührlicher Schnelligkeit. *Eigentlich schade um den Wein,* dachte er missmutig. Doch das war ihm heute egal. Er brauchte etwas, um seinen Ärger hinunterzuspülen. Beinahe trotzig trank er auch das zweite Glas schnell aus. Als die Wirkung des Alkohols immer noch zu wünschen übrig ließ, stellte er die Flasche beiseite, um sich etwas Stärkeres zu holen. In seiner Schreibtischschublade fand er eine Flasche Marc. In großen Zügen trank er den Tresterschnaps direkt aus der Flasche. Langsam fühlte er sich etwas besser. Wohltuende Müdigkeit breitete sich über ihn aus, doch das lästige Klappern eines Fensterflügels hielt ihn davon ab einzunicken.

»Verdammter Wind«, fluchte er träge. Er hätte schwören können, dass das Fenster vorher noch geschlossen gewesen war. Eine Weile versuchte er, das ständige Klappern zu überhören. Doch schließlich ging es ihm derart auf die Nerven, dass er den Krach nicht länger ignorieren konnte. Vom Alkohol benebelt, erhob er sich schwerfällig aus seinem Sessel. Als er endlich stand, fiel ihm ein seltsam zischendes Geräusch auf. Es kam vom Kamin her. Noch bevor er es richtig orten konnte, zerfetzte das laute Knallen einer Explosion die Luft. Gleichzeitig fühlte er etwas Feuchtes, Klebriges auf seiner Brust. Sein eben noch benommener Geist war mit einem Mal glasklar. Beinahe verwundert starrte er auf den dunklen Fleck, der sich rasch über den Stoff seines karierten Hemdes auszubreiten begann. Bevor er begriff, dass es sich um Blut handelte, traf ihn ein weiteres Geschoss am Hals. Jähe Panik ergriff ihn, als hellrotes Blut aus seiner Halsarterie sprudelte. Vergeblich versuchte er, es mit der Hand zu stoppen. Er torkelte einen Schritt rückwärts, um sich in Sicherheit zu bringen. Ein weiterer Treffer ließ den Versuch jedoch scheitern.

11

Rosalie stellte das Autoradio auf volle Lautstärke. Joyce Jonathans perlende Stimme füllte ihren alten Renault mit dem eingängigen »J'ai laissé sonner une heure« aus. Sie war gerade unterwegs zu Suzanne. Rosalie sang voller Übermut den Refrain mit:

> *J'ai laissé sonner une heure*
> *Pensant que mon heure avait sonné*
> *Ttududu tutu tududu*
> *J'ai lésé tous les bonheurs*
> *Pendant ce temps-là tu m'oubliais.*

Die aufgekratzte Stimmung führte sie auf ihre Wetterfühligkeit zurück. Der Mistral stellte wirklich sonderbare Dinge mit einem an. Vermutlich lag es einfach daran, dass der Nordwind hier in Vassols besonders unberechenbar war. Sie fühlte sich so lebendig wie schon lange nicht mehr. Zum ersten Mal, seit der Geschichte mit Jérôme, hatte sie wieder das Gefühl, auf der guten Seite des Lebens zu stehen.

»Dieses Mal bestimme ich, wann und mit wem meine Glücksstunde schlägt«, nahm sie den Inhalt des Refrains mit trotzigem Grinsen auf. Die beiden Männer, die neuerdings wie Trabanten ihr neues Leben umkreisten, waren mit der Grund dafür, dass sie sich so wohlfühlte. Der zuverlässige, immer fröhliche Rachid mit seinen verrückten Ideen ließ gar nicht zu, dass sie schlechte Laune bekam. Er schien für jedes Problem eine geeignete Lösung parat zu haben. Und Vincent ...

Rosalies Gedankengang stockte für einen Moment. Es gelang ihr immer noch nicht recht, sich einen Reim auf diesen einerseits gut aussehenden und andererseits manchmal regelrecht verklemmt wirkenden Typ Mann zu machen. Er war so anders als die Männer, die sie bisher in ihrem Leben kennengelernt hatte. Seine guten Manieren und seine Weltgewandtheit standen in krassem Gegensatz zu der Schüchternheit und Ängstlichkeit, die er manchmal unvermittelt an den Tag legte. War er immer schon so gewesen, oder hatte ihn die Geschichte mit seiner Chefin tatsächlich so aus der Bahn geworfen? Zweifellos war er ein anregender Gesprächspartner. Er hatte Charme und Witz und konnte gut auf Frauen eingehen. Die Unterhaltungen mit ihm gefielen ihr. Und dann mochte sie den besonderen Duft, der von ihm ausging. Es war eine einzigartige Mischung aus harzigem, rauchigem Sandelholz mit dem subtilen Unterton von Thymian, die er durch den raffinierten Einsatz guter Parfums noch zu unterstreichen verstand. Rosalie musste unwillkürlich schmunzeln, während sie an Vincents verdutztes Gesicht dachte, als sie ihn am Vorabend aus einer Laune heraus zum Abschied geküsst hatte. Offensichtlich hatte sie ihn mit ihrer spontanen Geste völlig überrumpelt. Im Nachhinein hatte es ihr ausgesprochen gut gefallen, seine warmen, festen Lippen zu berühren. Sie hätte nichts dagegen gehabt, wenn er ihren Kuss etwas leidenschaftlicher erwidert hätte.

»Denk nicht mal daran!«, schimpfte sie laut mit sich selbst. »Männer sind im Moment absolut das Letzte, was für dich infrage kommt – egal, ob sie aus Algerien oder Vassols stammen.«

Kurze Zeit später erreichte sie die Hofeinfahrt von Rivas. Sie war erstaunt, auf der Hoffläche den weiß-blauen Wagen der Police Municipale mit blinkendem Blaulicht vorzufinden. Ein völlig aufgelöster Polizist telefonierte wild gestikulierend neben den geöffneten Türen. Sie erkannte in ihm Philippe Arduin, den Sohn der Blumenhändlerin. Sie hatte ihn noch als kleinen Jungen in Erinnerung. Der junge Mann war völlig außer sich. In Rosalie stieg sofort eine schreckliche Ahnung auf. *Mein Gott! Suzanne!*, dachte sie und stieg eilig aus ihrem Auto.

»Was ist geschehen?«, erkundigte sie sich bei dem echauffierten Dorfpolizisten. Arduin hatte unterdessen sein Telefonat beendet. Er war ziemlich bleich um die Nase und offensichtlich mit allem überfordert. Ohne auf sie zu reagieren, hetzte er zum Kofferraum seines Dienstfahrzeugs, um daraus einige Absperrbänder zu holen.

»Sie können hier nicht bleiben«, beschied er sie schließlich aufgeregt. »Hier muss alles abgesperrt werden. Das ist ein Tatort. Gleich kommen die Kollegen von der PJ.«

»Kriminalpolizei?« Für Rosalie ergab das alles keinen Sinn. »Ist hier eingebrochen worden?«

»Viel schlimmer!« Arduin sah sie mit schreckensweiten Augen an. Trotz des kalten Windes lief ihm Schweiß über die Stirn. »Yves Rivas ist ermordet worden«, flüsterte er mit bebender Stimme. »Er sieht schrecklich aus!«

»Umgebracht?« Rosalie musste sofort an die hässliche Szene zwischen Ismael Bashaddi und Rivas vor ein paar Tagen denken, bei der sie unabsichtlich Zeugin gewesen war. »Weiß man schon, wer es war?«

»Natürlich nicht!«, entgegnete Arduin entrüstet. »Die polizeilichen Untersuchungen haben ja noch nicht einmal begonnen. Aber man hat ihn entsetzlich zugerichtet. Vermutlich ist er erschossen worden! Seine Mutter hat ihn heute Morgen in seinem Büro gefunden. Die arme Frau steht immer noch völlig unter Schock!«

»Arme Suzanne! Ich muss sofort zu ihr!«

Rosalie überließ Arduin sich selbst und eilte zum Haupthaus. Sie klopfte an die Tür. Als niemand antwortete, ging sie einfach hinein. Suzanne saß zusammengesunken an ihrem Küchentisch und stierte auf eine kalt gewordene Tasse Kaffee.

»Jetzt ist es tatsächlich passiert. Ich habe es kommen sehen ... so wie Yves immer mit den Leuten umgegangen ist ...«, murmelte sie mit monotoner Stimme, ohne sich nach Rosalie umzudrehen.

Rosalie berührte sacht die Schulter der alten Frau. Sie wirkte mit einem Mal viel schmaler und zerbrechlicher als noch vor einigen Tagen. »Arduin hat mir alles erzählt. Es tut mir wirklich leid ...«

Suzanne wandte sich ihr langsam zu. Ihre Augen waren trocken. Die Miene starr. Sie wirkte überraschend gefasst. Doch an den verkrampften Händen erkannte Rosalie, dass sie den Schmerz über den Verlust ihres einzigen Sohnes einfach noch nicht zulassen konnte. Über kurz oder lang würde sie davon überrollt werden.

Rosalie fühlte, wie sich ihr Herz schmerzhaft zusammenzog. Solch ein Leid hatte niemand verdient! Gleichzeitig konnte sie nicht gegen den Wunsch angehen, mehr über die Ursache dieser schrecklichen Tat zu erfahren. Lieutenant de Police Lauriel hatte sie während ihrer Zeit als Hilfskraft bei der Toulouser Polizei so manches Mal wegen ihres Interesses an kriminalistischen Fällen aufgezogen. »Sie hätten nicht Putzfrau, sondern Polizistin werden sollen«, hatte er immer wieder gesagt. »Ich bin Friseurin und muss auch Menschenkenntnis besitzen«, hatte sie stets schlagfertig darauf entgegnet. »Da ist gar kein so großer Unterschied.«

Suzannes knotige Hände lösten sich etwas. »Yves war kein böser Mensch«, sagte sie leise. »Er war vielleicht manchmal jähzornig, ganz sicher ein Geizhals und mochte Frauen, aber er hat doch niemandem etwas wirklich Böses angetan, oder etwa doch?« Ihre braunen Augen, deren Pupillen an ihren Konturen schon leicht ins Grau verschwammen, sahen Rosalie hilflos an. »Wer tut so etwas?«

Rosalie setzte sich Suzanne gegenüber und ergriff ihre Hände. Sie streichelte sanft über die dicken Adern ihrer abgearbeiteten Hände, während sie ihr ein paar Fragen stellte.

»Ist dir gestern irgendetwas aufgefallen? Hast du vielleicht etwas bemerkt?«

»Yves und ich haben uns gestern Nachmittag gestritten. Daraufhin ist er wütend geworden und hat das Haus verlassen. Ich hätte ihm nicht diese Vorwürfe machen sollen ...« Ihre Stimme verebbte plötzlich, während sich ihre Augen langsam mit Tränen füllten. Rosalie fürchtete, dass sie gleich zusammenbrechen könnte, doch Suzanne behielt die Fassung. »Kurz nach Sonnenuntergang habe ich noch ein Auto auf dem Hof gehört. Es klang anders als Yves' Wagen. Es schepperte, als es anfuhr. An mehr erinnere ich mich nicht. Meinst du, dass das Yves' Mörder war?« Sie sah Rosalie entsetzt in die Augen.

»Das ist auf jeden Fall ein wichtiger Hinweis. Das musst du unbedingt der Polizei erzählen. Aber jetzt mache ich dir erst einmal einen Tee. Er wird dich bestimmt etwas beruhigen.«

Während sie den Tee aufbrühte, ließ Rosalie nochmals alle Informationen Revue passieren. Fest stand, dass Yves nicht besonders beliebt gewesen war. So, wie sie es bislang mitbekommen hatte, gab es eine ganze Reihe von Leuten, die ihm nicht sehr gewogen waren. Motive gab es wahrscheinlich viele. Rache, Habsucht, Eifersucht.

»Wer könnte deiner Meinung nach ein Interesse an Yves' Tod gehabt haben?«, hakte sie behutsam nach.

»Darüber zerbreche ich mir schon den ganzen Morgen den Kopf.« Suzanne rang um Fassung. »Nicole ist immer noch sehr gekränkt, weil Yves sie betrogen hat. Seit sie herausgefunden hat, dass er sie schon während ihrer Hochzeitsreise hintergangen hat, verabscheut sie ihn regelrecht. Sie hat ihm die teuersten Anwälte auf den Hals gehetzt und ihm alles genommen, was zulässig war. Selbst als Yves finanziell bereits am Boden lag, hat sie nicht aufgehört, ihm zu schaden. Ihr traue ich mittlerweile alles zu.« Kaum hatte sie geendet, schüttelte sie entsetzt den Kopf. »Ach, was rede ich. Es könnte auch Alfonso gewesen sein oder diese algerischen Saisonkräfte. Er hat mit so vielen Leuten Streit angefangen.«

Ein kräftiges Klopfen an der Tür unterbrach ihre Unterhaltung. Es bestand kein Zweifel, dass nun die Polizei eingetroffen war.

»Machst du auf?« Suzanne wirkte plötzlich wieder kraftlos und erschöpft.

Rosalie übernahm die Aufgabe gern. Vor der Tür standen tatsächlich Arduin und ein weiterer Polizist in der blauen Uniform der Police Nationale.

»Polizei! Können wir mit Madame Rivas reden?«, erkundigte sich der Brigadier. Arduin stand in seinem Schatten und versuchte angestrengt, eine möglichst gute Figur zu machen.

»Sie ist in der Küche. Es geht ihr nicht besonders gut.«

»Das war zu erwarten«, meinte der Brigadier nicht ohne Mitgefühl. »Dennoch möchte der Lieutenant de Police ihr einige Fragen stellen. Wird sie dazu in der Lage sein?«

»Ich denke schon.« Rosalie zuckte mit der Schulter und ging den beiden Polizisten in die Küche voran. »Bitte gehen Sie behutsam vor. Yves war ihr einziger Sohn.«

»Darüber sind wir bereits informiert!«

Die befehlsgewohnte Stimme des Lieutenant, der unbemerkt hinter seinen Kollegen aufgetaucht war, ließ Rosalie unwillkürlich erstarren. Es war nicht so sehr sein selbstbewusstes Auftreten als vielmehr die wohlbekannte Stimme, die sie aufmerken ließ. Sie wandte sich um. Für einen kurzen Augenblick meinte sie in den Augen ihres Gegenübers ein unsicheres Aufflackern erkennen zu können, doch dann hatte sich der Beamte wieder unter Kontrolle.

»Rosalie«, grüßte er knapp. »Keine schönen Umstände, in denen wir uns nach so langer Zeit wiedersehen.«

»Das kann man wohl so sagen!« Auch Rosalie rang noch mit der Fassung. »Ich habe nicht gewusst, dass du bei der Police Judiciaire arbeitest.«

»Lieutenant de Police, Maurice Viale«, stellte sich ihr Bruder überflüssigerweise Suzanne Rivas vor. Sein selbstsicheres, ja überhebliches Lächeln hatte sich in all den Jahren nicht geändert. Es war offensichtlich, dass er seine Überlegenheit auskostete. »Würdest du dich jetzt freundlicherweise hinausbegeben, während ich Madame Rivas befrage?«, wandte er sich wieder an sie. »Wir sind leider nicht zum Vergnügen hier.«

Rosalie schnaubte. Natürlich musste er ihr gegenüber wieder einmal seine Vormachtstellung demonstrieren. So war es schon immer zwischen ihnen gewesen. Rosalie konnte nicht anders. Sie stellte prompt ihre Stacheln auf.

»Möchtest du auch, dass ich gehe?«, wandte sie sich mit einfühlsamer Stimme an Suzanne. Gleichzeitig warf sie einen kampfeslustigen Blick in Richtung Maurice.

Die alte Frau schüttelte wie erwartet heftig mit dem Kopf und streckte sogar ihre Hände nach ihr aus. »Bitte bleib bei mir«, bat sie. »Ich brauche jemanden, dem ich jetzt vertrauen kann.«

Rosalie konnte ihr Triumphgefühl nicht verbergen. »Damit wäre das ja wohl geklärt«, antwortete sie mit leicht erhobenem Kinn.

Maurice warf ihr einen undurchdringlichen Blick zu. »Wenn Madame Rivas es wünscht, kannst du natürlich bleiben. Aber halte dich gefälligst mit unqualifizierten Bemerkungen zurück.«

Rosalie zuckte mit den Schultern und nahm in aller Seelenruhe neben Suzanne Platz. Besänftigend strich sie der alten Frau über den Arm. »Alles wird gut«, versprach sie ihr. »Wir finden den Mörder schon.«

»Das ist Sache der Polizei«, stellte Maurice klar. Er nahm der alten Frau gegenüber Platz und zückte einen Notizblock und einen Kugelschreiber und begann sogleich mit der Befragung. Der Brigadier blieb bei ihm, während Arduin nach draußen zu der Spurensicherung geschickt wurde.

»Sie sind Suzanne Rivas, wohnhaft im Hameau de Melles?«

Suzanne sah erst den Commissaire, dann Rosalie verständnislos an. »Was sind das denn für Fragen?«, fragte sie verwirrt. »Wer soll ich denn sonst sein? Maurice, du kennst mich doch!«

»Das sind nur die notwendigen Formalitäten«, räusperte sich dieser. »Je zügiger wir das hier erledigen, desto schneller haben Sie auch das alles hinter sich.«

»Er kann nicht anders«, meinte Rosalie und warf ihrem Bruder einen verächtlichen Blick zu. »Maurice tut wie immer nur seine Pflicht.«

Suzanne Rivas wiederholte, was sie auch Rosalie erzählt hatte, während Maurice alles fein säuberlich in seinem Notizbuch aufschrieb.

»Haben Sie eine Ahnung, um was für ein Auto es sich gestern Abend gehandelt haben könnte?«, erkundigte sich der Lieutenant. »War es ein großes Auto oder eher ein Kleinwagen, ein Lieferwagen oder vielleicht ein Motorrad?«

»Das weiß ich doch nicht! Ich erinnere mich nur an das Scheppern. Es hörte sich an, als wäre der Auspuff kaputt. Irgendwie kam es mir schon bekannt vor. Wenn ich nur wüsste, weshalb ...«

»Versuchen Sie sich bitte zu erinnern. Jede noch so unbedeutende Kleinigkeit kann nun von großem Nutzen sein!« Suzanne schüttelte resigniert den Kopf. Sie gab sich wirklich Mühe, sich an alles zu erinnern. Doch es fiel ihr nicht leicht, auf die vielen Fragen zu antworten.

»Nun quäl sie doch nicht so«, nahm Rosalie die alte Frau endlich in Schutz. »Wozu gibt es denn die Spurensicherung? Die bekommen doch leicht heraus, um was für einen Wagen es sich gehandelt hat.«

»Halt dich da gefälligst heraus«, schnauzte Maurice ungehalten. »Von diesen Dingen hast du keine Ahnung.«

»Immerhin erkenne ich, wenn jemand mit seinen Nerven am Ende ist!« Rosalie sah gar nicht ein, klein beizugeben. »Du solltest Suzanne jetzt endlich in Ruhe lassen.«

Bevor ihr Bruder etwas darauf entgegnen konnte, betrat Arduin erneut die Küche. Er trug jetzt den Plastikanzug der Spurensicherung und wedelte mit einer Plastiktüte herum.

»Wir haben etwas Wichtiges gefunden, Lieutenant de Police«, berichtete er eilfertig. »Das hier lag neben dem Holzschuppen, von dem Monsieur Rivas sein Holz geholt hatte.«

Der Lieutenant nahm die Tüte entgegen und betrachtete sie eingehend. »Das sieht nach einer muslimischen Gebetskette aus«, stellte er fest. »Haben Sie diese schon einmal gesehen?« Er legte sie vor Suzanne auf den Tisch, die damit jedoch nichts anfangen konnte.

»Kennen Sie die Leute, die für Ihren Sohn gearbeitet haben?«

Suzanne zuckte mit den Schultern. »Wir haben nur Saisonkräfte. Yves war kein besonders umsichtiger Arbeitgeber. Meistens hielten es die Leute nur für eine Saison oder kürzer bei uns aus.«

»Waren auch Ausländer darunter? Vielleicht auch Muslime?«

»Natürlich! Erst neulich hat er doch diesen jungen Algerier vom Hof gejagt ...« Suzanne richtete sich plötzlich auf und sah Rosalie entgeistert an. »Du hast das doch auch mitbekommen. Meinst du vielleicht, dass dieser Typ, wie hieß er doch gleich noch mal, Bashaddi, dass er ...? Ich meine ... Er war doch so wütend auf Yves ...« Ihre Augen weiteten sich, und ihre Hände verkrallten sich in dem Tischtuch.

Rosalie legte ihr begütigend die Hand auf den Arm. »Ach was! Das hat gar nichts zu bedeuten. Ich kenne Ismael. Er hat ein leicht erregbares Gemüt, aber er würde niemals jemandem etwas antun«, versuchte sie, sie zu beschwichtigen.

»Moment«, schaltete sich der Lieutenant sofort ein. »Was ist das für eine Geschichte?«

Rosalie hätte sich auf die Zunge beißen mögen. Wie hatte sie nur so leichtfertig zugeben können, dass sie Ismael kannte? Schon allein deswegen würde sich ihr Bruder nun auf ihn stürzen. Womöglich fiel nun ein ungerechtfertigter Verdacht auf Rachids Cousin. Andererseits ... Sie schielte zu der Gebetskette hinüber und war sich plötzlich nicht mehr sicher, ob sie diese nicht schon einmal gesehen hatte. Maurice waren ihre Blicke nicht entgangen.

»Kennst du diese Kette etwa?«, wandte er sich sofort an seine Schwester. »Und wer ist dieser Ismael? Etwa dein Freund?«

»Was ist das denn jetzt für eine Frage? Ich denke, ich soll meinen Mund halten.« Rosalie gab sich absichtlich verstockt.

Ihr Bruder schenkte ihr ein schmallippiges Lächeln. »So wie die Dinge sich gerade entwickeln, scheinst du eine wertvolle Zeugin abzugeben. Woher kennst du diesen Ismael? Und was war das für ein Streit?«

Rosalie seufzte ungeduldig, gab aber widerwillig Auskunft. Dabei versuchte sie, den Streit zwischen Yves und Ismael möglichst herunterzuspielen. Außerdem verschwieg sie, dass ihr die Gebetskette vage bekannt vorkam. Doch ihr Bruder war nicht auf den Kopf gefallen.

»Also hat dieser Bashaddi Rivas bedroht«, stellte er fest.

»So würde ich das nicht sagen …«, schränkte Rosalie sofort ein. »Er war sicherlich sauer, aber gedroht …«

»Natürlich hat er ihm gedroht«, mischte sich nun Suzanne erregt ein. »Ich habe zwar nur wenig verstanden, aber ich habe doch gesehen, wie er vor Yves ausgespuckt und ihm mit der Faust gedroht hat! Warum erzählst du das nicht dem Lieutenant?«

»Das würde ich allerdings auch gern wissen! Wieso schützt du ihn? In welchem Verhältnis stehst du zu Bashaddi?«

»Natürlich in gar keinem«, entrüstete sich Rosalie. »Ich finde es nur unerhört, dass dieser Mann sofort unter Verdacht gerät, nur weil er Algerier ist.«

»Im Moment ist dieser Mann unser einziger Anhaltspunkt«, stellte Maurice nüchtern fest. »Ob er unter Verdacht steht, wird sich noch erweisen. Allerdings sprechen bereits jetzt einige Dinge gegen ihn.«

Rosalie sprang empört von ihrem Sitz auf. »Von dir ist ja wohl auch nichts anderes zu erwarten«, fauchte sie.

»Nimm dich zusammen!« Die Stimme des Lieutenant klang mühsam beherrscht, wenn auch nicht übermäßig laut. »Ich bin hier in meiner Funktion als leitender Polizeibeamter. Wenn du weiterhin so unverschämt bist, wirst du mit einer Anzeige wegen Beamtenbeleidigung rechnen müssen. Ich lasse mir meine Autorität vor den Kollegen nicht untergraben, und schon gar nicht von dir! Ich hoffe, du hast mich verstanden.«

Er erhob sich von seinem Stuhl und verabschiedete sich von Suzanne. Dann verließ er mit seinen Leuten den Raum.

12

Lieutenant Maurice Viale war nicht besonders guter Stimmung, als er sich von Brigadier Moulin im Dienstwagen nach Carpentras zur dortigen Police Nationale fahren ließ. Die Aufklärung des Mordes an Yves Rivas brachte für ihn mehrere lästige Begleitumstände mit sich. Der wohl unangenehmste war, dass er sich die nächsten Tage mit seinem ehemaligen Vorgesetzten Duval von der Police Judiciaire in Carpentras ein Büro teilen musste. Seine Büroräume im Commissariat in der Rue St. Roche in Avignon wurden derzeit wegen eines Wasserschadens renoviert. Aus diesem Grund hatte ihm sein Commandant in einem Anfall von Großzügigkeit vorgeschlagen, die Diensträume der Police Nationale in Carpentras zu nutzen. Irrtümlich ging er davon aus, dass er ihm damit einen Gefallen tat.

»Sie kommen doch aus der Gegend, Viale. Da muss der Aufenthalt in Carpentras doch fast wie ein Urlaub für Sie sein, nicht wahr?«

Viale hatte nicht zu widersprechen gewagt, obwohl er mehrere Gründe hatte, seinen Heimatort zu meiden. Er hätte sich genau genommen lieber in die Pathologie zurückgezogen, als seine Zeit bei diesem unerträglichen Duval zu verbringen. Doch das hatte er dem Commandant schlecht sagen können, gerade jetzt, wo er sich gute Chancen ausrechnete, bei den bevorstehenden Beförderungen berücksichtigt zu werden.

Was würde das für ein Licht auf ihn werfen, wenn der Commandant davon erführe, dass Capitaine Duval der größte Stolperstein in seiner bisherigen Karriere gewesen war? Sie beide waren wie Feuer und Wasser – schon immer gewesen. Duval war ein griesgrämiger Aktenwurm, der sich stets an winzigen Details festbiss, anstatt das große Ganze im Auge zu behalten. Sämtliche moderne Kriminaltechnologie war für ihn bestenfalls ein nützliches Hilfsmittel. Er war ein akribischer Verfechter von pedantischem Vorgehen, auch wenn die Sachlage längst klar war. Maurice' Arbeitsweise stand der von Duval diametral entgegen. Er war ein Mann der Tat, der fand, dass die Kriminaltechnik besonders mit der DNA-Analyse in den letzten Jahren Quantensprünge gemacht hatte. Mit ihrer Hilfe waren die meisten Fälle in Blitzeseile zu lösen, wenn man nur beherzt die Fakten in den richtigen Zusammenhang stellte. Kein Wunder, dass es zwischen ihnen beiden von Anfang an zu Unstimmigkeiten gekommen war. Duval hatte nie einen Hehl daraus gemacht, was er von Maurice hielt. Wenn es nach ihm gegangen wäre, hätte er sogar verhindert, dass er Kriminalbeamter wurde. Doch dazu war es zum Glück nie gekommen. Abgesehen von seinem Dienstgrad stand Duval nun unter ihm, da die Zuständigkeit für Mord bei der PJ in Avignon lag. Ob es Duval gefallen mochte oder nicht. Jetzt war Maurice der leitende Untersuchungsbeamte. Viale war sich allerdings nicht sicher, ob das wirklich ein Privileg war.

Gedankenverloren fuhr er sich über seine frisch rasierte Glatze, bevor er seine Uniformmütze wieder überstülpte. Wenn er den Mord an Yves Rivas schnell aufklärte, war es mehr als wahrscheinlich, dass er demnächst zum Capitaine befördert würde. Mit dem höheren Gehalt und dem gestiegenen Ansehen würde er vielleicht auch wieder einen besseren Zugang zu seiner Frau finden. Sylvie lag ihm schon seit Ewigkeiten damit in den Ohren, dass er mehr Zeit in der Polizeidirektion als bei seiner Familie verbrachte. Damit hatte sie zweifelsohne recht. Was sie allerdings nicht wusste, war, dass seine häufigen Überstunden hauptsächlich damit zu tun hatten, dass er dem Zusammenleben mit zwei pubertierenden Kindern und einer ständig mäkelnden Ehefrau meist ganz gern aus dem Weg ging.

Moulin nahm die Ausfahrt von der Schnellstraße am Kreisverkehr vor dem Krankenhaus von Carpentras. Es wurde Zeit, sich wieder seinen eigentlichen Aufgaben zu widmen.

Die Aufklärung des Mordes an Yves Rivas beschäftigte Maurice mehr, als ihm lieb war. Es hatte einmal eine Zeit in seiner Jugend gegeben, wo er öfters Umgang mit ihm gehabt hatte. Er hatte Yves Rivas nie besonders gemocht, und doch konnte er nicht leugnen, dass ihm sein Tod ziemlich naheging. Schließlich kannte man sich seit Jugendtagen, war in derselben Gegend aufgewachsen und hatte so manche gemeinsame Dummheit angestellt. Rivas war nur wenige Jahre älter als er gewesen. Sie hatten früher oft denselben Frauen nachgestellt und waren beide in Begleitung von ihren Vätern zu den Treffen der Weinbruderschaft gegangen. So etwas verband, ob man wollte oder nicht. Maurice war sich ziemlich sicher, dass der Täter aus dem engeren Umfeld des Weinbauern stammen musste. Es würde nicht besonders schwierig werden, ihn zu finden. Die gefundene Gebetskette war ein ziemlich vielversprechendes Indiz dafür, dass dieser Algerier darin verwickelt war. Die beiden hatten immerhin Streit gehabt, das hatte er in dem Gespräch mit Madame Rivas und Rosalie erfahren. Maurice gefiel gar nicht, dass ausgerechnet seine verschollen geglaubte Halbschwester plötzlich wieder aufgetaucht war.

Diese Frau war wie ein Wirbelwind, der ständig alles durcheinanderbrachte. Unberechenbar, launisch und in einem Maße temperamentvoll, dass man besser daran tat, ihr möglichst aus dem Weg zu gehen. Sie hatte, solange er sich erinnern konnte, noch nie etwas anderes als Scherereien gemacht. Schon als Kind hatte sie ihm und seinem Bruder Louis heimlich hinterhergeschnüffelt, wollte immer dabei sein, wenn sie sich abends heimlich mit den Mädchen aus der Nachbarschaft trafen – und wenn sie sie nicht mitmachen ließen, hatte sie sie erpresst. Oder sie hatte sich selbst ohne Grund in Schwierigkeiten begeben, weil sie nie ihren Mund halten konnte.

»Oh Rosalie«, entfuhr es Viale unbeabsichtigt laut. Brigadier Moulin blinzelte überrascht zu ihm hinüber, enthielt sich aber klugerweise einer Bemerkung.

Unterdessen hatten sie den Boulevard Albin Durand in Carpentras erreicht. Das Polizeigebäude befand sich am Ende der Alleestraße schräg gegenüber dem *Hospice de Charité*, einem ehemaligen Krankenhaus, das nun für Kunstausstellungen genutzt wurde. Links daneben lag die Touristeninformation. Während Moulin darauf wartete, dass sich die elektrische Einfahrtstür in den Innenhof des zum Teil verglasten Polizeigebäudes öffnete, beobachtete Viale eine Gruppe englischer Touristen, die zu der in der Nähe liegenden *Bibliothèque d'Inguimbert* strömten. Außer der Apotheke mit einer beträchtlichen Sammlung von Moustiers-Fayencen war dort auch noch eine prächtige Bibliothek aus dem achtzehnten Jahrhundert zu bestaunen. Er selbst interessierte sich nicht für solche Dinge. Die Engländer folgten mehr oder weniger gelangweilt einer ältlichen Stadtführerin, die sich redlich bemühte, ihre Schar wie eine Glucke zusammenzuhalten.

»Fahren Sie zurück nach Avignon und warten Sie dort auf

weitere Anweisungen, Moulin«, befahl er seinem Assistenten, als sie endlich in dem von Mauern umgebenen Hof der Polizeidienststelle waren. »Im Augenblick brauche ich Ihre Hilfe nicht. Dieser Arduin wird mir assistieren.«

Er stieg aus dem Wagen und begab sich durch die rückwärtige Tür zur Rezeption. Dort verlangte er, zu Capitaine Duval geführt zu werden.

Der diensthabende Polizist, ein junger Polizeianwärter, zierte sich. »Der Capitaine möchte um die Mittagszeit nicht gestört werden«, rückte er schließlich heraus. »Er macht gerade seine Yogaübungen, um sich zu entspannen.«

Viale sah den Polizisten befremdet an. »Capitaine Duval macht Yogaübungen?«

Der junge Kollege zuckte mit den Schultern und grinste verlegen. »Das hat ihm angeblich sein Arzt verordnet.«

»Oh! Und wo genau finde ich sein Büro?« Viales Stimmung stieg augenblicklich. Das Vergnügen, seinen ehemaligen Widersacher bei einer lächerlichen Yogaübung zu überraschen, durfte er sich nicht entgehen lassen.

Der Polizist deutete auf den ersten Stock. »Die Treppe hoch und immer links halten. Duval hat das letzte Zimmer auf dem Gang. Soll ich ihn vorwarnen?«

»Auf keinen Fall!«

Schwungvoll nahm Viale die Treppe nach oben und betrat mit einem kurzen, kaum hörbaren Klopfen Duvals Zimmer.

Viale hatte auf eine amüsante Überraschung gehofft, vielleicht sogar auf etwas Lächerliches, was ihn zu einem heiteren Lachanfall hätte reizen können. Nichts dergleichen war jedoch der Fall. Enttäuscht blickte er auf ein blitzblank aufgeräumtes Büro, das sich in all den Jahren, die er nicht mehr hier gewesen war, überhaupt nicht verändert hatte. Sogar der kümmerliche

Ficus benjamini vor dem Frontfenster schien immer noch derselbe zu sein. Das Büro atmete wie eh und je muffige Langeweile aus. In korrekte Uniform gekleidet saß Capitaine Duval stocksteif hinter seinem Schreibtisch. Er hielt ein Dokument in den Händen, das er eifrig zu studieren vorgab. Auf seiner Nase saß eine randlose, halbe Brille, hinter der flinke, kleine Augen wie dunkle Stecknadelköpfe über das Dokument huschten. Von dem unangekündigten Eindringen seines Besuchers nahm er keinerlei Notiz. Maurice spürte sofort die Provokation, die dahinter stand. Er hatte ganz vergessen, wie ignorant und überheblich sein ehemaliger Vorgesetzter war. Natürlich hatte er ihn längst wahrgenommen. Um sich bemerkbar zu machen, sah er sich gezwungen, sich zu räuspern. Das war genau, was Duval beabsichtigt hatte. Die flinken, dunklen Augen hielten für einen Moment inne und blieben vorwurfsvoll auf ihm haften.

»Habe ich ›Herein‹ gesagt?«, verlangte er mit der schneidenden Stimme eines Vorgesetzten zu wissen. Maurice schnaubte innerlich vor Wut. Doch dieses Mal würde Duval sich an ihm die Zähne ausbeißen.

»Ich bin angekündigt«, gab er kurz angebunden zurück. »Wir werden in nächster Zeit zusammenarbeiten.«

»Ach ja?« Duval musterte ihn abfällig über den Rand seiner Brille.

Maurice ließ sich davon nicht beeindrucken. Er sah sich um und entdeckte in der Ecke des ohnehin nicht sehr geräumigen Büros einen kleinen, lächerlichen Beistelltisch, den man offenkundig für ihn freigeräumt hatte. »Ich nehme an, das ist mein Arbeitsplatz?«, erkundigte er sich.

Auf Capitaine Duvals Gesicht zeichnete sich ein überhebliches Lächeln ab. »Damit werden Sie wohl vorliebnehmen müssen, Viale«, meinte er mit gespieltem Bedauern. »Wenn

Ihnen der Platz nicht ausreicht, können Sie auch in das Kopierzimmer ausweichen, das zweifelsohne geräumiger ist und sogar über einen Praktikantenschreibtisch verfügt. Das lässt sich natürlich leicht arrangieren.«

Maurice sah, dass genau dies seine Absicht war. Er wollte ihn in ein Nebenzimmer abschieben. Doch er dachte gar nicht daran, ihm diesen Gefallen zu tun. Im Gegenteil. Er würde ihm sein eigenes Territorium streitig machen. Sein Blick fiel auf die Pinnwand, auf der Duval pedantisch genau seine Fälle dokumentiert hatte.

»Ich werde hierbleiben. Der Tisch wird ausreichen«, sagte er betont freundlich. »Allerdings bitte ich Sie, mir freundlicherweise Ihre Präsentationswand leer zu räumen, damit wir dort die Tatortfotos und unsere neuen Erkenntnisse darstellen können.«

»Wie bitte?« Duval verschlug es die Sprache. »Das ..., das ist völlig unmöglich! Sie sehen doch, dass ich die Tafel selber benötige.«

Maurice begab sich vor die Pinnwand und gab vor, sie zu studieren. »Interessant«, meinte er mit betont ernstem Gesicht und las die Überschrift auf einem Flyer laut vor: »*Yoga am Schreibtisch* – ein bestimmt sehr aufregender Fall.« Er sah Duval an und konnte dabei ein ironisches Grinsen kaum unterdrücken.

Duval nestelte kurz nervös an seinem Hemdkragen. In dem Augenblick, als er etwas erwidern wollte, schnitt ihm Maurice das Wort ab.

»Tut mir leid, aber ich muss darauf bestehen, die Wand für meine Ermittlungen zu beanspruchen. Ich rate Ihnen zu einem elektronischen Terminkalender für Ihre privaten Unternehmungen. Ich persönlich nutze ja mein Mobiltelefon dazu. Sehr praktisch, sehr modern.«

»Was unterstehen Sie sich? Sie haben wohl völlig vergessen, wen Sie vor sich haben, *Lieutenant*.« Duval verschluckte sich fast vor Aufregung. »Ich bin hier der Ranghöhere.«

»Das mag schon sein, *mon Capitaine*.« Maurice genoss seine Überlegenheit und ließ sich nicht aus der Ruhe bringen. »Wie Sie jedoch wissen dürften, hat mir der Commandant in Avignon die Verantwortung für den Mordfall Rivas übertragen. Sie sind dazu angehalten, mir in diesem Fall Amtshilfe zu leisten. Sie können gern beim Commandant nachfragen.«

»Darauf können Sie Gift nehmen«, schnaubte Duval. »Ihre Unverschämtheiten lasse ich mir gewiss nicht bieten. Das hier ist meine Zuständigkeit. *Ich* werde den Fall bearbeiten.« Duval griff nach seinem Telefonhörer und wählte die Nummer ihres Chefs. Maurice hörte mit Vergnügen zu, wie er sich wortreich bei diesem beschwerte. Dann geriet er jedoch plötzlich ins Stocken und hörte schweigend zu. Drei Minuten später legte er auf. Sein Mund zeigte die Verkniffenheit einer alten Jungfer. »Man zwingt mich dazu, mit Ihnen zu kooperieren«, brachte er mit gepresster Stimme hervor. »Doch ich versichere Ihnen, dass ich mich dafür revanchieren werde!«

»Versprechen Sie nicht zu viel!«, antwortete Viale lässig. Wie so ein kleiner Triumph doch gleich die Stimmung heben konnte! Dennoch hatte er nicht vor, viel Zeit in Duvals miefiger Aktenhöhle zu verbringen. Er rief Arduin an und bat ihn, ihm die Ergebnisse der Spurensicherung aus Avignon zu überbringen. »Wir treffen uns in der Brasserie gegenüber der Synagoge«, sagte er so laut, dass Duval es hören konnte. »Ich warte dort auf Sie.«

Maurice ignorierte Duvals giftigen Blick und verließ grußlos das Zimmer.

Die Brasserie lag gegen den Mistral geschützt auf einem kleinen sonnigen Platz, schräg gegenüber der jüdischen Synagoge. Maurice bestellte sich einen *Café crème* und aß dazu das Sandwich, das er sich in einer Pâtisserie besorgt hatte. Die Platanen mit ihrer graugrünen, fleckigen Rinde spreizten ihre noch unbelaubten Äste über den Platz und warfen gitterartige Schatten. Wenig später parkte Arduin mit seinem Dienstwagen vor dem Hôtel de Ville, das sich schräg gegenüber befand. Mit gewichtigen Schritten eilte er auf ihn zu. Unter seinem Arm trug er die Mappe mit den Untersuchungsergebnissen.

»Ich bin so schnell gekommen, wie es ging, Lieutenant.« Maurice gab ihm ein Zeichen, sich zu ihm zu setzen. Der junge Polizist fühlte sich geschmeichelt. »Haben Sie schon einen Blick hineingeworfen?«

Arduin hob entrüstet die Hände. »Um Gottes willen. Das würde ich mir niemals erlauben.«

Maurice sah ihn tadelnd an. »Und Sie wollen Polizist sein?« Er schüttelte unwirsch den Kopf. »Dann lassen Sie mal sehen.«

Die Mappe enthielt die ersten vorläufigen Berichte zu dem Mord. Obwohl die Obduktion noch nicht abgeschlossen war, war davon auszugehen, dass Rivas durch Schrotpatronen getötet worden war. Sein Mörder hatte mit einem Bohrer Löcher in das Kaminholz gebohrt und darin die Patronen versteckt. Durch die Hitze des Feuers waren sie explodiert und hatten Rivas, der in unmittelbarer Nähe gestanden hatte, durch ihre Detonation tödlich verletzt.

»Das sieht eindeutig nach einem Racheakt aus«, überlegte Maurice laut. »Möglicherweise wollte der Täter damit dem späteren Opfer auch nur einen Schreck einjagen. Übrigens stammen die Reifenspuren von einem Lieferwagen. Es sollte mich nicht wundern, wenn damit das Holz mit seiner tödlichen Sprengladung zu Rivas gebracht worden wäre. Nun müssen wir nur noch herausfinden, wem der Wagen gehört und was er tatsächlich geladen hatte.«

»Bashaddi besitzt einen Lieferwagen, und er ist Moslem«, wandte Arduin eifrig ein. »Das würde doch auch zu der Gebetskette passen, die man bei dem Holzscheit gefunden hat.«

Maurice musste ihm recht geben.

»Das müssen wir auf jeden Fall nachprüfen! Kommen Sie, Arduin. Den Kerl knöpfen wir uns gleich einmal vor!«

13

»Ismael ist verschwunden!«

»Was sagst du?« Rosalie wurde von der Neuigkeit völlig überrumpelt. Sie hatte sich mit Rachid zum Mittagessen im *Mistral* verabredet, um einige Umbaumaßnahmen in ihrer Wohnung zu besprechen. Doch statt neuer Pläne brachte Rachid schlechte Nachrichten mit.

»Ismael wird mit Haftbefehl von der Polizei gesucht!«, platzte es aus ihm heraus, kaum dass er sich gesetzt hatte. »Keiner weiß, wo er sich versteckt hält. Seine Mutter ist außer sich. Zora sagt, dass es ihr das Herz brechen wird, wenn an Viales Verdächtigungen etwas dran ist.«

»Moment mal!« Rosalie schob den Teller mit dem Hühnerfrikassee beiseite, den Maryse gerade vor ihr abgestellt hatte. »Heißt das etwa, dass mein Bruder ihn des Mordes beschuldigt? Der hat doch einen Vogel!«

Rachid zuckte resigniert mit den Schultern. »Der Commissaire und Arduin sind gestern Nachmittag bei Ismael zu Hause aufgekreuzt. Zunächst gab er sich völlig gelassen, hat seine Mutter erzählt. Er machte nicht den Eindruck, als hätte er etwas zu verbergen. Die Fragen der Polizei hat er wahrheitsgemäß beantwortet und sogar zugegeben, dass er mit Rivas im Streit auseinandergegangen ist. Erst als dein Bruder ihm die Gebetskette zeigte und ihn damit konfrontierte, dass man sie in der Nähe des Tatorts gefunden hatte, wurde er nervös. Er behauptete, auf die Toilette zu müssen, und floh dann durch das Klofenster. Seither hat ihn niemand mehr gesehen.«

»Das ist nicht gut«, stellte Rosalie nüchtern fest. »Seine Flucht macht ihn natürlich in den Augen der Polizei verdächtig. Außerdem hat er ein Motiv für die Tat.«

»Dann glaubst du also auch, dass mein Cousin als möglicher Mörder infrage kommt?« Rachid war sichtlich von ihr enttäuscht. »Ich dachte, du stehst auf unserer Seite.«

Rosalie warf ihm einen befremdeten Blick zu. »Ich wäge nur die Fakten ab und versuche zu verstehen, wie die Polizei denkt«, entgegnete sie kühl. »Fakt ist jedenfalls, dass Ismael geflohen ist. Außerdem gehört ihm die Gebetskette, auch wenn sie in meinen Augen noch lange kein beweiskräftiges Indiz darstellt. Er hat schließlich bis vor Kurzem auf dem Hof gearbeitet und kann sie sonst wann verloren haben.«

»Für die *Flics* ist das der Beweis, dass er schuldig ist«, erregte sich Rachid erneut. »Für die ist der kleinste belastende Umstand doch ein gefundenes Fressen. Leute wie wir sind immer die Sündenböcke, wenn es darum geht, jemanden zur Verantwortung zu ziehen. Glaub mir, Ismael ist kein Mörder. Dazu kenne ich ihn zu gut.«

»Warum um Gottes willen ist er dann geflohen?« Rosalie begann gedankenlos mit ihrer Gabel die zerkochten Erbsen des Hühnerfrikassees von einem Tellerrand zum anderen zu schieben.

»Er hat einfach die Nerven verloren.« Rachid suchte verzweifelt nach einer Erklärung. »Du kennst ihn ja. Er ist leicht erregbar, vor allem, wenn er sich diskriminiert fühlt.«

»Mein Bruder ist zweifelsohne ein Idiot und zieht voreilige Schlüsse«, widersprach Rosalie, »aber für einen Rassisten halte ich ihn nicht.« Ihr war plötzlich eingefallen, dass Maurice sie mehr als einmal vor den anderen Kindern in Schutz genommen hatte, als sie sie wegen ihrer Herkunft gehänselt hatten. Einmal hatte er sich sogar ihretwegen geprügelt. »Er muss noch etwas anderes gegen Ismael in der Hand haben.«

»Da ist noch etwas, was du nicht weißt«, räumte Rachid kleinlaut ein. Er schien sich nicht sicher zu sein, ob er damit herausrücken sollte. »Ismael saß schon mal im Knast – wegen einer Jugendsünde. Er ist auf dem Schwarzmarkt erwischt worden, wie er Diebesgut vertickt hat. Als ihn die *Flics* geschnappt haben, hat er wild um sich geschlagen und dabei einem der Polizisten ein blaues Auge verpasst. Das hat ihm drei Monate Knast eingebracht – Widerstand gegen die Staatsgewalt.«

»Pah!« Rosalie winkte verständnisvoll ab. »So was hätte mir genauso gut passieren können! Ich wehre mich auch, wenn jemand versucht, mich festzuhalten.«

»Im Grunde genommen verabscheut mein Cousin Gewalt«, sagte Rachid im Brustton der Überzeugung. »Er wird zwar schnell wütend, aber er beruhigt sich auch rasch wieder. Man kann ihm alles nachsagen, aber nachtragend ist er nicht. Ich glaube nicht, dass er Rivas umgebracht hat, nur weil er ihm gekündigt hat! Das macht gar keinen Sinn. Im Übrigen hat er auf einem Schrottplatz in der Nähe von Avignon schon wieder eine neue Arbeit gefunden. Und die ist zudem viel besser bezahlt.«

»Dann hängt es also an uns, seine Unschuld zu beweisen«, stellte Rosalie fest. Ihre Augen funkelten vor Unternehmungslust.

Doch Rachid verzog nur resigniert das Gesicht. »Vergiss es! Für die Polizei steht der Schuldige längst fest. Ich hoffe nur, dass Ismael schlau genug ist, sich nicht erwischen zu lassen.« Er stand auf. »Ich muss gleich wieder los. In einer Viertelstunde kommt Abdullah aus Cavaillon mit einer neuen Fracht Obst. Ich will vorher noch einiges im Kühlraum aufräumen.«

»Willst du nichts essen?«

Rachid hob abwehrend die Hand und verließ eilig die Bar.

Recht hat er, dachte Rosalie und stocherte lustlos in ihrem Hühnerfrikassee. Es schmeckte wirklich abscheulich. Wäre Maryse nicht ihre Freundin gewesen, hätte sie das Essen umgehend zurückgehen lassen.

Wie aufs Stichwort kam Maryse zu ihr. »Schmeckt's dir nicht?«, fragte sie beleidigt.

Rosalie antwortete mit einem erzwungenen Lächeln. »Ich hab leider keinen allzu großen Appetit«, meinte sie und schob den Teller endgültig beiseite. Maryse setzte sich zu ihr.

»Ich hab eure Unterhaltung so halbwegs mitbekommen«, meinte sie mitfühlend. »Sieht nicht gut aus für Bashaddi, was?«

Rosalie zuckte mit den Schultern.

Maryse beugte sich noch weiter zu ihr herüber. »Im ganzen Dorf wird gerade Stimmung gegen die Afrikaner gemacht. Es gibt viele, die mit dem Front Radical sympathisieren. Allen voran die Farnaulds. Sie wollen eine Petition im Gemeinderat einreichen, mit der sie erreichen wollen, dass künftig keine Ausländer mehr in Vassols eine Wohnung bekommen, also auf jeden Fall mal keiner mehr von diesen Afrikanern. Ich meine, gegen die Belgier, Engländer und Deutschen hat ja niemand was. Die sind ja auch keine Radikalen wie die Muslime ...«

»Moment mal«, unterbrach sie Rosalie ungehalten. »Das hört sich ja gerade so an, als würdest du auch mit diesem Pack sympathisieren.«

Maryse verzog sofort beleidigt das Gesicht. »Aber nein! Ich habe doch nichts gegen diese Leute. Das müsstest du selbst doch am besten wissen. Ich erzähle ja nur das, was die Leute sagen. Die Stimmung im Dorf ist alles andere als gut. Seit den Anschlägen der Islamisten in Paris sind doch alle noch voreingenommener geworden. Das ist natürlich Wasser auf die Mühlen der Rechten. Wenn es stimmt, was ich gehört habe, dann wollen die sogar morgen Abend eine Demonstration vor der *Mairie* anzetteln.«

»Die spinnen doch!«

Bevor Rosalie sich weiter echauffieren konnte, fiel ihr auf, dass Vincent die Bar betreten hatte. Sie winkte ihm zu.

Maryse machte sofort Platz. »Auch ein Frikassee?«, fragte sie ihn.

Rosalie bemerkte seinen kurzen Blick auf ihr fast unberührtes Essen, woraufhin er freundlich ablehnte.

»Mir bitte nur einen *Café crème*«, meinte er höflich und ließ sich auf dem Stuhl gegenüber von Rosalie nieder. »Schmeckt es auch so ekelhaft, wie es aussieht?«, erkundigte er sich mit leiser Stimme.

»Noch schlimmer!« Rosalie schmunzelte. »Es kann ja nicht jeder so gut kochen wie du.«

»Dann hat es dir also neulich bei mir geschmeckt?« Vincents olivfarbene Haut nahm einen dunkleren Hautton an.

»Unbedingt!«, erwiderte sie kokett. »Ich komme gern demnächst wieder!«

Ihre Blicke verfingen sich, ohne dass einer von ihnen ein Wort sagte. *Wie charmant er ist, wenn er verlegen wird*, ging es Rosalie durch den Kopf.

Mitten in ihr wortloses Spiel platzte Maryse mit dem Café und zerstörte den kurzen Zauber.

»Stimmt es, dass du am Morgen nach dem Mord an Rivas am Tatort warst?«, wollte Vincent nach einem kurzen Räuspern wissen. Alles im Dorf drehte sich offenkundig im Augenblick um die schreckliche Tat. »Das muss ja ganz furchtbar gewesen sein!«

»War es auch.« Rosalie schauderte es immer noch, wenn sie daran dachte. »Die arme Suzanne war völlig fertig.«

Dann erzählte sie ihm in allen Einzelheiten von den Ereignissen und ließ auch Ismael Bashaddis überstürzte Flucht nicht unerwähnt.

Vincent hörte ihr aufmerksam zu. Ab und zu strich er sich nachdenklich über das Kinn und nickte voller Anteilnahme mit dem Kopf.

»Das sieht wirklich nicht gut für Bashaddi aus«, stimmte er ihr schließlich zu. »Er muss sich unbedingt der Polizei stellen, wenn er wirklich unschuldig ist.«

»Ich würde ihm so gern helfen.« Rosalie meinte tatsächlich, was sie sagte. »Aber obwohl wir beide der Meinung sind, dass er unschuldig ist, meint Rachid, dass es keinen Sinn hat, sich in Polizeidinge einzumischen.«

»Da bin ich anderer Meinung. Es kann nie schaden, eigene Überlegungen anzustellen«, sagte Vincent zu ihrer Überraschung. Als er ihren ungläubigen Blick bemerkte, fuhr er fort. »Wir haben früher in meinem Institut auch für die Pariser Spurensicherung gearbeitet. Ich habe da so meine Erfahrungen. Wenn du willst, sehe ich mir den Tatort mal genauer an.«

»Kommt gar nicht infrage!«

»Wie bitte?«

Rosalie sah an Vincents irritiertem Blick, dass er sie falsch verstanden hatte.

»Kommt gar nicht infrage, dass du alleine dorthin gehst«, ergänzte sie rasch. »Ich werde dich selbstverständlich begleiten. Vier Augen sehen schließlich mehr als zwei. Wie wär's heute Nachmittag gegen fünf Uhr?«

14

Als Rosalie nach ihrer Mittagspause zurück zum *Les Folies Folles* kam, wartete Lucinde Ligier bereits vor der verschlossenen Tür.

»Endlich!«, begrüßte sie sie nervös. »Ich brauche dringend eine Generalüberholung!« Die Betreiberin des örtlichen Supermarktes lächelte etwas gekünstelt und schob sich ungeduldig an Rosalie vorbei in das Innere des Haarstudios. »Ich möchte heute Abend Eindruck schinden, wenn die Farnaulds schon mal einladen. Du hast doch sicherlich davon gehört. Es gibt ein kostenloses Buffet. Da muss ich unbedingt gut aussehen! Hast du überhaupt noch einen Termin frei?«

»So wie es aussieht, bist du die Einzige!« Sie deutete auf den mittleren der drei Friseurstühle.

Lucinde steuerte mit langen Schritten darauf zu und platzierte ihre groß gewachsene Gestalt umständlich auf dem Stuhl.

Rosalie fiel auf, dass sie offensichtlich eine Vorliebe für glitzernde Kleidung hatte. Lucinde trug einen weiten, hellen Strickpullover, in dessen Wolle goldene Metallfäden eingewoben waren. Die engen schwarzen Leggins hatten ebenso einen Goldglanz wie die gleichfarbigen Ballerinas, die sie dazu trug.

»Was gibt es denn zu feiern?« Sie legte Lucinde einen der schwarzen Frisierumhänge um.

»Jean-Luc rechnet fest damit, dass ihn der Front Radical

heute zu seinem Kandidaten für die Wahl im Herbst nominiert. Damit hat er die besten Aussichten, Bürgermeister zu werden, meint Arlette«, plauderte Lucinde bereitwillig aus. »Dieses freudige Ereignis möchte sie natürlich gern mit uns allen feiern. Ich finde das sehr großzügig.«

»Eher berechnend«, bemerkte Rosalie ironisch. Seit Maryse ihr von der fremdenfeindlichen Petition erzählt hatte, war sie nicht mehr besonders gut auf das Bäckerehepaar zu sprechen. Lucinde sah sie nur verständnislos an. Rosalie erklärte es ihr. »Die Farnaulds laden doch nur ein, weil sie möchten, dass ihr alle Jean-Luc zum Bürgermeister wählt. So was nennt man Bestechung. Darauf kann ich gut verzichten!«

»Das glaube ich nicht«, wehrte Lucinde mit der ihr eigenen Naivität ab. »Arlette und Jean-Luc sind einfach großherzige Menschen.«

»Wenn du meinst.« Rosalie hatte nicht vor, Lucinde zu einer anderen Meinung zu bekehren. »Was kann ich für dich tun?«, fragte sie stattdessen.

»Meine Haare sind so spröde und widerborstig«, klagte Lucinde.

Sie versuchte mit ihren großen Händen die Haare glatt zu streichen. Aus ihrer Hochsteckfrisur lugten tausende kleine Härchen wie Stacheln hervor. Rosalie fand, dass sie damit aussah, als hätte sie ihre Finger in eine Steckdose gesteckt und dabei einen Stromschlag erlitten. Eilig entfernte sie die Haarnadeln und fuhr prüfend durch das kräftige Haar, dessen natürliche, lockige Struktur durch jahrelanges Bearbeiten mit dem Glätteisen jegliche Form verloren hatte. Billige Haarfärbemittel hatten ein Übriges getan, um die Haare in diesen desaströsen Zustand zu versetzen.

»Kann man da überhaupt noch etwas machen?« Lucindes

graugrüne Augen klimperten sorgenvoll unter falschen Wimpern.

»Nur, wenn du Mut zu etwas Neuem hast.« Rosalie entschloss sich zur Wahrheit. »Du bist doch eine gut aussehende Frau …« Lucinde lächelte geschmeichelt. »Vielleicht nicht mehr ganz jung, aber auch nicht so alt, dass du dich hinter all dem künstlichen Kram wie falschen Wimpern und zentimeterdicker Schminke verstecken müsstest«, fuhr Rosalie ungerührt vor. »Ich rate dir zu mehr Natürlichkeit. Zeig, wer du bist, und du wirst finden, was du suchst!«

»Was soll *das* denn heißen?« Lucinde war nun doch verunsichert. »Ich bin doch sehr natürlich. Du musst wissen, dass ich überzeugte Veganerin bin.«

Rosalie setzte ein sphinxhaftes Lächeln auf. »Dann werden wir deine neue Frisur eben diesem Lebenswandel anpassen müssen. Du musst mir nur vertrauen!«

»Oh, ich vertraue dir blind«, bekräftigte Lucinde treuherzig. »Nachdem ich gesehen habe, was du aus der hoffnungslosen Josette rausgeholt hast, kann ja gar nichts schiefgehen. Sie sieht neuerdings richtig flott aus, wenn man mal von ihrem schrecklichen Kleidungsstil absieht.«

Rosalie lachte herzlich. »Dann ist ja alles bestens. Allerdings muss ich dich vorher warnen. Die Angelegenheit wird nicht ganz billig werden. Du brauchst neue Farbe, eine kostspielige Kur aus Pflanzenextrakten, einen neuen Haarschnitt und einige Pflegeprodukte, mit denen du deine Haare in den nächsten Monaten behandeln musst. Willst du wirklich dafür viel Geld ausgeben?«

»Mach mit meinen Haaren, was dir gefällt!« Lucinde machte eine wegwerfende Handbewegung. »Hervé hat mir hundertfünfzig Euro spendiert. Er ist immer so süß, wenn es um mein Wohlbefinden geht. Das reicht doch, oder?« Sie blinzelte ihr kokett zu.

Rosalie rieb sich erfreut die Hände. Sie konnte im Augenblick jeden Cent gut gebrauchen.

»Nimm als Erstes deine falschen Wimpern ab«, forderte sie forsch. »Ich rühr schon mal die Farbe an. Ich empfehle dir ein Schokoladenbraun mit einem rötlichen Zimtglanz. Dieses Produkt kommt aus Indien. Es färbt nicht nur, sondern es wirkt gleichzeitig pflegend. Mit einer anschließenden Kur versuchen wir deine natürlichen Locken wieder zum Vorschein zu bringen. Außerdem würde ich deine Haare gern auf Kinnlänge kürzen und den Nacken hinten freilassen. Das verleiht dir eine weiblichere Note. Ist das in Ordnung?«

»Packen wir's an!« Lucinde war sofort Feuer und Flamme.

Noch während Rosalie die Farbe auftrug, betrat Arlette Farnauld das Studio. Mit großer Geste schwebte sie geradezu herein, auch wenn das Schweben aufgrund ihrer füligen Figur doch eher wie ein Rollen wirkte.

»Bonjour, Mesdames.« Noch während sie grüßte, wanderte ihr neugieriger Blick prüfend durch die Räumlichkeiten. »Ganz hübsch hier. Doch, doch! Vielleicht noch etwas provisorisch, aber im Grunde genommen ganz hübsch.«

Rosalie ärgerte die herablassende Art, in der Madame Farnauld in ihr Reich stiefelte. Sie konnte sich nicht erinnern, sie um ihre Meinung gebeten zu haben. Doch die Bäckerin hatte sie vor der Mittagspause um einen kurzfristigen Termin gebeten und war somit eine Kundin.

»Nehmen Sie doch schon einmal Platz, Madame.« Sie deutete auf den Stuhl links neben Lucinde.

Die Bäckerin entledigte sich ihrer Jacke und setzte sich neben Lucinde, mit der sie gleich ein Gespräch begann. »Mein

Friseur in Carpentras befindet sich leider in Urlaub«, plauderte sie ungefragt los. »Da habe ich mir gedacht, versuch es doch einmal bei Madame LaRoux.«

»Rosalie ist wunderbar. Du wirst es schon sehen«, meinte Lucinde treuherzig. »Ich fühle mich schon jetzt wie ein neuer Mensch, obwohl wir doch gerade erst angefangen haben.« Sie kicherte. »Ich bekomme gerade eine orientalische Farbe aufgetragen. Sie brennt gar nicht so wie das Zeugs, was ich mir sonst so immer habe auftragen lassen.«

»Also, so etwas käme mir niemals auf den Kopf.« Arlette Farnauld rümpfte angewidert die Nase. »Ich halte es lieber mit den guten französischen Produkten. Da weiß man wenigstens, was man hat. Sie führen doch auch französische Produkte?« Sie nannte Rosalie ihre Marke.

»Ich glaube, davon habe ich noch Reste übrig, Madame!«, antwortete sie kurz angebunden. »Babette benutzte diese Materialien. Allerdings würde ich Ihnen persönlich davon abraten. Meine Naturprodukte sind im Vergleich sogar eher etwas billiger und im Resultat eindeutig den anderen überlegen.«

»Meine Werte, Sie sollten lieber mehr darauf achten, wie es Ihre Tante gehalten hat«, wurde sie von Arlette Farnauld prompt belehrt. »Babette hatte Stil und war traditionsbewusst. *Comme il faut* eben! Ihr würde es sicherlich nicht gefallen, dass Sie ausländische Produkte verwenden. Man muss doch schließlich die eigene Wirtschaft unterstützen, nicht wahr?«

»Woher willst du denn wissen, was die alte Babette gedacht haben könnte?«, erkundigte sich Lucinde arglos. »Soviel ich weiß, warst du die letzten Jahre immer bei diesem eingebildeten Beau in Carpentras und niemals bei Babette zum Haareschneiden. Was hast du denn nur immer gegen alles Fremde?«

»Diese Ausländer und Flüchtlinge machen unser Land kaputt. Sie stehlen anständigen Franzosen die Arbeit und nutzen unsere Sozialsysteme aus. Frankreich den Franzosen, sage ich. Nur so bleiben wir die Grande Nation.« Arlette Farnauld reckte stolz ihr Kinn vor.

»Das Fremde muss nicht immer schlecht sein«, warf Rosalie unwirsch ein.

Madame Farnaulds Gesicht zeigte plötzliche Anteilnahme. »Ach natürlich! Bitte verzeihen Sie, Madame LaRoux! Sie fühlen sich selbst angesprochen. Dabei habe ich natürlich nicht an Sie gedacht! Ich wollte Sie nicht verletzen. Sie sind für mich eine waschechte Provenzalin. Mit Ihrer algerischen Mutter verbindet Sie doch gar nichts.«

Rosalie konnte kaum noch an sich halten. Es kostete sie allerhand Mühe, eine Erwiderung hinunterzuschlucken, denn sie hätte Arlette Farnauld nur allzu gern deutlich ihre Meinung gesagt. Sie wusste genau, dass die Bäckerin zu einfältig war, um sich vernünftigen Argumenten zu öffnen. Nur deshalb schwieg sie. Doch tief in ihrem Innern gärte es. *Na warte*, dachte sie und musste plötzlich grinsen.

»Was kann ich denn für Sie tun, Madame Farnauld?«, erkundigte sie sich deshalb mit honigsüßer Stimme.

»Ein wenig französische Farbe für den Ansatz, dann Waschen–Legen–Föhnen, *comme il-faut* eben!«

Rosalie schnaubte unhörbar. Wenn sie etwas an ihrem Beruf hasste, dann war es Waschen–Legen–Föhnen. Für sie bedeutete diese Tätigkeit die Degradierung ihrer Zunft zum Trivialen, das Ablegen jeglicher Kreativität und überdies das Ertrinken im Stumpfsinn der Langeweile. Lustlos griff sie in Arlettes aubergine-gefärbte Haare, die akkurat mit Lockenwicklern in ihre künstliche Façon gebracht worden waren. Sie ließen ihr rundes Gesicht noch aufgeblähter erscheinen, als es ohnehin war. Lediglich spitz geschnittene Koteletten auf ihren runden, roten Bäckerbäckchen unterschieden die Frisur von denen, die man auch schon vor fünfzig Jahren im biederen Hausfrauenmilieu zu tragen pflegte. Jede Locke besaß auf dem Kopf ihren festen Platz – genauso unverrückbar wie die einbetonierten Ansichten dieser Frau. Einzig der unübersehbare graue Haaransatz stellte einen gewissen Störfaktor dar.

»Ihr Gesicht würde weitaus vorteilhafter zur Geltung kommen, wenn ich die Haare stufig schneiden würde und Sie auf diese albernen Locken verzichten könnten«, machte Rosalie wider besseres Wissen einen Verbesserungsvorschlag.

»Das kommt überhaupt nicht infrage!« Arlette war erwartungsgemäß entrüstet. »Maître Richard hat sein ganzes Können in diese Frisur gelegt. Er sagt, sie betont meinen Charakter. Ich möchte, dass Sie alles so lassen und mir lediglich die Haare färben. Ist das etwa zu viel verlangt?«

»Wie man's nimmt«, brummte Rosalie, allerdings so undeutlich, dass keine ihrer beiden Kundinnen es hören konnte. »Sie bestehen also auf einem französischen Produkt?«, vergewisserte sie sich nochmals.

»Absolut!«

»Dann muss ich erst nachsehen, was Babette mir davon hinterlassen hat.« Rosalie begab sich seufzend in den kleinen Lagerraum, der sich an das Studio anschloss. Wenig später kehrte sie mit einer frisch angerührten Farbmischung wieder zurück. »Ich mag dieses Produkt nicht«, meinte sie mit einem verächtlichen Blick auf die schwarze Schale. »Es kommt mir so künstlich vor. Ehrlich gesagt widerstrebt es mir geradezu, dieses Mittel anzuwenden.«

»Nun stellen Sie sich mal nicht so an.« Arlette zeigte sich entrüstet. »L'Aureol stand schon immer für höchste Qualität.

Das müsste sogar einer Provinzfriseurin bekannt sein. Ich möchte auf keinen Fall, dass Sie die Kunst von Maître Richard zerstören!«

»Nun gut. Der Kunde ist auch bei mir König«, seufzte Rosalie ergeben und begann, die Farbe aufzutragen. Während Arlette unter der Wärmehaube die Farbe einwirken ließ und in *Marie-Claire* und *Elle* herumblätterte, wusch Rosalie Lucinde Ligier die Farbe vom Kopf, massierte mit ihren langen Fingern eine Haarkur ein und wusch sie nach einer Einwirkzeit von fünf Minuten wieder aus. Dabei massierte sie Lucinde die Kopfhaut.

»Das ist einfach wunderbar«, stöhnte diese hingerissen. »Du hast wirklich Talent, deine Kundinnen zu verwöhnen…«

»Nun ja, bei Maître Richard hätte man mir schon lange einen Café angeboten«, warf Arlette mäkelnd ein.

»Eine Kaffeemaschine kann ich mir im Augenblick nicht leisten«, meinte Rosalie kurz angebunden. »Aber wenn Madame ein Glas Leitungswasser wünschen?«

»Lassen Sie es gut sein.« Arlette winkte lässig ab. »Aber wenn ich Ihnen einen wertvollen Tipp für ihre berufliche Zukunft geben darf, liebe Rosalie, dann achten Sie doch bei Ihrem so gern gelobten Talent künftig mehr auf Ihre Kundschaft. *Haute-Coiffure* ist der letzte Schrei. Lassen Sie sich darauf ein. Sie sollten prinzipiell nur die Herrschaften bedienen, die den nötigen Hintergrund dafür mitbringen.« Sie rieb vielsagend Daumen und Mittelfinger aneinander. »Nicht so niveauloses, oft gar kriminelles Volk wie diese Muslime mit ihren grässlichen Kopftüchern und radikalen Ansichten. So eine Klientel macht keinen guten Eindruck im Dorf.«

Rosalie sog hörbar die Luft ein. Sie widerstand nur mit äußerster Beherrschung dem Bedürfnis, die Bäckerin umgehend aus ihrem Studio zu werfen. Was bildete sich diese Person ein! Doch statt ihrer Empörung verbal Ausdruck zu verleihen, hatte sie plötzlich eine viel bessere Idee. *Na warte, du alte Schachtel*, dachte sie mit grimmiger Genugtuung. *Dir wird das Lachen schon noch vergehen!*

Das Klingeln des Weckers kündigte an, dass nun auch Arlette Farnaulds Farbe lange genug eingezogen war.

»Darf ich Ihnen noch eine Haarkur empfehlen?«, fragte Rosalie scheinbar beflissen. »Aus Babettes Bestand ist noch eine kleine Tube übrig. Ich würde Sie Ihnen gern umsonst auftragen, wo Sie doch schon auf Ihren Kaffee verzichten mussten.«

»Ich sehe schon, Sie haben kapiert«, antwortete Arlette geschmeichelt. »Ich nehme Ihr Angebot natürlich gern an. Man merkt, Sie lernen schnell.«

»Danke, Madame.« Rosalie zwang sich zu einem Lächeln. »Dennoch möchte ich Ihnen persönlich lieber meine pflanzliche Haarkur empfehlen. Dafür stehe ich ein. Sie ist nicht ganz billig, aber überwältigend im Resultat. Sehen Sie nur, wie schön Lucindes Haar glänzt. Dafür kann ich garantieren, für die andere Kur hingegen nicht.«

Arlette warf einen skeptischen Blick zu Lucinde, die glücklich vor sich hin lächelte, und entschied sich dagegen.

»Nein, nein! Ich bleibe bei L'Aureol.«

Rosalie hütete sich, nochmals zu widersprechen, und begab sich mit einem leisen Summen in den Lagerraum, fischte den Behälter mit Babettes Kur aus dem Karton, den sie eigentlich hatte entsorgen wollen, und gab ein wenig wasserstoffperoxydhaltigen Aufheller hinein.

»Hier ist die Kur!« Arglos zeigte sie Arlette die Tube. »Wollen Sie, dass ich sie auftrage?«

Ihre Kundin warf einen kurzen, gnädigen Blick darauf. »Genau das benutzt Maître Richard ebenfalls.«

Rosalie trug die vermeintliche Haarkur sorgfältig auf und stellte den Wecker auf fünfzehn Minuten. *Das sollte reichen*, dachte sie zufrieden und nutzte die Zeit, um mit Lucinde ihren neuen Haarschnitt zu besprechen. Sie konnte es kaum erwarten, bis es endlich so weit war. Immer wieder fiel ihr Blick auf Arlette Farnauld, die mit geschlossenen Augen und entspannten Gesichtszügen rückwärts über dem Waschbecken hing. Offensichtlich genoss sie die Zeit der Entspannung. Endlich waren die fünfzehn Minuten vorbei.

»Also das gefällt mir gar nicht«, gab sie sich besorgt. »Hier stimmt doch was nicht! Ich habe gleich so ein ungutes Gefühl gehabt.«

Arlette riss erschrocken ihre kleinen Augen auf. »Was wollen Sie damit sagen?«, schoss sie alarmiert in die Höhe. Sie versuchte einen Blick in den Spiegel auf der anderen Seite des Studios zu werfen.

»Bleiben Sie ganz ruhig, Madame«, sagte Rosalie und drückte sie zurück über das Waschbecken. »Ich werde das Zeugs sofort auswaschen. Es scheint mit Ihrer Farbe irgendwie reagiert zu haben. Ich verstehe das nicht. Sie haben sich doch selbst von dem Produkt überzeugt.«

»Nun machen Sie schon«, drängte Arlette panisch. »Wir geben heute Abend eine wichtige Party. Da muss alles perfekt sein. Nicht auszudenken, wenn was mit meinen Haaren nicht stimmt!«

»Ich mach ja schon, was ich kann.« Rosalie gelang es nur mit großer Mühe, ihre Schadenfreude zu verbergen. »Aber bitte vergessen Sie nicht, dass ich Sie vor diesen Produkten gewarnt habe.«

»Oh Gott! Sehen Sie nur, was Sie angerichtet haben!« Kaum hatte Rosalie ihre Haare ausgewaschen, befreite sich Arlette aus ihrem Stuhl und trat entsetzt vor den Spiegel. »Ich sehe einfach schrecklich aus!«

»Zwischen Karotten fällst du jedenfalls nicht mehr auf«, stimmte Lucinde kichernd zu. »Du musst deinen Gästen allerdings erklären, dass du nicht zu den Sozialisten gewechselt hast, so rot, wie deine Haare nun sind!«

»Spar dir deine bissigen Kommentare«, schnappte Arlette wütend. »Und Sie, Madame Rosalie, unternehmen gefälligst etwas!«

Rosalie trat hinter die Bäckerin und schüttelte bedauernd den Kopf. »Das wird keine leichte Angelegenheit«, meinte sie zerknirscht. »Erst müssen wir die grässliche Haarfarbe herausziehen und dann wieder mit Ihrem Farbton einfärben. Das dauert, oh, là, là!«

»Wie lange dauert das denn?« Madame Farnaulds Stimme kippte über.

»Drei bis vier Stunden müssen Sie schon rechnen!«

»Aber das ist unmöglich! Meine Gäste! Die Versammlung! Ich muss bereits in eineinhalb Stunden dort sein!« Sie starrte Rosalie erst entgeistert, dann zunehmend wütend an. »Sie haben mich ruiniert! Sie sind eine unfähige Pfuscherin, eine ...« Arlette schnappte mehrmals nach Luft und war tatsächlich den Tränen nahe.

»Madame! Ich habe Sie mehrmals gewarnt! Ich habe nur das getan, was Sie von mir verlangt haben!« Rosalie spielte weiterhin die Unschuldige, auch wenn sie am liebsten laut losgelacht hätte. »Wenn Sie keine Zeit haben, die Prozedur über sich ergehen zu lassen, müssen Sie eben für heute Abend eine Kopfbedeckung wählen.«

»Ja, nimm ein Kopftuch, ma chérie«, säuselte Lucinde nicht minder schadenfroh. »Vielleicht leiht Zora Ammari dir ja eines von ihren aus.«

Arlette Farnauld hatte genug. »Es reicht!«, keifte sie hysterisch und hastete zu dem Kleiderständer, um ihre Kostümjacke herunterzureißen. »In diesem Höllenstudio bleibe ich keine Sekunde länger! Und bezahlen werde ich auch nicht!« Sie stampfte in Richtung Tür. Bevor sie hinausrauschte, drehte sie sich nochmals um. »Sieh dich nur vor, Lucinde! Wenn du nicht aufpasst, wird Rosalie aus dir einen Zombie machen!«

»Immer noch besser, als wie ein reifer Kürbis auszusehen«, rief Lucinde ihr hinterher.

15

Als Vincent Rosalie gegen fünf Uhr auf der Place de la Liberté traf, wunderte er sich, in welch aufgedrehter Stimmung sie sich befand.

»Du hast wohl einen erlebnisreichen Nachmittag verbracht?«, erkundigte er sich, als sie in seinen nagelneuen Citroën einstiegen.

»Das kann man wohl so sagen«, meinte sie fröhlich. »Immerhin habe ich es mir heute mit Arlette Farnauld verscherzt. Leider blieb mir keine andere Wahl.«

»Und was macht dich daran so fröhlich?«

Rosalie zuckte mit den Schultern. »Dass ich dieser unausstehlichen Frau mit ihren fremdenfeindlichen Ansichten wenigstens heute Abend die Suppe versalzen habe. Nenn es Schicksal, nenn es Gerechtigkeit, nenn es von mir aus Rache, aber mir geht's im Moment richtig gut ...« Sie berichtete ihm kurz, was geschehen war.

»So etwas kann auch nur dir einfallen!« Vincent konnte nicht anders, als herzlich zu lachen. »Arlette wird schäumen vor Wut. Hast du keine Angst, dass sie dich deswegen anzeigt?«

Rosalie gab sich erstaunlich gelassen. »Lucinde ist meine Zeugin, dass ich sie vor dem Mittel gewarnt habe. Die Farnauld wäre ganz schön dumm, wenn sie das Malheur an die große Glocke hinge. Das ganze Dorf würde sie verspotten!«

»Lucinde wird schon dafür sorgen, dass die Geschichte ihre Runde macht«, gab Vincent zu bedenken.

»Dann kann ich es auch nicht ändern. Arlette hat eine Abreibung verdient. Findest du nicht auch?« Sie wechselte das Thema. »Was hast du eigentlich da drin?« Sie deutete neugierig auf die kofferähnliche Tasche auf dem Rücksitz.

»Nur etwas nützliches Handwerkszeug: eine Taschenlampe, UV-Licht, Rußpulver, ein Zephirpinsel, Plastiktüten, Pinzetten, Pipettenfläschchen zur Sicherung von DNA-Spuren, Silikon-Abformmasse, ein kleines Mikroskop ..., nichts Besonderes. Aber man kann ja nie wissen, ob man nicht etwas davon braucht, nicht wahr?« Als er Rosalies anerkennendes Nicken sah, konnte er sich ein stolzes Lächeln nicht verkneifen.

Wenig später fuhren sie durch die schmale Einfahrt auf den Hof der Rivas und stellten sein Auto vor dem Haupthaus ab. Suzanne war gerade damit beschäftigt, Begonien in die Tongefäße zu pflanzen. Sie wirkte in ihrer Trauer erstaunlich gefasst. Vincent und Rosalie begrüßten sie.

»Hast du etwas dagegen, wenn wir uns ein wenig umsehen?«, fragte Rosalie geradeheraus.

Suzanne war davon nicht sehr angetan. »Die Polizei hat doch schon jeden Winkel durchgekämmt. Was wollt ihr denn da noch entdecken?«

»Das wissen wir auch nicht so genau«, räumte Rosalie ein. »Wir glauben, dass die Polizei jemand Falschen für Yves' Mörder hält. Vielleicht finden wir etwas, was ihn entlastet. Möglich, dass es noch Spuren gibt, die meinem Bruder und seinen Leuten nicht aufgefallen sind ... Wir werden nicht lange bleiben.«

»Du sprichst von diesem Bashaddi.« Suzanne schüttelte

unwirsch den Kopf. »Der Junge ist ein Hitzkopf. Das habe ich selbst gesehen. Er hat Yves offen gedroht! Ist es wahr, dass er auf der Flucht ist?«

»Das ist dumm von ihm, aber es muss nicht heißen, dass er schuldig ist«, mischte sich Vincent nun auch ein. »So wie Rosalie es mir erzählt hat, hat Ihr Sohn Bashaddi an jenem Nachmittag ungerecht behandelt.«

»Das mag schon sein.« Suzanne wurde mit einem Mal sehr nachdenklich. »Eigentlich mochte ich diese Algerier. Sie waren immer so höflich. Dieser Junge, den sie nun suchen, hat mir sogar diese schweren Blumentöpfe hier auf die Terrasse geschleppt, obwohl er schon längst Feierabend hatte ...« Sie seufzte laut. »Ich weiß auch nicht mehr, was ich glauben soll. Mein Yves war weiß Gott kein Heiliger!« Ihre von Linsentrübung leicht milchigen Augen füllten sich mit Tränen. »Dennoch vermisse ich ihn sehr!«

Rosalie legte ihren Arm um die Schultern der zerbrechlich wirkenden Frau und drückte sie leicht an sich. »Du darfst dir nicht allzu viele Gedanken machen«, flüsterte sie leise. »Wir werden schon herausfinden, wer dir das angetan hat.«

»Du hältst Bashaddi also für unschuldig?«

»Es ist natürlich nur so ein Bauchgefühl, aber mein Freund Rachid, der ist felsenfest von seiner Unschuld überzeugt. Und Vincent steht auch auf unserer Seite.«

»Dann tut, in Gottes Namen, was ihr nicht lassen könnt! Möchtet ihr vielleicht noch eine Tasse *Verveine?*«

»Sehr gern, aber erst sehen wir uns ein wenig um.«

Madame Rivas wirkte beruhigt und wandte sich wieder ihren Blumen zu. Unterdessen steuerten Rosalie und Vincent auf das Gebäude zu, in dem der Mord geschehen war. Der Tatort war immer noch mit weiß-roten Bändern weiträumig abgesperrt. Man konnte sich dem Haus nur bis auf zehn Meter nähern.

Vincent blieb plötzlich stehen und sah sich prüfend um.

»Traust du dich etwa nicht durch die Absperrungen?«, zog Rosalie ihn auf. Sie wollte gerade durch die Absperrung schlüpfen, doch er hielt sie zurück.

»Warte. Lass uns erst einmal die nähere Umgebung betrachten.« Rosalie rümpfte kurz die Nase, doch dann huschte ein anerkennendes Lächeln über ihr Gesicht. »Ich verstehe. Wir sollen erst einmal den Wahrnehmungsbereich der Tat ausloten, bevor wir den Tatort näher in Augenschein nehmen. Wie kann sich der Täter dem Tatort genähert haben? Welches Fahrzeug hat er benutzt? Wer waren mögliche Zeugen? Sind das die Gedanken, die dir durch den Kopf gehen?« Vincent musste wider Willen über Rosalies Eifer schmunzeln. »Ich habe mir solche Gedanken übrigens auch schon gemacht. So habe ich mich zum Beispiel gefragt, wie es sein kann, dass Suzanne das Motorengeräusch eines Autos gehört hat, wenn das Auto so weit von ihrer Küche entfernt war. Die Küche geht doch nach hinten raus.«

»Die Polizei geht davon aus, dass das Auto dem Täter gehörte«, bestätigte Vincent.

Rosalie schüttelte den Kopf. »Aber das macht doch alles keinen Sinn. Weshalb sollte der Mörder zur Tatzeit noch am Tatort sein? Er konnte doch gar nicht wissen, wann Yves das Feuer in seinem Kamin entzünden würde! Wenn er sich nicht mit seiner Mutter gestritten hätte, wäre er womöglich gar nicht in sein Büro gegangen.« Ihre grünen Augen sprühten vor Aufregung.

»Kompliment, Madame Maigret!« Vincent staunte über ihre Vorgehensweise. »An diesen Aspekt habe ich noch gar nicht gedacht. Man könnte annehmen, dass du tatsächlich mit der Polizeiarbeit vertraut bist! Woher hast du nur diese Art zu denken?«

»Hab ich dir doch schon verraten. Ich hab mal in der Polizeikantine der Toulouser Kriminalpolizei gearbeitet. Ich hatte dort einen guten Freund, der mir so einiges erzählt hat. Doch das ist nun alles nicht wichtig! Lass uns endlich anfangen.«

Rosalie schlüpfte durch die Absperrung. Vincent folgte ihr und betrachtete die Reifenspuren, nicht weit von der Stelle, wo der Holzvorrat für den Kamin gestapelt wurde. Direkt daneben führte eine Glastür in den Raum, in dem Yves zu Tode gekommen war. Die Spurensicherung hatte bereits Abdrücke von den Spuren des Reifenprofils genommen. Ohne dass er Rosalie davon erzählt hatte, hatte Vincent am Nachmittag bereits mit der Polizei in Avignon telefoniert. Ihm war eingefallen, dass sein ehemaliger Kollege aus Paris, Raffael Loic, bei der dortigen Spurensicherung arbeitete. Wie vermutet, hatte sich Raffael sehr über seinen Anruf gefreut. Sie hatten eine ganze Weile über alte Zeiten in Paris geplaudert, bevor er scheinbar zufällig das Thema auf den Fall Rivas lenkte. Loic wusste tatsächlich Bescheid und hatte ihm verraten, dass die Reifenspuren in der Nähe des Tatorts mit denen von Bashaddis Lieferwagen identisch waren. Es war demnach ziemlich wahrscheinlich, dass er das Holz, in dem die Projektile versteckt gewesen waren, angeliefert hatte.

Seit Vincent diese Information hatte, hegte er gewisse Zweifel bezüglich Ismaels Unschuld. Es sah wirklich nicht gut aus für Rachids Cousin. Allerdings hütete er sich, Rosalie seine Befürchtungen mitzuteilen. Er brachte es einfach nicht über sich, ihr die Hoffnung zu rauben. Außerdem genoss er es, auf diese Weise unverfänglich mit ihr Zeit verbringen zu können.

Zeit, die sie von Rachid fernhielt. Vincent mochte den Algerier. Er war ein intelligenter, freundlicher Mensch, der unter anderen Umständen wohl sein Freund hätte sein können. Aber es gefiel ihm ganz und gar nicht, wie er um Rosalie herumscharwenzelte. Dabei wusste er nicht einmal sicher, wie sie zu ihm stand. Die beiden schienen ihm sehr vertraut miteinander. Vielleicht waren sie längst ein Paar, und er hatte es nur noch nicht mitbekommen. Doch daran wollte er jetzt nicht denken. Um sich abzulenken, nahm er das aufgestapelte Holz näher unter die Lupe. Der Verschlag war fachmännisch mit Pinienscheiten bestückt worden. Auf dem Boden vor dem Holzstapel entdeckte er abgesplitterte Rindenstücke. Sie stammten von den Pinienscheiten, doch dann entdeckte er zwischen ihnen auch Rindenstücke einer anderen Holzart. Er hob sie mit seiner Pinzette auf und bugsierte sie in eine seiner Plastiktüten.

»Wollen wir endlich ins Haus?« Rosalie sah ihn erwartungsvoll an. Sie hatte die Arme fröstelnd um sich geschlungen, fast so, als fürchte sie sich.

»Bist du sicher, dass du da hineinwillst?«, erkundigte er sich besorgt. Aus eigener Erfahrung wusste er, wie traumatisierend ein Tatort sein konnte.

Rosalie gab sich jedoch zuversichtlich. »Theoretisch weiß ich genau, was mich erwartet! Packen wir es also an!« Sie nickte ihm entschlossen zu.

Vincent war sich die ganze Zeit ihrer angenehmen körperlichen Nähe bewusst, während sie durch den Verkaufsraum Yves' Büro betraten. Er meinte plötzlich zu spüren, wie sie zitterte. Dann griff sie sogar nach seinem Arm. Überall waren noch die Überreste von der Arbeit der Spurensicherung zu erkennen. Vor dem Kamin waren mit Kreide die Umrisse der Leiche eingezeichnet. Ein dunkler, eingetrockneter Blutfleck befand sich dort, wo einmal der Oberkörper gelegen hatte. Im ganzen Raum, auf dem Putz der Wand, auf dem Sessel, ja selbst auf dem weit entfernten Schreibtisch befanden sich weitere Blutspritzer. Durchnummerierte Tafeln bezeichneten die Fundstellen einzelner sichergestellter Spuren.

Jetzt spürte er Rosalies Zittern ganz deutlich. Sie war plötzlich weiß wie eine gekalkte Wand.

»Das ..., das ist ja fürchterlich! Bitte ... nein ... Ich kann das nicht ...«

Sie würgte und hielt sich rasch die Hand vor den Mund. Dann löste sie sich von seinem Arm und rannte wie von Furien gehetzt nach draußen. Vincent eilte ihr hinterher. Sobald sie draußen auf dem Hof war, beugte sie sich nach vorn und übergab sich. Vincent sah ihr hilflos zu. Als sie fertig war, überreichte er ihr ritterlich sein Taschentuch. Rosalie nahm es schweigend an. Sie keuchte und war immer noch sehr erschüttert.

»Dieser Geruch von Blut und Tod. Er ... er ist einfach furchtbar.«

Vincent nahm sie vorsichtig in den Arm. Er war sich nicht sicher, ob sie es zulassen würde. Doch sie schmiegte sich wie ein Kind hilfesuchend an ihn. Behutsam strich er über ihre roten Locken und sog den frischen Kräutergeruch in sich auf. Wenn es nach ihm gegangen wäre, hätten sie ewig so stehen können. Doch dann löste sie sich abrupt von ihm und suchte wieder eine bedauernswerte Distanz.

»Es ist alles in Ordnung!« Sie gab sich alle Mühe, ihrer Stimme einen festen Ton zu verleihen, doch man musste kein Hellseher sein, um die Aufregung zu spüren, die dahinter lag.

Vincent war es plötzlich peinlich, dass er ihre Schwäche so ausgenutzt hatte.

»Möchtest du, dass ich dir ein Glas Wasser hole?«

Rosalie schüttelte energisch den Kopf.

»Ich hab doch schon gesagt, dass es mir wieder gut geht«, meinte sie ruppig. »Lass uns weitermachen, bevor es dunkel wird.« Sie straffte die Schultern und machte Anstalten, wieder zurück ins Haus zu gehen.

Er hielt sie entschlossen zurück.

»Bleib hier! Ich mach das!«, sagte er mit ruhiger, aber umso entschlossenerer Stimme. »Du bist mir keine Hilfe, wenn du da drinnen in Ohnmacht fällst. Dabei könntest du Spuren verwischen!«

Das war natürlich Unsinn. Die Kriminalbeamten hatten längst alles sichergestellt. Aber er wollte Rosalie nicht noch einmal diesem schaurigen Ort aussetzen, der sie so mitgenommen hatte. Zu seiner Erleichterung zeigte sie sich einsichtig.

»Na gut! Ich warte hier draußen auf dich!«

»Du könntest zu Madame Rivas gehen«, schlug er vor. »Trink mit ihr einen Tee und versuche herauszufinden, wer noch etwas gegen Yves gehabt haben könnte.«

Er lächelte ihr aufmunternd zu, während sie in Richtung Haus verschwand.

Unterdessen hatte die Dämmerung eingesetzt. Der Mistral hatte endlich nachgelassen und duftigen Schleierwolken die Möglichkeit gegeben, sich über den Himmel auszubreiten. Die untergehende Sonne tauchte die milchigen Wolken in zarte Pastelltöne. Eine friedliche Stimmung an einem Ort des Schreckens. Vincent begab sich zurück an den Tatort und versuchte, den Tathergang zu rekonstruieren.

Loic hatte ihm erzählt, dass in den Holzscheiten genug Munition gesteckt hatte, um drei oder vier Personen zu töten. Yves Rivas hatte also keine Chance gehabt. Hinter dem Anschlag schien sich eine ungeheure Wut zu verbergen. Natürlich hatten die Bashaddis Grund genug, gegen Rivas aufgebracht zu sein. Er hatte Ismael und seinen Brüdern aus nichtigem Anlass gekündigt, aber reichte das aus, um solch einen grausamen Mord zu begehen? Die Tat setzte Planung und feste Entschlossenheit voraus. Dennoch sprachen die Indizien vor Ort eindeutig für den Algerier als Täter.

Vincent nahm die Lupe und suchte damit systematisch noch einmal den Raum ab. Er sah sofort, dass seine Kollegen gründlich gearbeitet hatten. Sie hatten jeden Zentimeter abgesucht. Auch der Kamin war von den Polizeibeamten sorgfältig untersucht worden. Die Holzscheite, die noch darin gewesen waren, waren alle entfernt worden. Er fand nur noch ein paar Splitter Holz, die er vorsichtshalber ebenfalls mit der Pinzette in Plastiktüten bugsierte. Mehr konnte er nicht tun.

Alles in allem war das Ergebnis seiner Suche recht ernüchternd. Es gab keinerlei Anhaltspunkte, die Ismael Bashaddi hätten entlasten können. Im Gegenteil. Die Spuren seines Lieferwagens, die Gebetskette und seine übereilte Flucht sprachen nicht nur gegen ihn, sondern machten ihn hochgradig verdächtig. Jetzt stellte sich nur noch die Frage, wie Vincent Rosalie beibringen sollte, dass sie sich verrannt hatte.

Mit einem letzten Blick auf den Tatort verließ er das Gebäude. Er hatte sorgfältig darauf geachtet, keine zusätzlichen Spuren zu hinterlassen. Es war gut möglich, dass Viale nochmals seine Leute herschickte. Sie sollten möglichst nicht erfahren, dass sich noch jemand für den Tatort interessiert hatte.

An der frischen Luft atmete er tief die frühlingshafte Luft ein. Nachdem der kalte Nordwind abgeflaut war, war sie mild und duftreich geworden. Einer spontanen Idee folgend beschloss er, einen kleinen Umweg rund um das Anwesen zu machen, bevor er zu Rosalie und Madame Rivas ins Haus ging. Vielleicht fiel ihm ja doch noch etwas ins Auge, was sie bisher übersehen hatten. Die Sonne war mittlerweile hinter der Colline verschwunden. Obwohl es noch hell war, leuchtete der Himmel in einem immer dunkler werdenden Türkis. Die Gebäude des Anwesens warfen dunkle Schatten, aus denen sich plötzlich etwas auf ihn zubewegte. Erst als die Gestalt schon fast bei ihm war, erkannte er, dass es sich um einen schwanzwedelnden Hund handelte.

»Minouche«, rief er einigermaßen überrascht. »Was machst du denn hier?« Obwohl die Hündin immer noch humpelte, versuchte sie an ihm hochzuspringen. Gerührt strich er ihr über ihren weiß-braunen Kopf und kraulte sie hinter dem Ohr. »Bist du etwa deinem Herrchen davongelaufen?«

Die Hündin saß vor ihm und sah ihn treuherzig an. Bevor er sich weitere Gedanken machen konnte, löste sich noch eine Gestalt aus den dunklen Schatten und bewegte sich direkt auf ihn zu. Vincent fuhr sich unwillkürlich an seine verletzte Stirn, als er in ihr Didier erkannte. Der kauzige Eigenbrötler pfiff prompt nach seinem Hund, als er auch ihn entdeckte. Minouche sah Vincent aus ihren treuherzigen braunen Augen an, leckte kurz seine Hand, dann trabte sie auf ihr Herrchen zu, der sie sofort am Halsband packte.

»Dem Hund scheint es ja wieder besser zu gehen«, sagte er, nur um etwas zu sagen. Wenigstens hatte der Kerl heute kein Gewehr dabei.

»Wird langsam wieder gut«, knurrte Didier. Er war wortkarg, aber nicht unfreundlich. »Danke übrigens für deine Hilfe! Das ... das mit dem Schuss ..., das war keine Absicht!«

Vincent war erleichtert, das zu hören. Sollte das etwa so

etwas wie eine Entschuldigung gewesen sein? Er beschloss, es so zu verstehen. »Nicht der Rede wert, hatte selbst mal einen Hund«, antwortete er, nur um etwas zu sagen. Von Suzannes Haus sah er Rosalie winkend auf sie zukommen.

»Suzanne schläft jetzt«, informierte sie Vincent, bevor sie Didier begrüßte und Minouche über den Kopf strich. »Was treibt dich denn noch ins Tal?«, erkundigte sie sich freundlich.

»Bin zufällig vorbeigefahren und hab euch auf dem Hof gesehen.« Er deutete auf Vincent. »Ist ein guter Kerl, der neue Apotheker. Ich hab was für ihn!«

Er winkte ihnen zu folgen und stapfte auch schon davon. Auf dem Feldweg hinter dem Anwesen stand ein weißer Peugeot Kastenwagen. In dem Dämmerlicht war er kaum zu sehen. Didier hielt direkt darauf zu. Er öffnete die beiden rückwärtigen Flügeltüren und begann nach etwas zu suchen. Vincent und Rosalie, die hinter ihn getreten waren, entdeckten ein wildes Durcheinander an Schrottteilen, Werkzeugen, Holzscheiten und anderem Krimskrams, die ein übersichtliches Durcheinander bildeten. Didier kramte in den Tiefen seiner Unordnung herum, bis er schließlich ein prügelähnliches Teil hervorzog, welches in ein schmutziges Tuch gehüllt war.

»Für dich«, raunzte er und drückte ihm eine Keule in den Arm. »Wildschwein, selbst gepökelt.«

Rosalie trat sofort angewidert einen Schritt zurück und wedelte mit der Hand gegen den aufdringlichen Duft an, der von dem Fleischbrocken ausging. Eine intensive Mischung aus ranzigem Fett, Salpeter und scharf geräuchertem Fleisch startete sogar auf Vincents weniger empfindliche Nase eine olfaktorische Attacke. Er mochte gar nicht darüber nachdenken, wie lange das arme Tier schon tot war und in Didiers Schuppen vor sich hin gegammelt hatte.

»*Bonne nuit, les deux*«, raunzte Didier, hielt der Hündin die Wagentür auf und stieg dann selbst ein.

Rosalie wedelte immer noch mit ihrer Hand vor der Nase herum.

»Was für ein außergewöhnliches Geschenk«, stöhnte sie, während Didier den Motor startete und davonfuhr.

16

Arlette Farnauld war aufgeregt wie ein junges Mädchen. Trotz des unverzeihlichen Haardesasters – das sie Rosalie niemals würde verzeihen können – war sie fest entschlossen, sich den so lange herbeigesehnten Abend nicht verderben zu lassen. Auch wenn ihr Mann vordergründig die Hauptperson war, war schließlich allgemein bekannt, dass er seinen Erfolg nur ihr selbst zu verdanken hatte. Bürgermeisterkandidat des Front Radical – das war so gut wie die Fahrkarte direkt ins Rathaus von Brillon-de Vassols! Nichts und niemand würde ihr den heutigen Triumph madig machen!

Um sich nicht zum Gespött der Leute zu machen, versteckte sie ihre karottenrote Haarpracht kurzerhand unter einem Kopftuch in den Nationalfarben des Landes. Auf Nachfrage würde sie behaupten, sie leide an einer Ohrenentzündung – nach dem fürchterlichen Mistral der letzten Tage schließlich nichts Ungewöhnliches. Ihre einzige Sorge war Lucinde. Sie hoffte inständig, dass diese noch nicht allzu viel Gelegenheit gehabt hatte, ihr Missgeschick bei Rosalie auszuplaudern. Doch was scherte sie das Gerede der Leute. Hauptsache war, dass sie und Jean-Luc bei den Mitgliedern der Parteiführung einen guten Eindruck hinterließen. Ihr Mann hatte erwähnt, dass sich einige von ihnen heute Abend in Vassols sehen lassen wollten. Das machte sie doch recht nervös!

»Bist du endlich fertig, Jean-Luc? Wir kommen zu spät!«

»Was ist bloß mit der Anzughose los? Sie passt nicht mehr! Sie muss bei der Reinigung eingelaufen sein!«

Ihr Gatte quälte sich mit ganz anderen Problemen. Seine Hose ging um den Bund einfach nicht zu. Der Hosenschlitz ließ in Form eines weit auseinanderklaffenden »V« seinen mächtigen Bauch leuchtend weiß hervorscheinen.

Arlette rollte genervt mit den Augen. »Nicht die Hose ist schuld, du hast mal wieder zugenommen!«

»Das kommt von deinem leckeren Essen, Chérie!«

Jean-Luc blinzelte ihr gutmütig zu. Er war noch übergewichtiger als seine Frau. Allerdings konzentrierte sich sein Körperfett rund um den Bauch. Noch einmal versuchte er den Knopf zu schließen, doch erfolglos, denn er riss ab und fiel mit einem leisen »Pling« auf den Boden.

»Ach du je!«, seufzte er ein wenig ratlos. Nichts und niemand schien diesen Mann aus der Ruhe bringen zu können.

Arlette stöhnte innerlich auf. Sein hilfloser Dackelblick zeigte ihr einmal mehr, wie unselbstständig ihr Mann doch im Grunde war. Was würde er nur tun, wenn sie ihm nicht zur Seite stand?

»Zieh die Hose aus und nimm den blauen Anzug.«

Sie stand bereits an seinem Schrank und reichte ihm die entsprechenden Kleidungsstücke. Vorausschauend, wie sie nun einmal in solchen Dingen war, hatte sie beim letzten Einkauf gleich auf einer Nummer größer bestanden. Fünf Minuten später waren sie endlich ausgehbereit.

Auf der Place de la Liberté erwartete sie bereits eine kleine Menschenmenge. Die gusseisernen Straßenlaternen, die Altbürgermeister Maurel im vorigen Jahr spendiert hatte, tauchten den Dorfplatz und die daran vorbeiführende Cours de la République in ein warmes Licht. Das mild gewordene Wetter lockte die Menschen auch nach Sonnenuntergang auf die Straße. Alle waren neugierig, wer sich der heutigen Demonstration anschließen würde. Doch so richtig versammelt hatte sich noch niemand. Arlette fiel es schwer, ihre Enttäuschung zu verbergen.

»Das wird schon noch«, beruhigte sie Jean-Luc, wie immer sehr zuversichtlich. »Du kennst sie doch. Sie brauchen eben etwas Vorlaufzeit!«

Vor dem *Mistral* saßen Hervé Ligier und die Brüder Bruno und Etienne Bouvier beim Kartenspiel. Sie machten nicht im Entferntesten den Anschein, als wollten sie bei der Demonstration mitwirken. Das ärgerte sogar Jean-Luc. Seine buschigen Augenbrauen schossen in die Höhe, als er mit gewichtigen Schritten direkt auf seine Freunde zusteuerte. Arlette folgte ihm auf dem Fuße. In Augenblicken wie diesen bewunderte sie seine Zielstrebigkeit. Sie war sich sicher, dass er einen ganz wunderbaren Bürgermeister abgeben würde. Und sie würde die passende Gattin dazu sein!

»Was treibt ihr denn noch hier?«, scheuchte Jean-Luc seine alten Kumpane auf. »*Vite! Vite!* Ich brauche euch bei der Demonstration!«

»Was für 'ne Demonstration?«, fragte Etienne gelangweilt. Er war der ältere der beiden Bouvierbrüder. Gemeinsam mit seinem Bruder Bruno führte er die *Boucherie* des Dorfes. Arlette wunderte sich nicht, dass dieser Holzkopf von Metzger wieder einmal von nichts eine Ahnung hatte. Das Leben dieses Typen beschränkte sich auf den Fleischmarkt, Motorradfahren und Kartenspielen. Höchste Zeit, dass er endlich eine Frau fand, die ihn an die Leine legte.

»Ach, da geht's doch um diese Ausländer.« Bruno wusste wenigstens über die Demonstration Bescheid. Allerdings schien sie ihn genauso wenig zu interessieren wie seinen Bruder. Er war das genaue Gegenteil von Etienne. Groß, schlank, sehr viel sensibler. Er arbeitete als *Traiteur* in der Metzgerei und verstand es, Wildpasteten anzufertigen, die selbst Arlette ins Schwärmen brachten.

»Auf, auf«, drängte Jean-Luc ungeduldig. »Oder wollt ihr morgen Fremde im eigenen Dorf sein?« Sein Blick in die Runde suchte nach Zustimmung. Allerdings erntete er kein großes Interesse.

»Ist doch alles halb so wild«, brummte Bruno. »Lass uns mit dem Kram in Ruhe!«

»Ganz und gar nicht!«, empörte sich Jean-Luc. »Wenn wir nichts unternehmen, wird es bald anstatt der Kirche eine Moschee im Dorf geben! Wollt ihr das etwa? Ist euch noch nicht aufgefallen, wie viele Ausländer mittlerweile in Vassols leben? Man kommt sich ja vor wie auf einem afrikanischen Bazar. Einer von denen ist sogar ein mutmaßlicher Mörder! Das muss aufhören! Maurel muss endlich kapieren, dass wir uns das nicht länger gefallen lassen. Deshalb marschieren wir jetzt alle zur *Mairie*. Kapiert? Dort, vor dem Rathaus, übergeben wir dem Bürgermeister unsere Petition. Raus mit den Ausländern aus Vassols! Das muss doch auch in eurem Sinne sein! Jetzt kommt es auf jeden von uns an. Jeder Mann zählt!«

»Dir geht es doch nur darum, Bürgermeister zu werden«, spottete Hervé. Der Besitzer des kleinen Supermarktes hatte bislang geschwiegen. Mit einer erstaunlich fließenden Bewegung wandte er sich nun beiden zu. Arlette fand seine weibische Art einfach lächerlich. Schon allein die Art, wie er sich kleidete und sprach. Meist trug er ein gemustertes Seidentuch um den Hals. Bildete sich wohl ein, er sei etwas Besseres, nur weil er mal ein paar Semester an der Sorbonne in Paris studiert hatte.

Zum Glück ließ Jean-Luc sich nicht provozieren. »Was ist falsch daran, wenn ich dieses Amt anstrebe?«, stellte er freundlich eine Gegenfrage. »Wenigstens würde sich mit mir als Bürgermeister so einiges im Dorf zum Besseren wenden. – Auch für dich!«

»Ach ja?« Hervé hob spöttisch eine Augenbraue. »Dann bin ich schon mal gespannt auf dein Wahlprogramm.«

»Also, ich hab jetzt keine Lust auf diese Demonstration«, unterbrach Etienne ungerührt ihr Gespräch. »Außerdem interessiert mich Politik ohnehin nicht!«

»Geht mir genauso«, schloss sich sein Bruder an. »Wir haben uns schon die ganze Woche auf unsere Runde *Belote* gefreut. Wir warten nur noch auf Josef.«

»Wie könnt ihr nur ans Kartenspielen denken, wenn es um eure Zukunft geht!« Arlette konnte sich die schnippische Bemerkung einfach nicht verkneifen.

»Hübsches Kopftuch übrigens.« Hervé lächelte charmant, doch sein Blick war geradezu hinterhältig. Arlette ärgerte sich. Lucinde! Dieses schwatzhafte Weibsstück hatte natürlich geplaudert. Na warte, das würde sie ihr schon noch heimzahlen. »Ich mag deinen orientalischen nationalen Anstrich«, setzte er ungerührt noch einen obendrauf. Er fächelte ihr gekünstelt zu. »Er bringt irgendwie Farbe in dieses triste braune Leben. Habe ich schon erwähnt, dass ich meine algerischen Nachbarn ganz entzückend finde? Deshalb denke ich gar nicht daran, an dieser albernen Demonstration teilzunehmen.«

»Weil du ein ignoranter Kommunist bist«, schimpfte Jean-Luc. »Komm, Arlette. Wir haben genug Zeit verschwendet. Lass die Holzköpfe doch ihr dummes Kartenspiel spielen.«

»Du kannst gern mal wieder zu uns dazustoßen, wenn es dir deine Freunde vom Front Radical erlauben«, rief Hervé ihm hinterher, woraufhin seine Freunde ihm lachend Beifall zollten. Jean-Luc hörte nicht auf ihren Spott, denn soeben fuhren zwei größere Limousinen vor, aus der einige Abgeordnete der Partei sowie der Assistent des amtierenden Generalsekretärs stiegen. Ihnen folgten mehrere dunkle Kleinbusse, aus denen etwa drei Dutzend junge Männer stiegen. Die meisten von ihnen trugen Springerstiefel und Kapuzenpullover. Innerhalb kürzester Zeit mischten sie sich unter die Dorfbevölkerung, die sich nun doch langsam zu einer Gruppe zusammenfand.

»Was sind das für Leute?« Arlette war verwirrt. »Die sind doch nicht von hier.«

»Das sind wahrscheinlich Sympathisanten«, meinte Jean-Luc nicht besonders beunruhigt. »Sie werden die Flyer, die wir in Carpentras und sonst wo verteilt haben, gelesen haben. Vielleicht wollen sie ja eine ähnliche Aktion starten …« Plötzlich strahlte er. »Das ist nur gut für unsere Kampagne. Dann begreift Maurel vielleicht endlich, dass er im Dorf nicht mehr das große Sagen hat.«

Arlette fand die Typen zwar alles andere als sympathisch, aber wenn sie für die gute Sache von Nutzen waren … Sie hatte Mühe, ihrem Mann zu folgen, denn er beeilte sich nun, den Assistenten des Generalsekretärs zu begrüßen.

»Monsieur Guerlain, welch Ehre, dass Sie sich selbst herbemüht haben!« Er schüttelte begeistert die Hand des smart aussehenden Mannes, der ohne Weiteres auch als Filmstar hätte Karriere machen können.

Arlette wartete ungeduldig, bis auch sie diesem wichtigen Mann vorgestellt wurde. Guerlain bedachte sie mit einem umwerfenden Lächeln, das sie prompt erröten ließ. Sein Händedruck war fest und bestimmend.

»Es ist immer gut, wenn eine Frau ihrem Mann den Rücken freizuhalten weiß, Madame«, sagte er galant.

Arlette war hingerissen von seinem Charme. Der Politiker war ungefähr Mitte dreißig, schlank und trug einen maßgeschneiderten Brioni-Anzug. Er hatte Benehmen und strahlte eine natürliche Autorität aus. Was für ein Mann!

»Ich wollte es mir nicht nehmen lassen, mich persönlich von Ihrer Kampagne zu überzeugen, Monsieur Farnauld, bevor wir später zu den Formalitäten schreiten«, meinte Guerlain gut gelaunt. »Aber wie ich erwartet habe, haben Sie alles bestens im Griff.« Die Parteigenossen um ihn herum lächelten ebenfalls zustimmend. »Sobald das hier vorüber ist, freuen wir uns in der Zentrale in Carpentras auf Ihren Bericht und die Erläuterung Ihres Wahlprogramms.«

Guerlain machte Anstalten, sie zu verlassen! Bei Arlette klingelten die Alarmglocken. Wussten die Herren denn nicht von ihrer Einladung? Sie musste sofort einschreiten.

»Ähm! Verzeihung, wenn ich Sie nochmals aufhalte, werter Monsieur! Mein Mann und ich hoffen doch sehr, Sie und Ihre Freunde im Anschluss noch zu dem kleinen Umtrunk hier empfangen zu dürfen.« Arlette hatte sich das vorsichtige Nachhaken nicht verkneifen können.

Guerlain legte bedauernd den Kopf schief. »Ach ja, der Umtrunk!«, meinte er mit ausgebreiteten Händen. »So wie es aussieht, wird Ihr Mann tatsächlich etwas zu feiern haben, nicht wahr?« Er klopfte Jean-Luc kameradschaftlich auf die Schulter. »Ich selber werde leider verhindert sein, da ich noch einen wichtigen Termin habe. Wahlkampf in der Zentrale. Sie werden womöglich selber bald sehen, was das leider auch an Einschränkungen bedeutet, liebe Madame Farnauld!« Er lächelte ihr noch einmal verbindlich zu, drückte ihrem Mann kräftig die Hand, um dann umgehend in der Limousine mit den getönten Fenstern zu verschwinden.

»Was für ein Mann!«, seufzte Arlette hingerissen. »Schade, dass er heute Abend nicht bei uns sein wird!«

»Wie wahr!«, schnaufte ihr Gatte nicht weniger gerührt. »Aber vergiss nicht, dass Guerlain mir persönlich Erfolg für unsere Kampagne gewünscht hat. Es ist eine große Geste, dass er hier war. Ohne Zweifel! Dieser Mann steht hinter mir!« Jean-Luc zupfte gewichtig an der Weste, die ihm hochgerutscht war, und sah Arlette mit vorgerecktem Kinn an. »Nun heißt es zur Tat schreiten! Du entschuldigst mich?« Er wartete ihre Antwort gar nicht ab, sondern marschierte geradewegs auf seine Unterstützer zu.

Arlette stand immer noch unter dem Eindruck des charismatischen Politikers und bekam deshalb nicht mit, wie die getönte Fensterscheibe von Guerlains Limousine sich absenkte und er einem der Kapuzenmänner, die in den Bussen angereist waren, ein Zeichen gab.

Jean-Luc hatte sich unterdessen an die Spitze des Demonstrationszuges gesetzt. Nach einer kurzen, engagierten Ansprache von ihm setzte sich die Menge in Bewegung. Arlette folgte mit etwas Abstand. Sie sah allerhand bekannte Gesichter, allerdings standen sehr viele noch etwas unentschlossen herum.

»Franzosen zuerst«, begann plötzlich jemand aus der Menge zu rufen. Es handelte sich um einen der Männer aus den Kleinbussen. Er hatte ein Megafon in der Hand und übertönte das bislang friedliche Gemurmel auf dem Platz.

Arlette entdeckte ihre Freundin Josette und winkte ihr zu. Auch sie gehörte zu den Unentschlossenen, die noch am Straßenrand standen, während sich der Demonstrationszug langsam in Bewegung setzte.

»Franzosen zuerst!«

Aus den vereinzelten Rufen wurde langsam ein Skandieren. Immer mehr Demonstranten stimmten in die Parole ein. Die Stimmung griff auch auf Arlette über.

»Franzosen zuerst!« Sie hob die Faust, so wie sie es bei einem der Männer sah, und fühlte sich plötzlich stark und völlig im Recht. Die ganzen Flüchtlingsströme, die derzeit das friedliebende Frankreich überfluteten, beleidigten ihre nationale Seele. Sollten die Menschen doch bleiben, wo sie herkamen! Nichts gegen Touristen, die nach ihrem Urlaub wieder in ihre Herkunftsländer verschwanden, nur gegen die Sozialschmarotzer hatte sie etwas.

Der Demonstrationszug bewegte sich nun in Richtung Cours de la République. Er bestand aus vielleicht achtzig Teilnehmern. Fast die Hälfte waren die Demonstranten aus den Kleinbussen. Den Hauptanteil der Dorfbewohner stellten Jugendliche dar, die vermutlich aus Neugier teilnahmen. So eine Demonstration kam in Vassols schließlich nicht alle Tage vor. Neben dem Filialleiter der Bank entdeckte Arlette auch den Tankstellenbesitzer Lucas und seinen Kumpel, den Mechaniker Armand, samt seinen Gesellen. Sie riefen ebenso begeistert wie sie: »Franzosen zuerst!«

Auf der Höhe ihres Hauses scherte nun auch die alte Madame Bouvier in den Demonstrationszug ein. Die Großmutter von Etienne und Bruno wirkte etwas verwahrlost. Sie trug eine alte, mehrfach geflickte Strickjacke, dicke Wollsocken und ihre dunklen Filzpantoffeln. Während ihre Enkelsöhne im *Mistral* vom Auflauf ungerührt dem Kartenspiel frönten, zeigte die alte Dame offenkundig politisches Interesse. Mit stolz erhobenem Kopf tippelte sie mit ihrem Rollator direkt hinter Jean-Luc und seinen Genossen her. Arlette schloss eilig zu ihr auf, bevor sie ganz in die erste Reihe drängte. Wie alle im Dorf wusste sie, dass die alte Frau zwar noch körperlich recht agil war, mit dem Denken allerdings so ihre Schwierigkeiten hatte. Madame Bouvier war immerhin sehr erfreut, Arlette zu sehen.

»Hallo, meine Liebe!«, wurde sie begrüßt. »Bist du mal wieder zu Besuch in Vassols? Wie geht es deinem Vater?« Die alte Dame kicherte. »Wusstest du, dass er mal ganz scharf auf mich war ...«

Arlette verzichtete wohlweislich auf eine Antwort. »Wissen Sie, dass Sie an einer politischen Demonstration teilnehmen, Madame?«

»Ja, ja, ich finde diese Dorffeste auch immer sehr schön!«, antwortete Madame Bouvier fröhlich. »Ich finde es nur schade, dass dieses Mal keine Musik spielt!«

»Raus mit den *Sans papiers!*«-Rufe waren plötzlich aus ihrer direkten Umgebung zu hören. Sie wurden so laut, dass für eine Weile jegliche Unterhaltung unmöglich wurde. Arlette fiel auf, dass die Menge nun gleichmäßig von den fremden Demonstranten durchdrungen war. Die Typen machten keinen besonders friedfertigen Eindruck. Noch waren ihre Rufe jedoch nur vereinzelt.

»Was sind denn *Sans papiers*?«, verlangte die alte Metzgersfrau zu wissen, als es wieder etwas ruhiger geworden war. Sie war nicht nur vergesslich, sondern auch schwerhörig.

»Das sind Einwanderer, die in unser Land kommen und keine französischen Papiere haben«, erklärte Arlette angespannt. »Wir wollen, dass sie dort bleiben, wo sie geboren wurden.«

»Warum sind die denn von zu Hause fort?« Madame Bouvier blieb für einen Augenblick stehen und sah sie verwirrt an. »Und warum dürfen sie nicht an unserem Festumzug teilnehmen?«

»Das hier ist kein Festumzug, Madame Bouvier. Das hier ist eine Demonstration gegen all die Fremden, die neuerdings in unser schönes Land drängen.«

Arlette sah sich um. Irgendwer von den Bouviers musste doch die nervige Großmutter längst vermissen. Die alte Frau hatte bei der Demonstration nun wirklich nichts verloren.

»Ich mag Fremde«, meinte Madame Bouvier trotzig. »Ich hab doch auch nichts dagegen, wenn du ab und zu in unser Dorf kommst, auch wenn du eine aus Malaucène bist. Ich weiß doch, dass du hinter Jean-Luc her bist.« Sie kicherte erneut. »Würde mich nicht wundern, wenn du ihn bald weichgeklopft hättest, hihihi.«

»Ich bin schon lange mit Jean-Luc Farnauld verheiratet!«, erklärte Arlette empört. »Und jetzt bring ich Sie nach Hause. Das hier ist nichts für ...«

Madame Bouvier ließ Arlette nicht ausreden. »Du bist mit Jean-Luc verheiratet?«, fragte sie. »Und warum weiß ich davon nichts?« Ihr faltiges Gesicht bekam einen beleidigten Ausdruck. »Ihr habt mich nicht zu der Hochzeit eingeladen, obwohl ich die beste Freundin von Jean-Lucs Großmutter bin!«

»Aber Sie waren doch bei unserer Hochzeit!« Arlette verdrehte die Augen. »Erinnern Sie sich denn nicht mehr? Es ist noch keine zwanzig Jahre her! Sie haben mir damals doch den Kaffee übers Brautkleid geschüttet ...«

»Ach, du warst das!« Madame Bouvier setzte sich einigermaßen beruhigt wieder in Bewegung. Ihre Gedanken konzentrierten sich nun auf den Umzug. »Und warum spielt auf dem Festzug keine Musik? Gibt es bald Kaffee? Ich liebe Kaffee und diese *Tartes aux pommes* von Marie ...«

Arlette entdeckte endlich Joséphine Bouvier, die mit energischen Schritten auf ihre Mutter zusteuerte.

»Maman! Was machst du bloß wieder für Sachen? Ich habe dich überall gesucht. Was denkst du wohl, was ich mir für Sorgen um dich gemacht habe!« Jedes Wort wurde von der resoluten Frau mit dem straff nach hinten frisierten Haar spitz und vorwurfsvoll vorgetragen. Mamie Bouvier zeigte sich davon nicht im Geringsten beeindruckt und nahm keinerlei Notiz von ihrer strengen Tochter. Woraufhin sich Joséphines Aufregung gegen Arlette wandte.

»Wie kannst du es zulassen, dass Maman hier mitläuft?«, fuhr sie sie an. »Meine Mutter ist keine Politische. Und überhaupt, was sind das hier für widerwärtige Typen? Die gehören doch gar nicht zu uns.« Sie deutete auf die fremden Sympathisanten.

Arlette schnappte empört nach Luft und wollte sich gerade eine giftige Erwiderung zurechtlegen. Doch die Diskussion kam erst gar nicht zustande, weil einige der eingeschleusten Demonstranten nun zu immer heftigeren Parolen anstachelten. »Raus mit dem Araberpack«, skandierten sie mit Unterstützung ihrer Megafone. »Macht die Grenzen dicht!« – »Frankreich den Franzosen.«

Joséphine packte eilig ihre Mutter und drängte sie an den Straßenrand. Sobald die Alte sah, dass die Menge immer unruhiger wurde, ließ sie sich willig wegführen. Arlette hingegen sah sich plötzlich allein inmitten einer Gruppe wild brüllender Schlägertypen. Sie bildeten nun den Kern der Bewegung und waren eindeutig auf Randale aus. Zu ihrem Schrecken entdeckte Arlette nun auch Schlagstöcke und Pflastersteine.

»Was soll das?« Sie wandte sich ängstlich um. Niemand hatte an Ordnungskräfte gedacht. Überhaupt, wo war Arduin?

Und warum unternahm Jean-Luc nichts? Einer der Typen schubste sie grob zur Seite, weil sie unvermittelt stehen geblieben war. Er brüllte lauthals Hetzparolen. Innerhalb von wenigen Minuten kippte die Stimmung. Aus der so friedlich begonnenen Demonstration war eine wütende Menge geworden. Bei aller Empörung über diese Fremden, die ihr schönes Land überfluteten, war diese Art zu demonstrieren auch Arlette zu viel. Sie stellte sich auf die Zehenspitzen und versuchte vergeblich, Jean-Luc ein Zeichen zu geben. Sie sah nur, dass auch dieser von den Unruhestiftern umgeben war.

Einige der Dorfbewohner versuchten aus dem Zug auszuscheren, wurden jedoch von den Hooligans wieder in die Menge gezwungen. Es gab bereits einzelne Rempeleien. Immer wieder wurde der Ruf laut, ein Exempel zu statuieren. »Da vorn, der Gemüseladen. Er gehört einem Afrikaner!« – »Holt das Pack raus und zeigt ihnen, was sie hier zu erwarten haben!«

»Jean-Luc«, rief Arlette empört. »Tu doch endlich was!«

Sie versuchte weiterhin, sich an die Spitze des Zugs durchzukämpfen. Dank ihrer drallen Statur gelang es ihr tatsächlich, bis zu ihrem Gemahl vorzustoßen. Dieser machte im Augenblick jedoch keine besonders gute Figur. Er wirkte hilflos und unentschlossen. Halbherzig hob er seine Hände und versuchte, die Menge zu beschwichtigen. Seine kläglichen Versuche ließen Arlette wütend werden. Wieso griff der Idiot nicht beherzter ein?

»Beruhig sie endlich!« Sie knuffte ihn in die Seite.

»Ruhe!«

Niemand bemerkte ihn.

»Du musst lauter rufen!«

Arlette gab ihrem Mann einen weiteren Stoß in die Seite und funkelte ihn mit ihrem berüchtigten *Du tust, was ich sage, oder ...*-Blick an. Das zeigte endlich Wirkung. Prompt riss er sich zusammen und brüllte einigermaßen laut.

»Ruhe!« Wenigstens die Menschen um ihn herum schenkten ihm nun Beachtung. »Dies ist eine friedfertige Demonstration! Hört auf mit den Zwischenrufen! Wir wollen keine Eskalation!«

Seine Rufe gingen allerdings in den immer lauter werdenden »Araberpack!«-Rufen kläglich unter. So sehr Jean-Luc sich auch Mühe gab, niemand nahm ihn noch als Autorität wahr.

Einer der Rädelsführer stieß Arlettes Mann sogar grob zur Seite. In der Zwischenzeit war der Zug vor Rachid Ammaris Gemüseladen angekommen, über dem die Familien Ammari und Bashaddi ihre Wohnungen hatten. Über dem Eingang prangte das gerade erst montierte Schild: *Fruits & Légumes Rachid Ammari*. Die Unruhestifter hatten es offensichtlich von Anfang an darauf abgesehen, hier ihren Unmut loszuwerden. Sobald auch noch bekannt wurde, dass in diesem Haus die Familie eines Mordverdächtigen wohnte, gab es kein Halten mehr. Das war ein willkommener Anlass, um dem Hass des Pöbels ein Ventil zu liefern. Innerhalb weniger Augenblicke flogen die ersten Steine.

»Das können die doch nicht tun!«

Jean-Luc starrte verzweifelt auf die Leute. Er war gleichermaßen entsetzt wie hilflos. Kalter Schweiß stand auf seiner Stirn. Er wirkte wie gelähmt. Arlette rüttelte ihn am Arm. Seine andauernde Untätigkeit machte sie nur noch wütender.

»Tu doch endlich was!«, zischte sie. »Du musst ihnen zeigen, dass du hier der Herr im Haus bist!«

Doch ihr Mann fühlte sich im Augenblick unfähig zu handeln. Unterdessen flogen weitere Steine. Glas ging in die Brüche. Rachid Ammaris Auslagenfenster zersprang in tausend Teile.

»Verdammter Feigling!« Arlette stieg mit spitzem Absatz ihrem Mann so kräftig auf den Fuß, dass er endlich zur Besinnung kam. Er straffte sich, zog die Weste vor seinem mächtigen Bauch glatt und stellte sich seiner Verantwortung. Mutig trat er vor die Menge.

»Aufhören! Sofort!«, schrie er und erhob beide Arme. Seine Stimme vibrierte vor Aufregung, zeigte aber endlich die notwendige Autorität. »Niemand darf hier zu Schaden kommen! Wir leben schließlich in einem Rechtsstaat!« Tatsächlich beruhigte sich ein Teil der Menge. Selbst die Stimmungsmacher wurden für einen Augenblick übertönt. »Leute! Bürger von Vassols! Dies hier ist eine friedfertige Demonstration. Wir wollen nur dem Bürgermeister unsere Petition überbringen. Es ist unter unserer Würde, Unschuldige zu attackieren.«

»Bashaddi ist ein Mörder – und Ausländer dazu!«, rief jemand aus dem Dorf. Erneut brach Tumult aus.

Jean-Luc riss nochmals die Arme in die Höhe und verschaffte sich einigermaßen Gehör. »Dann wird die Polizei ihn dafür zur Verantwortung ziehen.« Arlette war plötzlich stolz auf ihren Mann. Endlich zeigte er, was in ihm steckte. Die Menge beruhigte sich, um ihm zuzuhören. »Ich distanziere mich von jeglicher Art von Gewalt und ich möchte nicht, dass ihr mich unterstützt, wenn ihr nicht auch so denkt...« Weiter kam er nicht.

»Verräter!«

Der Ruf kam irgendwo aus der Menge. Gleichzeitig flog ein Schleudergeschoss durch die Luft und traf den Bäckermeister an der Stirn. Jean-Luc Farnauld starrte noch einen Augenblick ungläubig auf die Menge, dann sah Arlette, wie er blutüberströmt zusammensackte.

17

»Was ist das denn für ein Tumult?«

Rosalie und Vincent waren gerade von ihrem kleinen Ausflug zurückgekehrt und standen vor *Les Folies Folles*, als sie den Lärm von der Cours de la République hörten. Rosalie war immer noch reichlich frustriert, weil sie keinerlei neue Erkenntnisse gewonnen hatten. Weder der Tatort noch Suzannes Aussagen waren besonders aufschlussreich gewesen. Im Gegenteil. Sie musste sich eingestehen, dass eigentlich fast gar nichts für Ismaels Unschuld sprach.

»Das sind Farnauld und seine Gesinnungsgenossen. Sie wollen mit einer Petition verhindern, dass noch mehr Fremde sich in Vassols niederlassen. Mit diesem rechten Abschaum möchte ich nichts zu tun haben!« Vincent gab sich keine Mühe, sein Missfallen deutlich zu äußern.

»Die meisten in Vassols scheinen das ja anders zu sehen.« Rosalie spürte, wie ihre Verbitterung noch mehr wuchs. Sie sah, wie sich der Aufmarsch am Ende ihrer Gasse gerade in Bewegung setzte. Dann waren erste fremdenfeindliche Hetzparolen zu hören.

»Das sind doch keine Leute aus dem Dorf, die so etwas schreien!« Vincent zog besorgt die Stirn in Falten. »Das hört sich nach gewollter Stimmungsmache an.«

»Du meinst, da sind Krawallmacher dabei?«, fragte Rosalie. Die Vorstellung erschreckte sie. »Mein Gott, hoffentlich fangen die keine Schlägerei an! Rachid und seine Familie wohnen doch direkt an der Cours. Ich muss nachsehen, ob wenigstens die Polizei vor Ort ist. Komm schon!« Rosalie versuchte, Vincent mit sich zu ziehen, doch er folgte ihr nur widerstrebend.

Mittlerweile waren sie auf der Cours de la République angelangt und sahen die Menge an sich vorbeiziehen. Rosalie schätzte, dass es um die hundert Menschen waren, die an der Demonstration teilnahmen, gut ein Drittel waren Fremde. Man musste kein Menschenkenner sein, um zu sehen, dass sie aus der gewaltbereiten rechten Szene stammten.

»Das ist ja noch schlimmer, als ich befürchtet habe«, sagte sie tonlos, während sie sich vergeblich nach Polizei umsah. »Wo steckt denn bloß Arduin? Er müsste längst Verstärkung angefordert haben!«

Der Polizist war nirgendwo zu sehen.

»Ich ruf ihn an«, bot sich Vincent an und zog sein Telefon heraus.

Rosalie wunderte sich, dass er hinter ihr Deckung suchte. »Ist was?«, fragte sie ihn, für einen Augenblick irritiert.

Vincent schüttelte den Kopf, doch er war merkwürdig blass um die Nase. Unterdessen wurden die Hasstiraden immer lauter.

Als die Meute »Mörderpack – haut ab!« und »Da wohnt der Mörder von Rivas!« zu rufen begann, lief es ihr eiskalt den Rücken hinunter.

»Die wollen Rachids Laden als Zielscheibe!«, rief sie fassungslos. »Wir müssen unbedingt etwas tun!« Sie zog nochmals an Vincents Ärmel, um ihn mit sich zu ziehen. Doch er wehrte sie schroff ab. »Was ist denn los?«, fragte sie pikiert. »Wir dürfen keine Sekunde Zeit verlieren!«

»Ich ... ich kann da nicht hingehen.« Vincents Stimme

bebte. Sein ganzer Körper zitterte, während er versuchte, auch sie zurückzuhalten. »Ich schaff das einfach nicht. Das, das ist verrückt, ich weiß, aber ... es tut mir leid!« Er schüttelte heftig mit dem Kopf und umfasste ängstlich seine Oberarme.

Rosalie hatte keine Zeit, um auf seine Gefühle einzugehen.

»Dann ruf wenigstens die Polizei«, sagte sie enttäuscht und machte sich von ihm los.

Vincent fühlte sich fürchterlich, während er zitternd und allein gegen die Hausmauer gedrückt zurückblieb. Er war ein Versager, ein Feigling, einer, der seine besten Freunde einfach im Stich ließ. Mit Tränen in den Augen musste er zusehen, wie Rosalie sich am Rande der Demonstration in Richtung Rachids Haus durchzwängte. Er hatte furchtbare Angst um sie, wollte sie gern beschützen, aber er war unfähig, es zu tun. Er konnte weder etwas gegen sein unkontrolliertes Zittern tun noch gegen die Angst, die mit kalten Fingern nach ihm griff. Die vielen Menschen, die sich hier in der kargen Straßenbeleuchtung zu einer anonymen Masse versammelt hatten, kamen ihm vor wie wilde Tiere. Er musste all seine Kraft zusammennehmen, um nicht einfach davonzulaufen und sich in seiner Wohnung zu verbarrikadieren. Der Lärm der Menge hämmerte in seinem Kopf wie die Schläge eines Schmiedehammers, wurde lauter und lauter, bis er den Krach nicht länger ertrug und in die Gasse floh, durch die sie gekommen waren. Er rannte, bis er wieder vor Rosalies Haarstudio stand. Erst dort hielt er inne. Den Kopf gegen die kalte Mauer gelehnt versuchte er, die Panikattacke niederzukämpfen. Sein Herz raste, und er spürte, wie das Blut durch seine Adern rauschte. Langsam, ganz langsam begann er sich zu beruhigen. Erst dann war er in der Lage, die Polizei zu rufen.

Als Rosalie Rachids Haus erreichte, wurde sie gerade noch Zeugin der Eskalation. Sie sah, wie Jean-Luc Farnauld sich vor die Menge stellte und versuchte, die Ausschreitungen in den Griff zu bekommen. Kurze Zeit später wurde er von einem Steingeschoss an der Schläfe getroffen und sackte zusammen. Arlettes gellender Entsetzensschrei übertönte für einen Augenblick den Tumult. Rosalie sah noch, wie sich die Bäckersfrau über ihren Mann beugte und versuchte, ihn gemeinsam mit ein paar Getreuen aus dem Weg zu schaffen. Der Bäcker war zum Glück unterdessen wieder zur Besinnung gekommen und blickte noch etwas verwirrt in die Runde. Dann wurde ihr der Blick verwehrt, weil einige der Krawallmacher offensichtlich immer noch nicht genug hatten. Die Männer sprangen über den verletzten Bäckermeister und drangen in den Laden ein. Rosalie hörte, wie Einrichtungsgegenstände zu Bruch gingen.

Überall herrschte Chaos. Die meisten Dorfbewohner hatten sich bereits aus dem Demonstrationszug gelöst und beobachteten wie gelähmt die Randale, die die Schlägertrupps anrichteten. Keiner von ihnen getraute sich einzugreifen, als die Männer versuchten, ein Auto in Brand zu stecken, nur weil es vor Rachids Laden stand.

Dann tauchten Bruno und Etienne Bouvier auf. Josef bahnte ihnen den Weg. Sie hatten vom *Mistral* aus das Geschehen beobachtet. Der kräftige Wirt schaufelte sich den Weg zu Farnauld mit seinen Pranken frei. Als sich ihm einige der gewaltbereiten Demonstranten in den Weg stellten, begannen er und Etienne gezielte Faustschläge zu verteilen, während Bruno sich mit einem der Schläger auf dem Boden wälzte. Die drei Männer würden der Übermacht an Schlägern nicht lange standhalten.

Zu allem Überfluss erschienen nun auch noch Rachid und

die zwei jüngeren Bashaddibrüder auf der Bildfläche. Sie waren mit Eisenstangen bewaffnet auf die Straße getreten und stellten sich den Unruhestiftern entgegen. Es kam zu einem wilden Gerangel, das sicherlich für die braven Dorfbewohner in einem Desaster geendet hätte, wenn sich nicht endlich die erlösenden Sirenen von Polizeifahrzeugen genähert hätten.

Sobald das Tuten der Martinshörner zu hören war, lösten sich die Schläger wie auf Kommando aus ihren Gefechten und suchten hastig in den Nebengassen und Durchgängen das Weite. Zurück blieben Chaos und Zerstörung. Auf der Straße schwelten halb ausgetretene Brandsätze. Überall lagen Scherben herum. Rachid stand wie ein Fels allein inmitten der Unordnung. Rosalie sah, dass sein Gesicht blutüberströmt war. Einen leisen Schrei ausstoßend rannte sie zu ihm hinüber.

»Rosalie«, empfing er sie erstaunlich gefasst. Er brachte sogar ein halbes Lächeln zustande.

Sie schlug entsetzt die Hände vors Gesicht. »Dein Kopf! Rachid! Da ist überall Blut! Wir müssen einen Arzt holen!«

»Halb so schlimm!« Rachid winkte ab und zeigte ihr seine Handfläche, die er sich aufgerissen hatte. »Hab mir wohl damit ins Gesicht gefasst.«

Sie atmete erleichtert auf. Mit einem Mal löste sich die Anspannung der letzten Minuten, und ihr schossen Tränen in die Augen. »Diese hirnlosen Idioten«, schniefte sie außer sich. Sie blickte auf all die Zerstörung um sie herum. Überall lagen Scherben und zerbrochene Möbelstücke. »Dein schöner Laden! Alles ist kaputt! Das ist einfach nicht fair!«

Rachid legte seinen Arm um sie und zog sie sanft zu sich heran. »Das kann man alles ersetzen«, tröstete er sie. »Gleich morgen fang ich mit dem Aufräumen an.«

Inzwischen waren noch mehr Polizeifahrzeuge eingetroffen

und erleuchteten die dunkle Nacht mit ihren kalt funkelnden Blaulichtern. Eine Dutzendschaft Beamter durchkämmte die Gassen und Straßen von Vassols auf der Suche nach den Aufrührern. Auch ein Krankenwagen war eingetroffen. Zwei Sanitäter kümmerten sich um Jean-Luc, der eine hässliche Platzwunde am Kopf davongetragen hatte.

Arlette, die mit verrutschtem Kopftuch heroisch neben ihrem Mann stand, erklärte den Umstehenden immer wieder, wie mutig ihr Mann sich den Schlägern entgegengestellt hätte.

»Er ist ein Held«, hörte Rosalie sie sagen. Sie schnappte empört nach Luft. Das wurde ja immer besser. Die Bäckersfrau tat gerade so, als wäre ihr Mann ein völlig unschuldiges Opfer. Dabei war er es doch gewesen, der diese abscheuliche Aktion überhaupt ins Leben gerufen hatte.

»Hier ist noch jemand verletzt«, rief der gerade eingetroffene Arduin und bedeutete einem der Sanitäter, sich auch um Rachid zu kümmern.

Doch der winkte nur genervt ab. »Lass mich in Ruhe! Ich bin okay.«

»Da bist du ja endlich!«, fauchte Rosalie den jungen Polizisten an. »Wo war die Polizei denn die ganze Zeit? Hä? Jeder im Dorf wusste von der Demonstration!«

Arduin zuckte eingeschüchtert zusammen. »Ich ... wir ... ähm ... Ich hatte noch etwas anderes zu tun. Ich hab deinem Bruder geholfen. Ich meine, niemand konnte ahnen, dass das hier so eskaliert ...«

»Das ist doch nur eine faule Ausrede!« Rosalie begann sich immer mehr in Rage zu reden. »Immer wenn man euch braucht, seid ihr unsichtbar. Was, wenn hier tatsächlich jemand ums Leben gekommen wäre? Dann träfe die Polizei eine Mitschuld wegen unterlassener Hilfeleistung und überhaupt ...«

»Und überhaupt geht dich das Ganze nichts an«, wurde sie plötzlich rüde unterbrochen. Ohne dass sie es bemerkt hätte, war Lieutenant de Police Maurice Viale zwischen sie getreten. Die Stimme ihres Bruders klang hart und unbeugsam. »Geh nach Hause und behindere nicht die Arbeit meiner Kollegen.«

»Welche Arbeit?« Rosalie dachte gar nicht daran, seiner Aufforderung nachzukommen. Sie baute sich nun ihrerseits vor ihrem Bruder auf. Mit in die Hüften gestemmten Fäusten funkelte sie ihn angriffslustig an. »Vor einer halben Stunde gab es hier reichlich Arbeit für die Polizei, aber da war ja keiner von euch vor Ort.« Sie deutete auf Rachids zerstörten Laden und den verletzten Jean-Luc. »Das da! Das hätte man verhindern können!«

»Niemand hätte das verhindern können, auch wenn Arduin vor Ort gewesen wäre«, widersprach ihr Maurice kalt. »Niemand konnte ahnen, dass Schlägertrupps von den Rechten hier aufmarschieren.«

»Die sind doch nur gekommen, weil die Polizei einen Ausländer für Rivas' Tod verantwortlich macht. Das war für die ein gefundenes Fressen, um die Lage eskalieren zu lassen. Das hättest selbst du dir denken können«, konterte Rosalie grimmig. »Dabei ist es noch überhaupt nicht erwiesen, dass Ismael der Täter war!«

»Nun lass aber mal die Kirche im Dorf!« Maurice wurde nun richtig wütend. »Ich lasse mir von einer hergelaufenen Friseurin nicht in meine Arbeit hineinreden.«

»... und schon gar nicht von einer halben Algerierin, das hast du noch vergessen zu erwähnen!« Rosalies Stimme troff vor bissigem Spott. »Gib zu, du bist doch selbst einer von denen, die am liebsten alle Einwanderer ausweisen würden.«

»War's das jetzt?« Maurice Augen funkelten kalt. »Falls

nicht, werde ich jede weitere Beleidigung, die du hier vor Zeugen von dir gibst, gegen dich verwenden.«

Rosalie war das egal. Sie war so außer sich, dass sie bereit war, noch mehr Dampf abzulassen.

»Lass es gut sein!«, mischte sich nun Rachid ein. »Euer Streit hier macht auch nichts besser!«

Rosalie warf ihm einen verächtlichen Blick zu und wandte sich tatsächlich zum Gehen. Nach wenigen Schritten drehte sie sich noch einmal um und sagte in einer Lautstärke, die für alle zu hören war: »Ich bleibe dabei. Würde die Polizei anständige Arbeit leisten und nicht einfach den erstbesten Ausländer verdächtigen, wäre das Ganze hier nicht geschehen.«

18

Zwei Tage später.

»Das ist ungerecht, ungerecht, ungerecht!«

Arlette stampfte vor Empörung auf, nachdem sie am Arm von Jean-Luc soeben das Sitzungsgebäude der Partei in Carpentras verlassen hatte. Wie zum Hohn schien die Sonne gleißend hell und zeichnete harte Schatten auf die Place d'Inguimbert mit seinen Platanen. Sie überquerten ihn mit eiligen Schritten, nur um der Schmach möglichst schnell zu entgehen. Eine Schar Spatzen flog auf, als sie über die Rue L'Évêché auf die Porte Orange zustrebten. Auf dem Parkplatz dahinter befand sich ihr Auto.

Vor dem mächtigen mittelalterlichen Tor saßen zwei Maghrebiner an einem kleinen Tisch vor einem Halal-Restaurant und tranken Tee aus tulpenförmigen Gläsern. Weder Arlette noch ihr Mann nahmen von ihnen Notiz. Während Jean-Luc wie ein geprügelter Hund schweigend neben ihr hertrottete, musste Arlette ihrem Unmut weiterhin Luft verschaffen.

»Warum sagst du denn gar nichts dazu?«, giftete sie ihren Mann an. »Schließlich hast du doch gerade das Ende deiner Parteikarriere erlebt, oder nicht?«

Jean-Luc warf ihr nur einen kurzen, resignierten Blick zu.

»Es ist vorbei! Sieh es doch einfach ein!«

»Gar nichts werde ich!«, empörte sich Arlette erneut. »Das

war doch ein abgekartetes Spiel. Guerlain wollte dich von Anfang an ausbooten. Er steht jetzt als großer Held da, während du das Nachsehen hast.«

Jean-Luc lief schweigend weiter. Nicht nur das stattliche Heftpflaster auf seiner Stirn ließ ihn wie ein waidwundes Tier aussehen. Arlette musste endlich einsehen, dass es im Augenblick keinen Sinn hatte, ihn weiter anzustacheln. Dabei hatte heute alles so gut begonnen. In Gedanken ließ sie die letzten Stunden Revue passieren. Die Abstimmung über die Nominierung des Spitzenkandidaten der FR für die nächste Bürgermeisterwahl war wegen Jean-Lucs Verletzung um einen Tag verschoben worden. Sie hatten es als gutes Zeichen gewertet. Immerhin hatte sich ihr Jean-Luc ganz allein wie ein Held gegen die Aufrührer gestellt. Sie hatte mit Beifall gerechnet, als er den Sitzungssaal betrat. Doch stattdessen erwartete sie das genaue Gegenteil.

Es hätte ihr gleich suspekt vorkommen müssen, dass Guerlain sie beide nur aus der Ferne begrüßt hatte und nicht, wie sonst üblich, mit persönlichem Handschlag. Arlette hatte es darauf geschoben, dass man ihm gerade erst die Rede der Parteivorsitzenden zugemailt hatte, die er als einen Hauptpunkt der heutigen Versammlung verlesen sollte. Es hätte ihr auch auffallen müssen, dass die übrigen Parteifreunde sich seltsam zurückhielten. Nur wenige hatten ihnen freundlich zugenickt. Alle wirkten ungeheuer beschäftigt.

Als sich schließlich der Zeitpunkt der Abstimmung näherte, ergriff Guerlain erwartungsgemäß das Wort. In blumigen Worten hatte er die Notwendigkeit der Trennung von Religion und Staat beschworen, die eine Verteidigung der Grundwerte der République darstellte.

»Aus diesem Grund müssen wir gegen eine weitere Islamisierung unseres Staates eintreten. Jegliche Kollaboration mit Muslimen oder anderen fremden Kulturen in unserem Land wird uns nachhaltig schaden.«

Das Plenum unterbrach ihn durch heftigen Beifall. Natürlich stimmten auch Arlette und Jean-Luc aus vollem Herzen klatschend zu.

»Das höchste Parteigremium hat aus diesem Grund beschlossen, künftig nur hinter vollständig linientreuen Kandidaten zu stehen. Das ist nötig, um die Partei auf einer Linie zu halten.«

Erneuter Beifall. Guerlain strich sich über sein geföhntes Haar und lächelte verbindlich. Dabei ließ er eine Reihe blendend weißer Zähne sehen.

Arlette wunderte sich, weshalb er so viel Aufhebens um die Abstimmung machte. Die Wahl war doch nur noch eine reine Formalität. Alle wichtigen Dinge waren längst im Vorhinein geklärt. Sie hatte ihrem Mann einen irritierten Blick zugeworfen, doch er verhielt sich wie immer völlig unbekümmert. Er folgte der Rede zurückgelehnt und mit wohlwollendem Nicken.

»Wie ihr alle wisst, bewirbt sich Jean-Luc Farnauld um die Spitzenkandidatur unserer Partei für das Bürgermeisteramt in Brillon-de-Vassols. Wir hatten bislang keinen Anlass, an seiner Loyalität zu zweifeln. Es schien uns sicher, dass er der beste Kandidat für unsere Partei ist.« Bei diesen Worten begann Jean-Luc nun doch unruhig zu werden. Er setzte sich in seinem Stuhl auf und starrte den Vorsitzenden befremdet an. Dieser ließ sich jedoch nicht irritieren. »Doch seit den Vorkommnissen vor zwei Tagen sind wir gezwungen, unsere Entscheidung noch einmal zu überdenken. Unsere Informanten berichten, dass sich Monsieur Farnauld während der Demonstration gegen seine eigenen Leute gestellt hat ...«

»Was soll denn das für ein Unfug sein?«, unterbrach Jean-Luc ungehalten die Rede. »Jeder, der an diesem Abend dabei gewesen ist, kann bezeugen, dass ich mich nur gegen die Krawallmacher gestellt habe. Sie haben mit Steinen geworfen und angefangen zu randalieren. Hätte ich mich nicht dazwischengeworfen, dann wäre Schlimmeres ge…«

»Tatsache ist, dass durch Ihr unbedachtes Einmischen die Demonstration erst eskaliert ist«, unterbrach ihn Guerlain kaltschnäuzig. »Statt Deeskalation haben Sie die Stimmung zusätzlich angeheizt! Allein dieser Umstand lässt Ihre Kandidatur in den Augen des Vorstandes fragwürdig erscheinen!«

»Aber das ist doch lächerlich«, rief Arlette empört dazwischen. »Mein Mann hat größeres Blutvergießen verhindert! Man sollte ihm dafür dankbar sein!«

Guerlain sendete ein wölfisches Lächeln in ihre Richtung.

»Madame. Sie haben hier bedauerlicherweise kein Mitspracherecht. Nach Rücksprache mit der Parteivorsitzenden und dem engeren Parteigremium schlagen wir Monsieur Farnauld vor, seine Kandidatur zurückzuziehen.«

»Das ist nicht Ihr Ernst!« Jean-Lucs Blick wurde starr und unbeweglich. Arlette fürchtete schon, er könne in Tränen ausbrechen. Doch er bewahrte Haltung.

»Es ist nicht gegen Sie als Person gerichtet«, fügte Guerlain geschmeidig hinzu. »Unsere Entscheidung ist allein der Tatsache geschuldet, dass die Partei der Überzeugung ist, dass Ihnen die Bedachtsamkeit fehlt, um den verantwortungsvollen Posten eines Bürgermeisters in unserem Sinne ausüben zu können.«

»Das kannst du dir nicht gefallen lassen«, zischte Arlette ihrem immer noch bewegungslos dasitzenden Gatten zu.

Guerlain fuhr unterdessen fort und leitete mit geschmeidiger Eloquenz zu dem neuen Kandidaten über, der, wie jedermann im Saal wusste, ein persönlicher Protegé von ihm war, noch dazu ein radikaler Tierschützer.

Da fiel es ihr wie Schuppen von den Augen. »Das ist doch alles ein ein abgekartetes Spiel! Jean-Luc! Die wollten dich nur abservieren!«

»Stimmt. Das alles ist längst beschlossene Sache«, sagte er tonlos. Er griff nach ihrer Hand und drückte sie fest.

Die nächste halbe Stunde verbrachten sie in mühsam erzwungener Haltung. Wäre es nach Arlette gegangen, hätten sie protestierend den Saal verlassen. Doch Jean-Luc zwang sie, bis zum Ende der Sitzung durchzuhalten.

*

Der Übergriff auf seinen Laden machte Rachid immer noch schwer zu schaffen. Seine im Allgemeinen so gute Laune war im Augenblick wie weggeblasen. Um ihn aufzumuntern, half Rosalie ihm nun schon den zweiten Abend beim Aufräumen und Instandsetzen der Räumlichkeiten. Abgesehen von der kaputten Glasfront, die er mit hölzernen Schalplatten notdürftig abgedichtet hatte, waren die Obst- und Gemüseregale allesamt zertrümmert und die Kasse aufgebrochen worden. Glücklicherweise war nur ein wenig Wechselgeld darin gewesen.

Im Grunde genommen mussten sie froh sein, dass es nur Sachschaden gegeben hatte. Mit ein wenig Mühe konnte man diesen beheben. Rachid besaß genügend handwerkliches Geschick, um alles schnell wieder instand zu setzen. Was ihn jedoch bis ins Mark getroffen hatte, war die Tatsache, dass so viele Menschen, die er kannte, auf die Straße gegangen waren, nur um Leute wie ihn zu vertreiben.

»Vielleicht sollten wir tatsächlich von hier fortgehen«, überlegte er laut, während er die eben fertiggestellten Regale neu einräumte. »In den *Banlieues* von Paris wären meine Mutter und meine Schwester wahrscheinlich besser aufgehoben. Da sind wir, das sogenannte Araberpack, wenigstens unter uns.«

Rosalie rümpfte die Nase. »Solch ein Sarkasmus steht dir nicht besonders gut. Nur weil eine Handvoll chauvinistischer, fremdenfeindlicher Idioten ein wenig Randale gemacht haben, muss man nicht gleich fliehen. Meinst du etwa, in Paris wäre das anders?«

»Wahrscheinlich nicht!« Rachid richtete sich auf und sah sie traurig an. »Warum gibt man unsereinem immer an allem die Schuld? Ismael hatte noch nicht einmal die Chance, sich zu rechtfertigen, und schon gilt er bei der Polizei als Mörder. Die machen sich doch nicht einmal die Mühe, noch nach anderen Verdächtigen zu suchen.«

Rosalie zog es vor zu schweigen. Sie wollte Rachid nicht noch mehr verletzen.

»Hast du eine Ahnung, wo er sich aufhält?«, fragte sie.

Rachid zuckte mit den Schultern. »Er hat Freunde in Marseille. Kann sein, dass er da irgendwo untergetaucht ist. Seine Mutter und Zora sind außer sich vor Sorge, und seine Brüder wagen sich im Augenblick nicht mal mehr auf die Straße, aus Furcht, dass es auch auf sie Übergriffe geben könnte. Gibt es wirklich nichts, was ihn entlasten könnte?«

Rosalie hatte das unbestimmte Gefühl, dass Rachid mehr über Ismaels Aufenthalt wusste, als er zugab. Sie vermied es jedoch, ihn darauf anzusprechen. Doch er hatte ein Recht darauf, ihre Meinung zu erfahren.

»Es sieht nicht sehr gut aus für deinen Cousin. Vielleicht solltest du dich damit abfinden, dass er doch etwas mit der Sache zu tun hat.«

»Hat er nicht!« Ungewohnt heftig ballte er seine Hände

zu Fäusten. Seine Stimme klang gepresst und verzweifelt und passte so gar nicht zu dem sonst so ausgeglichenen Rachid, den sie kannte. »Ich kenne Ismael, seit er ein kleiner Junge ist. Er ist wie ein Bruder für mich. Natürlich ist er aufbrausend und geht keiner Schlägerei aus dem Weg. Aber er würde niemals einen so hinterhältigen Mord planen. Er ist ein aufrichtiger, ehrbarer Mann.«

»Aber er hat ein eindeutiges Motiv. Er und seine Brüder haben immerhin durch Rivas ihren Job verloren.«

»Das ist doch lächerlich. Ismael hat doch sofort einen neuen Job gefunden. Die Arbeit bei dem Mechaniker auf dem Schrottplatz bringt ihm mehr Geld und macht ihm dazu noch Spaß. Und Ali und Farid haben auch schon was Neues in Aussicht.«

»Du kannst nicht leugnen, dass er am Tatort war.«

Rosalie wollte nicht, dass er sich länger etwas vormachte.

»Das kann auch vorher gewesen sein. Was weiß ich!« Rachid fuhr sich fahrig durch sein drahtiges Haar. So aufgebracht hatte sie ihn noch nie erlebt. »Ich grüble Tag und Nacht darüber nach, wer noch infrage kommt. Rivas hatte mit vielen Streit. Denk doch nur an die Tierschützer, die gegen seine Wachtelzucht waren. Und mit dem Spanier, der die Viecher füttert, hat er sich auch überworfen. Die könnten doch alle auch einen Grund gehabt haben ... Ismael darf einfach nicht der Täter sein! Djamila, seine Mutter, nimmt sich das Leben, falls ihr Sohn wirklich ein Mörder ist!«

Rachids Verzweiflung war so greifbar, dass er ihr leidtat. Rosalie konnte nicht anders, als ihn zu umarmen. Wie ein willenloses Kind ließ er sich von ihr trösten, während sie ihm sanft über seinen Rücken strich.

»Ach, Rosalie«, seufzte Rachid und löste sich endlich aus

ihren Armen. Auf seinem Gesicht tanzte immerhin ein kleines zuversichtliches Lächeln. »Wenn du wüsstest, wie gut es mir tut, dass du da bist!«

Rosalie hörte das Glöckchen an der Ladentür. Sie drehte sich um, sah aber nur noch einen Schatten, der verschwand.

19

Vincent schloss Rachids Ladentür hinter sich und trat hinaus auf die Straße. Am liebsten hätte er mit dem Fuß gegen den nächsten Müllcontainer getreten, so enttäuscht war er von dem, was er gerade gesehen hatte. Doch er beherrschte sich und hoffte nur, dass Rosalie ihn nicht bemerkt hatte. Eigentlich hatte er nur bei Rachid vorbeisehen wollen, um seine Hilfe anzubieten. Aber als er den Laden betrat, fand er Rosalie und Rachid in inniger Umarmung. Der Anblick hatte ihn so verletzt, dass er umgehend den Laden wieder verlassen hatte.

Rosalie hatte ihr Herz also bereits vergeben. Er hatte es geahnt. Alles, was zwischen ihnen beiden gewesen war, der Kuss, ihre vielversprechenden Blicke, hatte keine Bedeutung für sie gehabt. Natürlich! Frauen wie Rosalie standen eben nicht auf Weicheier, wie er eines war. Sie wollten Typen, die sie beschützten, so wie Rachid, der sich sicher nicht gefürchtet hätte, sich der aufgebrachten Meute zu stellen. Er, Vincent, bekam nur das, was er verdient hatte. Er schämte sich ja selbst wegen seiner unkontrollierbaren Angst. Aus diesem Grund war er auch Rosalie die letzten zwei Tage aus dem Weg gegangen. Sie musste ihn für einen erbärmlichen Feigling halten.

In seiner Verzweiflung hatte er Doktor Bertrand in Paris konsultiert. Sie hatten lange telefoniert. Der Psychologe hatte versucht, ihn an die Dinge zu erinnern, die er sich während der Therapie angeeignet hatte. Es sei normal, dass die Menge ihm

Angst gemacht hätte. Eine Psychose verschwand nicht so ohne Weiteres. Er dürfe aber auch die Dinge nicht vergessen, die positiv liefen. Er hatte sich eingelebt, konnte sich in kleinen Gruppen bewähren, er hatte alte Freundschaften wiederbelebt und so weiter. Doch für Vincent war das alles nur ein schaler Trost. Er hatte im entscheidenden Augenblick versagt. Er hatte Rosalie einfach im Stich gelassen. Immerhin hatte Doktor Bertrand ihn so weit motiviert, sich seiner Schwäche zu stellen. Also war er aufgebrochen, um sich erst bei Rachid und dann bei Rosalie zu entschuldigen. Vielleicht konnte sie ihm ja noch einmal verzeihen, wenn er ihr erzählte, was er über die Holzsplitter, die er am Tatort gefunden hatte, herausgefunden hatte. Doch im Angesicht ihrer innigen Umarmung schien ihm das gar nicht mehr wichtig zu sein.

»Schluss mit dem Selbstmitleid!«

Vincent richtete sich auf und steuerte beinahe trotzig auf das *Mistral* zu, um sich bei Josef an der Theke einen Pastis zu bestellen. Entgegen seiner Gewohnheit leerte er das Glas unverdünnt in einem Zug. Danach fühlte er sich um einiges besser.

»Sag mal, Josef, ist immer noch die Police Rurale für die Aufsicht über die Holzwirtschaft am Ventoux verantwortlich?«

»*Bien sur.* Wende dich an Claude Bellier. Er ist der zuständige *Garde Champêtre,* ein rühriger Typ, der sogar Forstwirtschaft studiert hat, bevor er zu den *Flics* gegangen ist.«

»Kannst du mir seine Telefonnummer geben?«

Josef kritzelte mit seinen groben Pranken etwas auf einen Bestellzettel und schob ihn ihm zu. »Falls du Feuerholz brauchst, solltest du dich allerdings lieber an Plauvac in Bedoin wenden. Er ist ein alter Kumpel von mir und macht dir einen guten Preis!«

»Vielen Dank, aber mir geht es nur um eine allgemeine Information.«

Vincent bezahlte sein Getränk und begab sich auf dem direkten Weg nach Hause. Sein Haus lag an der Ecke, wo die Place de la Liberté in die Cours de la République überging. Während im Erdgeschoss die Apotheke und sein Labor waren, befand sich seine Wohnung in der Etage darüber. Wie so manches alte Haus in Vassols verfügte sie über eine große Dachterrasse mit unverstelltem Blick auf den Mont Ventoux.

In seinem fensterlosen Labor hinter dem Laden fühlte sich Vincent jedoch am wohlsten. Als Wissenschaftler hatte er sich im Laufe der Jahre einige wertvolle Laborgeräte angeschafft, die er natürlich für den Betrieb einer einfachen Dorfapotheke nicht benötigte. Jedoch hatte er es sich nicht nehmen lassen, sich einen chemikalienfesten Boden legen zu lassen, um gegebenenfalls Gefahrstoffe untersuchen zu können. Außerdem hatte er sich ein Luftabzugssystem installieren lassen, das ihm erlaubte, hinter einer in der Höhe verstellbaren Frontscheibe völlig abgeschlossen arbeiten zu können. Mögliche giftige Gase und Dämpfe wurden dahinter von einer Art Küchenabzugshaube abgesaugt. Neben Regalen und Schränken mit Laborreagenzien befanden sich dort auch Messgeräte, Laborapparaturen zur Durchführung von Stoffumwandlungen und ein nagelneues Zeiss Stereomikroskop, das es ihm erlaubte, Proben nicht nur farbig und dreidimensional, sondern auch kontrastreich und frei von Verzerrungen und Farbsäumen zu betrachten. Außerdem konnte er dank einer hochauflösenden WiFi-Kamera die Proben dokumentieren und so mit anderen Kollegen im Netz teilen. Eine sehr nützliche Eigenschaft, denn Vincent war trotz seiner Krise in den letzten Tagen nicht untätig geblieben, sondern hatte die Holzsplitter, die er vor Rivas'

Kamin und dem Brennholzstapel gefunden hatte, feinstofflich untersucht. Er hatte die Darstellung der Proben an einen Kollegen in der Kriminaltechnik in Paris geschickt und seine Ergebnisse bestätigt bekommen. Die Holzsplitter stammten nicht von Pinienholz, sondern eindeutig von einer Steineiche.

Es war nicht ungewöhnlich, dass auch Steineiche in den Kaminen verbrannt wurde, ungewöhnlich war jedoch der Umstand, dass das Holz sehr alt war. Um zu bestimmen, ob das Holz aus derselben Gegend stammen konnte wie das Pinienholz, brauchte er den Rat des zuständigen Holzfachmanns. Und das war in seinem Fall Bellier, der *Garde Champêtre*. Er rief den Feldhüter an und verabredete sich mit ihm für den nächsten Morgen.

*

Rachids Verzweiflung berührte Rosalie so sehr, dass sie zu dem Entschluss gekommen war, nochmals möglichen Spuren nachzugehen. Immerhin hatte er wichtige Anregungen geliefert, über die es sich lohnte nachzudenken. Möglicherweise hatten sie wirklich etwas Naheliegendes außer Acht gelassen. Je länger sie darüber nachdachte, desto wahrscheinlicher war es, dass sie tatsächlich etwas übersehen hatten.

Welche Rolle spielte zum Beispiel dieser Alfonso Garcia, der sich bis kurz vor Rivas' Tod mit den Wachteln befasst hatte und dann plötzlich nichts mehr damit zu tun haben wollte? Sie hatte zwar von Arduin erfahren, dass ihr Bruder den Tagelöhner bereits vernommen hatte, doch sie bezweifelte, dass Maurice der Sache allzu tief auf den Grund gegangen war. Für ihn stand der Täter ja längst fest.

Auch die radikalen Tierschützer, die immer wieder Aktionen gegen den Bauern unternommen hatten, konnten ein

Motiv gehabt haben. Vielleicht war Rivas mit einem von ihnen in Streit geraten, der dann eskaliert war?

Je länger sie darüber nachdachte, desto sicherer wurde sie, dass sich ein Nachforschen auf jeden Fall lohnte. Außerdem widerstrebte es ihr, untätig herumzusitzen, bis die Polizei Ismael schnappte. Der nächste Morgen schien ihr ein guter Zeitpunkt, um mit ihren Erkundigungen zu beginnen. Es kamen ohnehin keine Kunden in ihr Haarstudio, also schloss sie einfach ab und begab sich stattdessen zu Arduin in dessen Büro in der *Mairie*. Der junge Adjoint war gerade dabei, einige Unterlagen zusammenzusuchen, die er Lieutenant de Police Viale überbringen sollte. Die Zusammenarbeit mit dem Commissaire hatte zweifelsohne das Selbstbewusstsein des jungen Dorfpolizisten gestärkt, denn er gab sich Rosalie gegenüber äußerst selbstbewusst.

»Ich muss sofort nach Carpentras. Der Chefermittler benötigt dringend meine Dienste«, beschied er Rosalie wichtigtuerisch, kaum dass sie ihn begrüßt hatte.

»Ich möchte nicht lange stören, Philippe. Ich brauche nur eine kleine Auskunft. Kannst du mir sagen, wer der Anführer dieser Tierschützer ist, die hier ständig ihre Plakate aufhängen?« Rosalie setzte ihr bezauberndstes Lächeln auf.

Arduin stutzte und sah sie befremdet an.

»Warum willst du das denn wissen?« Sie hörte den Argwohn in seiner Stimme. »Willst du etwa bei denen rumschnüffeln? Du weißt genau, dass der Lieutenant nicht möchte, dass du dich in seine Angelegenheiten einmischst!«

»Ich mische mich nirgends ein«, behauptete Rosalie mit unschuldigem Augenaufschlag. »Was mein Bruder treibt, interessiert mich nicht. Ich möchte mich einfach nur bei den Leuten informieren. Ist das jetzt etwa schon verboten? Mich interessiert, was die so unternehmen. Vielleicht möchte ich diesem Tierschutzverein ja beitreten.«

»Du?« Arduin runzelte die Stirn, während er ihr einen skeptischen Blick zuwarf.

Rosalie musste zugeben, dass ihre Aufmachung – sie trug enge Röhrenlederhosen und hochhackige Stiefeletten – nicht gerade den Eindruck erweckte, als würde sie sich für die Erhaltung der Tierwelt engagieren. Vielleicht sollte sie sich noch umziehen, bevor sie sich zu diesen Tierschützern aufmachte.

»Ach, komm schon«, startete sie einen neuen Versuch. »Es geht mir wirklich um die Tiere. Seit Vincent diesen Hund gefunden hat, habe ich mein Herz für Tiere entdeckt. Ich finde es fürchterlich, wenn man sie aussetzt oder womöglich sogar schlägt …«

Endlich hatte sie Arduin an der Angel. Vincents Hund war ihr gerade noch rechtzeitig eingefallen.

»Na gut. Der Typ heißt Martin, Dominique Martin. Er wohnt in Avignon. Aber ich warne dich. Das ist so ein abgedrehter Spinner, der eigentlich gegen alles ist. Seine Aktionen sind alle hart an der Grenze der Legalität. Lass dich nicht zu sehr von ihm einwickeln.« Er schrieb ihr Name und Adresse auf und übergab ihr den Zettel.

»Danke für den Tipp, Philippe. Ich werde schon auf mich achtgeben!«, verabschiedete sie sich mit angedeutetem Handkuss.

Weil sie keine Zeit verlieren wollte, zog sie sich doch nicht mehr um, sondern setzte sich sofort ans Steuer ihres altersschwachen Express. Doch als sie den Motor starten wollte, gab es eine böse Überraschung. Der Peugeot keuchte ein paarmal wie ein alter Herr mit Schleimhusten, dann war die Batterie am Ende.

»*Merde!*«

Rosalie stieg fluchend wieder aus. Einen Augenblick dachte sie daran, zu Vincent zu gehen, um ihn um seinen Wagen zu bitten, doch dann ließ sie es lieber sein. Sie erinnerte sich an sein abweisendes Gesicht am Morgen vor der Bäckerei. Er war ihr offenkundig aus dem Weg gegangen. Sie vermutete, dass er sich dafür schämte, sie an jenem Abend alleingelassen zu haben. Dabei war es doch ihr Fehler gewesen, ihn mitzuziehen. Sie wusste ja schließlich von seinem Trauma. Aber Männer steckten in dieser Beziehung ja immer voller Komplexe. Vielleicht sollte sie mit ihm bei Gelegenheit mal darüber reden.

Doch jetzt drängte es sie, etwas zu tun. Wenn sie schon nicht nach Avignon fahren konnte, würde sie eben zuerst Alfonso Garcia aufsuchen. Er wohnte schließlich nur wenige Kilometer von Vassols entfernt. Im Schuppen hinter ihrem Haus hatte sie unlängst ein Fahrrad entdeckt. Es gehörte zu Babettes Hinterlassenschaft und war noch völlig in Ordnung. Außerdem war das Wetter wunderbar mild. Warum sollte sie nicht eine kleine Fahrradtour zu den Collines machen?

Kurze Zeit später saß sie auf dem erstaunlich bequemen Tourenfahrrad ihrer Tante und radelte auf einem der kleinen Landwirtschaftswege auf die Hügelkette zu. Sie genoss den kleinen Ausflug durch die frühlingshafte Natur. Ihr Weg führte entlang eines Baches, der sich vom Ventoux-Massiv durch die Ebene wand. Er war gesäumt von hochgewachsenen Erlen und Steineichen, von denen der trällernde Gesang von Nachtigallen zu hören war. Ihr Vater hatte ihr als Kind erzählt, dass die Männchen im zeitigen Frühjahr den Weibchen aus ihrem Winterquartier vorausflogen, um nach günstigen Brutplätzen zu suchen. Solange sie noch keine Partnerin gefunden hatten, sangen sie nur nachts. Doch sobald sie erfolgreich gebrütet hatten, tönte ihr Gesang auch tagsüber.

Rosalie fühlte einmal wieder die traute Verbundenheit mit der hiesigen Natur und wurde sich bewusst, wie sehr sie das alles vermisst hatte. Alles um sie herum duftete nach neuem Leben. An den Wegrändern blühten bunte Wildblumen und verströmten den feinen Duft von erstem Nektar. Nachdem sie die stark befahrene Straße in Richtung Malaucène überquert hatte, begann der Anstieg auf die Colline. Die Hügelkette lag wie ein Querriegel vor dem Mont Ventoux und stellte gleichzeitig einen Windschutz gegen den von Norden herabbrausenden Mistral dar. Der Anstieg war steil und kurvig und führte über eine Zypressenallee auf den flachen, tischähnlichen Hügelrücken, auf dem sich Weinfelder, kleinere Gehöfte und Waldstücke abwechselten. Von hier oben hatte man von der einen Seite einen weiten Blick ins Rhônetal bis nach Avignon, während sich auf der anderen Seite das Ventoux-Massiv erstreckte.

Manche Gebäude standen als Ruinen verlassen inmitten von wild wuchernden Ginsterbüschen und Brombeerranken und warteten darauf, aus ihrem Dornröschenschlaf geweckt zu werden. Andere waren in der Zwischenzeit von reichen Parisern, Belgiern oder Engländern aufgekauft und zu wahren Schmuckstücken mit Swimmingpools und dicken Steinmauern umgebaut worden. Hier oben gab es im Grunde genommen nur noch zwei alteingesessene Bewohner. Das war zum einen Didier Gris, am anderen Ende der Hochebene, und zum anderen Alfonso Garcia, dessen kleines Arbeiterhäuschen direkt oberhalb des Anwesens von Rivas stand.

Alfonsos Familie stammte ursprünglich aus Katalonien. Er selbst war als junger Mann in die Provence gekommen, um dort als Tagelöhner zu arbeiten. Wie das Schicksal es wollte, hatte er dort seine Frau Luise kennengelernt und war geblieben. Solange Luise gelebt hatte, hatten sie den Acker vor ihrem Haus bewirtschaftet. Das selbst angebaute Gemüse wurde auf den Märkten der Region verkauft. Außerdem hielten sie Hühner, deren Eier und Fleisch sie ebenfalls dort veräußert hatten. Doch dann war Louise vor etwas weniger als zwei Jahren gestorben, und Alfonso war die ganze Arbeit über den Kopf gewachsen. Im Grunde genommen hatte Rivas ein gutes Werk getan, indem er den alten Mann mit der Pflege der Wachteln beauftragt hatte, dachte Rosalie. Sie schnaufte und musste das letzte Stück schieben. Das ungewohnte Fahrradfahren hatte sie schwer aus der Puste gebracht. Sie war froh, als sie endlich am Ziel war.

Alfonsos Zuhause bestand aus einer kleinen Garage, in der sich all seine Gerätschaften befanden, und einer angrenzenden Wohnküche. Eine zentrale Treppe führte zu zwei weiteren kleinen Zimmern, zwischen denen ein winziges Bad lag. Vor dem Haus lag der verwahrloste Gemüsegarten brach. Er war von Unkraut überwuchert, nur einzelne verwilderte Blumenbüsche zeugten von der ehemaligen Einteilung in unterschiedliche Gemüsezonen. Rechts neben dem Haus sah sie ein Wasserbassin, das in früheren Zeiten über ein Kanalsystem für Bewässerungszwecke gefüllt worden war, und links stand eine relativ neue, rechteckige Hallenkonstruktion mit einem unterlüfteten Blechdach. Die Längs- und Querseiten waren aus durchscheinender Wellplastik, um Licht in das Innere zu lassen. Allerdings waren sie so dreckig, dass Rosalie ihren Zweck anzweifelte. Auffallend waren jedoch die Graffitis an den Außenwänden.

Der Widerstand, das sind wir. Rache für jedes ermordete Tier konnte

Rosalie lesen und: *Du hast den Tieren den Krieg erklärt, glaub ja nicht, dass sich keiner wehrt!* Über allem lag der durchdringende Geruch von Ammoniak in der Luft. Rosalie konnte gut nachvollziehen, weshalb Suzanne die Tiere nicht auf ihrem Hof haben wollte.

»Ist jemand hier?« Sie lehnte ihr Fahrrad an die Mauer des Bassins. Neugierig ging sie auf die Halle mit den Wachteln zu. Je näher sie kam, umso mehr verstärkte sich der beißende Geruch von Kot und verrotteter Streu. Für Rosalies empfindsame Nase war es die reinste Tortur. Sie versuchte durch den Mund zu atmen, während sie durch die schmutzigen Wände ins Innere zu spähen versuchte.

»He! Was wollen Sie hier?« Völlig unbemerkt war plötzlich ein kleiner, drahtiger Mann mit für sein Alter erstaunlich dunklen Haaren neben ihr aufgetaucht. Er hatte einen Besen in der Hand, auf den er sich jetzt stützte. Hinter ihm erkannte sie eine halb offene Tür, aus der er wohl herausgetreten war.

»Sind sie Alfonso Garcia?«, erkundigte sich Rosalie freundlich.

Der Mann nickte stumm, ließ sie jedoch keinen Augenblick aus den Augen.

»Mein Name ist Rosalie LaRoux. Ich bin zufällig in der Gegend. Das schöne Frühlingswetter hat mich hinausgelockt. Übrigens bin ich die neue Friseurin in Vassols. Vielleicht haben Sie ja schon von mir gehört?«

»Kann sein.«

Der Spanier gab sich weiterhin einsilbig. Rosalie nahm an, dass es seine Art war. Er war ein hagerer, kleiner Mann mit einem wettergegerbten Gesicht und tief liegenden dunklen Augen. Außerdem trug er einen grünen Overall, der voller Vogelkot war.

»Sie kümmern sich um Rivas' Vögel? Ist bestimmt ganz schön viel Arbeit.«

»Hhm. Einer muss es ja machen, jetzt, wo der Kerl tot ist.«

»Schlimme Sache.« Rosalie nickte bedächtig. »Madame Rivas hat die Sache ganz schön mitgenommen.«

Bei der Erwähnung von Suzannes Namen schossen die buschigen schwarzen Augenbrauen des Spaniers in die Höhe.

»Wie geht es ihr?« Hinter der Frage steckte echte Anteilnahme, wie Rosalie fand. »Madame Rivas tut mir leid«, fügte er rasch hinzu, als er ihren überraschten Blick wahrnahm.

Rosalie stimmte ihm zu. »Ja, sie ist erstaunlich tapfer, dafür, dass sie ihren einzigen Sohn verloren hat.«

»Um den ist es nicht schade!«, kam es wie aus der Pistole geschossen. »Rivas war ein Leuteschinder und Halsabschneider. Dem wein ich keine Träne nach.«

Rosalie überraschte, mit welcher Ehrlichkeit Garcia seine Abneigung gegen den Ermordeten hervorbrachte. Er machte keinerlei Hehl daraus.

»Darf ich mir mal den Stall ansehen?«, wechselte sie geschickt das Thema. »Ich habe noch nie gesehen, wie man Wachteln hält.«

Alfonso brummte ungnädig, winkte ihr aber, ihm zu folgen. Rosalie war in Wirklichkeit nicht besonders scharf drauf, dieses Hühnervieh näher zu betrachten. Doch sie hoffte, dass sie den Spanier so am ehesten zum Erzählen bringen konnte.

Wenn draußen der Gestank schon eine Belästigung darstellte, in dem überdachten Gebäude war er unerträglich. Rosalie musste ihr Halstuch über den Mund ziehen, um den Gestank ertragen zu können. Alfonso beobachtete sie grinsend.

»Das ist nur am Anfang so«, meinte er nachsichtig. »Nach ein paar Tagen hat man sich an den Gestank gewöhnt.«

Er musste laut reden, um das aufgeregte Gepiepe der kleinen Vögel zu übertönen. In acht Reihen standen dicht gedrängt flache Drahtkäfige, die man auf Holzregalen in mehreren Schichten übereinandergetürmt hatte. In jedem der kleinen Käfige befanden sich zwischen dreißig und vierzig kleine Wachteln. Insgesamt mussten es, laut Rosalies Schätzung, an die zweitausend Vögel sein. Die kleinen braun gefiederten Tiere hatten kaum nebeneinander Platz, und ihre Käfige waren so niedrig, dass sie auch nach oben hin keinen Freiraum hatten. Die Streu in den Käfigen war alt und sicherlich seit vielen Tagen nicht mehr erneuert worden.

Alfonso sah Rosalies angeekelten Blick.

»Bin gerade dabei, die Ställe auszumisten«, erklärte er und deutete auf eine Schubkarre, auf der ein Sack mit neuer Einstreu lag. »Überhaupt werde ich hier in nächster Zeit vieles ändern müssen.«

»Arbeiten Sie jetzt für Suzanne?«

Ein selbstzufriedenes Lächeln umspielte Alfonsos Mundwinkel. »Madame Rivas will die Viecher nicht mehr. Sie hat mir alles überlassen.«

»Auch die Stallungen und das ganze Drumherum?«

Rosalie konnte sich nicht vorstellen, dass jemand so ohne Weiteres das Gebäude, die Brutschränke, Bewässerungsanlagen, von den Futtervorräten ganz zu schweigen, so einfach verschenkte. Das Ganze mochte gut und gern hunderttausend Euro wert sein. Sie konnte sich beim besten Willen nicht vorstellen, dass die als sparsame Frau bekannte Suzanne dem Tagelöhner einfach so ein so großes Geschenk machte. Alfonso schien ihre Gedanken zu erraten.

»Rivas und ich waren Partner«, erklärte er rasch. »Das Gebäude steht auf meinem Grund und Boden. Wir haben einen Vertrag, wonach mir das alles gehört, wenn Rivas kein Interesse mehr daran hat.«

Rosalie merkte auf. Wenn das wirklich den Tatsachen entsprach, dann hatte Alfonso großen Nutzen von Rivas' Tod. Um ihn sich weiter gewogen zu halten, stellte sie Alfonso Fragen zur Haltung der Vögel. Unter anderem wollte sie auch wissen, weshalb die Vögel in so engen und niedrigen Käfigen gehalten wurden.

»Sind Fluchtvögel«, antwortete der Spanier bereitwillig. »Wenn du denen zu viel Platz gibst, erschrecken die andauernd, wenn jemand in den Stall kommt. Dann geraten die in Panik und verletzen sich leicht. Das war jedenfalls Rivas' Ansicht. Aber das ist Blödsinn. Rivas sah immer nur den Profit in der Masse. Dabei kommt es auf die Qualität an. Ich werde auf Bio umstellen, schon allein, um diese Tierschützer endlich loszuwerden.«

»Ich habe die Graffitis draußen gesehen«, meinte Rosalie. »Hatten Sie oft Ärger mit denen?«

Alfonso zuckte mit den Schultern. »In letzter Zeit ist es immer mehr eskaliert. Rivas und Martin waren wie zwei Kampfhähne, die man aufeinander losgelassen hat. Ich hatte manchmal den Eindruck, dass es dabei gar nicht unbedingt um die Sache ging, so aggressiv wie dieser Martin war.«

Rosalie erfuhr, dass der Tieraktivist nichts unversucht gelassen hatte, um Rivas' Geschäft zu schädigen. Seine Leute hatten ihm ständig Steine in den Weg gelegt. Sie hatten ihn beim Veterinäramt angezeigt, und sogar bei seinen Abnehmern hatten sie ihn verleumdet. Außerdem hatte es nächtliche Befreiungsaktionen gegeben.

»Die haben die Käfige geöffnet, und dann sind streunende Hunde reingekommen und haben hier ein Blutbad angerichtet«, erzählte Alfonso. »War echt schaurig. Rivas hat daraufhin überall Fallen ausgelegt, um die Mistviecher von hier fernzuhalten. Nachts ist er hier oft mit dem Gewehr patrouilliert.«

»Suzanne hat mir erzählt, dass Yves vor seinem Tod Streit mit Ihnen hatte«, bohrte Rosalie nun doch nach. Im gleichen Augenblick, als sie die Frage gestellt hatte, wusste sie, dass es ein Fehler gewesen war.

»Wüsste nicht, was Sie das angeht«, raunzte er feindselig. Seine Freundlichkeit war wie weggeblasen. »Sie haben nun genug gesehen. Ich muss jetzt wieder an meine Arbeit.« Damit machte er ihr unmissverständlich klar, dass sie nun zu gehen habe.

»Ich werde Sie nicht länger stören«, lenkte sie widerwillig ein. Sollte das jetzt schon alles gewesen sein? Sie wollte noch ein wenig mehr über den Spanier erfahren. »Könnte ich vielleicht noch ein Glas Wasser haben, bevor ich fahre?«, fragte sie höflich nach.

Alfonso sah sie an, als ob sie nicht mehr alle Tassen im Schrank hätte. Er knurrte etwas Unverständliches, aber dann bedeutete er ihr, ihm zum Haus zu folgen. Die geblümten Stofftapeten an den Küchenwänden verrieten noch, dass hier einmal eine Frau das Regiment geführt hatte. Schmutziges Geschirr, Dreck auf dem Boden und die Spinnweben in den Ecken deuteten jedoch darauf hin, dass hier schon lange niemand mehr geputzt hatte. Auf einem Sofa türmten sich alte Zeitungen, und vor dem Holzherd in der Kochnische stand ein Korb mit Eichenholzscheiten. Alfonso goss ihr aus einer Karaffe etwas Wasser in ein Glas. Sie nahm es dankend entgegen.

Während sie trank, sah sie sich nochmals genauer um. Auf dem Küchentisch lagen Papiere, die nach einer Abmachung oder einem Vertrag aussahen. Als Alfonso sah, dass sie ihr

Augenmerk darauf richtete, nahm er eine der Zeitungen vom Sofa und warf sie mit einem ärgerlichen Blick in ihre Richtung auf die Schriftstücke. Rosalie spürte, dass seine Geduld allmählich zu Ende war. Sie trank ihr Glas leer und verabschiedete sich. Beim Hinausgehen sah sie hinter der Garderobe eine Schrotflinte lehnen. Nicht nur Rivas schien hier gegen die Tierschützer patrouilliert zu haben.

20

Vincent war auf dem Weg zu Claude Bellier in den Dentelles de Montmirail. Der Garde Champêtre war gern zu einem Gespräch mit ihm bereit und erwartete ihn bei sich zu Hause. Er wohnte mit seiner jungen Familie etwas abgelegen in einem Bauernhof. Die in mehreren parallelen Reihen verlaufenden Bergkämme, die Dentelles, machten ihrem Namen alle Ehre. Sie sahen aus wie geklöppelte Spitzen mit ihren scharfen und spitzen, oftmals von Felsfenstern durchbrochenen Formationen. Vom zeitigen Frühjahr an waren sie für Bergsteiger und Mountainbiker ein beliebtes Sportgebiet. Vincent nahm den Weg über Le Barroux und vorbei an dem Benediktinerkloster La Madeleine nach Suzette. Dort bog er in eine kleine Straße ein, die zu einem kleinen Hameau führte, in dem der Forstbeamte wohnte.

Claude Bellier erwartete ihn bereits vor seinem Haus. Der Forstbeamte hatte ein offenes Wesen und strahlte die Ruhe eines Menschen aus, der es gewohnt war, sich in der Natur zu bewähren. Vincent schätzte, dass er in seinem Alter war. Das Natursteinhaus, das er erst vor Kurzem mit seiner Familie bezogen hatte, war frisch renoviert. Ein liebevoll angelegter Garten mit einer Weinlaube und angrenzendem Gemüsebeet machten es zu einer Idylle. Claudes Frau Magali lud Vincent ein, sich an den Steintisch unter der Weinlaube zu setzen. Aus dem Haus war das Glucksen eines Kleinkindes zu hören.

»Unsere Emma jagt gerade unseren kleinen Kätzchen hinterher«, meinte Claude schmunzelnd. Man sah ihm den stolzen Vater richtig an. »Sie ist unser erstes Kind. Magali und ich sind ihr völlig verfallen!«

Vincent war fast ein wenig neidisch angesichts dieser friedvollen Szenerie. Er musste plötzlich wieder an Rosalie denken, die am Tag zuvor in Rachids Armen gelegen hatte statt in seinen, so wie er es sich sehnlichst gewünscht hätte.

»Was kann ich für Sie tun, Vincent?«, unterbrach Claude seine Gedanken.

Magalie hatte ihnen Gläser, eine Karaffe mit frischem Brunnenwasser und mehrere Sorten Sirup hingestellt.

Vincent zog schließlich die Tüte mit den Holzsplittern hervor und reichte sie dem Forstbeamten. »Ich würde gern wissen, woher dieses Holz stammt. Es handelt sich zweifelsfrei um noch nicht lange gelagertes Steineichenholz. Ich habe es in einem Haufen Brennholz gefunden.«

Claude betrachtete sich die Reste genau und roch daran.

»Hmm«, meinte er nachdenklich. »So etwas ist mir heute schon einmal untergekommen.« Er sah Vincent abschätzend an. »Das könnte durchaus aus der Gegend von Crestet stammen. Darf ich fragen, was Sie als Apotheker an dem Holz so sehr interessiert?«

»Warum fragen Sie?«

»Vorhin war ein Lieutenant von der PJ aus Avignon hier und hat mir zu einem ähnlichen Stück Holz dieselben Fragen gestellt. Merkwürdig, nicht wahr?« Er grinste. »Man könnte gerade meinen, Sie schnüffeln in dem Mordfall von Vassols herum.«

Vincent fand Claudes offene Art sehr sympathisch. Deshalb zog er es vor, mit offenen Karten zu spielen.

»Ich habe längere Zeit in Paris für die Spurensicherung gearbeitet«, gestand er. »Tatsächlich hat der Fall Rivas mein Interesse erregt. Ich mache es gewissermaßen einer alten Freundin zuliebe.«

Bellier schien mit der Antwort zufrieden zu sein.

»Der Wald hinter Crestet ist Staatswald. Schon seit einiger Zeit stoßen wir immer wieder auf Waldgebiete, in denen illegal Holz geschlagen wird. Anfangs vermuteten wir, dass es sich nur um einen Einzeltäter handelte. Er geht sehr geschickt vor. Er benutzt keine Motorsäge, deren Lärm ihn verraten könnte, sondern fällt die Bäume nachts mit der Hand. Dabei wählt er durchweg wertvolles Möbelholz aus. Wahrscheinlich verkauft er die unbrauchbaren Äste und Zweige als Feuerholz, keine Ahnung! Auf jeden Fall lässt er nichts liegen.«

»Gibt es irgendeine Spur oder einen Verdacht?«

Der Garde Champêtre verzog das Gesicht. »Wir sind leider viel zu wenig Leute, um das riesige Gebiet überwachen zu können. Im Augenblick sind wir machtlos.«

Vincent bedankte sich für die Information und stand auf. »Dann mach ich mich mal wieder auf den Weg.«

Claude hielt ihn zurück. »Wenn Sie wollen, zeige ich Ihnen die Stelle, wo das Holz geklaut wird. Ich muss sowieso in der Nähe etwas erledigen.«

Wenig später saßen sie in Belliers weißem Dienstwagen von der Police Rurale. Auf der Fahrt erfuhr Vincent von Claude, dass die Holzdiebstähle mittlerweile einen beträchtlichen Flurschaden angerichtet hätten. Zu Beginn der Aktionen wären nur einzelne Bäume geschlagen worden, doch mittlerweile gingen der oder die Täter immer professioneller vor. Claude vermutete, dass mittlerweile eine ganze Bande hinter den Holzdiebstählen stecke, denn aus dem Luberon und dem Nachbardepartement Var hörte man von ähnlichen Zwischenfällen. »Ich vermute, dass unser Täter sich so einer Bande angeschlossen hat und über sie seinen Absatz regelt. Genaues wissen wir jedoch nicht.«

»Es müsste doch jede Menge Spuren geben«, meinte Vincent. »Holzstämme sind sperrig und müssen auf Lastwagen abtransportiert werden.«

»Wie gesagt, meiner Behörde sind im Augenblick die Hände gebunden. Wir kommen bestenfalls dazu, den Schaden zu registrieren!«

Sie nahmen die kleinen Nebenwege, die direkt in den Staatswald von Crestet führten. Links und rechts von ihnen befanden sich Waldstücke, die von hohen Zäunen umgeben waren. Dahinter wuchsen Trüffeleichen, die von ihren jeweiligen Besitzern wie ein Staatsschatz gehütet wurden. Hier war jedoch weniger das Holz der Bäume wertvoll als die *Rabasse*, wie der Provenzale den unterirdischen Feinschmeckerpilz nannte, der in ihrem Wurzelgeflecht hauste. Während der Fahrt entdeckten die beiden Männer ihre gemeinsame Vorliebe für gutes Essen. Mit Begeisterung unterhielten sie sich über die Bedeutung und die geschmackliche Vielfalt des Trüffels und seine variantenreichen Zubereitungsarten.

»Wir müssen uns unbedingt einmal zu einem gemeinsamen Essen treffen«, schlug Claude schließlich vor. »Magali ist eine hervorragende Köchin.«

Vincent nahm die Einladung gern an. Er fand den Forstpolizisten immer sympathischer. Etwa drei Kilometer vor dem Bergdorf Crestet parkte Bellier seinen Wagen auf einem Wanderparkplatz. Vincent war nicht sonderlich überrascht, dort auch Arduins Dienstwagen vorzufinden. In einiger Entfernung stand der Polizist mit einem höherrangigen Offizier von der Police Judiciaire. Es handelte sich offensichtlich um Rosalies Bruder, Maurice Viale. Vincent hatte ihn noch nicht kennengelernt.

Bellier stieg aus und begrüßte die beiden Kollegen. Vincent folgte ihm mit etwas Abstand und nutzte die Zeit, um den Commissaire etwas genauer zu betrachten. Viale war nicht besonders groß. Dennoch strahlte er eine natürliche Autorität aus. Er schien Wert auf ein gepflegtes Äußeres zu legen. Er trug eine tadellos sitzende Uniform. Die Stiefel glänzten, als würden sie jeden Tag poliert. Den lebhaften grauen Augen schien kaum etwas zu entgehen.

Claude stellte Vincent als den neuen Apotheker von Vassols vor. Wie sich zeigte, war Viale bestens über ihn informiert.

»Wenn ich mich recht erinnere, waren Sie früher doch fast so etwas wie ein Kollege, nicht wahr?« Die Feststellung war durchaus freundlich zu verstehen.

Vincent sah keinen Grund, weshalb er mit seinem Wissen hinter dem Berg halten sollte. Warum sollte Viale nicht wissen, dass er sich für den Fall interessierte?

»In der Tat! Ich hatte gelegentlich mit unterschiedlichen Tatorten zu tun. Allerdings war ich nie bei der Polizei. Mein Institut hat mich lediglich hin und wieder an Ihre Behörde ausgeliehen. Aber das ist schon lange her. Neuerdings arbeite ich als Apotheker in Vassols.«

»Also ein Apotheker mit dem Hang, sich für kriminalistische Dinge zu interessieren?« Viale musterte ihn aufmerksam.

Vincent zuckte mit den Schultern und lächelte. So borniert, wie Rosalie ihren Bruder darstellte, schien der Mann gar nicht zu sein. Im Gegenteil. Er machte sogar einen recht zugänglichen Eindruck, der ihn dazu ermutigte, ihn über gewisse Details auszufragen. »Darf ich – gewissermaßen als ehemaliger Kollege – erfahren, wie Sie in dem Mordfall Rivas vorankommen?«

»Der Fall ist so gut wie abgeschlossen. Wir machen hier lediglich noch ein paar Routineuntersuchungen.« Der Commissaire schien sich recht sicher zu sein.

»Darf ich erfahren, um welche Art von Untersuchungen es sich handelt?«

Vincent wartete darauf, in seine Schranken gewiesen zu werden, doch Viale machte seine Fragerei nichts aus. Im Gegenteil.

»Was wir hier tun, ist kein Geheimnis.« Viale winkte ihm zu. »Kommen Sie mit, ich zeige Ihnen etwas, was Sie als Fachmann interessieren dürfte.«

Er führte Vincent ein Stück weit in den Wald hinein, während Claude und Arduin auf dem Parkplatz zurückblieben. Etwa zweihundert Meter entfernt kamen sie an eine Stelle, wo einzelne Bäume gefällt worden waren.

»Fällt Ihnen hier etwas auf?«, wollte Viale wissen.

Vincent ließ sich Zeit bei der Betrachtung der Baumstümpfe. Natürlich verriet er nicht, dass er sich schon vorab informiert hatte. Auf einer Fläche von etwa zweihundert Quadratmetern waren vier ausgewählte, dicke Bäume gefällt, entlaubt und dann weggeschafft worden. Eine Schleifspur führte talwärts. Vincent vermutete in der Nähe einen Flurweg, über den das Holz abtransportiert worden war.

Er teilte seine Beobachtung dem Commissaire mit. »Außerdem sind die Bäume von Hand geschlagen worden. Man müsste noch genauere Untersuchungen anstellen, aber ich vermute, dass sie von ein und demselben Mann umgehauen wurden. Die Art, wie die Axt geführt wurde, scheint immer gleich zu sein. Es handelt sich wohl um illegal geschlagenes Holz, hab ich recht?«

»Kompliment, Kollege! Sie haben einen geübten Blick. Aber wissen Sie auch, was das mit dem Mordfall an Rivas zu tun haben könnte?« Dieses Mal hatte sein Blick etwas Lauerndes.

Vincent fiel nicht darauf herein. Er zuckte unwissend mit den Schultern.

»Verraten Sie es mir?«

Wie er vermutet hatte, fühlte Viale sich gebauchpinselt und wurde gesprächiger.

»Warum nicht? Meine Leute haben am Tatort Reste von Eichenholz gefunden. Offensichtlich stammen sie von hier.«

»Hat das eine Bedeutung?«

»Natürlich!« Viale grinste selbstgefällig. »Wir nehmen an, dass Bashaddi als Letzter bei Rivas gewesen war. Er hat ihm offensichtlich das mit Patronen präparierte Feuerholz gebracht, das von hier stammen dürfte. Das lässt wiederum den Schluss zu, dass er auch noch mit den Holzdiebstählen zu tun hat. Wir haben bei ihm zu Hause ebenfalls Eichenholzscheite gefunden.«

»Sind Sie sicher, dass das Holz von hier stammt?«, wagte Vincent vorsichtig zu fragen. »Es könnte doch von überallher sein.«

Viale machte eine abfällige Handbewegung. »Das ist nur noch eine Frage der Zeit, bis sich das herausstellen wird. Ich wette meinen Kopf darauf, dass die Untersuchungen genau das ergeben werden! Überdies entsteht daraus noch ein zusätzliches Motiv. Bashaddi hatte ohnehin schon einen Hass auf Rivas, weil er nicht nur ihn, sondern auch noch seine Brüder entlassen hatte. Vielleicht ist Rivas ihm auf die Schliche gekommen, was das Holz anbetrifft, und hat ihn erpresst. Der Algerier bekam es mit der Angst zu tun und hat sich nicht anders zu helfen gewusst, als ihn zu töten.«

Vincent dachte nach. Viales Argumentation hatte durchaus etwas für sich. Ihm fiel plötzlich ein, dass ihm an jenem Tag, als er Minouche gefunden hatte, Bashaddis Wagen auf der Colline aufgefallen war. Er war sich sicher, Eichenholzscheite darin gesehen zu haben. Natürlich verriet er dem Commissaire nichts, aber dieser Umstand belastete Rachids Cousin nun noch zusätzlich.

»Haben Sie auch bei den anderen Verdächtigen nach ähnlichen Holzresten gesucht?«, fragte Vincent weiter. »Rivas war immerhin nicht sehr beliebt. Er hat sich mit Tierschützern und Nachbarn gleichermaßen angelegt.«

Viale war nun doch leicht verärgert.

»Wir wissen schon, was wir zu tun haben, Herr Apotheker. Machen Sie sich darüber mal keine Gedanken. Die Beweislast gegen Bashaddi ist erdrückend. Wir haben längst genügend gegen ihn in der Hand, dass der Staatsanwalt ihn anklagen kann. Außerdem ist der Kerl wegen Körperverletzung bereits vorbestraft. Er hat in Marseille sogar schon Polizisten angegriffen. Leute wie er werden unberechenbar, wenn man sich gegen sie stellt.«

Vincent hielt es für klüger zu schweigen. Offensichtlich hatte sich Viale bereits so auf den Maghrebiner eingeschossen, dass er für andere Argumente nicht mehr offen war. Es war immer dasselbe mit diesen Polizeibeamten. Sie standen unter enormer Belastung. Dazu kam der Erfolgsdruck, jeden Fall so schnell wie möglich abschließen zu müssen. Kein Wunder, dass sie dabei nach der naheliegenden Lösung griffen und sich damit zufriedengaben, wenn sie einigermaßen logisch erschien. Doch für ihn galt diese Regel zum Glück nicht. Auch wenn im Augenblick alles gegen Ismael sprach, würde er allen noch möglichen Spuren nachgehen. Solange nicht das Gegenteil bewiesen war, war jeder, mit dem Rivas sich überworfen hatte, ein potenzieller Verdächtiger. Vielleicht führte ihn diese Erkenntnis ja einen Schritt weiter, und vielleicht würde er dann auch Rosalie wieder unter die Augen treten können.

So bestärkt, bedankte er sich bei dem Commissaire für die Informationen und ging wieder zu Bellier zurück.

21

Auf dem Rückweg in die Dentelles machten sie einen kleinen Umweg in das Dörfchen Crestet. Claude wollte noch eine Wasserprobe aus dem Brunnen vor der Pfarrkirche St. Sauveur nehmen. Das Wasser galt vielen Menschen in der Region als heilend. Auch Claude und seine Frau Magali glaubten an seine wundersamen Heilkräfte.

»Unsere kleine Emma hat dauernd Mittelohrentzündungen«, erklärte Claude. »Seit wir ihr Umschläge mit dem heiligen Wasser von Crestet machen, bekommen wir die Entzündungen viel schneller in den Griff.«

Als Wissenschaftler bezweifelte Vincent natürlich den Wahrheitsgehalt dieser Aussage. Wahrscheinlich linderte eher die damit einhergehende positive Einstellung der Eltern die Schmerzen der kleinen Emma als ein Wunder. Aber Glaube versetzt ja bekanntlich Berge, also enthielt er sich jeglichen Kommentars. Während Claude das Wasser aus dem steinernen Brunnen in eine mitgebrachte Flasche abfüllte, klingelte Vincents Telefon. Insgeheim hoffte er, dass es Rosalie war, doch die Nummer des Anrufers war unterdrückt.

»*Oui?*«

»Loulou geht's dreckig. Kannst du nach ihr sehen?«

Vincent brauchte einen Augenblick, bevor er begriff, dass es sich bei der unfreundlichen Stimme um Didier Gris handelte.

»Didier? Sind Sie das?«

»Wer denn sonst?«, raunzte es unwirsch am anderen Ende. »Kommst du nun, oder ist dir der Hund jetzt egal?«

Natürlich war er das nicht. »Was ist denn mit ihr? Neulich ging es Minouche, ähm, ich meine Loulou, doch ganz gut?«

»Sie hat die Wunde aufgekratzt. Jetzt is sie entzündet. Sie frisst nich mehr, liegt nur noch so rum.«

Vincent war versucht, Didier an den nächsten Tierarzt zu verweisen, allerdings würde er vermutlich niemals allein dorthin gehen. Ihm blieb keine andere Wahl.

»Okay. Ich bin in etwa einer Stunde bei dir. Gib ihr ...«
Doch Didier hatte schon aufgelegt.

Als Vincent sich von Claude vor dessen Haus verabschiedete, trat auch Magali noch einmal heraus. Sie trug die kleine Emma auf dem Arm, die voller Freude ihre kleinen Ärmchen nach ihrem Vater ausstreckte. Während Claude mit seiner Tochter herumalberte, unterhielt Magali sich mit ihm.

»Stimmt es, dass Rosalie wieder in Vassols ist?«, erkundigte sie sich. »Ich war lange nicht dort, aber Josette war neulich hier und hat mir erzählt, dass ihr alte Bekannte seid.«

Vincent spürte, wie ihm allein schon bei der Erwähnung von Rosalies Namen das Blut in den Kopf schoss. Magali bekam seine Verlegenheit prompt in den falschen Hals.

»Ach! Daher weht der Wind! Dann kannst du Rosalie ja gleich übernächsten Samstagabend zu uns zum Essen mitbringen. Ich stecke eine *Gigot* ins Ofenrohr. Claude hat ein Milchlamm von der *Causse* bekommen. Die Keule wird wundervoll werden! Und zu erzählen haben wir auch eine Menge. In Ordnung?« Sie sah Vincent auffordernd an.

»Ich ... ich kann Rosalie gern fragen«, stotterte er verlegen, »allerdings weiß ich nicht, ob sie Zeit hat. Sie ist immer sehr beschäftigt ...«

»Oh ja! So kenn ich sie. Immer auf Achse und immer voller Ideen«, lachte Magali.

»Sie kennen Rosalie, Madame Bellier?«

»Magali! Sag Magali zu mir!« Sie streckte ihm die Hand hin.

Claude grinste. »Wir sind hier draußen nicht so kompliziert.«

»Erzähl mir von Rosalie«, forderte Magali ihn auf. »Du musst wissen, dass wir alte Bekannte sind. Ich kenne sie aus ihrer Zeit in Marseille. Wir haben mal beide im selben Callcenter gearbeitet, als es uns nicht besonders gut ging. Es war ein wirklich mieser Job, der ohne Rosalie niemals zu ertragen gewesen wäre.« Sie wog vielsagend den Kopf. »Wahrscheinlich wäre ich dort versauert, wenn sie mich nicht dazu gedrängt hätte, endlich mein Biologiestudium wieder aufzunehmen. Und dann hätte ich natürlich auch Claude nicht kennengelernt. Mal abgesehen davon, dass es unsere Emma gar nicht gäbe.« Sie zwinkerte ihrem Mann verliebt zu. »Ihr kommt doch?« Sie sah ihn erneut fragend an.

Vincent sah einfach keinen Weg, ihr abzusagen.

»In Ordnung«, versprach er. »Ich werde sehen, ob ich sie überreden kann.«

Und so hatte er während der ganzen Heimfahrt erneut Rosalie im Kopf. Wenn er schon nicht ihr Geliebter sein konnte, musste er wenigstens versuchen, ihr Freund zu bleiben. Diese Chance wollte er nicht verpassen. Sie mussten über jenen Abend, an dem er sich so feige verhalten hatte, reden. Noch auf der Fahrt zu Didier überwand er seine Scheu und rief sie an.

»Vincent«, hörte er sie wenige Augenblicke später ins Telefon rufen. Die Verständigung war denkbar schlecht. Offensichtlich befand sie sich irgendwo draußen. Er hörte den

Krach von Landmaschinen im Hintergrund. »Ich bin gerade auf dem Rückweg von Alfonso Garcia. Das ist der Typ, der die Wachteln für Rivas versorgt hat. Wir müssen uns unbedingt sehen. Ich glaube, ich habe eine neue Spur ...«

»Ich habe auch Neuigkeiten«, antwortete Vincent, froh darüber, dass sie so unbekümmert klang. »Kann ich später zu dir kommen?«

»Ich bin erst wieder gegen Abend da. Vorher möchte ich noch nach Avignon und diesem Tierschützer Dominique Martin auf den Zahn fühlen. Kannst du nicht mitkommen? Mein Auto springt nämlich nicht an, und ich weiß nicht, ob Rachid die alte Karre bereits repariert hat.«

Vincent dachte einen Augenblick nach. Das Angebot war sehr verlockend. Er könnte Rosalie während ihres Ausflugs von der Einladung bei den Belliers erzählen. Auf der anderen Seite hatte er die Apotheke den ganzen Vormittag seiner neuen Gehilfin überlassen. Celestine war sicherlich völlig überlastet ohne ihn.

»Ich muss mich leider um die Apotheke kümmern«, bedauerte er, »aber wenn du möchtest, kannst du meinen Wagen haben. Ich bin in etwa einer Stunde zu Hause. Hol dir den Schlüssel einfach bei mir ab.«

Rosalie war einverstanden und versprach, am frühen Nachmittag vorbeizusehen.

Kurze Zeit später erreichte er den Anstieg der Colline. Er folgte den Haarnadelkurven auf den Hügelrücken und bog in den kleinen, unbefestigten Waldweg ab, der zu Didiers Grundstück führte. Seine Behausung wirkte im Gegensatz zu den properen Häusern der Wohlhabenden wie ein Fremdkörper. Sein Besitz, der vielleicht einen Hektar umfasste, war rundum mit Stacheldrahtzaun eingefasst. Dahinter türmten sich zwischen wild wucherndem Unkraut und einzelnen Büschen Unmengen an Schrott. Ausrangierte Autos, Traktorteile, alte Kühlschränke und anderes Gerümpel standen rund um zwei Schuppen, die wie ein L aneinandergefügt waren. Daneben stand ein heruntergekommener Wohnwagen ohne Räder, in dem Didier offensichtlich hauste. Ein Gittertor versperrte den holprigen Weg zu einem hofähnlichen Platz. In besseren Zeiten war er einmal mit Kies aufgeschüttet worden. Heute schimmerten nur noch Reste aus dem vom Regen aufgeweichten Boden. Vincent hupte. Er musste nicht lange warten, bis Didier aus einem behelfsmäßigen Verschlag, der an einen der Schuppen angebaut war, heraustrat.

»Da bist du ja endlich!«

Wie erwartet, wurde er in gewohnt ruppigem Tonfall begrüßt. Didier trug abgetragene Jeans und Bergstiefel. Überraschenderweise hatte er ein frisches Hemd angezogen und war sogar rasiert.

Vincent packte seine Notfalltasche, die er immer im Auto liegen hatte, und folgte ihm in den Schuppen, der nicht viel mehr war als ein paar aneinandergeschraubte Wellblechteile. Minouche lag auf der Seite, auf sauberes Stroh gebettet. Sie atmete schwer und hatte offensichtlich Fieber.

»Wie lange liegt sie schon so?«

»Seit heute Morgen. Gestern ging es ihr auch nicht so gut, aber da hat sie wenigstens noch was gefressen.« Didiers Gesicht verfinsterte sich. Seine kräftigen Hände zu Fäusten geballt blickte er auf einen fernen Punkt an der Scheunenwand. »Gott straft diejenigen, die das getan haben.«

Vincent nickte nur. Wahrscheinlich hatte Didier außer der Hündin keine Freunde mehr. Kein Wunder, dass ihn Minouches beziehungsweise Loulous Schicksal so mitnahm. Er untersuchte die Wunde und sah, dass sie geschwollen war und eiterte. Die Entzündung war schon so weit fortgeschritten, dass man sie mit konventionellen Mitteln nicht mehr stoppen konnte.

»Deine Hündin braucht ein Antibiotikum«, befand er. »Ich habe welches hier. Es ist zwar für Menschen gedacht, aber wenn wir die Tabletten halbieren, müsste das die richtige Menge für Loulou sein. Hol schon mal abgekochtes Wasser, damit ich die Wunde reinigen kann. Ich versuche ihr so lange die Medizin zu geben.«

Didier ging eilig davon. Vincent kramte in der Tasche nach dem Antibiotikum. Glücklicherweise befand sich das Medikament in Kapseln, die er öffnen und so die Hälfte des Wirkstoffs mit Wasser vermengen konnte. Diese Mischung spritzte er seitlich zwischen Minouches Lefzen. Die Hündin ließ es bereitwillig geschehen. Sie hob sogar leicht den Kopf und sah ihn aus ihren schönen Augen an. Als Didier mit dem abgekochten Wasser zurückkehrte, begann Vincent die Wunde großflächig mit einem Mulltupfer zu reinigen und sprühte danach noch einmal Desinfektionsspray auf.

»Es wäre besser, wenn du sie in eine Veterinärklinik brächtest«, meinte er. »Die können ihr noch eine Infusion geben. Loulou braucht jetzt sehr viel Flüssigkeit. Wenn du willst, nehm ich sie gleich mit!«

»Die kommt mir hier nich wieder weg«, schimpfte Didier. »Ich kümmer mich schon um sie.« Er sah auf seine Uhr und wurde plötzlich unruhig. »Danke. Ich bring dir noch mal Speck, wenn du willst.«

»Ist nicht nötig«, erwiderte Vincent rasch. »Ich hab das doch gern getan! Kann ich mir noch kurz die Hände waschen, bevor ich gehe?«

»Hinter dem Wohnwagen ist ein Waschbecken.« Didier deutete in die ungefähre Richtung. »Ich bleib mal hier und sorg dafür, dass Loulou was trinkt.«

Vincent erklärte ihm, wann und wie oft er dem Hund das Antibiotikum verabreichen musste, dann packte er seine Sachen in die Tasche zurück und ging nach draußen. Sein Blick fiel auf einen Holzpflock, in dem eine Axt steckte. Daneben lag ein Stapel Holz, der noch zum Teil von einer Plane bedeckt war. Das Geräusch eines herannahenden Fahrzeugs lenkte ihn ab. Ein ungewöhnlich langer Pritschenwagen mit Marseiller Kennzeichen näherte sich dem Grundstück. Seine Ladefläche war mit Planen abgedeckt. Noch bevor das Fahrzeug die Hofeinfahrt passiert hatte, war Didier schon vor Ort. Er wechselte mit dem Fahrer ein paar aufgeregte Worte. Offensichtlich hatte er ihn noch nicht so früh erwartet. Vincent ging zu seinem Wagen und packte die Tasche in den Kofferraum.

»Hab zu tun, wie du siehst«, teilte Didier ihm in seiner unmissverständlichen Art mit und deutete mit dem Daumen auf den Lastwagen.

»Kein Problem. Ich bin schon weg!«

Unfreundlicher Kerl, dachte er noch, als er an dem Lastwagen vorbeifuhr.

22

Der Tieraktivist Dominique Martin lebte in der Gemeinde Pontet, die direkt an Avignon angrenzend im Nordosten der Stadt lag. Die flache Gegend war geprägt von Industrieanlagen und monotonen Siedlungen. Auch Martin wohnte in einem der trostlosen Wohnblöcke, die sich wie Hufeisen um einen jeweils dürftig bepflanzten Innenhof erhoben. Arbeitslose Jugendliche unterschiedlicher Herkunft hingen in den Hauseingängen herum. Verschleierte Frauen mit Kinderwagen schleppten ihre Einkäufe von dem großen Einkaufszentrum in der Nähe nach Hause. Einige Kinder versuchten ihr Glück auf Skateboards.

Rosalie fand einen Parkplatz in der Nähe eines umgestoßenen Müllcontainers. Sie hatte ein ungutes Gefühl, als sie Vincents Luxuslimousine dort abstellte, aber ein besserer Parkplatz war weit und breit nicht zu sehen. Sie suchte lange nach dem richtigen Eingang. Jeder einzelne Block glich in seiner grauen hoffnungslosen Tristesse dem anderen. Lediglich die Graffitis entlang der unteren Etage unterschieden sich ein wenig. Die meisten Bewohner dieser Banlieue stammten offensichtlich aus dem Maghreb oder Westafrika. Sie fragte sich, was einen Tieraktivisten wie Martin in diese Gegend verschlagen haben mochte. Im Internet hatte sie ein wenig über ihn und seine Organisation recherchiert und dabei herausgefunden, dass Martin Ökologie studiert hatte und bis vor gar nicht langer Zeit im Landwirtschaftsministerium einen einflussreichen Posten innegehabt hatte. Dann hatte er plötzlich die Seiten gewechselt und war als Umweltaktivist tätig geworden. Auf den Fotos, die sie von ihm gesehen hatte, war er meist vermummt gewesen. Umso gespannter war sie auf ihre Begegnung. Um sicherzugehen, dass er auch zu Hause war, hatte sie sich vorher bei ihm als Sympathisantin angekündigt.

Endlich fand sie den richtigen Eingang und betrat ein heruntergekommenes Treppenhaus. Es stank penetrant nach Urin und kaltem Rauch. Martin wohnte im fünften Stock – also ganz oben. Der Aufzug war *en panne* – defekt. Natürlich! Etwas anderes hatte sie hier auch nicht erwartet. Rosalie kannte diese Art von Unterkunft nur zu gut. Jérôme hatte in einer ähnlichen Banlieue in Nizza gelebt. Die Umgebung rief prompt unangenehme Erinnerungen in ihr wach. Aus den Wohnungen in den einzelnen Etagen drangen unterschiedliche Geräusche. Die Wände mussten dünn wie Pappkarton sein. Das Gebäude war sehr hellhörig. Kindergeschrei, das Gedudel von Computerspielen, Zank zwischen Erwachsenen, das Weinen einer Frau. Dazu der durchdringende Geruch nach fremdländischen Gewürzen und altem Fett, der wie wabernder Dunst durch das Treppenhaus zog. Umso mehr war sie erstaunt, als sie das fünfte Stockwerk erreichte. Dort war es nicht nur erstaunlich sauber, auch die Wände waren frisch gestrichen und zeigten keinerlei Geschmier. Die beerenrote Wohnungstür war neu und mit einem Sicherheitsschloss verriegelt.

Rosalie klingelte. Sie musste nicht lange warten.

»Rosalie? Schön, dass du pünktlich bist«, wurde sie von einem etwa vierzigjährigen Mann überaus freundlich begrüßt. Die Art, wie er sie mit einer ausladenden Armbewegung in seine Wohnung winkte, empfand sie als etwas übertrieben.

Auf den ersten Blick war Dominique Martin ein gutaussehender und charmanter Mann. Das Duzen war in der Aktivistenszene durchaus üblich, und auch sein Aussehen entsprach ganz dem Klischee eines Alternativen. Er trug eine weite safrangelbe Punjabhose, deren Zwickel ihm bis an die Knie ging, und ein gleichfarbiges T-Shirt, das seine muskulösen Oberarme vorteilhaft zur Geltung brachte. Die langen grau melierten Haare hatte er zu einem Pferdeschwanz zusammengebunden. Durch einen Flur, der in warmen, changierenden Orangetönen gehalten war, führte er sie in sein Wohn- und Arbeitszimmer. Hier waren die Wände in Wischtechnik gestrichen. Dieses Mal allerdings in einem Beerenrot, was dem Raum einen unangenehmen, uterusähnlichen Höhlencharakter verlieh. Vor der Fensterfront und in den Ecken standen in Terrakotta-Gefäßen üppige exotische Pflanzen, die bis an die Decke reichten. Im Hintergrund spielte meditative Musik, während der aufdringliche Duft von Räucherwerk den Raum erfüllte. Den beißenden Geruch erzeugte ein qualmendes Räucherstäbchen, das vor einer sitzenden Buddha-Figur langsam abbrannte und eine gemeine Attacke auf Rosalies empfindliche Nase verübte. Gleich daneben befanden sich ein kunstvoll geschnitzter Tropenholztisch und eine Sitzgruppe. Unwillkürlich hielt sie sich die Nase zu.

»Oh! Du gehörst zu den Menschen, die der reinigende Geruch dieser Aura stört«, stellte Dominique mit leicht bedauerndem Unterton in der Stimme fest. »Möchtest du, dass ich die Schale entferne?«

Es war eine rein rhetorische Frage, wie Rosalie sofort begriff. Denn er ging an dem Altar vorbei weiter in den Raum hinein.

»Du wirst schnell lernen, dich in diesem Umfeld wohlzufühlen«, dozierte er, wobei sein Blick gedankenverloren zum Fenster wanderte. Er vermittelte den Eindruck, als sähe er dort friedliche Wälder in einer idyllischen Landschaft und nicht die maroden Betonbauten einer heruntergekommenen Stadtrandsiedlung. Seine Stimme bekam etwas unangenehm Weiches.

»Noch bist du ein Mensch, den die Aura dieses friedvollen Ortes bedrückt, denn du bist nicht gewohnt, ohne Leid und Aggression zu leben.« Sein Blick kehrte zu ihr zurück. »Ich habe lange gebraucht, bis es mir gelungen ist, diese positive Energie an diesem Ort zu fokussieren. Wenn du offen bist, wirst auch du eines Tages davon profitieren.« Sein Lächeln glitt prompt wieder in andere Sphären.

In Rosalie krampfte sich innerlich alles zusammen. Mit solch esoterischem Getue hatte sie noch nie viel anfangen können. Außerdem hatte sie sich den Tierschutzaktivisten völlig anders vorgestellt. Sie hatte keinen Guru erwartet, sondern eher einen militanten Ökofuzzi, dessen Wohnung voller befreiter Tiere war. Die Fotos im Internet hatten so etwas vermuten lassen. Stattdessen präsentierte sich Martin als ein nach Erlösung strebender Erleuchteter. Wie passte das zusammen? Das meiste an diesem Typ war widersprüchlich. Das kantige Gesicht mit der geraden Nase, den fein geschwungenen Augenbrauen und den breiten, gleichmäßig geformten Lippen wirkte wie aus Stein gemeißelt, während das aufflackernde, unstete Blitzen seiner tief liegenden Augen dieser Selbstsicherheit widersprach. Auch das freundlich erscheinende Grinsen, das sich als feine Falten rund um seinen Mund festgesetzt hatte, hatte etwas Maskenartiges und Unaufrichtiges. Als sie spürte, dass er sie erwartungsvoll ansah, merkte sie erst, dass sie ihn die ganze Zeit angestarrt hatte.

»Nun, vielleicht hast du recht«, sagte sie, um sich wieder

zu sammeln. Wenn sie etwas erfahren wollte, musste sie offensiver werden. »Ehrlich gesagt bin ich ziemlich überrascht. Ich habe mir ...«, sie deutete auf die chic eingerichtete Wohnung, »... das Zuhause eines Tierschützers ganz anders vorgestellt. Warum zum Beispiel wohnst du in einer so heruntergekommenen Gegend, wo du doch offensichtlich genügend Kohle hast, um auch anderswo zu wohnen?«

Ihr Blick wanderte provozierend über die wertvollen Möbel, die zwar nicht geschmackvoll, aber sicher teuren Bilder an der Wand, den großen Flachbildschirm, der fast die halbe Wand einnahm, und das ganze technische Equipment, das auf seinem Designerschreibtisch herumstand.

Dominique Martin ließ sich dadurch nicht aus der Ruhe bringen. Im Gegenteil. Er antwortete selbstgefällig. »Buddha sagt:
Der Wind kann keinen Berg umwerfen.
Versuchung kann einen Mann nicht rühren,
Der wach, stark und bescheiden ist,
Der sein eigener Herr ist und das Gesetz beachtet.«

»So was verstehe ich nicht«, gab sich Rosalie betont einfältig. Sie spürte instinktiv, dass dieser Dominique darauf stand, andere zu belehren. »Kannst du mir das erklären?« Sie sah ihn aus großen Augen unterwürfig an. Schließlich wusste auch sie um die Wirkung eines Blickes.

»Komm mit«, meinte er galant und schob sie sanft in Richtung einer L-förmigen Couchgarnitur. »Ich hole uns erst etwas Tee, dann unterhalten wir uns.« Er trat einen Schritt zurück und bedachte sie mit einem intensiven Blick. »Ich finde, du siehst nach Jasmintee aus.«

Rosalie lächelte hingerissen. Sie wollte ihn glauben lassen, dass er mächtig Eindruck auf sie machte. Doch kaum war er in der Küche, erhob sie sich von dem Sofa und steuerte auf eines der Fenster zu, um es zu öffnen. Der intensive Duft des Patchouli und anderer Kräuter verursachte ihr zunehmend Übelkeit. Außerdem wollte sie einen Blick auf Martins Schreibtisch werfen, auf dem sie ein halb geöffnetes Notizbuch entdeckt hatte. Mit einem kurzen Blick in Richtung Küche vergewisserte sie sich, dass Dominique noch beschäftigt war. Dann begann sie darin zu blättern. Es handelte sich um einen Terminkalender. Er war voller kryptischer Kürzel und Zeichnungen, deren Bedeutung sich ihr auf den ersten Blick nicht erschloss. Sie blätterte bis zu dem Tag zurück, an dem Rivas ermordet worden war. Mehrmals fiel ihr der Eintrag *Aktion W* auf. Dahinter stand jedes Mal eine andere Ziffer. Am Tag vor Rivas' Tod fand sie den Eintrag *Aktion W 3* und dahinter einen krakelig geschriebenen Namen. Sie konnte ihn beim besten Willen nicht entziffern. Einer spontanen Eingebung folgend zückte sie ihr Smartphone, um die Seite abzufotografieren. Da hörte sie Geschirrklappern, das sich näherte. Martin war auf dem Weg zu ihr.

In ihrer Aufregung fand sie nicht gleich die Kamerafunktion. Nervös strich sie über das Display. Verflixt! Endlich hatte sie das Notizbuch im Fokus der Linse. Sie drückte rasch auf den Auslöser und schob das Büchlein wieder auf seinen Platz. Im nächsten Augenblick betrat Martin das Zimmer. Weil ihr nichts Besseres einfiel, hielt sie das Telefon an ihr Ohr und rief laut »Hallo? ... Hallo?« hinein. »Hier ist ein extrem schlechter Empfang«, entschuldigte sie sich und steuerte rasch einen anderen Winkel der Wohnung an. »Und jetzt ist auch noch mein Akku leer.«

Sie steckte das Telefon in die Tasche und folgte Martin zu dem geschnitzten Holztisch, auf dem er ein Tablett mit zwei dampfenden Teetassen und etwas Gebäck abstellte. Sie hoffte inständig, dass er nichts bemerkt hatte.

»Bitte bedien dich! Das sind vegane Kekse. Selbst gemacht.«

Seinen Mund umspielte wieder dieses starre, überlegene Lächeln, das seine Augen niemals erreichte. Er schob ihr den Teller hin.

Sie nahm eines der Gebäckstücke und biss hinein.

»Interessanter Geschmack.«

»Es ist die Spezialmischung aus meinem Ashram.« Er machte eine weitläufige Handbewegung in Richtung der Zimmerpflanzen. Rosalie stutzte und legte den Keks rasch wieder auf den Teller zurück. Erst jetzt erkannte sie, dass ein großer Teil der Pflanzen Cannabis war.

»Das macht dich locker«, versprach Martin. Er legte beruhigend eine Hand auf ihr Knie.

Sie versuchte, ihn mit einer Frage wieder auf Abstand zu bringen.

»Du wolltest mir verraten, weshalb du in dieser heruntergekommenen Gegend wohnst? Sie passt so gar nicht zu deinem Lebensstil.«

»Das ist pure Notwendigkeit«, sagte Martin und zog tatsächlich seine Hand wieder zurück. »Unsere Organisation braucht die Anonymität, um ihre Aktionen vorbereiten zu können.« Er legte seine Hände in den Schoß und musterte sie eindringlich. »Ich bin hier gewissermaßen inkognito.«

Rosalie fiel auf, wie abgekaut seine Fingernägel waren.

»Dann wirst du also beobachtet?«

Über Martins Gesicht zog ein dunkler Schatten. »Ich werde von gewissen Leuten verfolgt«, verkündete er plötzlich sehr düster. »Einige von denen trachten mir sogar nach dem Leben.«

»Nur weil du Tierschützer bist?«

Martin schloss die Augen und schüttelte langsam den Kopf. Eine ganze Weile sagte er gar nichts. Dann sprangen seine Augenlider wieder auf, und er sah sie unvermittelt an. Unwillkürlich zuckte sie zusammen, als sie die flackernde Kälte in seinen Augen erkannte. Der Wechsel kam so überraschend, dass sie beinahe die Fassung verlor.

»Was willst du von mir?«, fragte er mit schneidender Stimme. »Du bist keine von uns! Du trägst eine Tierhaut!«

Rosalie wusste, dass er auf ihre Hose anspielte. Wie hatte sie nur so gedankenlos sein können.

»Sie ist aus Kunstleder«, verteidigte sie sich, aber Martin war nun nicht mehr zu besänftigen. Er war plötzlich wie ausgewechselt.

»Du beschmutzt die Aura meines Ashrams. Gib zu, du bist von der Presse oder etwa eine Bullenschlampe?« Im gleichen Maße, wie er sie eben noch mit Freundlichkeit überschüttet hatte, ging er nun mit seiner Aggressivität auf sie los. »Ich habe gesehen, wie du auf meinem Schreibtisch herumgeschnüffelt hast.«

»Ich habe dort nichts angerührt«, behauptete Rosalie erschrocken. Auch das noch! Sie war sich sicher gewesen, dass er nichts bemerkt hatte. »Ich ... ich ...«

Martin deutete auf eine kleine Kamera mitten in dem üppigen Zimmergrün, die ihr natürlich nicht aufgefallen war. Sie hatte den Schreibtisch, vor dem sie gestanden hatte, von hinten im Visier. »In der Küche sind Monitore. Dorthin wird alles übertragen, was sich hier in diesem Zimmer abspielt. Also, noch einmal, was willst du von mir?« Seine Augen fixierten sie mit flackerndem Ausdruck. Ihre Intensität hatte etwas Beklemmendes. »Wenn du von den Bullen kommst, dann sag deinem Chef, dass ich so lange weiterkämpfen werde, bis es in unserem verdammten Land keine Mastzuchtbetriebe mehr gibt. Wir lassen uns nicht unterkriegen. Tiere sind die besseren Menschen. Sie stehen der Erleuchtung viel näher als Menschen wie euch!«

Seine Finger krallten sich in seine Oberschenkel, bis die Knöchel weiß hervortraten. Rosalie spürte sehr genau, auf welch dünnem Eis sie sich befand. Dominiques Nervenkostüm war nicht sehr belastbar. Er war ein unberechenbarer Charakter.

»Du siehst das alles ganz falsch«, versuchte sie ihn zu beschwichtigen. »Ich habe weder mit den Bullen noch mit der Presse etwas zu tun. Ich bin nichts als eine einfache Friseurin aus Vassols. Bitte glaub mir!« Sie setzte den naivsten Blick auf, zu dem sie fähig war, wohl wissend, dass ihr noch bessere Argumente einfallen mussten, um ihr Gegenüber wieder zu beruhigen.

Dominique blickte weiterhin finster drein, aber immerhin schwieg er.

Sie nutzte ihre Chance und fuhr fort. »Mein Interesse am Tierschutz kam rein zufällig. Ich war neulich oben auf der Colline und bin an der Wachtelzucht von Rivas vorbeigekommen – du weißt schon, bei dem Kerl, der neulich ermordet worden ist. Da bin ich auf eure Transparente aufmerksam geworden und habe zum ersten Mal gesehen, wie grässlich es den armen Tieren dort geht. Was soll ich sagen? Es hat mich schwer beeindruckt. Gäbe es nicht Leute wie euch, würde alles nur noch schlimmer werden. Das ist der Grund, weshalb ich mich bei euch gemeldet habe. Ich möchte helfen, damit diese Tierquälerei aufhört.« Sie holte tief Luft und sah ihm fest in die Augen.

Dominiques verkrampfte Haltung löste sich tatsächlich etwas. Sie schien ihn durch ihre schauspielerische Leistung einigermaßen überzeugt zu haben. Er nahm seine Tasse zu sich und trank einen großen Schluck daraus.

»Wir haben dank meiner ausgefeilten Strategien tatsächlich einigen Erfolg«, meinte er schließlich einigermaßen besänftigt. Seine alte Selbstgefälligkeit kehrte nach und nach zurück. »Wenn du wirklich bei uns mitmachen willst, hast du einen harten Weg vor dir. Du wirst anfangs nur unbedeutende Aufgaben übernehmen. Bürokram erledigen, Flyer gestalten und verteilen, bis ich mir sicher sein kann, dass du eine von uns bist. Bist du damit zufrieden?«

»Ich werde alles tun, was der Sache dient. Ich will wirklich helfen!« Ihr anhimmelnder Blick verfehlte seine Wirkung nicht. Martin fand wieder zu seiner anfänglichen Ruhe zurück.

»Du musst verstehen, dass ich so misstrauisch bin, aber im Augenblick herrscht hier viel Unruhe. Neulich stand sogar die Polizei auf der Matte.«

»Die Polizei?« Rosalie ahnte, dass ihr Bruder dahintersteckte.

»Ja, die haben hier überall herumgeschnüffelt. Wahrscheinlich dachten die, sie könnten hier was finden, was mich belastet.« Er lächelte selbstgefällig. »Natürlich ist es ihnen nicht gelungen.«

»Was ihr tut, ist richtig! Die Erfolge sprechen schließlich für sich. Wie habt ihr das nur mit Rivas' Wachteln hinbekommen? Ich habe gehört, dass der Betrieb nun auf Bio umgestellt werden soll.«

Rosalie nutzte die Gunst der Stunde und hoffte, dass sie nicht zu weit vorgeprescht war. Sie fragte sich sowieso, wie sie aus Dominique Martin überhaupt etwas Nützliches herauslocken sollte. Seine Selbstverliebtheit war ihr einziger Ansatzpunkt. Sie hätte gern mehr über sein Verhältnis zu dem Ermordeten erfahren. Zu ihrer Überraschung ging er auf ihre Frage bereitwillig ein.

»Ja, die Sache mit der Wachtelfarm ist ein voller Erfolg. Wir können geradezu von Glück sagen, dass der alte Tierschänder krepiert ist. Der war ganz schön hartnäckig. Es hat lange genug gedauert, um die Sache in die richtigen Wege zu leiten. Erst als es mir gelungen ist, seinen Nachfolger auf unsere Seite zu ziehen, hat sich alles gedreht. Darin liegt unser Geheimnis.«

Rosalie horchte auf. Was hatte Garcia mit den Tieraktivisten gemein?

»War Garcia nicht früher der Partner von Rivas?«, fragte sie möglichst arglos.

Dominique strich sich genüsslich über sein Kinn. »Wie gesagt, darin liegt mein Geheimnis. Du musst nur lange genug nach einem Ansatz suchen – und schon bekommst du jeden auf deine Seite. Auch Garcia hatte seinen Schwachpunkt. Jetzt ist er einer von uns.«

»Dann hast du ihn also erpresst?« Rosalie versuchte, weiterhin ihre Rolle als harmloses Naivchen zu spielen.

»Erpressung ist ein viel zu hartes Wort.« Martin sah sie vorwurfsvoll an, worauf sie sich sofort entschuldigte.

»Natürlich meine ich es nicht so. Entschuldige meine ungeschickte Ausdrucksweise. Ich bewundere ja nur deine Überzeugungskraft.«

Martin rieb seine Handflächen. »Ich habe da so meine Methoden«, antwortete er schließlich. Rosalie wartete geduldig, bis er endlich fortfuhr. Sein Bedürfnis, sich zu profilieren, überwog schließlich. Offensichtlich hatte er nicht oft so geduldige Zuhörerinnen wie sie. »Ich schreibe schon seit einiger

Zeit unter einem Pseudonym für eine bedeutende Ökozeitschrift. Wenn ich dort einen wohlwollenden Bericht über einen Betrieb verfasse, hat das Einfluss auf dessen Abnehmer – und damit wiederum auf die Absatzmöglichkeiten, wenn du verstehst, was ich meine ...«

»Ich bin mir nicht sicher ... Du meinst also, wenn du über einen Betrieb was Gutes schreibst, dann kann er seine Produkte besser verkaufen?«

»Sofern er Bioware hat, schon!« Dominique hob vielsagend die Hände. »Man nennt so etwas geschicktes Product-Placement. Überleg doch selbst! Heutzutage werden Wachtelfleisch und Eier zum größten Teil aus Asien importiert. Die Gewinnspanne für herkömmlich produzierte Ware ist miserabel. Einheimische Biofabrikation erzielt dagegen bedeutend mehr Gewinn und hat einen steigenden Absatz. Wenn du das in einer renommierten Zeitung bekannt machst, ist das wie kostenlose Werbung. So etwas musst du Leuten wie Garcia eben persönlich klarmachen.« Er lachte. »Und wenn er es dann immer noch nicht geschluckt hat, kann man ihm die Entscheidung leichter machen, indem man ihm anbietet, sein stiller Teilhaber zu werden. Ich finanziere Garcia kurzfristig die Umstellung des Betriebs und erhalte dafür zwanzig Prozent seines Gewinns ... Das Geld fließt natürlich alles in unsere Organisation«, schob er noch eilig hinterher.

»Du bist ein Held!« Rosalie begriff endlich die wahren Hintergründe von Martins Tierliebe. In Wirklichkeit war er ein gewitzter Geschäftsmann. Die Tierschutzorganisation diente ihm nur als Deckmantel für profitable Geschäfte. »Und Rivas war für deine Argumente nicht zugänglich«, stellte sie fest.

»Rivas war ein Idiot!«, brauste Martin sofort auf. Er atmete tief durch und zwang sich mühsam zur Ruhe. Erst als er die Handflächen vor der Brust in Gebetsstellung brachte, bekam er sich wieder unter Kontrolle. »Mit dem konnte man über solche Dinge nicht reden. Er war ein widerlicher Idiot!«

»Du scheinst ihn ja nicht sehr gemocht zu haben.« Rosalie kicherte verhalten. Sie ahnte, dass sie sich wieder auf gefährlich dünnes Eis begab, doch sie wollte wissen, ob Garcias Behauptung auf Tatsachen beruhte. »Hört sich fast so an, als wäre da eine Frau im Spiel gewesen.«

Dominique sah sie einen Augenblick verblüfft an. »Wie kommst du denn da drauf?«

Sie beschloss, aufs Ganze zu gehen. »Garcia hat es mir erzählt. Außerdem weiß jeder in unserem Dorf, was Rivas für ein Schürzenjäger gewesen ist. Er hatte nicht viele Freunde.«

Martins Gesicht wechselte die Farbe. »Das spielt jetzt keine Rolle mehr«, presste er schließlich mühsam hervor. Noch einmal atmete er tief durch, bevor ein starres Lächeln wieder Oberhand gewann. »Ich habe gleich noch einen Termin. Wenn du willst, rufe ich dich vor unserer nächsten Aktion an. Wie gesagt, mehr als Flyer verteilen ist im Augenblick nicht drin.« Er erhob sich ziemlich abrupt und geleitete sie zur Tür.

Als Rosalie zurück zu Vincents Wagen ging, war sie sich ziemlich sicher, dass dieser Mann eine ganze Menge zu verbergen hatte.

23

Die Stimmung in Capitaine Duvals Büro war äußerst angespannt. Die Atmosphäre gegenseitiger Missachtung drückte auf die allgemeine Laune. Während Duval sich mit grimmiger Miene den Akten auf seinem monströsen Schreibtisch widmete, saß Maurice Viale zurückgelehnt auf seinem Stuhl. Die Füße auf den Tisch gelegt besah er sich die auf der Präsentationswand festgesteckten Fotos und Zeichnungen, die alle den Fall Rivas betrafen. Im Zentrum steckte das Foto des Ermordeten. Rundherum gruppierten sich diverse Abbildungen von Gegenständen, die man am Tatort gefunden hatte. Neben zerfetzten Schrotpatronenhülsen waren da die Gebetskette von Ismael Bashaddi, die Abdrücke der Reifenspuren sowie die geborstenen Holzscheite, in denen die Kugeln gesteckt hatten. In einem äußeren Kreis befanden sich Fotos von den Menschen, die ein Motiv gehabt haben könnten, ihn zu töten: seine Mutter Suzanne Rivas, seine Exfrau Nicole, sein Partner Alfonso Garcia und der Tieraktivist Dominique Martin. Und natürlich Ismael Bashaddi, der nach wie vor der Hauptverdächtige blieb und auf den mittlerweile etliche Pfeile zeigten. Darunter hatte Viale ein Weg-Zeit-Diagramm erstellt, das auf einer x- und y-Achse die bislang rekonstruierten Bewegungsabläufe von Bashaddi und anderen am Geschehen möglicherweise Beteiligten darstellte.

»Das nennt man moderne Polizeiarbeit!«, meinte er selbstgefällig. Der ältere Kollege sah nur kurz auf und grunzte missmutig. Viale ärgerte es, dass dieser immer noch nicht kooperierte und außerdem von seinem Ermittlungserfolg nur wenig beeindruckt schien. Er hatte von Anfang an nur widerwillig einige Aufgaben übernommen, und das auch nur, weil die entsprechende Weisung von oben gekommen war. Unter anderem hatte er Alfonso Garcia und Dominique Martin unter die Lupe genommen. Auf Viales Schreibtisch lagen beide Berichte, denen er bislang absichtlich noch keine Aufmerksamkeit geschenkt hatte. Seine Absicht war, Duval zu zeigen, für wie unwichtig er seine Ermittlungen hielt. So unbedeutend, dass sie genauso gut von einem Polizeianwärter hätten erledigt werden können. Den Fall Rivas hatte er dagegen im Alleingang gelöst. Die vorliegenden Indizien fügten sich längst als stimmiges Puzzle zusammen.

»Diagramme dieser Art werden auf der Polizeischule in St. Cyr du Mont d'Or unterrichtet«, dozierte Viale in der Absicht, seinen ehemaligen Chef noch mehr zu reizen. »Ich rate Ihnen, sich davon anregen zu lassen. Solche modernen Arbeitsmethoden sind durchaus auch für Ihre Arbeit in der Provinz nützlich.« Duval, der sich gerade Notizen gemacht hatte, setzte in aller Ruhe die Kappe auf seinen vergoldeten Füllfederhalter und sah ihn über den Rand seiner halben Brille ausdruckslos an.

»Ihre Schwester hat übrigens neulich hier angerufen«, informierte er ihn ohne erkennbaren Zusammenhang. Viale fühlte sich sofort unangenehm berührt. Rosalie war der einzig ärgerliche Punkt in dem ganzen Fall. Was zum Teufel hatte sie mit Duval zu besprechen?

»Es wird sicherlich nichts Wichtiges gewesen sein«, bemerkte er, um einen gleichgültigen Tonfall bemüht. Duval lächelte jovial. »Wir haben ein wenig geplaudert. Madame LaRoux hat eine bemerkenswerte Beobachtungsgabe, wenn Sie mich fragen. So etwas hätte ich in Ihrer Familie gar nicht so ohne Weiteres vermutet.« Viale schnaubte nur ungehalten. »Sie kommt zu ähnlichen Beobachtungen im Fall Rivas wie ich übrigens auch ...«, fuhr Duval fort.

»Wen interessiert das schon!« Maurice machte eine abfällige Handbewegung. »Meine Schwester hat keine Ahnung von Polizeiarbeit. Wie können Sie sich davon nur beeindrucken lassen?« Duval tat, als hätte er seinen Einwand nicht gehört. »Sie hat offensichtlich mit Martin gesprochen und herausgefunden, dass er zwielichtige Geschäfte macht. Seine Tierschutzorganisation dient ihm nur als Deckmantel, um erpresserische Geschäfte zu tätigen, meint sie. Ich habe daraufhin etwas nachgeforscht. In der Tat finde ich es merkwürdig, dass dieser Martin erstaunlich viel Bargeld auf seinem Konto hat, wenn man bedenkt, dass er schon seit über einem Jahr arbeitslos gemeldet ist. Außerdem hat Ihre Schwester über Madame Rivas herausgefunden, dass ihr Sohn Martin vor einiger Zeit seine Geliebte ausgespannt hat ... Wir sollten uns den Kerl noch einmal gründlich vorknöpfen.« Er machte eine kleine Kunstpause und fügte ein abfälliges »*Lieutenant*« hinzu.

Viale platzte nun doch der Kragen. »Das ist ja lächerlich. Wie können Sie den absurden Mutmaßungen einer einfachen Friseurin Glauben schenken? Dieser Martin mag vielleicht ein Fanatiker sein, aber im Grunde genommen ist er nichts als ein harmloser Spinner. Sparen Sie sich Ihre Energie lieber auf, *Capitaine*, und helfen Sie mir herauszufinden, wo sich dieser Algerier versteckt hält. Er ist unser Mann!«

Er fuhr sich nervös über sein stoppeliges Kinn. Obwohl er sich so sicher gab, war dies ein neuer Sachverhalt, den er nicht einfach ignorieren durfte. Das passte allerdings so gar nicht in sein Konzept. Es bedeutete zusätzliche, lästige Ermittlungen, die zwar ohnehin zu nichts führen würden, aber ihn wertvolle Zeit kosteten. Zeit, die er nicht hatte. Sein Chef in Avignon und der Untersuchungsrichter machten ihm bereits mächtig Druck. Sie warfen ihm vor, dass er nicht genügend unternahm, um diesen Bashaddi endlich dingfest zu machen. Als ob das seine Schuld wäre! Dieser verfluchte Maghrebiner war wie vom Erdboden verschwunden. Seine Leute hatten alle einschlägigen Möglichkeiten für einen Unterschlupf in Marseille, Cavaillon, Avignon, ja selbst Nizza bereits kontrollieren lassen. Nirgendwo war ein Kerl aufgetaucht, auf den Bashaddis Beschreibung gepasst hätte. Selbst die Grenzübergänge nach Spanien hatte er überprüfen lassen. Nein, er war sich ziemlich sicher, dass er noch irgendwo in der Nähe steckte. Außer seiner Familie hatte er keinerlei Kontakte in Frankreich. Vielleicht war das ja gerade der Ansatz? Er dachte noch einmal gründlich darüber nach. Plötzlich war er sich sicher, dass er sich noch in der Umgebung von Carpentras aufhalten musste. Es war nicht unwahrscheinlich, dass seine Familie über seinen Aufenthaltsort Bescheid wusste. Und das war womöglich seine Chance. Über kurz oder lang würden die Bashaddis oder die Familie Ammari ihn auf seine Spur führen. Ein Klopfen an der Tür unterbrach seine Überlegungen. Es war Arduin, der eine Mappe unter dem Arm trug.

»Es hat niemand ›Herein‹ gesagt«, schnaubte Duval pikiert.

»Der Bericht der Spurensicherung.« Arduin strahlte wie ein Honigkuchenpferd und wedelte mit der Mappe. »Nun haben wir den eindeutigen Beweis, dass Bashaddi der Täter gewesen ist. Die Holzscheite, die wir bei ihm zu Hause gefunden haben, haben dieselbe Herkunft wie die bei Rivas.«

Viale warf Duval einen triumphierenden Blick zu.

»Das war zu erwarten. Ich werde gleich in Avignon Bericht erstatten, dass der Fall gelöst ist.«

»Und was ist mit Alfonso Garcia?«, wandte Duval säuerlich ein. »Haben Sie denn nicht meinen Bericht gelesen?«

»Der ist im Moment nicht von Belang! Wir müssen nun alles daransetzen, diesen Bashaddi endlich zu erwischen!«

»Ich verbitte mir diese Ignoranz«, warf Duval schneidend ein. »Mag sein, dass ich in diesem Fall gezwungen bin, mit Ihnen zu kooperieren, aber das heißt noch lange nicht, dass ich meine Arbeit nicht sorgfältig erledige! Und nach meiner Sicht der Dinge gibt es auch noch einen dritten Verdächtigen, der ebenso gute Gründe gehabt haben könnte, Rivas umzubringen.«

»Da hat Ihnen wohl meine Schwester einen Floh ins Ohr gesetzt.« Viale schenkte ihm ein spöttisches Lächeln. »Glauben Sie mir, die Beweise gegen Bashaddi reichen dreimal aus, um ihn anzuklagen.«

»Und ich finde, dass es an der Zeit ist, Ihre Vorgesetzten über Ihre schlampige Arbeitsweise zu informieren.« Duval hatte sich von seinem Platz erhoben und stieß mit spitzem Zeigefinger in Viales Richtung. »Wenn Sie meinen Bericht schon nicht gelesen haben, dann hören Sie sich wenigstens von mir an, was darin steht!«

Viale schnaubte abfällig. »Bitte sehr, wenn Sie darauf bestehen, sich lächerlich zu machen.« Um Gleichgültigkeit zu demonstrieren, lehnte er sich auf seinem Stuhl zurück und blickte gelangweilt in Richtung Fenster.

Duval griff selbstbewusst nach seinen Unterlagen. »Sie haben mich dazu abgestellt, die Beziehung zwischen Alfonso Garcia und Rivas unter die Lupe zu nehmen. Das habe ich auch getan. Ich mag vielleicht noch nach der alten Methode ermitteln, aber glauben Sie mir, deswegen bin ich nicht weniger erfolgreich!« Duval stand immer noch hinter seinem Schreibtisch. Viale fand es geradezu lächerlich, wie er die Hände zu Fäusten ballte, um sie in die Hüfte zu stützen. Als ob ihm das mehr Autorität verleihen würde. Es war Zeit, dass man den alten Kerl endlich pensionierte. »Ich habe herausgefunden, dass Garcia noch am Vorabend vor Rivas' Ermordung mit dem späteren Opfer Streit hatte.«

»Das war ja allen bekannt«, unterbrach ihn Viale gelangweilt. »Rivas und Garcia hatten schließlich öfter Streit, aber deswegen bringt man einen ja nicht gleich um!«

Arduin nickte dienstbeflissen.

»Dieses Mal ging es allerdings um einiges mehr als um einen kleinen Streit!« Duval ließ sich nun nicht mehr aus der Ruhe bringen. »Rivas hatte Garcia versprochen, ihm die Hälfte des gesamten Erlöses, die die Wachtelfarm erwirtschaftet, zu geben, gewissermaßen als Gegengabe dafür, dass sich Garcia um die Tiere kümmerte und es duldete, dass die Gehege auf seinem Grund und Boden gebaut wurden. Doch an jenem Abend händigte er ihm nur einen Bruchteil aus und weigerte sich, ihm den restlichen Anteil auszubezahlen. Als Garcia aufbegehrte, drohte er sogar, ihn zu entlassen.«

»Er kann ihm ja wohl kaum kündigen, wenn die Stallungen auf Garcias Grundstück sind. Was soll das?«

Duval lächelte plötzlich siegessicher. »Ihm wäre gar nichts anderes übrig geblieben, als sich damit abzufinden, denn ...« Er machte eine Kunstpause und zog ein Dokument hervor, mit dem er in der Luft wedelte.

Viale runzelte die Stirn. »Was ist das?«

»Etwas, das Sie kennen würden, wenn Sie meinen Bericht

gelesen hätten.« Duval ließ sich die Worte genüsslich auf der Zunge zergehen. »Es ist die Kopie eines Auszugs aus dem Katasteramt. Sie belegt eindeutig, dass nicht Garcia der Eigentümer des Landes ist, auf dem die Wachtelfarm steht ...«

»Sondern?« Viale fühlte sich plötzlich unbehaglich.

»Rivas!« Die kleinen Äuglein funkelten triumphierend. »Er hatte herausgefunden, dass Garcia gar nicht der Eigentümer des Landes war, auf dem die Stallungen stehen, sondern dass sie das Eigentum des Nachbarn sind. Garcia war fälschlicherweise davon ausgegangen, dass ihm das ganze angrenzende Land gehörte, als er das Haus vor zehn Jahren gekauft hatte. Er war nicht besonders sorgfältig, deshalb hat er nie die Pläne überprüft. Den Nachbarn hat es nie gestört, dass er sein brach liegendes Land bewirtschaftete. Es war für ihn wertlos. So wäre es wohl geblieben, wenn nicht Rivas irgendwie davon Wind bekommen und dem besagten Nachbarn das Stück Land abgekauft hätte. Damit hatte er Garcia die Grundlage für seine Beteiligung an dem lukrativen Geschäft entzogen. Er hat ihn hinterlistig ausgebootet. Wenn das mal kein Motiv für einen Mord ist!«

»Wieso hat Garcia dann Rivas nicht gleich umgebracht?« Viale spürte plötzlich, wie ihm sein Hemdkragen eng wurde, und nestelte daran herum.

Duval setzte sich, faltete seine Hände und stützte die Ellenbogen auf den Tisch. Dabei schenkte er ihm ein dünnes Lächeln. »Garcia ist ein kleiner, schmächtig gebauter Mann. Wie sollte er gegen den kräftigen Rivas ankommen?«

»Das ist doch alles jetzt nicht mehr von Bedeutung«, fuhr Viale dazwischen. Die Flut an neuen Ermittlungsergebnissen gefiel ihm gar nicht. Duval versuchte offensichtlich gerade, ihn zu übertrumpfen. Er hoffte nur, dass er nicht hinter seinem

Rücken bereits den Commandant informiert hatte. »Trauen Sie Garcia tatsächlich so einen infamen Mord zu?«, fragte er, um etwas Zeit zu gewinnen.

Duval zuckte mit den Schultern.

»Verflucht! Dann kümmern Sie sich gefälligst noch einmal um sein Alibi!«

»Nicht in diesem Ton«, monierte der Capitaine bissig. Es war nicht zu übersehen, wie er seine neue Überlegenheit genoss. »Und nicht mit mir. Ich habe noch andere dringende Dinge zu erledigen. Sie behaupten doch immer, alles im Griff zu haben.« Sein Lächeln war so hinterhältig, dass Viale ihm am liebsten an die Gurgel gegangen wäre.

»Ach, scheren Sie sich doch zum Teufel«, schimpfte er und winkte Arduin, ihm nach draußen zu folgen.

24

Rosalie saß in einem von Babettes zerschlissenen Plüschsesseln und ließ bei einer Tasse Kaffee den Tag nochmals vor ihrem inneren Auge Revue passieren. Jeden Augenblick musste Vincent bei ihr eintreffen. Zum einen brannte sie darauf, ihm ihre Neuigkeiten zu erzählen, zum anderen würde sie ihm aber auch beichten müssen, dass sein Auto bei ihrem nachmittäglichen Ausflug nach Avignon einen unschönen Kratzer abbekommen hatte. Irgendein Idiot hatte auf dem Parkplatz vor Martins Wohnung den Lack seines neuen C5 mit einem spitzen Gegenstand geritzt. Die Spur zog sich über die gesamte Seitenfront. Keine Ahnung, wie Vincent darauf reagieren würde. Er war in bestimmten Dingen ja so penibel. Das Klingeln des Telefons riss sie aus ihren Gedanken. Es war Rachid. Er klang ziemlich aufgeregt.

»Kannst du kommen? Ich weiß mir einfach nicht mehr zu helfen. Djamila ist gerade bei Zora und heult sich die Augen aus. Ismael war heute Nacht heimlich hier. Er will irgendein krummes Ding drehen und dann mit dem Geld nach Deutschland fliehen. Der Junge dreht total durch.«

Rosalie brauchte einen Augenblick, um die Nachricht zu verdauen. »Dann wisst ihr also, wo er ist?«

Beredtes Schweigen. Rosalie hätte es wissen müssen.

»Ich weiß einfach nicht, wo mir der Kopf steht«, gab Rachid hilflos zu. Seit sein Geschäft von diesem Pöbel attackiert worden war, hatte sein Selbstbewusstsein einen empfindlichen Schlag abbekommen. Rosalie empfand Mitleid mit ihm.

»Beruhige dich erst mal! Ich warte nur kurz auf Vincent, dann kommen wir vorbei. Wir werden gemeinsam besprechen, was wir tun können.«

»Beeilt euch.« Rachid seufzte. »Wenn er nur keine Dummheiten macht.«

»Kannst du zu ihm Kontakt aufnehmen? Falls ja, dann sag ihm, dass er jetzt bloß nicht die Nerven verlieren darf. Ich habe Neuigkeiten, die vielleicht alles ändern. Auch Vincent scheint einiges herausgefunden zu haben. Wir treffen uns in einer Viertelstunde bei dir zu Hause.«

Rosalie zog sich rasch etwas über und fing Vincent unten an der Haustür ab, damit sie keine unnötige Zeit verlören. Gemeinsam gingen sie zu den Ammaris. Dort herrschte helle Aufregung. Bereits im Wohnungsflur war lautes Wehklagen aus dem Wohnzimmer zu hören. Ismaels Mutter Djamila machte keinen Hehl aus ihrer Verzweiflung. Sie war eine strenggläubige Muslimin. Eingehüllt in den Hidschab, der sowohl ihre Haare als auch einen Teil ihres Oberkörpers bedeckte, saß sie auf einem der niederen Sessel und ließ sich weder durch Zora noch durch Rachids Schwester Sara aus ihrer Verzweiflung reißen. Ihr Oberkörper hob und senkte sich in regelmäßigem Auf und Ab, während sie abwechselnd ihre Hände vors Gesicht schlug und irgendwelche arabischen Wörter ausstieß. »*Allahu akbar. Iyyaka na'budu wa iyyaka nasta'in.*«

Rosalie und Vincent sahen sich ratlos an.

»Was sagt sie denn da?«, erkundigte sich Rosalie, nur um etwas zu sagen.

»Gott, du Allmächtiger, Dir allein dienen wir und Dich allein flehen wir um Hilfe an«, übersetzte Rachid. »Das wiederholt sie seit Stunden unaufhörlich. Pausen macht sie nur, wenn sie weint.« Er rollte genervt die Augen. »Ich glaube, Allah gefällt es nicht, wenn man ihn so oft um dasselbe bittet.« Sowohl Rosalie als auch Vincent mussten unwillkürlich schmunzeln. Wenigstens seinen Humor hatte Rachid noch nicht verloren. »Lass uns rüber in die Küche gehen«, schlug er vor. »Ihr müsst mir unbedingt erzählen, was ihr herausgefunden habt.«

Sie nahmen rund um den Küchentisch Platz und ließen sich von Sara frischen Pfefferminztee einschenken. Rosalie begann sofort über ihre Erlebnisse bei Alfonso Garcia und Dominique Martin zu berichten. Ebenso erwähnte sie ihr Gespräch mit Capitaine Duval. »Ich glaube, dass er im Moment der Einzige bei der Polizei ist, der auch noch einen anderen Tatverdächtigen als Ismael in Erwägung zieht«, schloss sie nicht sehr ermutigt. »Leider ist er ein ziemlicher Umstandskrämer.«

Vincent strich sich während Rosalies Ausführungen immer wieder gedankenverloren eine Haarsträhne hinters Ohr und beobachtete Rachid dabei, wie er nervös mit den Fingern auf der Tischplatte herumklopfte. Sobald sie zu Ende erzählt hatte, ergriff er das Wort und berichtete von seinem Ausflug in den Wald von Crestet. Alles in allem waren sie jedoch noch keinen Schritt weitergekommen.

»Die Frage ist doch, wie bekommen wir Ismael dazu, sich ruhig zu verhalten«, warf Rachid schließlich ungeduldig ein. »Er ist mit seinen Nerven am Ende. Ich habe ihm geraten, sich der Polizei zu stellen, doch davon wollte er nichts wissen. Immerhin konnte ich ihm das Versprechen abringen, wenigstens vorerst keine Dummheiten zu machen. Wenn wir allerdings nicht bald eine Lösung finden, garantiere ich für nichts.«

»Du weißt also, wo er sich aufhält«, stellte Vincent fest.

Rachid zuckte mit den Schultern. »Ich habe versprochen, ihn nicht zu verraten.«

»Keiner von uns wird ihn verraten«, versicherte Rosalie bestimmt.

Vincent strich sich über sein Kinn. »So wie ich es sehe, sind wir im Moment die Einzigen, die Ismael helfen können, seine Unschuld zu beweisen.«

»Ach was! Darauf wäre ich jetzt nicht gekommen.« Rachid verzog spöttisch das Gesicht. »Das hilft uns leider im Augenblick auch nicht weiter.«

Vincent ließ sich nicht von seinem Gedankengang ablenken. »So hoffnungslos ist die Lage nun auch wieder nicht. Ich habe nochmals mit meinem Freund Loic von der Spurensicherung telefoniert. So überzeugend, wie der Lieutenant tut, sind die Beweise gegen Ismael gar nicht. Weder die gefundene Gebetskette noch die Reifenspuren beweisen eindeutig, dass er derjenige gewesen ist, der Rivas die präparierten Holzscheite geliefert hat. Außerdem dürften wir zusätzlich noch etwas Zeit gewonnen haben, weil Rosalie die Polizei mit der Nase auf noch zwei weitere neue Spuren gestoßen hat.«

»Stimmt«, grinste Rosalie. »Dieser Duval scheint meinen Bruder nicht ausstehen zu können. Er wird ihm wahrscheinlich Feuer unter dem Hintern machen. Durch die neuen Informationen ist er zumindest gezwungen, auch noch in andere Richtungen zu ermitteln. Das wird ihn hoffentlich etwas von Ismael ablenken.«

»Und wir könnten unterdessen versuchen herauszufinden, was es zum Beispiel mit dem Auto auf sich hat, das Suzanne an jenem Tag gehört hat«, sagte Vincent. »Bei unserer letzten Begegnung war sie sich ziemlich sicher, dass der Auspuff defekt gewesen ist.« Er wandte sich an Rachid. »Ist der Auspuff von Ismaels Lieferwagen etwa kaputt?«

»Der Motor gurgelt etwas beim Anlassen, aber der Auspuff ist in Ordnung.«

Vincent nickte zufrieden. »Noch ein Punkt für Ismael, denn es bedeutet zumindest, dass noch jemand anderes vor dem Mord am Tatort gewesen sein muss, jemand, dessen Wagen einen kaputten Auspuff hat. Lasst uns doch einfach noch einmal rekonstruieren, was wir schon wissen. Angenommen, Ismael hat Rivas am Tag des Mordes oder am Abend davor tatsächlich noch das Brennholz gebracht. Dann ist doch die Frage, um welche Sorte Holz es sich gehandelt hat.«

»Das war Pinienholz vom Ventoux«, antwortete Rachid wie aus der Pistole geschossen. »Sein Wagen war ja schon damit beladen, als er an jenem Nachmittag zu Rivas fuhr, um ihm mitzuteilen, dass er nicht die Absicht habe, sich um seine Wachteln zu kümmern. Danach wollte er das Holz abladen. Doch dann kam es zu dem unglückseligen Streit, und er fuhr wieder damit davon. Ich weiß noch, wie sauer er war. Am liebsten hätte er das Holz behalten. Allerdings ließ das sein Stolz nicht zu. Er sei doch kein Dieb, hat er gesagt und beschlossen, es ihm gerade deswegen noch vorbeizubringen. Rivas sollte sehen, dass wir Algerier ehrliche Leute sind.« Rachid stutzte und sah Vincent irritiert an. »Weshalb willst du das überhaupt wissen?«

»Weil das mit den Patronen präparierte Holz kein Pinienholz war, sondern Eichenholz«, erklärte Vincent nachdenklich. »Ich meine, es macht doch keinen Sinn, zwei verschiedene Holzsorten zu liefern. Wenn Ismael der Täter wäre, hätte er die Patronen doch auch in Pinienholz verstecken können.«

»Das macht es allerdings auch nicht einfacher«, wandte

Rosalie ein. »Du vergisst, dass die Polizei bei den Bashaddis ebenfalls Eichenholzscheite gefunden hat. Ich habe vorhin Philippe getroffen. Seit er meinem lieben Bruder assistieren darf, fühlt er sich besonders wichtig. Er hat mir berichtet, dass das Holz, das man bei den Bashaddis sichergestellt hat, von demselben Baum stammt wie die präparierten Scheite.«

»Dann spricht also doch wieder alles gegen ihn!« Rachid fuhr sich mit beiden Händen verzweifelt durch die borstigen Haare. »Ismael wäre doch niemals zu solch einer Tat fähig. Außerdem liegen die verschiedensten Holzarten bei den Bashaddis herum. Genauso wie bei uns. Mann!« Er sah Vincent fragend an. »Das ist doch nicht so ungewöhnlich, oder?«

»Das mag wohl möglich, wenn auch nicht sehr wahrscheinlich sein.« Vincent dachte an den Spaziergang vor einigen Wochen, als er Minouche gefunden hatte. Plötzlich erinnerte er sich, dass es Ismaels Lieferwagen gewesen war, den er oben auf der Colline gesehen hatte. Damals waren ihm tatsächlich Holzscheite in dessen Wagen aufgefallen. Er hatte noch darüber geschmunzelt, weil er ebenfalls davon ausgegangen war, dass der Besitzer des Wagens das Holz irgendwo hatte mitgehen lassen. So etwas galt hier in der Provence immer noch als Kavaliersdelikt.

»Oder jemand hat Ismael absichtlich etwas von dem Holz untergeschoben«, mutmaßte Rosalie, die sich schon aus Mitleid mit Rachid an jeden möglichen Strohhalm klammerte.

»Auf jeden Fall dürfen wir diesen Aspekt nicht außer Acht lassen«, resümierte Vincent. »Wir müssen Ismael fragen, woher er das Holz hatte.« Er wandte sich an Rachid. »Verstehst du? Nur wenn wir schlüssig nachweisen können, dass er damit nichts zu tun hat, muss Lieutenant Viale diese Spur fallen lassen.«

»Ich glaube nicht, dass deine Argumentation Ismael überzeugen wird«, bezweifelte Rachid. »Er lässt sich ja selbst von mir nichts mehr sagen.«

»Dann müssen wir ihn eben gemeinsam überzeugen«, meinte Rosalie kurz entschlossen. Ihre Augen funkelten vor Unternehmungslust. »Wir sind schließlich seine Freunde!«

»Ich habe Ismael mein Wort gegeben, niemandem sein Versteck preiszugeben.« Rachid ließ sich nicht so leicht überzeugen.

»Er wird es verstehen.« Vincent fand Rosalies Idee einleuchtend. »Ich bin mir ziemlich sicher, dass die Lösung des Rätsels mit dem Holz, in dem die Patronen steckten, zu tun hat. Lass uns keine Zeit verlieren! Niemand außer uns wird erfahren, wo sich Ismael aufhält.«

»Wenn ihr meint ...« Rachid gab unwillig nach.

Sie beschlossen, Vincents Wagen zu nehmen. Zu dritt machten sie sich auf zur Place de la Liberté, wo Rosalie den C5 geparkt hatte. Vincent bemerkte den tiefen Kratzer im Lack seines Autos sofort. Er tat ihm beinahe physisch weh, denn sein Schmuckstück war noch keine sechs Wochen alt.

»Tja, es gibt eben keinen Gewinn ohne Verlust ...«, versuchte Rosalie salopp zu erklären. Doch sie sah dabei so zerknirscht aus, dass er beschloss, großzügig darüber hinwegzusehen.

25

Philippe Arduin saß in seinem unbeleuchteten Polizeiwagen und mühte sich, der ihm gestellten Aufgabe gerecht zu werden. Schon seit Stunden stand er mit ausgeschaltetem Motor in der Dunkelheit der schmalen Gasse und behielt den Eingang zu dem Mietshaus der Bashaddis und Ammaris im Auge. Dies war die erste Beschattung in seinem noch jungen Polizistenleben. Nach einer dreimonatigen Ausbildung auf der Polizeischule in Orange war er erst seit Kurzem bei der Police Municipale in Vassols angestellt. Normalerweise war er dem Bürgermeister unterstellt, doch die außerordentlichen Ereignisse im Dorf hatten ihn zeitweilig zum persönlichen Assistenten des Commissaire befördert. Dieser Zustand erfüllte ihn mit großem Stolz. Die Arbeit eines Dorfpolizisten, der keine großen Befugnisse, ja noch nicht einmal eine Waffe besaß, befriedigte ihn nicht besonders. Abgesehen davon, dass er Patrouillen auf dem Land zu fahren, auf dem Markt die Stände zu kontrollieren und Strafzettel für falsch geparkte Autos zu verteilen hatte, war sein Betätigungsfeld doch recht eingeschränkt. Erst mit dem Auftauchen von Lieutenant de Police Maurice Viale hatte sein Berufsleben etwas von dem bekommen, was er sich darunter vorgestellt hatte. Neuerdings spielte er sogar mit dem Gedanken, selbst eine Karriere bei der Police Judiciaire anzustreben. Er wollte Kriminalpolizist werden, genauso wie sein Vorbild Maurice Viale. Er vergötterte den erfahrenen Lieutenant de Police, der, wie er fand, mit bemerkenswertem Instinkt und Zielstrebigkeit den Mord an Rivas aufgeklärt hatte. Aus diesem Grund wollte er den Commissaire auch nicht enttäuschen, selbst wenn die Beschattung der Familie Bashaddi recht langweilig war.

Vor exakt dreieinhalb Stunden und zwei Minuten war Madame Bashaddi, die Mutter des Verdächtigen, zum Haus der Ammaris gegangen. Die beiden Familien wohnten direkt nebeneinander, sodass Arduin seinen Stellplatz nicht hatte verlassen müssen. Ihre beiden jüngeren Söhne waren zu Hause geblieben. Das war bislang leider die einzige Aktion, die er beobachtet hatte.

Arduin vertrieb sich die Zeit mit einigen Spielen, die er auf sein privates Mobiltelefon geladen hatte. Im Seitenfach seiner Tür befand sich eine Kanne Kaffee und eine Tüte mit Sandwichs – er war ja schließlich kein Anfänger. Viale hatte ihm eingebläut, die ganze Nacht vor dem Haus zu postieren. Erst im Morgengrauen durfte er seinen Posten verlassen. Er würde den Lieutenant nicht enttäuschen, auch wenn er bereits jetzt hundemüde war. Er gähnte und dachte daran, dass sein Dienst bereits heute Morgen um halb sieben begonnen hatte. Jetzt war es zweiundzwanzig Uhr dreißig. Die Nacht würde noch lang werden.

Doch nun passierte doch etwas. Zwei Personen, ein Mann und eine Frau, passierten die schmale Gasse. Ohne ihn zu bemerken, steuerten sie auf das Haus der Ammaris zu. Er erkannte Rosalie LaRoux und Vincent Olivier, den Apotheker. *Ganz schön steiler Zahn, unsere Rosalie*, schoss es Arduin durch den Kopf. *So jemand wie die kann sich vor Männern wohl kaum retten.* Vassols war nur ein kleiner Ort. Selbst ihm war nicht entgangen, dass Rosalie sowohl von Rachid Ammari als auch von Vincent

Olivier umschwärmt wurde. Ob sie wohl mit beiden ...? Arduin kicherte bei der Vorstellung still in sich hinein. Er war im Dorf aufgewachsen und hatte den Skandal um Rosalies Verschwinden noch als kleiner Junge miterlebt. Schon damals war das Dorf in Bezug auf Rosalie gespalten gewesen. Die einen bewunderten ihre Unangepasstheit und ihr Temperament, die anderen sahen in ihr eine ungebändigte Wilde, die nichts als schlechten Einfluss auf ihre Umgebung hatte. Er selbst zählte natürlich zu Rosalies Bewunderern. Sie war eine rassige, extravagante Frau, auch wenn sie für einen jungen Polizisten, wie er es war, natürlich unerreichbar bleiben würde.

Die beiden verschwanden kurz darauf in Ammaris Wohnung, und es kehrte wieder Stille ein. Einmal sprang eine Katze aus der Dunkelheit auf seine Kühlerhaube. Die Retina ihrer Augen reflektierte das Licht seines Mobiltelefons, als er es auf sie richtete. Mit einem kurzen Maunzen sprang sie behände wieder vom Auto. Ansonsten geschah nichts. Arduin gähnte erneut. Seine Beine kribbelten. Also drehte er sie zur Seite und legte sie auf den Beifahrersitz ab, um sie ein wenig zu entlasten. Kurz darauf war er so müde, dass er immer wieder einnickte. Dummerweise hatte er auch in der Nacht davor nicht viel geschlafen. War noch mit einigen Kumpels in Carpentras in einer Bar gewesen. Verflixt! Jetzt machte sich der Schlafmangel doch bemerkbar. Und dazu die tödliche Langeweile.

Gefühlte Ewigkeiten später öffnete sich die Haustür der Ammaris. Arduin blinzelte verschlafen. Er erwartete, dass Rosalie und Vincent, vermutlich auch Madame Bashaddi, nun endlich nach Hause gingen. Doch zu seiner Überraschung trat auch Rachid Ammari mit den beiden aus dem Haus. Sie steuerten die Place de la Liberté an. Vor Aufregung kribbelte es in Arduins Magen. Hatte der Commissaire also doch recht gehabt, dachte er. Er wartete, bis die drei die Gasse verlassen hatten, dann startete er den Motor und folgte ihnen in einigem Abstand.

Als er sah, dass sie gemeinsam in Oliviers Wagen stiegen, zückte er sein Telefon und rief den Lieutenant an.

26

Rachid saß neben Vincent auf dem Beifahrersitz und lotste ihn durch die Dunkelheit. In Beaumes-de-Venise forderte er ihn auf, in Richtung Suzette abzubiegen. Rosalie saß hinten im Fond. Noch vor dem Ortsende von Beaumes bogen sie links in eine schmale Nebenstraße. Sie führte an mehreren Villen vorbei durch einen dunklen Pinienwald. Es ging steil bergan. Der Weg wand sich an einem kleineren Steinbruch vorbei, bis sie ein kleines Tal zwischen zwei Bergrücken erreicht hatten. Das fahle Licht des Mondes beschien steinige Weinfelder. Sie gehörten bereits zum Anbaugebiet von Gigondas und wurden dementsprechend besonders gepflegt. Auf der rechten Anhöhe sah man die Gebäude eines Weingutes liegen. Es war von bizarr gewachsenen Schirmkiefern umrahmt. Im Gegenlicht sahen sie aus wie überdimensionale menschliche Gestalten, die sich über die Häuser beugten. Zwischen zwei Weinfeldern im Tal befand sich ein landwirtschaftlicher Weg.

»Fahr dort hinein und schalte das Licht aus«, forderte Rachid. »Wir sind gleich da. Da vorn ist ein kleines Waldstück. Dort kannst du den Wagen parken.«

Vincent tat, was man von ihm verlangte. Sie ließen das Auto zurück und folgten Rachid auf einem schmalen Pfad durch dichtes Ginstergestrüpp, dem ein Abschnitt mit dürren Steineichen folgte. Im Schein ihrer Taschenlampen ging es stetig bergan. Die meiste Zeit über schwiegen sie. Jeder hing seinen

Gedanken nach. Einmal glaubte Rosalie das Geräusch eines Motors zu hören. Sie machte Vincent darauf aufmerksam, aber sowohl er als auch Rachid waren sich sicher, dass das Geräusch von der nicht weit entfernten Nationalstraße kam. Als sie die Anhöhe schließlich erklommen hatten, passierten sie zwei steil aufragende Felsen.

»Wartet hier«, bedeutete ihnen Rachid. »Ich werde erst einmal allein mit Ismael reden.«

Kurz darauf war er verschwunden.

Rosalie setzte sich auf einen Stein, während Vincent sich neben ihr an einen Felsen lehnte. Sie sahen, wie Rachid vor der abschüssigen Felswand im Unterholz verschwand. Entlang der Felsen musste sich ein weiterer Pfad befinden.

»Er ist wahrscheinlich in einer der Höhlen«, mutmaßte Vincent. »Weißt du noch, wie wir dort heimlich Alkohol getrunken und gekifft haben?«

»Na klar!« Rosalie lächelte versonnen. »Wie könnte ich das vergessen!«

»Damals hast du mich leider nie beachtet«, stellte Vincent bedauernd fest. »Du stecktest dauernd mit diesem Robert zusammen. Er nahm dich immer auf seinem Motorrad mit, während ich auf meiner schlecht motorisierten Velosolex nur hinterherzuckeln konnte.«

Rosalie musste plötzlich kichern. »Robert! Den hatte ich ganz vergessen! Das war doch dieser Aufschneider, der so fürchterlich gelispelt hat ...«

»Er sah verdammt gut aus. Alle Mädchen standen auf ihn.«

Rosalie bemerkte, dass Vincent sie aufmerksam beobachtete. Sie hielt seinem Blick stand.

»Ich bin nur mit ihm mitgefahren, weil mein Vater mir verboten hatte, auf einem Motorrad zu fahren«, gestand sie ihm überraschenderweise. »In Wirklichkeit hat mir das Gedüse keinen Spaß gemacht. Im Gegenteil. Ich hatte unglaubliche Angst auf seinem Bock.«

»Und ich dachte immer, dass du auf ihn stehst!«

Vincent beobachtete wie gebannt ihre Silhouette, die sich im fahlen Mondlicht abzeichnete.

»So kann man sich irren.«

Rosalie stand plötzlich ganz dicht vor ihm. Ihr Geruch nach Rosmarin und Wildblumen stieg ihm mit aller Intensität in die Nase. Ihre Augen leuchteten verführerisch im Mondschein. Er spürte eine Woge von Zärtlichkeit in sich aufsteigen. Ohne dass er darüber nachdachte, hob er seine Hand, um ihr damit sacht über die Wange zu streichen. Sie ließ es geschehen. Er wollte sich gerade zu ihr hinunterbeugen, um sie zu küssen, als Rachid durch das Gebüsch brach und den Zauber zerstörte. Er war ziemlich aufgebracht.

»Ismael ist nirgendwo zu finden«, teilte er ihnen mit. »Wahrscheinlich hat er uns entdeckt und misstraut mir nun. Aber er kann nicht weit sein. Die Glut in der Höhle, in der er sich versteckt hatte, ist noch warm.«

»Und was machen wir jetzt?«

Vincent glaubte, aus Rosalies Tonfall eine gewisse Enttäuschung herauszuhören. Für einen winzigen Augenblick flatterte sein Herz vor Freude. Doch jetzt war nicht die Zeit für romantisches Geplänkel. Sie hatten schließlich eine Aufgabe.

»Hast du eine Ahnung, wo er stecken könnte?«, erkundigte sich Rosalie an Rachid gewandt.

»Wahrscheinlich hat er sich in einer der anderen Höhlen versteckt.«

»Dann lasst ihn uns suchen. Er muss mit uns reden, wenn wir ihm helfen sollen.«

Sie folgten Rachid den schmalen Pfad, der zu einer ganzen Reihe von unterschiedlichen Höhlen und Abris führte. Sie waren vor Jahrmillionen im Muschelkalk eines Urmeeres entstanden. Manche konnten kaum als Unterschlupf dienen, sie maßen nur wenige Meter. Eine andere war so groß, dass sie einst einer Gruppe von Urmenschen als dauerhafte Zuflucht gedient hatte. Diejenige, in die Ismael sich jedoch zurückgezogen hatte, konnte man erst betreten, wenn man sich durch einen schmalen Felsspalt zwängte. Dahinter lag ein relativ großer, hallenartiger Raum, der zum Teil durch Geröll verschüttet war. Hier hatte Rachids Cousin sein Lager errichtet. Im Augenblick zeugten nur ein Schlafsack und einige Lebensmittelreste von seiner Anwesenheit. Rachid rief immer wieder nach seinem Cousin. Er war sich sicher, dass er ganz in der Nähe war.

Nach einer gefühlten Ewigkeit ließ er sich endlich sehen. Er trat unvermittelt hinter einem Felsvorsprung hervor. Rosalie erschrak, als sie den jungen Mann erblickte. In den wenigen Tagen seiner Flucht war Ismael ziemlich verwahrlost. Seine Kleidung war schmutzig, und dichte blauschwarze Bartstoppeln umrahmten sein sonst so jugendliches Gesicht. Er wirkte ausgemergelt, und der Blick seiner dunklen Augen hatte etwas von einem gejagten Tier.

»Was soll das?«, herrschte er Rachid an. Jeder von ihnen konnte spüren, wie nervös er war. »Du hast mir versprochen, dass du niemandem mein Versteck verrätst!« Darauf folgte eine Flut von arabischen Schimpfworten.

Rachid hob immer wieder beschwichtigend die Arme und versuchte seinen Cousin zu beruhigen. Schließlich blieb ihm nichts anderes übrig, als ihn mit beiden Händen an den Oberarmen zu packen und kräftig zu schütteln. »Bei deiner Mutter! Wir wollen dir doch nur helfen!«, rief er aufgebracht.

Endlich beruhigte sich Ismael ein wenig und war nun bereit, sich auf ein Gespräch einzulassen. Gemeinsam gingen sie zurück in sein Versteck und ließen sich um die noch schwelende Glut nieder. Als Ismael neues Feuerholz auflegte, zuckte Vincent zusammen.

»Reicht der Sauerstoff, um hier ein Feuer zu machen?«, erkundigte er sich besorgt.

Rosalie begriff, dass sein Unbehagen etwas mit seinen diffusen Ängsten zu tun haben musste.

Zum Glück gelang es Ismael, seine Befürchtungen zu zerstreuen. Er deutete auf die runde Öffnung in der Höhlendecke. »Da ist noch ein Ausstieg, durch den der Qualm abziehen kann.« Dann wandte er sich an seinen Cousin. »Was wollt ihr hier? Seid ihr sicher, dass euch niemand gefolgt ist?«

»Nun mach dir mal nicht in die Hose, Kumpel.« Rachid gab sich alle Mühe, eine möglichst unbeschwerte Stimmung aufkommen zu lassen. »Wir sind nur hier, weil wir unbedingt wissen müssen, woher du das Eichenholz hast, das die Polizei bei dir zu Hause gefunden hat.«

»Und was soll das mit dem Mord zu tun haben?«, fragte Ismael irritiert. Er sah offensichtlich in jeder Bemerkung einen Affront. »Ich hab ihm das Holz vom Ventoux gebracht, wie immer. Das hab ich dir doch alles schon erzählt. Ich habe es abgeholt, meinen Lieferwagen vollgepackt und es zu ihm hingebracht! Das war ein verdammter Fehler, das weiß ich jetzt auch! Noch mal: Von mir hat der Kerl kein Eichenholz bekommen. Oder glaubst du mir etwa auch nicht mehr?« Er sprang in die Hocke und sah sich misstrauisch um.

»Wären wir hier, wenn wir nicht an deine Unschuld glauben würden?«

Vincents ruhige Art wirkte auf Ismael besänftigend. Er

setzte sich wieder und umschlang seine Knie. »Es könnte einen Zusammenhang geben zwischen dem Holz in deiner Wohnung und dem, mit dem Rivas getötet wurde«, fuhr Vincent fort. »Woher stammt es und wie kommt es in deine Wohnung?«

»Was soll das? Wenn es dasselbe Holz ist, dann ist das für die Flics erst recht ein Beweis mehr, dass ich der Mörder bin, oder etwa nicht?«

Rosalie verstand Ismaels Gedankengang. Worauf wollte Vincent hinaus?

»Nicht unbedingt! Es könnte uns ebenso auf die Spur des tatsächlichen Mörders führen ...«

»Wie soll das denn gehen?«

»Die Polizei ist sich sicher, dass das Eichenholz aus dem Wald von Crestet stammt. Dort wird zurzeit immer wieder illegal Holz geschlagen. Warst du dort vielleicht in letzter Zeit?«

»Spinnst du jetzt komplett? Ich bin doch kein Dieb!« Ismael sprang auf die Füße und fuchtelte erregt mit den Armen. »Du willst mir da noch mehr anhängen! Ich habe mit den Holzdiebstählen von Crestet nichts zu tun. Auf welcher Seite steht der eigentlich?« Er funkelte nun auch Rachid vorwurfsvoll an.

»Ich versteh deine Aufregung nur zu gut«, mischte sich nun Rosalie ein. »Vincent will dir ja nicht unterstellen, dass du mit den Holzdieben gemeinsame Sache machst. Er stellt dir doch nur eine einfache Frage: Woher hast du dieses Eichenholz? Beantworte sie doch einfach.«

Ismael antwortete nicht. Stattdessen lauschte er misstrauisch in die Nacht. »Da ist etwas!«

Rosalie hatte nichts gehört, aber Rachid und Vincent wurden ebenfalls aufmerksam.

»Da sind tatsächlich Schritte. Jemand kommt auf die Höhle zu!«

»Verräter! Ihr habt mir die *Flics* auf die Fersen gehetzt!« Ismaels tief liegende Augen flackerten voller Panik. Das Knirschen schwerer Stiefel auf Schotter war nun ganz nah.

»Polizei!« tönte es plötzlich aus einem Megafon. »Heben Sie die Hände und kommen Sie nacheinander heraus!«

»Verdammte Scheiße! Ich hab dir vertraut!« Hasserfüllt stieß Ismael Rachid mit beiden Fäusten vor die Brust, sodass er nach hintenüber fiel. Dann packte er das Messer neben der Feuerstelle, steckte es in seinen Hosenbund und rannte zu der Stelle, wo sich die Öffnung in der Höhlendecke befand. Mit der Behändigkeit eines Gejagten kletterte er über die Felswand hinauf in Richtung des schmalen Spalts.

Beinahe gleichzeitig flogen Geschosse mit hellem Magnesiumlicht in die Höhle und tauchten alles in gleißendes Licht. Rosalie hielt sich geblendet die Arme vor die Augen. Dann stürmten auch schon die ersten Beamten die Höhle und verursachten ein unüberschaubares Chaos. Innerhalb weniger Augenblicke nahmen sie jeden Winkel in Beschlag. Sie trugen Helme mit dunklen Strumpfmasken vor den Gesichtern. Befehle wurden gebrüllt. Alles ging wild durcheinander. Rosalie wusste nicht, wie ihr geschah. Plötzlich wurde sie von mehreren Händen gepackt und unsanft festgehalten.

»Hände hoch! An die Wand! Beine auseinander!« Ein kräftiger Polizist stieß sie grob gegen die Höhlenwand. Dabei fiel sie auf die Knie. Der Schmerz machte ihr endlich ihre Lage bewusst. Wut und Empörung siegten über ihre Angst. Was bildeten sich diese Kerle eigentlich ein?

»Sag mal, habt ihr sie nicht mehr alle?«, brüllte sie lauthals. »Geht man so mit anständigen Leuten um?«

Das beeindruckte natürlich niemanden. Stattdessen begannen die maskierten Typen sie von unten bis oben abzutasten. Als sie begann, sich dagegen zur Wehr zu setzen, band man ihr kurzerhand die Hände auf den Rücken.

Während sich das Durcheinander endlich etwas lichtete, schaute sie sich hektisch um und konnte Vincent und Rachid erkennen. Sie waren zwar nicht gefesselt wie sie, standen aber ebenfalls mit den Händen zur Wand. Vincent zitterte am ganzen Körper, während Rachid schicksalsergeben alles mit sich machen ließ.

»Zielperson ist noch flüchtig!«, meldete einer der vermummten Gestalten in sein Headset. »Er ist durch eine Öffnung in der Decke. Ein Kommando ist bereits hinter ihm her.«

»Verfolgen!«, brüllte eine tiefe Stimme, die Rosalie nur allzu bekannt vorkam.

*

Ismael spürte pures Adrenalin durch seine Adern schießen. Die Tage der Flucht hatten ihm ordentlich zugesetzt. Doch Rachids Verrat bewirkte, dass es ihm noch einmal gelang, seine Reserven zu mobilisieren. Mit der Geschmeidigkeit einer Katze schlich er geduckt zwischen den mannshohen Ginsterbüschen weg von den Höhlen.

Nach einem kurzen letzten Aufstieg befand er sich auf einem etwa zwei Kilometer langen und dreihundert Meter breiten Plateau, das nach drei Seiten hin steil abfiel. Das Gelände war jetzt während der Dunkelheit völlig unübersichtlich. Von seinen Erkundungstouren wusste er, dass es von Gräben und Ruinenresten durchzogen war. Auf dem Plateau hatte sich einmal eine römische Nekropole befunden, von der heute noch leere, steinerne Sarkophage zeugten. Er sah sich hektisch um und überlegte, in welche Richtung er fliehen sollte. Er befand sich auf einem tischähnlichen Plateau und musste irgendwie hinunter ins Tal.

Der Mond tauchte die Umgebung in gespenstisches Licht. Etwa fünfhundert Meter rechts von ihm begann der Abstieg nach Vacqueyras. Doch selbst für einen geübten Kletterer war dieser sehr steil und bei Nacht kaum zu bewältigen. Ebenso war es mit dem Abstieg, wenn er auf direktem Weg die Hochebene überquerte. Dort befand sich ein überdimensional großer Fels, den die Leute im Volksmund *Rocher du Diable* nannten, weil er sich scheinbar kippend direkt oberhalb einer Kirche befand. Auch dort war das Gelände für einen raschen Abstieg nicht geeignet. Am besten war es, wenn er sich links hielt. Zwar war der Weg über das Plateau hinweg zu diesem Abstieg etwas länger, aber dafür ohne allzu großes Risiko zu bewältigen. Er konnte sich außerdem an dem Gemäuer der alten romanischen Kapelle orientieren. Von dort war es ein Katzensprung bis zu einem alten Ziegenpfad, der hinab ins Tal führte.

Er sprintete in gebückter Haltung los. Hinter sich hörte er die ersten Verfolger. In nur wenigen Sekunden würden auch sie das Plateau erreicht haben. Das unebene Gelände machte ihm das Fortkommen nicht gerade leicht. Wenn er wenigstens eine Taschenlampe bei sich gehabt hätte! Immer wieder musste er steinerne Mauern passieren und dabei aufpassen, dass er in keines der Gräber fiel. Dann stieß er endlich auf einen Pfad zwischen dichten Ginsterbüschen. Nun konnte er sich wieder aufrichten und schneller rennen. Das Trampeln seiner Verfolger wurde lauter. Er hörte sie Befehle rufen, doch sie schienen noch auf der anderen Seite der Hochebene nach ihm zu suchen. Noch war ihm keiner auf den Fersen.

Ismael spurtete los. Noch ein paar hundert Meter, dann hatte er die romanische Kapelle erreicht. Von da waren es nur noch wenige Schritte bis zu dem ins Tal führenden Pfad. Sobald er unten war, konnte er sich irgendwo im Dorf ein Versteck suchen. Notfalls würde er in einen Schuppen einbrechen oder versuchen, ein Auto zu stehlen. Nur fort von hier.

Der unfassbare Verrat machte ihm schwer zu schaffen. Wieso hatte er nur auf seinen Cousin gehört und sich nicht schon längst ins Ausland abgesetzt? Für die *Flics* war er doch ohnehin längst schuldig.

Noch einmal beschleunigte er seine Schritte. Er ignorierte das schmerzende Ziehen in seiner Seite und hechtete weiter. Das Blut toste in seinen Adern, während er gleichzeitig das Gefühl hatte, sein Magen stülpe sich im nächsten Augenblick nach außen.

Nur nicht in den Knast! Der Gedanke brannte sich in sein Hirn.

Jetzt hatte er die Kapelle fast erreicht. Wie ein hohler dunkler Zahn lag sie zwischen brachliegenden Weinfeldern und hellen Kalksteinen, und gleich dahinter befand sich der rettende Fußweg. Ismael musste nun das schützende Dickicht verlassen, um an der Kirche vorbei über das freie Feld zu spurten. Wenn er schnell genug war, würde er den Abstieg schon erreicht haben, bevor einer seiner Verfolger aus dem Gebüsch trat.

In dem Augenblick, als er das Weinfeld betrat, löste sich aus dem Schatten der Kapelle eine Phalanx von Männern. Sie versperrten ihm den rettenden Weg zum Ziegenpfad. Die Verfolger mussten seinen Weg vorausgeahnt haben und hatten eine Abkürzung genommen. Ismael stoppte und sah keine andere Möglichkeit, als durch den halb eingestürzten Eingang in das Innere der Kapelle zu fliehen.

Dunkelheit umfing ihn; durch das eingestürzte Dach drang kaum noch etwas Helligkeit. Fieberhaft suchte er nach einem anderen Ausgang. Vorn im Chor war das Gemäuer ebenfalls eingestürzt. Dort sah er einige Polizisten stehen, und von der Westseite näherten sich seine Verfolger. Also blieb ihm nur die Möglichkeit, über die Mauer der Nordseite zu steigen und zu versuchen, von dort aus zu fliehen. Verzweifelt suchten seine Finger in dem rauen, bröckeligen Gemäuer nach Halt. Es war aussichtslos. Die Mauer war zu glatt, um daran hochzusteigen. Er saß wie ein Kaninchen in der Falle. Doch er wollte um keinen Preis der Welt noch einmal in ein Gefängnis. Auf allen vieren krabbelte er entlang der Mauer, da tasteten seine Finger eine kaum fußballgroße Öffnung. Frische Luft strömte von dort herein. Hastig räumte er einige Steine beiseite. Nur noch zwei, drei Stück, dann konnte er sich durch die Öffnung zwängen. Er kam quälend langsam voran. Das Poltern hinter ihm war nicht zu überhören, doch er gab nicht auf. Erst als sich ihm eine schwere, behandschuhte Hand auf die Schulter legte, um ihn kurz darauf brutal zu Boden zu drücken, begriff er, dass er schon längst verloren hatte.

*

Vincents Herz klopfte immer noch so schnell, als würde er von einer ganzen Hundemeute gehetzt. Mit dem Rücken an die Höhlenwand gelehnt kämpfte er gegen das unkontrollierbare Zittern, das nicht nachlassen wollte. Er war unfähig, sich vom Fleck zu rühren, und nahm die Szenerie um sich herum nur schemenhaft wahr. Quälende Gedanken plagten ihn. Er wusste nicht, was ihm mehr zusetzte, die Scham über seine erneute Angstattacke oder die Tatsache, dass sie alles vermasselt hatten. Statt Ismael zu schützen, hatten sie die Polizei zu ihm geführt. Was für ein unfassbarer Leichtsinn es doch gewesen war, den Commissaire zu unterschätzen.

Rachid ging es nicht besser. Am Boden zerstört stand er neben ihm. Mit hängenden Schultern und tieftraurigem Blick ließ er sich von Rosalie trösten. Vincent versuchte, nicht hinzusehen.

Rosalie war die Einzige, die den plötzlichen Überfall völlig unbeschadet überstanden hatte. Bis auf die Tatsache, dass sie vor Wut immer wieder außer sich geriet. Erst als ihr Bruder erschienen war, hatte man ihre Fesseln gelöst. Rosalie hätte sich um ein Haar auf ihn gestürzt, doch Viale war mit seinem Funkgerät sofort wieder aus der Höhle verschwunden, um den Einsatz zu koordinieren. Die Beamten hinderten Rosalie daran, ihm zu folgen. Bis auf Weiteres wurden alle drei in der Höhle festgehalten.

Nach einer gefühlten Ewigkeit kehrte der Commissaire wieder zurück. Sein Auftreten strahlte die Zufriedenheit eines Mannes aus, der bekommen hatte, was er wollte.

»Wir haben Bashaddi festgenommen«, teilte er ihnen allen mit.

Rosalie ließ ihren Bruder nicht weiterreden. Wie eine Furie wütete sie los.

»Ist das alles, was ihr könnt? Unbescholtenen Bürgern ein Überfallkommando auf den Hals zu hetzen?«

»Der Zugriff galt Bashaddi, nicht euch«, stellte Viale klar. Er ließ sich von Rosalies Verbalattacke nicht aus dem Konzept bringen. Scheinbar unbeeindruckt trat er auf sie zu. Nur seine angespannten Gesichtszüge verrieten, dass er weiß Gott nicht so ruhig war, wie er vorgab zu sein. »Und dir rate ich zum letzten Mal, deine Zunge im Zaum zu behalten. Ihr drei habt euch schon genügend Straftaten zuschulden kommen lassen!«

»Ach ja?« Rosalie legte den Kopf schief und hielt seinem Blick mühelos stand. »Ist es nicht vielmehr so, dass wir das zu tun versuchen, was du längst hättest tun müssen, und dich das jetzt stört? Hhm?« Ihr Blick war reine Provokation. »Bashaddi ist unschuldig! Du ermittelst in die völlig falsche Richtung. Lass ihn frei! Du machst dich doch nur lächerlich.«

»Wenn du nicht gleich mit deinen unhaltbaren Anschuldigungen aufhörst, werde ich dich auch noch festnehmen lassen!«, knurrte Viale unmissverständlich.

Vincent zweifelte nicht daran, dass er dazu fähig wäre. Rosalie untergrub seine Autorität – und das vor seinen Leuten. Das konnte er nicht zulassen. Man konnte ihr förmlich ansehen, dass sie sich nicht den Mund verbieten lassen wollte, und tatsächlich hob sie zu einer neuen Widerrede an. Doch irgendetwas ließ sie zögern. »Können wir dann jetzt gehen?« Der Trotz in ihrer Stimme war unüberhörbar.

»Macht, dass ihr mir aus den Augen kommt.«

Ohne sich von ihnen zu verabschieden, gab Viale seinen Leuten das Zeichen abzuziehen.

27

In den nächsten beiden Tagen vergrub sich Rosalie in ihre Arbeit. Wenn sie nicht im »Folies Folles« zu tun hatte, stürzte sie sich in die längst fällige Entrümpelung ihrer Wohnung. Es wurde Zeit, dass sie ihrem neuen Zuhause einen eigenen Stempel aufdrückte.

Während sie Babettes Habseligkeiten aussortierte und in Umzugskartons verstaute, kam sie dennoch immer wieder ins Grübeln. Im Grunde genommen war alles schiefgelaufen, was schieflaufen konnte. Sie hatten Ismael mit ihren Recherchen helfen wollen, stattdessen saß er nun im Gefängnis. Vincent ging ihr wieder einmal aus dem Weg, und Rachid war so deprimiert, dass er ebenfalls abgetaucht war. Und Maurice triumphierte über seinen vermeintlichen Sieg. Was ihr jedoch blieb, war das deutliche Gefühl, dass Ismael Unrecht geschah. Das ließ sie einfach nicht zur Ruhe kommen. Zu allem Überfluss hatte sie heute Morgen auch noch einen Brief von ihrem Vater in ihrem Briefkasten vorgefunden. Sie rechnete damit, dass er ihr neue Schwierigkeiten bereiten wollte, doch zu ihrer Überraschung steckte im Kuvert eine Karte aus handgeschöpftem Bütten, auf die eine Einladung zum Abendessen geschrieben war.

»*Es wird Zeit, dass wir die Vergangenheit endlich begraben*««, las sie. »*Lass uns den Jahrestag des Todes deiner Stiefmutter als Anlass nehmen, um uns endlich alle zu versöhnen!*«

Welch ein Hohn! Dafür war es reichlich spät. Rosalie zerriss die Karte und warf sie umgehend in den Papierkorb. Das Letzte, was sie im Augenblick ertragen konnte, war ein heuchlerischer Abend mit ihrer Nicht-Familie. Allein der Gedanke, Maurice erneut zu begegnen, war ihr zuwider.

»*Merde!*«, schimpfte sie vor sich hin. Ihre Stimmung wurde dadurch zwar nicht besser, aber die Unmutsäußerungen erleichterten ein wenig. Sie hasste es, zur Untätigkeit verdammt zu sein. Aber was konnte sie jetzt noch tun? Ismael saß in Haft. Die Beweislast gegen ihn war ausreichend, sodass es zu einer Verhandlung kommen würde – und wenn nicht ein Wunder geschah, würde er einen Großteil seines Lebens hinter Gittern verbringen müssen.

»*Merde alors!*« Sie hatte das Gefühl, irgendetwas tun zu müssen. Also griff sie nach ihrem Telefon und wählte zum x-ten Mal Rachids Nummer. Immer noch meldete sich nur der Anrufbeantworter. Sie hinterließ eine weitere Nachricht. »Ruf zurück! Wir müssen unbedingt reden!«

Als Nächstes rief sie bei Vincent in der Apotheke an. Auch für ihn wurde es langsam Zeit, sein Schneckenhaus zu verlassen. Wahrscheinlich ging es ihm ähnlich wie ihr. Erst einmal mussten alle Wunden geleckt werden, bevor sich der Löwe wieder aus der Höhle wagte. Sie erreichte allerdings nur seine Helferin, die ihr mitteilte, dass Vincent erst am Nachmittag in der Apotheke erwartet würde. Als sie sein Mobiltelefon anwählte, ging er ebenfalls nicht dran.

»*Merde et merde encore!*« Sehr kreativ war ihre Wortwahl heute tatsächlich nicht.

Als wenig später endlich das Telefon klingelte, hoffte sie, dass es einer ihrer beiden Freunde war, doch es war nur Josette, die unbedingt sofort einen Haarfärbetermin bei ihr haben wollte. Rosalie war auf jeden Cent angewiesen, also fügte sie sich in ihr Schicksal und begab sich in ihr Haarstudio.

Josette wartete bereits vor der Tür. Noch während Rosalie sie einließ, wedelte die Inhaberin des *Magasin du Journal* mit einer Zeitung vor ihrer Nase. »Hast du es schon gelesen?«

Rosalie verdrehte die Augen. »Schreiben die Schmierfinken wieder etwas über den armen Bashaddi? Das kannst du gleich in den Papierkorb werfen. Ich will es gar nicht wissen!«

Josette ging nicht darauf ein. »Jean-Luc ist vom Front Radical als Bürgermeisterkandidat abgelehnt worden! Arlette ist völlig außer sich!«

»Er sollte froh sein«, antwortete Rosalie und wies Josette einen der Frisierstühle zu. Ihr gingen im Augenblick weiß Gott andere Dinge durch den Kopf als die Farnaulds.

»Und jetzt will Arlette, dass sich Jean-Luc als unabhängiger Bürgermeisterkandidat aufstellen lässt«, quasselte Josette unbeirrt weiter. »Die Gute hält ihren Mann doch tatsächlich für einen Helden, nur weil er bei dieser schrecklichen Demonstration einen Stein an den Kopf bekommen hat.« Sie kicherte hinter vorgehaltener Hand. »Dabei weiß jeder, dass ihm die Sache völlig aus dem Ruder gelaufen ist.«

Rosalie hatte keine Lust, auf Josettes Dorftratsch einzugehen. »Möchtest du, dass wir deiner Farbe heute mal etwas von dem neuen Rotton zugeben? Ich könnte mir gut vorstellen, dass es dich noch weiblicher aussehen lässt.«

Josette war sofort Feuer und Flamme. »Oh ja! Du weißt ja, ich habe volles Vertrauen in deine Künste!« Sie zwinkerte ihr neckisch zu. »Im Gegensatz zu Arlette, die jetzt übrigens wieder bei ihrem alten Maître ist.«

»Das ist mir sehr recht!«

Um Josettes Mitteilungsbedürfnis etwas einzudämmen,

drückte sie ihr eine Modezeitschrift in die Hand, während sie sich zurückzog, um die Farbe anzurühren.

»Sehr gesprächig bist du ja heute nicht gerade!«, meinte Josette beleidigt und legte die Zeitschrift unbesehen auf die Ablage. Sie reckte ihren dünnen Hals in die Höhe und wechselte von der Nah- zur Fernbrille, um sie besser inspizieren zu können. »Glaubst du etwa, ich bin hier, um meine eigenen Zeitungen zu lesen?«

»Verzeih! Ich war gerade in Gedanken.«

»Hast du auch so schlecht geschlafen?«, erkundigte sich Josette unbeirrt. »Ich habe die ganze Nacht kein Auge zugetan. Allein die Vorstellung, dass wir hier die ganze Zeit mit einem Mörder im Dorf gelebt haben, jagt mir immer noch eine Gänsehaut über den Rücken. Ich sag ja immer: Leben und leben lassen, aber neuerdings mache ich mir doch auch Gedanken, ob es so gut ist, wenn so viele Ausländer hier wohnen.«

Rosalie zwang sich zu schweigen. Wenn sie jetzt auch noch anfing zu diskutieren, konnte sie nicht dafür garantieren, dass sie höflich blieb. Stattdessen begann sie in scheinbarer Konzentration die Farbe aufzutragen. Doch wenn sie geglaubt hatte, dass sie so ihre Ruhe bekam, hatte sie sich getäuscht. Kurze Zeit darauf betrat Josef Jauffret mit schweren Schritten den Laden.

»Hast du schon gehört, Rosalie? Bashaddi hat ein Geständnis abgelegt«, brachte er keuchend seine Neuigkeit hervor. »Arduin hat es mir gerade gesteckt. Er kommt gerade aus Avignon!«

»Hach! Das ist ja interessant!« Josette reckte den faltigen Hals erneut in die Höhe und wandte sich den beiden zu. »Hat ihn Maurice Viale also weichgeklopft?« Ihr Blick hatte etwas von einem Geier auf Beuteflug. »Erzähl!«

Rosalie warf Josef einen ärgerlichen Blick zu. Warum konnte der Trottel nicht ein wenig mehr Diskretion zeigen? Leider war das nicht seine Art. In manchen Dingen war Josef so sensibel wie ein Holzfäller, der versucht, einen Faden durch ein Nadelöhr zu fädeln. »Angeblich hat es gar nicht lange gedauert, bis Viale ihn so weit hatte«, berichtete er stattdessen bereitwillig. »Er hat zugegeben, dass er das Feuerholz mit den Patronen präpariert hat. Der Fall ist bereits bei der Staatsanwaltschaft!«

Rosalie spürte, wie ihr das Blut in die Beine sackte. Sie dachte an Ismaels Familie und Rachid, die nun völlig verzweifelt sein mussten. »Die armen Bashaddis!«

Josef stutzte und sah sie besorgt an. »Du siehst irgendwie blass aus, Rosalie. Ist dir nicht gut?«

Sie schüttelte unwirsch den Kopf. »Mir geht's bestens, mal abgesehen davon, dass Ismael niemals der Täter gewesen sein kann.«

»Ach, Kindchen.« Josette zeigte Mitgefühl. »Es ist nun mal, wie es ist. Dein Mitgefühl für die Familie Bashaddi ehrt dich ja. Aber nun ist der Fall wenigstens gelöst, und die Leute von Vassols müssen keine Angst mehr haben, dass der Mörder noch frei herumläuft.«

»Das sehe ich auch so«, nickte Josef zustimmend. »Maryse lässt übrigens fragen, ob sie heute Nachmittag zur Maniküre kommen kann.«

Damit war für die beiden das Thema erledigt.

Die Nachricht, dass Ismael Bashaddi ein Geständnis abgelegt haben sollte, ließ Rosalie einfach keine Ruhe. Sobald sie mit Josette fertig war, schloss sie ihren Laden wieder ab und begab sich zu Rachid. Der Gemüseladen hatte immer noch geschlossen, und auch bei ihm zu Hause war niemand anzutreffen.

Wahrscheinlich sind sie alle bei Djamila, um sie zu trösten. Es kam ihr falsch vor, auch noch dorthin zu gehen. Stattdessen steuerte sie Vincents Apotheke an, allerdings ebenfalls ohne Erfolg, denn er war noch nicht eingetroffen.

Verhaftet ist noch lange nicht verurteilt, versuchte sie sich einzureden. Allerdings half es nicht viel. Verdammt! Sie kam sich mitschuldig vor. Schließlich war sie es gewesen, die Rachid dazu überredet hatte, Ismael in seinem Versteck aufzusuchen. Dadurch hatten sie die Polizei auf seine Fährte gebracht. Wenn Ismael ihnen wenigstens noch verraten hätte, woher er das Holz hatte, dann hätten sie vielleicht den Ansatz für eine neue Spur gehabt. Maurice musste doch einsehen, dass er in dieser Richtung noch nicht genügend ermittelt hatte.

Plötzlich kam ihr wieder die Einladung ihres Vaters zum Abendessen in den Sinn. Nicht nur ihr Vater, sondern auch ihre beiden Brüder würden heute Abend anwesend sein. Ob sie vielleicht doch ...? Sie verdrängte den Gedanken so schnell, wie er gekommen war, doch plötzlich war er wieder da. Wenn sie genau darüber nachdachte, dann war die Einladung als ein erstes Zeichen für ein Friedensangebot zu verstehen. Ihr Vater würde mit Sicherheit darauf achten, dass sie sich alle mit Respekt begegneten. Was wäre, wenn sie dort hinging und die Gelegenheit nutzte, um noch einmal mit Maurice zu reden? Ihre bisherigen Begegnungen hatten zugegebenermaßen unter keinem besonders günstigen Stern gestanden. Vielleicht würde ihr Bruder sich ja zugänglicher zeigen, wenn sie etwas freundlicher zu ihm war? Auf jeden Fall musste sie ihm klarmachen, dass Ismaels Geständnis nur aus einer vorübergehenden Depression oder aus gekränktem Stolz zu erklären war. Er fühlte sich von seiner Familie verraten, nur so war seine Kurzschlussreaktion zu erklären.

28

Guantanamo kann nicht schlimmer sein, dachte Rachid, als er die diversen Sicherheitskontrollen passierte, die ihn in den Besuchertrakt des Untersuchungsgefängnisses von Avignon führten. Der graue, schmucklose Betonblock mit seinen Türschleusen, Gitterstäben und Panzerglastüren allein verursachte schon Beklemmungen. Und die Vorstellung, dass sein Cousin darin schon seit Tagen festgehalten wurde, machte es nicht besser. Rachid versuchte seit zwei Tagen, eine Besuchserlaubnis bei Ismael zu erwirken. Für ihn als Familienangehörigen war das an sich kein Problem, aber bislang hatte sich Ismael geweigert, ihn zu sehen. Das hatte ihn nicht davon abgehalten, es erneut zu versuchen. Seine Schuldgefühle erdrückten ihn beinahe. Ismael musste wissen, dass sie ihn nicht verraten hatten. Natürlich hatte er einen Fehler begangen, als er ihn gemeinsam mit seinen Freunden aufgesucht hatte, aber niemand von ihnen hatte ahnen können, dass die Polizei sie beschattete.

Der Justizbeamte schloss gerade die letzte Tür auf und bedeutete Rachid, auf dem Stuhl vor dem mittleren der sechs Tische in dem Besucherraum Platz zu nehmen.

»Ihr Cousin wird gleich vorgeführt«, informierte er ihn nicht unfreundlich. »Sie haben eine Viertelstunde Zeit, um sich mit ihm zu unterhalten. Bitte halten Sie Abstand zu ihm. Die Hände legen Sie bitte beide vor sich auf den Tisch. Ich warte da hinten.«

Rachid nickte nur und setzte sich auf den Metallstuhl hinter dem grauen Tisch. Der grün gestrichene Besucherraum umfasste etwa siebzig Quadratmeter. Von den hohen Decken strahlte kaltes Neonlicht. Zusätzlich drang durch drei schmale, vergitterte Fenster etwas graues Tageslicht.

Außer ihm befanden sich noch zwei aufgedonnerte Frauen im Raum, die sich anzüglich auf ihren Stühlen rekelten und kaugummikauend zu ihm herüberlächelten. Rachid versuchte, keine Notiz von ihnen zu nehmen. Sie unterließen ihre anzüglichen Posen erst, als ein Hüne von einem Mann zu ihrem Tisch geführt wurde. Der glatzköpfige Riese, dessen Körper flächendeckend tätowiert war, nahm wie ein strahlender Sieger den Frauen gegenüber Platz. Rachid fragte sich, ob ihm die Tatsache, dass er sich im Knast befand, überhaupt bewusst war.

Kurz darauf wurde Ismael hereingeführt. Rachid erschrak über das Aussehen seines Cousins. Zwar war er nun rasiert und trug saubere Kleidung, aber seine Haltung und die Art, wie er lief, drückten aus, wie schlecht es ihm gehen musste. *Er ist ein gebrochener Mann,* dachte Rachid voller Kummer. *Und ich bin schuld daran!* Er machte sich darauf gefasst, dass Ismael wütend auf ihn sein, dass er ihn beschuldigen und anklagen würde, aber nichts dergleichen war der Fall. Er trat auf ihn zu, sah ihn kurz an und setzte sich, die Hände vorschriftsmäßig auf die Tischplatte gelegt, ihm gegenüber hin. So saßen sie eine Weile und schwiegen. Ismael vermied dabei jeden Blickkontakt.

»Ich habe nicht gewusst, dass uns die *Flics* gefolgt sind«, durchbrach Rachid endlich die Stille. Es gelang ihm kaum, den Kloß in seinem Hals herunterzuschlucken. »Ich wollte dir doch nur helfen. Es tut mir so leid.«

»Allah allein weiß, was gut für uns ist«, antwortete Ismael, als hätte er sich mit seinem Schicksal abgefunden. »Ich werde diese Strafe verbüßen, wenn es sein Wille ist.«

»Aber du bist unschuldig!« Rachid ballte seine Hände zu Fäusten, so verzweifelt war er. Ismael sah ihn an.

»Und doch hast du mich verraten!«

Der vorwurfsvolle Blick und die Bitterkeit in seiner Stimme trafen Rachid sehr. In den vergangenen Tagen hatte es keine Minute gegeben, in der er sich nicht selbst angeklagt hatte. Und doch war es Schicksal gewesen und kein Vorsatz. Er spürte, wie ihm die Tränen in die Augen stiegen.

»Möge Allah mich hier und jetzt mit seinem Blitz erschlagen«, brach es aus ihm hervor. »Ich schwöre, dass ich das hier nicht wollte.« Während er mit gesenktem Kopf um seine Fassung rang, spürte er plötzlich Ismaels Hand auf seiner.

»Nicht berühren!«, bellte der Vollzugsbeamte hinter ihnen.

Ismael zog die Hand zurück. »Wenn es das ist, was du willst, dann verzeihe ich dir«, sagte er bitter. »Und jetzt geh bitte. Ich möchte beten.«

Rachid sah seinen Cousin befremdet an. Ismael war noch nie besonders gläubig gewesen. Und sein angebliches Vergeben war blanker Hohn. Es zeigte ihm, wie unerwünscht er war, und er konnte es ihm nicht verübeln. Und dennoch drängte es ihn, endlich die Wahrheit zu erfahren. »Von wem hast du das Eichenholz?«

Ismael lachte bitter auf. »Willst du mir das immer noch anhängen?« Er nickte, als wolle er sich selbst bestätigen, wie richtig er mit seiner Vermutung lag.

»Es könnte dich entlasten«, versuchte Rachid seine Frage zu erklären.

Doch Ismael winkte nur ab. »Du hast recht. Das Holz ist von Crestet ...«
Und dann erzählte er ihm seine Geschichte.

Als Rachid wenig später den Besucherraum verließ, fühlte er sich noch schrecklicher als zuvor. Wie in Trance wankte er durch die Schleusen zurück in den Raum, wo er seine persönlichen Dinge abgegeben hatte. Mechanisch steckte er alles in seine Taschen und verließ das Gefängnis. Erst im Auto gelang es ihm wieder, einen klaren Gedanken zu fassen.

Sein Telefon zeigte etliche Anrufe und Nachrichten an. Die meisten stammten von Rosalie. Er sah sich im Moment nicht in der Lage, ihr zu antworten. Was er jetzt brauchte, war etwas Abstand. Er brachte es einfach nicht fertig, Djamila oder seiner Mutter unter die Augen zu treten, um ihnen von Ismaels ausweisloser Lage zu berichten. Kurzerhand beschloss er, zu seinem Freund Abdullah nach Aix-en-Provence zu fahren.

*

Maurice befand sich in freudiger Anspannung, während er seine Familie in Richtung Vacqueyras chauffierte. Seit langer Zeit war es ihm endlich einmal kein Gräuel mehr, zu dem jährlich stattfindenden Abendessen zum Todestag seiner Mutter zitiert zu werden. Für gewöhnlich vergingen diese Abende nur zäh und wenig unterhaltsam. Auch Sylvie und die Kinder empfanden diese Familientreffen als lästige Pflichterfüllung. Einer der Hauptgründe war, dass weder sein Vater noch sein älterer Bruder Louis besonders gesprächig waren. Man konnte sich mit ihnen eigentlich nur über den Weinbau und die Jagd unterhalten. Überdies versäumte es sein Vater an diesen Abenden nie zu betonen, dass er für Maurice' Beruf nicht viel übrig hatte.

»Mein Sohn ein Polizeibeamter«, pflegte er kopfschüttelnd zu bemerken. »Da würde sich dein *Grandpère* im Grabe umdrehen.«

Sein Großvater Auguste war seinerzeit überzeugter Kommunist und während des Zweiten Weltkrieges bei der Résistance gewesen – ein verdienter Nationalheld, der sich niemals einer Obrigkeit unterstellt hätte. Alle Nachkommen von Auguste waren – nach Bertrand Viales Meinung – nun dazu verpflichtet, sich ebenfalls diesen Unabhängigkeitsgeist zu bewahren. Da passte das Bild eines Berufsbeamten einfach nicht hinein. Maurice hatte sich gegen diesen Dünkel immer gesträubt. Er lebte zum Glück in einer anderen Zeit.

Heute Abend standen die Zeichen jedoch günstiger. Die rasche Aufklärung des Mordfalls Rivas war derzeit in aller Munde. Auch die »*Provence*« hatte ausführlich darüber berichtet. Seiner Beförderung zum Capitaine stand nun nichts mehr im Wege. Der Commandant hatte bereits Andeutungen gemacht. Vielleicht würde sein Vater nun endlich einmal stolz auf ihn sein.

Je näher er jedoch dem elterlichen Weingut kam, desto unruhiger wurde er. Vielleicht war dem Vater sein Erfolg ja gar nicht so wichtig? Verdammt, warum wartete er überhaupt auf dessen Lob? War es die Gewissheit, dass in Bertrand Viales Leben eigentlich nur das Weingut eine außergewöhnliche Rolle spielte? Oder war es alte Eifersucht aus Kindertagen, weil Louis dem Vater schon immer näherstand als er? Sein älterer Bruder liebte den Weinbau genauso wie der alte Herr. Die beiden hatten ein geradezu symbiotisches Verhältnis zueinander, während Maurice immer nur der kleine Bruder geblieben war. Er klopfte nervös mit den Fingerspitzen gegen das Lenkrad und betrachtete seine Frau von der Seite. Sie hatte während der Fahrt noch kein Wort mit ihm gewechselt, sondern war ständig mit ihrem Smartphone beschäftigt. Er verließ die Schnellstraße von Avignon in Carpentras, um die Nationalstraße zu nehmen. Seine beiden halbwüchsigen Kinder saßen im Fond und demonstrierten schweigend ihre schlechte Laune – auch das war ein Ritual, das sich alljährlich wiederholte. Der fünfzehnjährige Joël saß mit riesigen Kopfhörern auf den Ohren und betont gelangweilter Miene neben seiner um zwei Jahre jüngeren Schwester Cathérine, die sich kichernd irgendwelche Youtube-Filmchen ansah. Er würde diese Generation Social-Media-abhängiger Junkies wohl nie verstehen können.

»Wenn ich zum Capitaine ernannt worden bin, könnten wir uns im Sommer wieder einmal einen Urlaub auf Korsika leisten«, versuchte er eine Konversation in Gang zu bringen.

Sylvie sah kurz naserümpfend von ihrem Smartphone auf. »Etwa auf dem schäbigen Campingplatz, wo wir vor drei Jahren waren? Dort gab es nicht mal ein ordentliches Restaurant in der Nähe!«

Maurice starrte zurück auf die Straße. Er hatte sich eine etwas euphorischere Reaktion erhofft. Doch war das ein Wunder? Erst letztes Jahr war er wegen eines dringenden Falls gezwungen gewesen, ihren gemeinsamen Familienurlaub von drei auf eineinhalb Wochen zu verkürzen. Statt in die Bretagne zu fahren, waren sie in einer heruntergekommenen Pension in der Auvergne gelandet. Die Erinnerung an den verpatzten Urlaub bescherte ihm sofort ein schlechtes Gewissen. Es war wirklich an der Zeit, dass er sich wieder mehr um seine Familie kümmerte. »Wir könnten dieses Mal auch in ein schönes Hotel gehen und uns richtig verwöhnen lassen«, schlug er deshalb vor.

»Sandrine fliegt mit ihren Eltern im Sommer in die Dominikanische Republik. All inclusive und jeden Abend Partys«, mischte sich Cathérine plötzlich ein. »So was ist ein cooler Urlaub!«

Sogar Joël bequemte sich beim Stichwort Urlaub dazu, seinen Kopfhörer beiseitezuschieben, um seinerseits einen Kommentar abzugeben. »Ich wäre für Actionurlaub in Norwegen zu haben. Rafting, Canoeing und Klettern sind gerade total angesagt. Bin da neulich auf eine super Website gestoßen.«

»Ist doch total ätzend«, beschwerte sich seine Schwester. »Da gibt's ja nichts als blöde Natur!«

»Na und, dafür jede Menge Action und Spaß. Außerdem ...«

Sofort war der schönste Streit zwischen den Geschwistern im Gange.

»Ruhe!«, unterbrach die sonst so beherrschte Sylvie mit einem überraschend energischen Zwischenruf das Gezeter. »Eure Urlaubspläne könnt ihr gern morgen früh mit eurem Vater beim Frühstück diskutieren, solange ich beim Joggen bin.«

Maurice musterte seine Frau überrascht. »Das hört sich ja gerade so an, als wäre dir egal, wohin wir dieses Jahr fahren.«

Zum ersten Mal, seitdem sie von zu Hause losgefahren waren, sah Sylvie ihn direkt an. »Das ist es auch, *mon chéri*. Und zwar aus dem einfachen Grund, weil ich dieses Jahr nicht mit von der Partie sein werde, wenn ihr in Urlaub fahrt. Ihr könnt euch also ganz frei fühlen in euren Planungen!«

Für einen Augenblick waren sowohl Maurice als auch die Kinder sprachlos. »Das ... das verstehe ich nicht«, räusperte er sich verblüfft.

»Oh, das ist ganz einfach!« Sylvie trat sehr selbstbewusst

und bestimmt auf. »Ich werde mit Claudine auf Pilgerreise nach Spanien gehen.«

»Du willst was …?«, kam es unisono aus drei Kehlen.

»Ihr habt richtig gehört. Ich werde eine Pilgerreise machen. Nun seht mich nicht so entsetzt an! Was ist daran schon so Außergewöhnliches? Jahrelang ging alles nur nach Maurice' oder nach eurer Pfeife. Jetzt denk ich auch mal nur an mich!«

»Darf ich fragen, weshalb du nicht früher mit mir darüber geredet hast?« Maurice' gute Laune war augenblicklich verflogen.

»Wollte ich ja, aber du bist ja nie da!« Da war er wieder, dieser vorwurfsvolle Unterton, den ihre Stimme beinahe jedes Mal annahm, wenn sie in letzter Zeit über etwas diskutierten. »Vielleicht erinnerst du dich, dass ich dich schon ein paar Mal um ein Gespräch gebeten habe. Du hattest leider nie Zeit! Jetzt erfährst du es eben so.«

»Willst du damit sagen, dass es schon beschlossene Sache ist? Findest du nicht, dass ich dabei auch ein Wörtchen mitzureden habe?« Maurice fand, dass es an der Zeit war, sich auf seine Stellung als Familienoberhaupt zu berufen.

Sylvie zeigte sich jedoch wenig beeindruckt. »Darüber müssen wir nicht mehr diskutieren. Ich habe den Flug nach Spanien bereits gebucht. Am 15. Juli geht es los. Drei Wochen später bin ich wieder zurück.«

»Und was wird dann aus uns?« Maurice fühlte sich plötzlich sehr hilflos.

Sylvie zuckte gleichmütig mit den Schultern. »Oh, das bekommt ihr schon hin.« Sie widmete sich wieder ihrem Smartphone.

Joël und Cathérine diskutierten weiterhin über die möglichen Reiseziele im kommenden Sommer, die sie dann eben nur mit ihrem Vater besuchen würden. Die Tatsache, dass ihre Mutter andere Pläne hatte, kümmerte sie dabei wenig. Maurice war froh, als sie endlich auf das Sträßchen einbogen, das zu seinem elterlichen Hof führte.

Seine gute Laune kehrte augenblicklich zurück, als er überraschend überschwänglich von seinem Vater und Louis begrüßt wurde. Die beiden erwarteten ihn bereits im Hof und gratulierten ihm tatsächlich zu seinem Erfolg. Während Louis ihm kameradschaftlich den Arm um die Schulter legte, betraten sie die große Eingangshalle. Aus der Küche zog bereits der verführerische Duft eines Lammbratens zu ihnen hinüber. Clotilde, Bertrands langjährige Haushälterin, hatte ihn bereits in den Ofen geschoben.

Im Salon standen Gläser und verschiedene Getränke für einen Apéro bereit. Louis schenkte den Männern einen Ricard ein, während er Sylvie einen selbst gemachten *Vin de noix* und den Kindern Fruchtsäfte anbot. Sie unterhielten sich über den Fall Rivas und Maurice' Meisterleistung, den flüchtigen Mörder so schnell gestellt zu haben. Er genoss es, endlich mal im Mittelpunkt zu stehen. Sogar seine Kinder und Sylvie hörten aufmerksam zu, als er ihnen den Fall schilderte. Allerdings fiel ihm auf, dass sein Vater immer wieder nervös auf seine Armbanduhr sah.

»Erwartet Papa noch jemanden?«, erkundigte er sich beiläufig bei Louis. Sein älterer Bruder machte eine schwer zu interpretierende Miene. »Er hat unsere Schwester Rosalie für heute Abend eingeladen. Er findet, es ist endlich an der Zeit, sich zu versöhnen. Ich bin wirklich gespannt, ob sie die Einladung annimmt, nach allem, was so geschehen ist. Wir haben es ihr damals nicht leicht gemacht, nicht wahr?«

»Sie uns aber auch nicht!«

Maurice war nicht besonders erfreut über diese Nachricht. Die letzte Begegnung mit seiner Schwester in der Höhle war ihm noch in unangenehmer Erinnerung. Wenn es nach ihm ginge, müsste sie überhaupt nicht hier auftauchen. Allerdings war er heute in viel zu guter Stimmung, um sich dadurch die Laune verderben zu lassen.

Wenig später läutete es tatsächlich an der Tür, und Rosalie schneite herein. Sie begrüßte alle mit einem strahlenden Lächeln, das in nichts vermuten ließ, welche Spannungen für gewöhnlich innerhalb dieser Familie herrschten. *Sie weiß zumindest etwas aus sich zu machen,* musste Maurice widerwillig anerkennen. Sie trug einen eng anliegenden schwarzen Wollrock mit hochhackigen Stiefeln, die bis über ihre Knie reichten. Dazu eine hellgrüne Bluse unter einer grauen Strickjacke, die wunderbar zu ihrer hochgesteckten roten Lockenfrisur passte. Etwas Modeschmuck machte ihr Aussehen perfekt. Sie war dezent geschminkt und nahm durch ihre warmherzige Offenheit alle für sich ein. Sylvie, die ihrer Schwägerin noch nie zuvor begegnet war, war sofort von ihr begeistert. Sobald Rosalie ihren Vater mit einem steifen Händedruck und dann Louis mit schnell hingehauchten Bises begrüßt hatte, steuerte sie auf sie zu.

»Ich freue mich so, dich endlich kennenzulernen.« Sylvie umarmte Rosalie und gab ihr herzliche Wangenküsse. Dann stellte sie ihre beiden Kinder vor. »Joël, Cathérine, das ist eure wunderbare Tante Rosalie. Ihr habt doch bestimmt schon von ihr gehört?«

Maurice sah unwillig zu. Wollte Sylvie ihn etwa ärgern, indem sie so tat, als gehöre Rosalie schon immer zur Familie? Er hätte sich ein wenig mehr Zurückhaltung gewünscht.

Seine Schwester genoss natürlich die Aufmerksamkeit. Sie gab beiden Kindern die Hand und überreichte jedem von ihnen zu seiner Überraschung eine Tüte mit *Berlingots*. Joël, der sonst nie den Mund vor Fremden aufbrachte, bedankte sich höflich, ohne dass er von seiner Mutter daran erinnert werden musste. Auch Cathérine schien ganz hingerissen von ihrer neuen Tante. Sie fragte sie sofort um ihre Meinung bezüglich ihrer Haare, woraufhin Rosalie ihre Nichte zu sich in den Salon einlud. Erst dann war er mit der Begrüßung an der Reihe. Maurice hatte damit gerechnet, dass sie frostig über ihn hinweggegangen wäre. Schließlich hatte er ihr bei der letzten Begegnung noch mit einer Festnahme gedroht. Doch sie bot ihm freundlich ihre Wange und brachte sogar ein unbefangenes Lächeln zustande.

»Wie schön, dass wir uns heute einmal unter – wie soll ich sagen – weniger angespannten Umständen treffen.«

Maurice glaubte, sich verhört zu haben. Diese Charmeoffensive brachte ihn ganz durcheinander. Mit den sonst zwischen ihnen üblichen Feindseligkeiten hätte er wesentlich besser umgehen können. »Ähm, ja, mich auch.« Auch wenn er Rosalies Freundlichkeit gründlich misstraute, sah er sich gezwungen, ebenfalls eine gewisse Höflichkeit an den Tag zu legen.

Seinem Vater schien es ähnlich zu gehen. Auch er machte einen sehr unbeholfenen Eindruck. Sie wussten schließlich alle aus Erfahrung, dass Rosalie ein Temperament wie ein Vulkan besaß, der jederzeit ausbrechen konnte.

»Ich rechne es dir hoch an, dass du meine Einladung angenommen hast.« Bertrand fand schließlich in seine gewohnte Gastgeberrolle zurück. »Wir sollten deshalb deine Rückkehr in den Schoß der Familie mit einer schönen Flasche Champagner feiern.«

»Warum nicht?« Rosalie legte kokett den Kopf in den Nacken und lächelte ihrem Vater zu.

Bertrand holte also einen extra für diese Gelegenheit kühl gestellten Veuve Clicquot Brut aus dem Kühlschrank.

Maurice nahm mit einem gewissen Befremden zur Kenntnis, dass der Champagner erst jetzt serviert wurde. Seit Rosalie im Raum war, redete zudem keiner mehr von seinem Erfolg. In Anbetracht ihrer Meinungsverschiedenheiten zu diesem Thema war das vermutlich auch besser so.

In ungewöhnlich heiterer Stimmung setzten sich alle an den Tisch. Auch während des Essens zeigte sich Rosalie nur von ihrer besten Seite. Sie war nicht nur charmant, sondern konnte auch überaus lustig sein. Joël und Cathérine hingen nur so an ihren Lippen, wenn sie Anekdoten aus ihrem Leben zum Besten gab. Dabei fiel Maurice auf, dass sie dabei niemals persönliche Dinge preisgab, sondern mehr über andere, bemerkenswerte Menschen erzählte, denen sie begegnet war. Den direkten Fragen des Vaters nach ihrer Vergangenheit wich sie geschickt aus und lenkte das Gespräch sofort wieder auf belanglose Dinge. Maurice sah seinem Vater an, dass ihn ihre ausweichenden Antworten quälten. Ihm wurde erst jetzt klar, wie sehr den alten Bertrand Rosalies Schicksal all die Jahre beschäftigt haben musste. Zwischen den beiden standen noch viele unausgesprochene Dinge, die sich nicht leicht würden klären lassen. Doch weder Rosalie noch sein Vater unternahmen einen Vorstoß, auf unangenehme Themen zu sprechen zu kommen. Weder Rosalies Verschwinden noch der Unfalltod der Mutter wurden thematisiert. Genauso geschickt vermied Rosalie es, den Fall Rivas aufs Tapet zu bringen. Im Grunde genommen war er ihr dafür dankbar, denn er wusste, wie sehr sie es ihm übel genommen hatte, dass er Bashaddi überführt hatte. Der Abend blieb zwar ein Eiertanz, den es galt, unbeschadet zu überstehen. Doch dank Rosalies Umsicht schien auch das zu gelingen.

Nach dem Dessert war es ausgerechnet Sylvie, die eine Kehrtwendung in den Abend brachte. Sie hatte ohnehin etwas zu viel von dem Champagner erwischt und beim Abendessen ein Glas Wein nach dem anderen getrunken. Ja, er hatte sie sogar im Verdacht, dass sie mit Absicht zu viel trank, um ihm zu zeigen, wie unabhängig sie neuerdings war. Sie wusste genau, dass er Alkohol verabscheute.

»Hat Maurice dich schon zu seiner Party eingeladen?«, wandte sie sich leutselig an Rosalie. »Er wird doch demnächst zum Capitaine ernannt. Da muss man es schon mal krachen lassen, wenn man so erfolgreich ist, stimmt's, Chéri?« Sie warf ihm einen spöttischen Blick zu. »Maurice hat nämlich den Mörder von Yves Rivas – ruckzuck – ganz allein gefasst. Der ist natürlich ein Ausländer, einer von der ganz schlimmen Sorte.« Sie kicherte und goss sich noch den letzten Rest aus der Champagnerflasche in ihr Glas, um es sofort in einem Zug leer zu trinken. Ihre Mundwinkel zogen sich in die Breite. »Was hältst du denn von der Geschichte? Du lebst doch in Vassols. Hast du Maurice schon zu seinem grandiosen Erfolg gratuliert? Er kann deine Anerkennung nämlich gut gebrauchen.« Sie kicherte über ihren eigenen Scherz. Natürlich wusste sie ganz genau, wie angespannt Maurice' Verhältnis zu Rosalie war. Er hatte es ihr selbst erzählt! Was zum Teufel war nur in seine Frau gefahren?

»Ich glaube, wir sollten jetzt nach Hause gehen«, bemühte er sich, ihren Redefluss zu unterbrechen. Fehlte nur noch, dass Rosalie auch noch ihren Senf dazugab. Doch es war bereits zu spät.

»Warum sollte es mich nicht freuen, wenn mein Bruder befördert wird?«, antwortete Rosalie unterkühlt. Ihre grünen Augen fixierten ihn plötzlich. Es lag zwar keine Aggressivität in ihrem Blick, dafür aber so etwas wie Verachtung. Vermutlich wollte sie signalisieren, dass sie seine Arbeitsweise für unzulänglich hielt. »Allerdings ist es doch etwas merkwürdig, wie schnell der Fall zu den Akten gelegt wurde, wo es doch – selbst für Laien wie mich – noch so viele offene Fragen gibt ...« Sie machte eine kleine Kunstpause, in der sie sich der Aufmerksamkeit der Anwesenden vergewisserte. »Wo wir endlich einmal so nett beieinandersitzen, kann der zukünftige Capitaine uns doch sicherlich erklären, weshalb Bashaddi die Patronen in Eichenholzscheite gesteckt hat, wo er doch Pinienholz angeliefert hat.« Sie war plötzlich nicht mehr zu bremsen. »Ist es nicht möglich, dass er nur zufällig am Tatort war und gar nichts damit zu tun hat? Und woher hatte Bashaddi Patronen, wo er doch gar kein Jäger ist?«

»Jetzt reicht's!«

Maurice hatte genug. Weder seine Schwester noch seine Frau sollten ihm diesen Abend endgültig vermiesen. Er legte demonstrativ seine Serviette beiseite und stand auf. »Und ich dachte, ich hätte dir neulich klargemacht, dass du dich nicht in die Angelegenheiten der Polizei einmischen sollst. Sieh es endlich ein, Madame Möchte-gern-Detektivin: Der Mörder von Yves Rivas ist gefasst. Und damit ist die Sache erledigt. Sylvie! Kinder! Es ist spät. Ich habe morgen wieder einen anstrengenden Tag!«

»Ach so! Du läufst also davon! Wahrscheinlich, weil du mir im Kreise der Familie nicht mit einer Festnahme drohen kannst.« Ihre Stimme troff plötzlich vor Sarkasmus. Auch sie hatte ihre Serviette auf den Tisch gelegt. »Warum hast du nicht auch in andere Richtungen ermittelt, sondern dich gleich auf Bashaddi eingeschossen? Vielleicht, weil er Algerier ist – wie ich?«

»Rosalie! So darfst du nicht reden!«

Nun war es Bertrand, der sich in die Unterhaltung mischte. Seine Stimme hörte sich gequält an. Der Abend war doch bisher so gut verlaufen. Doch die Zeit der Harmonie war nun vorüber. Maurice fand, dass es endlich an der Zeit war, seine Schwester ein für alle Mal in ihre Schranken zu weisen.

»Wundert dich Rosalies Verhalten etwa, Vater?« Er sah Rosalie an, nicht den Vater. »Mich jedenfalls nicht. Meine Schwester …« – er zog das Wort absichtlich in die Länge – »… hat ja mal als Putzfrau bei der Polizei in Toulouse gearbeitet. Seither glaubt sie wohl, sie könne sich als Hobbydetektivin aufspielen. Seit sie wieder hier ist, mischt sie sich auf unverantwortliche Weise in die Arbeit der Polizei ein. Das ist nicht nur lächerlich, sondern mitunter sogar gefährlich. Wäre sie nicht meine Schwester, hätte ich sie schon längst aus dem Verkehr gezogen!« Genüsslich stellte er fest, wie seine Schwester blass wurde.

»Sie hat als was gearbeitet …?« Bertrand war mindestens ebenso fassungslos wie Rosalie. »Mein Gott! Eine Viale als Putzfrau! Das ist die Strafe, wenn man einfach so vor seinen Problemen davonläuft …« Er knetete hilflos seine Hände.

Rosalie sprang wie von der Tarantel gestochen von ihrem Stuhl auf und sah erst Maurice und dann ihren Vater voller Empörung an. Ihre Hände verkrallten sich in der Serviette, die sie mit Bedacht hingelegt hatte.

»Und ich dachte tatsächlich, wir könnten die alten Zeiten ruhen lassen«, sagte sie mit mühsam beherrschter Stimme. »Leider hatte ich völlig vergessen, wie selbstgefällig und borniert man hier ist!«

Ohne die Anwesenden noch eines weiteren Blickes zu würdigen, nahm sie ihre Handtasche und verließ das Haus.

29

Überstürzt rannte Rosalie zu ihrem Wagen. Sie konnte gar nicht schnell genug wegkommen. Wütend wischte sie sich über ihr tränennasses Gesicht. Sie fühlte sich so verletzt und gedemütigt wie schon lange nicht mehr. Wie hatte sie nur so naiv sein können zu glauben, Vater und Bruder könnten ihr Verständnis entgegenbringen? Die beiden Sturköpfe hatten sich in all den Jahren überhaupt nicht verändert. Im Gegenteil. Sie hatten den Abend nur dazu genutzt, um ihr zu zeigen, wie wenig sie ihnen wert war.

»Eine Viale als Putzfrau!« Die entsetzten Worte ihres Vaters hallten wie Hohn in ihr nach. Es war, als stemple er sie damit zu einer Aussätzigen. Dabei gehörte die Zeit, als sie in Toulouse gearbeitet hatte, mit zu den schönsten in ihrem Leben. Womöglich wäre sie immer noch dort, wenn nicht ... Sie biss sich auf die Lippen und versuchte den Gedanken an Jérôme zu verdrängen. Doch stattdessen kamen nur neue Tränen. Verdammt! Sie war manchmal einfach viel zu gutgläubig.

Während sie in ihrem alten Peugeot zurück nach Vassols ratterte, begann sie, sich so vernunftgeleitet wie möglich mit der Realität auseinanderzusetzen. Sie hatte alles falsch gemacht. Allein die Idee, sich auf Babettes Erbe einzulassen, war idiotisch gewesen. Sie hatte sich in alles Mögliche verrannt. Zum ersten Mal stellte sie sich die Frage, ob Ismael nicht doch an Rivas' Tod schuld gewesen sein könnte. Alle Indizien sprachen schließlich gegen ihn. Wahrscheinlich hatte ihre Freundschaft zu Rachid sie einfach nur blind gemacht. Maurice hatte recht. Es war fahrlässig gewesen, sich in die Polizeiarbeit einzumischen. Am besten, sie machte das auch möglichst bald Rachid klar. Es wurde Zeit, dass sie den Tatsachen in die Augen sahen. Je eher, desto besser. Da sie noch kein bisschen müde war, rief sie ihn direkt vom Auto aus an. Doch wieder erreichte sie nur seine Mailbox.

Frustriert parkte sie ihr Auto vor Babettes Haus und überlegte, im *Mistral* noch einen Péroquet zu trinken. Doch als sie durch die verglaste Fensterfront in die Bar sah und dort weder Maryse noch Josef entdeckte, sondern nur Didier, der mürrisch vor einem Glas Ricard saß und vor sich hin brütete, entschloss sie sich, es lieber zu lassen.

Wie von selbst steuerte sie auf Vincents Wohnung zu, nachdem sie gesehen hatte, dass dort noch Licht brannte. Während sie klingelte, kämpfte sie mit einem Anflug von schlechtem Gewissen. Ob Vincent es nicht lächerlich fand, wenn sie jetzt noch bei ihm auftauchte? Doch als er ihr die Tür öffnete und sie dabei freudig überrascht anstrahlte, verflog das Gefühl so schnell, wie es gekommen war.

»Komm herein, du bist ja völlig durch den Wind«, empfing er sie mit seiner warmen, tiefen Stimme, als wäre es das Selbstverständlichste auf der Welt, dass er sofort erkannte, was mit ihr los war. Rosalie seufzte. Menschen wie Vincent waren einfach zu gut für diese Welt. »Ich habe Feuer gemacht. Möchtest du mit mir am Kamin ein Glas Rotwein trinken?«

Seine Freundlichkeit war wie Balsam für die Seele. Bereitwillig ließ sie sich von ihm die Jacke abnehmen und ins Wohnzimmer führen. Trotz ihres miserablen Zustands war sie von der unaufdringlichen Eleganz seiner Einrichtung beeindruckt.

Der Raum war mithilfe von indirekten Lampen gut ausgeleuchtet. Rosalies Blick konzentrierte sich auf das Cheminée, in dem ein munteres Feuer brannte.

Sie nahm auf einem der hellen Sessel Platz, während Vincent ihr aus einem Dekanter ein Glas Rotwein einschenkte.

»Hast du vielleicht Hunger?«, erkundigte er sich. »Ich habe noch etwas Pastete, wenn du möchtest.«

Rosalie winkte müde ab. »Ich habe gerade ein viergängiges Menü im Hause meines Vaters überlebt.«

Vincent hob fragend eine Augenbraue. »Möchtest du darüber reden, oder soll ich lieber einen Arzt rufen?«

»Ach, wenn es damit nur getan wäre!« Rosalie seufzte, fühlte sich aber schon viel leichter. Dann erzählte sie ihm von dem missratenen Abend. Mit etwas Abstand brachte sie es sogar fertig, alles mit einer gewissen Portion Humor zu schildern.

»Wenn meine Schwägerin – die übrigens wirklich reizend ist – sich nicht betrunken hätte, wäre womöglich alles ganz glimpflich über die Bühne gegangen. Ich hatte mir so eine schöne Strategie zurechtgelegt. Ich wollte ihnen zeigen, dass wir eine Chance haben, uns endlich einmal gegenseitig ernst zu nehmen und zu respektieren. Schließlich ist viel Zeit vergangen seit Isabelles Tod. Wenn alles gut gelaufen wäre, hätte ich versucht, nochmals in Ruhe mit Maurice über Ismael zu reden. So mehr von Schwester zu Bruder als von Friseurin zu Commissaire, wenn du verstehst, was ich meine ...«

Vincent saß ihr gegenüber und hörte aufmerksam zu. Zwischen seinen schmalen Händen rollte er das Rotweinglas.

»Und das hat natürlich nicht funktioniert«, stellte er nüchtern fest. »Ich kann mir vorstellen, wie weh dir das tut. Vor allem, weil du so gekränkt worden bist. Vielleicht war es einfach ein schlechter Augenblick, um den Familienfrieden wiederherzustellen. Es ist niemals gut, mit einem Hintergedanken eine Versöhnung anzustreben.«

Obwohl Rosalie den versteckten Tadel in seinen Worten sehr wohl hörte, konnte sie ihm nicht böse sein. Im Gegenteil, er hatte ja recht.

»Du meinst also, es wäre in jedem Fall schiefgelaufen?«

»Mit grosser Wahrscheinlichkeit. Ich glaube, du bist einfach über das Ziel hinausgeschossen. Du wolltest Rachid so sehr helfen und warst bereit, dafür über deinen eigenen Schatten zu springen. Rachid kann sich glücklich schätzen, dass er so eine Freundin hat.«

Rosalie war überrascht über den bitteren Unterton in seiner Rede. Schwang da etwa so etwas wie Eifersucht mit, oder bildete sie sich das nur ein?

»Wie dem auch sei«, fuhr er fort. »Ich freue mich, dass du zu mir gekommen bist, auch wenn ich dir im Hinblick auf Ismael keinen neuen Mut machen kann.«

»Auch Rachid wird sich damit abfinden müssen«, stöhnte Rosalie. Sie nippte an ihrem Wein und genoss das fruchtige Bukett. Es tat so gut, mit Vincent zu reden. Er war wirklich ein wunderbarer Freund. Ein wohliges Gefühl breitete sich in ihr aus, während sie den Schatten seines fein geschnittenen Profils beobachtete, das sich an der gegenüberliegenden Wand abzeichnete. *Er sieht aus wie ein römischer Feldherr mit seiner leicht geschwungenen Adlernase.* Das Aufjaulen eines Motorrollers draussen auf der Strasse lenkte sie ab. Dabei glitt ihr Blick über ein Holzscheit, der nicht in der Holzablage neben dem Kamin, sondern auf dem Fensterbrett völlig deplatziert lag. Vincent, dem ihr Blick nicht entgangen war, stand auf und legte das Scheit zwischen sie beide auf den kleinen Glastisch.

»Es stammt aus dem Wald von Crestet«, erklärte er. »Ich

habe es mitgehen lassen, als ich neulich dort war. Dein Bruder war nicht so nachlässig, wie du es ihm unterstellst. Er hat durchaus auch in andere Richtungen ermittelt. Er vermutet, dass Ismael mit den Holzdieben unter einer Decke steckt und man deshalb etwas von dem Holz bei ihm zu Hause gefunden hat.«

»Ich weiß, ich weiß ...« Rosalie wollte endlich einen Schlussstrich unter die Angelegenheit ziehen. »Lass uns lieber über etwas anderes reden.« Sie sah in Vincents überraschte Augen. Wie dunkel und verheißungsvoll sie in dem diffusen Licht leuchteten. Wider besseres Wissen griff sie nach seiner Hand, die immer noch auf dem Holzscheit ruhte. »Du bist mehr als ein wundervoller Freund«, sagte sie mit leiser Stimme.

Vincent glaubte zu träumen, als er Rosalies Hand auf seiner fühlte. Ihre Finger umkreisten spielerisch seinen Handrücken und riefen ein Kribbeln in ihm hervor, das sich über seinen ganzen Körper verteilte.

»Und du bist die wundervollste Frau, die ich seit Langem getroffen habe«, hörte er sich mit heiserer Stimme sagen. Er beugte sich über den Tisch, um sie zu küssen. Ihre Lippen waren wunderbar weich und schmeckten verheißungsvoll. Als seine Zunge spielerisch einen Vorstoß wagte, ließ sie es bereitwillig geschehen. Ihre Zungen umspielten einander wie Schmetterlinge. Sie umtanzten und berührten sich mit einer Selbstverständlichkeit, die ein Feuerwerk an Begierde in ihm aufsteigen ließ. Er löste seine Hand aus ihrer und umschloss ihren Kopf mit beiden Händen, um sie zu sich herüberzuziehen. O Gott! Wie sehr er diese Frau begehrte! Doch sie ließ es nicht zu, sondern schob ihn sachte, aber energisch von sich. Seine Enttäuschung war so groß wie zuvor seine Begierde. Ihre Zurückweisung traf ihn wie ein Schlag in den Magen.

»Wenn mein Herz sich nur ein wenig freier fühlen könnte, ich glaube, dann könnte ich dich lieben.«

Wie konnte sie das jetzt nur sagen? Rachid! Er hatte ihn für einen Augenblick völlig vergessen. Warum musste sie nur diesen Algerier lieben, der dummerweise auch noch unglaublich sympathisch war? Als hätte er einen Stromschlag erhalten, rückte er von ihr ab.

»Verzeih! Es ist einfach so über mich gekommen«, sagte er beschämt. »Ich hoffe, du verzeihst mir!«

»Du musst *mir* verzeihen«, antwortete Rosalie leise. »Ich habe es doch herausgefordert.« Sie griff nach ihrer Tasche und stand auf. Dabei rutschte das Holzscheit vom Tisch. Sie hob es auf. Noch während sie es in der Hand hielt, begann sie wie ein Kaninchen daran zu schnuppern.

»Der Geruch«, murmelte sie verwirrt. »Er kommt mir so ungemein vertraut vor, so als hätte ich ihn erst neulich gerochen. Merkwürdig.« Sie legte das Holz nachdenklich auf den Tisch zurück.

»Ich hoffe, wir können trotzdem Freunde bleiben ...?« Vincent interessierte sich nicht für das Holz. Ihm war daran gelegen, dass sie ihm seine Dummheit verzieh. »Es tut mir leid, ich hätte das mit dir und ...«

Weiter kam er nicht, denn Rosalie schlug sich plötzlich mit der Hand gegen den Kopf und sah ihn an, als hätte sie soeben eine Erleuchtung gehabt.

»Erinnerst du dich an den Schinken von Didier?«, fragte sie ihn völlig aus dem Zusammenhang gerissen.

Vincent sah sie verständnislos an. »Natürlich! Ich habe ihn zum Glück längst entsorgt. Was ist damit?«

»Er hatte dir gerade das Stück Schinken vor die Füße geworfen, als ich damals bei Suzanne dazukam, nicht wahr?«

»Ähm, ja!« Vincent wollte höflich sein, verstand jedoch kein Wort.

»Ich habe dir doch erzählt, dass meine Nase furchtbar empfindlich ist. Ich rieche Dinge, die andere kaum wahrnehmen können. Babette behauptete immer, es sei eine Gabe, ich finde, es ist eine Plage. Verstehst du? Es ist nicht besonders angenehm, wenn man alles riecht, was einen umgibt.« Sie sah ihn an, als müsse er ihrer wirren Rede einen Sinn entnehmen können.

»Ich verstehe überhaupt nicht, was du meinst«, gestand er ehrlich. »Was willst du mir damit sagen?«

»Dass Didier genau solches Holz in seinem Wagen hatte, als er dir damals den Schinken geschenkt hat. Ich bin mir ganz sicher! Diesen würzigen Geruch, der an Weinfässer erinnert, würde ich unter hundert unterschiedlichen Hölzern herausriechen.«

Vincent kam sich immer noch wie ein Idiot vor. »Es kann schon sein, dass unter all der Unordnung in Didiers Auto auch Holz gelegen hatte ...« Dann dämmerte ihm, was sie meinen könnte. »Du glaubst also, dass Didier sein Holz ebenfalls aus Crestet hatte?« Er kratzte sich am Kopf. Plötzlich fiel ihm der Lastwagen ein, der auf den Hof gefahren war, als er nach dem Hund gesehen hatte. Didier hatte behauptet, jemand hole Schrott ab. Doch es konnte genauso gut auch etwas anderes gewesen sein. Und dann fiel ihm das Holz ein, das Didier zerhackt hatte, als er, Vincent, nach Minouche gesehen hatte. War es nicht auch Eichenholz gewesen? »Willst du damit sagen, dass du glaubst, er könnte etwas mit den Holzdiebstählen zu tun haben?«

Rosalie zuckte mit den Schultern. »Vielleicht, vielleicht auch nicht. Er könnte es genauso gut einfach irgendwo geklaut haben. Wir müssen herausfinden, ob er noch mehr von dem Holz auf seinem Hof hat, dann wissen wir mehr.«

Von Rosalies Mutlosigkeit war plötzlich nichts mehr zu spüren. Vincent war allerdings nicht so euphorisch.

»Angenommen, Didier hat etwas mit den Holzdiebstählen zu tun, dann heißt das noch lange nicht, dass er auch etwas mit dem Mord zu tun hat. Ich meine, was sollte er denn für ein Motiv haben? Rivas und er hatten doch keinerlei Berührungspunkte außer der Tatsache, dass sie entfernte Nachbarn waren. Außerdem vergisst du, dass auch bei Ismael dieses Holz gefunden wurde.«

»Bei ihm wissen wir aber, dass er nur wenig von dem Holz bei sich aufbewahrt hat. Es waren doch nicht viel mehr als ein Arm voller Scheite ...« Rosalie grübelte. »Er könnte das Holz irgendwo geklaut haben. Vielleicht hat er es bei Didier liegen sehen und einfach ein paar Scheite mitgehen lassen?« Als sie Vincents skeptischen Blick sah, fuhr sie fort: »Komm, gib zu, du hast doch auch schon mal etwas Holz geklaut. Das ist doch hier in der Gegend schon fast so etwas wie ein Brauch.« Sie wollte sich einfach nicht von ihrer neuen Spur abbringen lassen.

»Ich dachte, wir hätten uns darauf geeinigt, den Fall endlich zu den Akten zu legen. Ich finde, das ist alles ziemlich weit hergeholt. Deine Nase in allen Ehren, aber bildest du dir da nicht etwas ein? Selbst wenn Didier auch etwas von dem Holz von Crestet in seinem Wagen hatte ... Er kann es genauso gut sonst wo geklaut haben. Ja, das ist sogar äußerst wahrscheinlich!«

»Du hast selbst gesagt, dass uns die Herkunft des Holzes auf eine heiße Spur führen kann!«

Rosalie legte trotzig den Zeigefinger an den Mund und sah

ihn mit unvermindertem Tatendrang an. »Wir könnten doch einfach mal nachsehen. Er besäuft sich gerade im *Mistral* und wird sicherlich nicht so schnell nach Hause kommen ...«

»Du vergisst, dass Didier kein Motiv hat«, erinnerte sie Vincent noch einmal. »Außer, dass er mit jedem in der Gegend Streit hat, ist er doch ein harmloser Spinner.«

»Yves könnte ihn beim Holzdiebstahl erwischt und versucht haben, ihn zu erpressen ... Oder ...«

»Rivas war doch kein Erpresser. Ihm war viel zuzutrauen, aber womit sollte er einen so armen Kerl wie Didier schon unter Druck setzen? Ich glaube, du verrennst dich da, Rosalie.«

Ganz langsam drangen seine Argumente zu ihr durch. Doch die Enttäuschung, die nun in ihren Augen lag, tat auch ihm weh.

»Wahrscheinlich hast du ja recht«, gab sie kleinlaut zu. »Es ist nur so ein vages Gefühl, nichts wirklich Rationales ... Natürlich hat Didier nichts mit dem Mord zu tun.« Sie seufzte und machte endgültig Anstalten zu gehen.

Vincent tat es plötzlich leid, dass seine Argumente ihr die Hoffnung, Ismael doch noch helfen zu können, offensichtlich genommen hatten. Was hatte er schon zu verlieren, wenn er ihr den Gefallen tat, mit ihr dorthin zu fahren? Vielleicht konnte sie dann leichter mit dem Fall abschließen.

»In Ordnung«, sagte er nach kurzem Zögern. »Du hast mich überzeugt. Wenn es dir dadurch besser geht, fahren wir eben zu Didier und sehen nach, ob wir etwas von dem Holz bei ihm finden.«

30

Kaum saßen sie im Auto, machte Sylvie Maurice heftige Vorhaltungen.

»Wie konntest du deine Schwester vor allen Leuten so blamieren? Hast du denn kein bisschen Feingefühl? Ihr habt euch fast zwanzig Jahre lang nicht gesehen – und du hast nichts Besseres zu tun, als sie zu demütigen? Ich kann ihre Reaktion sehr gut verstehen. Im Gegensatz zu dir hat sie jedenfalls die Form gewahrt!«

Was zum Teufel war nur mit Sylvie los, fragte sich Maurice nicht zum ersten Mal an diesem Abend. Galt ihre Loyalität nun etwa seiner Schwester und nicht mehr ihm?

»Auf welcher Seite stehst du eigentlich? Rosalie hat mich zuerst provoziert. Warum muss sie meine Arbeit völlig grundlos in den Dreck ziehen? Du kennst sie einfach nicht. Sie ist ein unverbesserlicher Dickkopf, der keine Grenzen kennt. Das war schon früher so und wird wohl auch immer so bleiben. Ich dagegen habe nur die Wahrheit gesagt.«

Maurice stellte sich stur, obwohl er im Grunde genommen wusste, dass Sylvie nicht ganz unrecht hatte. Ihm war vorhin einfach der Gaul durchgegangen. Was musste ihn seine Schwester auch immer so ärgern. Schon als Kind hatte sie es oft geschafft, ihn auf die Palme zu bringen. Aber schlimmer als sein schlechtes Gewissen war das unbestimmte Gefühl, dass er doch etwas in dem Fall übersehen haben könnte.

»Du solltest dich bei ihr entschuldigen«, forderte Sylvie grimmig.

»Das werde ich ganz gewiss nicht tun«, antwortete er nicht minder stur.

»Dann werde ich sie aufsuchen und ihr sagen, wie leid es mir tut, dass mein Mann sich nicht benehmen kann.«

»Was ist nur mit dir los?« Maurice schlug empört mit der flachen Hand auf das Lenkrad. Er verstand seine Frau gerade überhaupt nicht mehr. »Willst du mir jetzt auch noch in den Rücken fallen? Akzeptiere gefälligst meine Haltung gegenüber Rosalie. Frauen wie ihr muss man zeigen, dass sie sich nicht alles herausnehmen können.«

»Und du brauchst das offensichtlich auch.« Sylvie wandte sich demonstrativ von ihm ab. Den Rest der Fahrt verbrachten sie in eisigem Schweigen.

Es war noch nicht einmal zehn Uhr, als sie in Avignon ankamen. Die frostige Stimmung zwischen Maurice und seiner Frau hatte in keiner Weise nachgelassen. Sylvie begab sich ins Wohnzimmer und schaltete den Fernseher an, während sich die Kinder in ihre Räume zurückzogen. Da er keine Lust hatte, seiner übelgelaunten Frau weiterhin Gesellschaft zu leisten, beschloss er, sich in sein Arbeitszimmer zurückzuziehen, um die Verhörprotokolle nochmals durchzusehen. Schon morgen musste er die Unterlagen an den Untersuchungsrichter weiterleiten. Warum beschlichen ihn nun plötzlich doch Zweifel? War er wirklich Bashaddi gegenüber zu voreingenommen gewesen? – Natürlich nicht! Die Ermittlungen waren alle korrekt verlaufen. Außerdem waren Rosalies Beschuldigungen lächerlich. Er hatte keine Vorurteile gegenüber Ausländern, im Gegenteil. Er hielt sich für einen aufgeklärten Sozialisten, der eine multikulturelle Gesellschaft als Bereicherung für Frankreich ansah.

Sorgfältig blätterte er nochmals die Verhörprotokolle durch. Bashaddi hatte es ihnen heute Nachmittag überraschend leicht gemacht mit seinem Geständnis. Maurice hatte seinen Sinneswandel als Folge seiner mehrtägigen Flucht angesehen. Die Tage in der Einsamkeit hatten ihn wahrscheinlich mürbe gemacht. Seine Erklärungen klangen allesamt schlüssig. Demnach hatte er sich zu dem Mord entschlossen, nachdem er und seine Brüder von Rivas gefeuert worden waren. Er hatte sich in Avignon von einem Freund Schrotmunition besorgt, der sie von einem örtlichen Jagdgeschäft bezog, und damit zu Hause ein Stück Kaminholz präpariert. Seinen Angaben nach hatte er es irgendwo auf der Colline mitgehen lassen. Damit wollte er wahrscheinlich vertuschen, dass er auch noch etwas mit den Holzdiebstählen zu tun hatte. Diese Sache würden seine Kollegen noch genauer untersuchen, für den Mordfall war es weniger von Belang. Auf jeden Fall gab Bashaddi an, danach zu Rivas gefahren zu sein, um ihm das Holz vom Ventoux zu liefern. Dabei hatte er die präparierten Holzscheite so platziert, dass Rivas sie als Erstes nehmen würde. Alles passte. Bashaddi war eindeutig der Täter. Sein Chef, der beim Verhör mit im Raum gesessen hatte, war genau seiner Meinung gewesen. Er hatte auch keinen Hehl daraus gemacht, wie begeistert er von seinem schnellen Ermittlungserfolg war.

Maurice atmete erleichtert aus. Er musste sich keine Vorwürfe machen. Er war gerade im Begriff, die Mappe zu schließen, als sein Blick auf die neuesten Untersuchungsergebnisse der Spurensicherung fiel. Er hatte den Inhalt bislang nur kurz überflogen, weil der Bericht über die Ballistik und Art der Munition bei ihm erst einige Minuten vor dem Verhör eingegangen war. Diese Nachlässigkeit war ein Fehler gewesen, wie er jetzt feststellen musste.

»Verdammt!« Hätte er nur genauer hingesehen. Dieser Anfängerfehler hätte gerade ihm nicht passieren dürfen.

Mit der gebotenen Gewissenhaftigkeit sah er den Bericht mehrmals durch. Dann gab es keine Zweifel mehr. Bashaddi hatte gelogen. Er hatte ihm erzählt, dass die Schrotpatronen aus einem Jagdgeschäft in Avignon stammten. Er hatte es nicht in Zweifel gezogen, denn schließlich war es ein Kinderspiel, sich Schrotpatronen zu besorgen. Die Kollegen von der Ballistik hatten nun jedoch herausgefunden, dass die Schrotpatronen, die der Mörder in dem Eichenholzscheit platziert hatte, eindeutig aus Rivas' Besitz stammten. Acht Patronen vom Kaliber zwölf. Exakt diese Anzahl fehlte in der Schachtel, die er in seiner Schreibtischschublade aufzubewahren pflegte. Außerdem bevorzugte er eine äußerst seltene Marke, die man nur über einen Spezialversand beziehen konnte. Das bedeutete mit anderen Worten, dass Bashaddis Aussage in einem wesentlichen Punkt nicht mit den Tatsachen übereinstimmte. Warum behauptete er, die Patronen in Avignon gekauft zu haben, wenn er sie doch von Rivas gestohlen haben musste?

Maurice fuhr sich nervös über die stoppligen Haare. Das konnte nur eines bedeuten: Bashaddi wusste nicht, dass Rivas mit seinen eigenen Patronen erschossen worden war! Und somit konnte er nicht Rivas' Mörder sein. Er blätterte nochmals durch die Protokolle. Irgendetwas hatte er übersehen. Er spürte, dass die Lösung ganz nah war. Tatsache blieb, dass das Holzscheit mit den tödlichen Patronen und das Holz, das man bei Bashaddi gefunden hatte, beide aus dem Wald von Crestet stammten. Bislang war Maurice davon ausgegangen, dass Bashaddi auch hinter den Holzdiebstählen steckte. Was wäre, wenn er sich getäuscht hatte? Was würde es für den Fall bedeuten, wenn seine erste Aussage, er habe das Holz auf der Colline gefunden, tatsächlich stimmte?

Wenn Bashaddi hinter den Holzdiebstählen gesteckt hätte, hätte man doch mehr von diesem Eichenholz finden müssen. Doch das hatte man nicht. Maurice wurde mit einem Mal ganz flau im Magen. Er hatte sich wie ein Anfänger von scheinbar Offensichtlichem blenden lassen. Nervös öffnete er die Schreibtischschublade und löste den doppelten Boden. Darin befanden sich Tabak und ein Briefchen Zigarettenpapier sowie ein in Stanniol gewickelter Klumpen von bestem schwarzem Afghanen. Er brauchte jetzt dringend etwas, um sich zu beruhigen. Nachdem er sich einen Joint gedreht und mehrere Male tief inhaliert hatte, kamen seine Nerven allmählich wieder zur Ruhe. Er hatte einen Fehler gemacht. Das war schlimm, aber er war Profi genug, um zu wissen, dass es besser war, einen Irrtum zumindest vor sich selbst zuzugeben, als einen noch größeren Fehler zu provozieren. Und er erkannte auch, dass das Holz die Spur war, die er ab sofort verfolgen musste. Wenn Bashaddi das Holz tatsächlich auf der Colline hatte mitgehen lassen, dann kamen nur zwei Gehöfte infrage, wo er es gefunden haben könnte. Bei Alfonso Garcia oder aber bei Didier Gris.

Maurice beschloss, gleich am nächsten Morgen der Sache noch einmal auf den Grund zu gehen.

31

Rosalie und Vincent waren bereits auf dem Weg zu Vincents Wagen, als er nochmals innehielt und darauf bestand, kurz nachzusehen, ob sich Didier noch im *Mistral* aufhielt.

»Nicht, dass er uns womöglich noch überrascht.« Er versuchte seine zunehmende Unsicherheit mit einem zuversichtlichen Lächeln zu kaschieren. Tatsächlich beruhigte es ihn nur wenig, Didier mit ein paar anderen Männern ins Kartenspiel vertieft zu sehen, obwohl dieser gerade eine Gewinnsträhne zu haben schien und offensichtlich keine Anstalten machte, nach Hause zu gehen.

»Der bleibt sicher noch eine Weile hier«, meinte Rosalie völlig unbekümmert.

Vincent dagegen hatte jetzt schon Angst vor seiner eigenen Courage. »Ich weiß nicht ... Und wenn er uns erwischt?«

»Das wird er schon nicht! Wenn er doch nach Hause kommt, werden wir uns eben verstecken. Hast du an die Wurst für den Hund gedacht?«

Vincent klopfte von außen an seine Jackentasche. »Ich habe Pâté eingepackt. Minouche – ähm – Loulou ist nämlich eine Feinschmeckerin.«

Keiner von beiden redete viel, als sie sich über die gewundene kleine Straße der Colline näherten. Sie hatten sich dunkle Kleidung und bequeme Schuhe angezogen. Vincent hatte außerdem noch einige nützliche Gegenstände eingepackt. Während er fuhr, versuchte Rosalie mehrmals, Rachid zu erreichen. Schließlich schrieb sie ihm eine Nachricht. Vincent nahm es mit der inzwischen vertrauten Resignation zur Kenntnis. Auf Höhe der Wachtelfarm sahen sie in Garcias Haus noch Licht brennen.

»Ob Garcia wirklich gut damit fährt, wenn er sich auf so einen Typen wie Dominique Martin einlässt?«, überlegte er laut, nur um nicht weiter über Rosalies Verhältnis zu Rachid nachdenken zu müssen. »Ich habe über Martin einige Erkundungen eingezogen. Er ist ein wirklich zwielichtiger Kerl.«

»Dem ist alles zuzutrauen – wie so einigen hier«, bestätigte Rosalie. Sie fuhr plötzlich in die Höhe. »Halt mal da vorn! Mit einem Mal war sie quicklebendig. »Wenn wir schon mal hier sind, können wir genauso gut auch noch Garcia unter die Lupe nehmen. Er gehört auch zu denjenigen, die ein gutes Motiv haben. Rivas hat ihn schließlich nach Strich und Faden betrogen. Lass uns kurz seine Holzvorräte inspizieren. Ich weiß sogar, wo er sie aufbewahrt.«

Vincents Einspruch trug keine Früchte. So viel neu gewonnener Energie hatte er einfach nichts entgegenzusetzen. Gehorsam fuhr er noch ein Stück weiter, bis sie ungesehen hinter Bäumen parken konnten. Dann stiegen sie aus und schlichen sich im Schutz der Dunkelheit zu Garcias Grundstück.

»Bist du sicher, dass hier keine Hunde sind?«

»Ganz sicher!«

Vincent kam sich lächerlich vor, weil Rosalie keine Spur von Angst zeigte, während allein der Gedanke, nachts unbefugt auf fremdem Eigentum herumzuschnüffeln, in ihm schon Beklemmungen auslöste. Außerdem hatte er Mühe, Rosalie durch die Dunkelheit zu folgen. Sie bewegte sich geschickt wie ein Wiesel, so als führe sie solche Unternehmungen nicht nur in dieser Nacht durch. Zielstrebig steuerte sie auf ein ehemaliges Pumpenhäuschen zu. Tatsächlich bewahrte Garcia sein Holz dort auf. Sie fanden ein wildes Durcheinander von unterschiedlichen Holzsorten, die zu einem instabilen Haufen aufgetürmt waren. Vincent zog eine Taschenlampe aus seiner Jacke und beleuchtete ihn. Er entdeckte alte Weinreben, etwas Kirschholz, Ulme und einige Pinienscheite, aber kein Eichenholz. Rosalie nahm unterdessen Witterung auf. Wie ein Spürhund schnüffelte sie an allen Seiten des Holzvorrats.

»Da ist etwas«, flüsterte sie schließlich aufgeregt und deutete auf ein fast unsichtbares Holzstück mitten in dem Haufen. Ohne auf seine Hilfe zu warten, begann sie sofort daran zu zerren.

»Warte!«, zischte Vincent mit einem Blick auf den instabilen Holzstoß. Doch es war schon zu spät. Mit einem unüberhörbaren Poltern fiel der Stapel in sich zusammen. Rosalie hielt immerhin triumphierend ein Stück Eichenholz in den Händen. »Es riecht genauso wie das Holz bei dir zu Hause«, behauptete sie aufgeregt. »Ich bin sicher, wir finden noch mehr!«

»Wir sollten von hier verschwinden!« Fast blieb ihm das Herz stehen. Er hörte, wie sich plötzlich die Haustür öffnete. Im nächsten Augenblick trat Garcia heraus.

Wie gelähmt verharrte Vincent, fest damit rechnend, gleich entdeckt zu werden. Erst als er Rosalies heftiges Zerren an seinem Ärmel registrierte, löste sich seine Starre, und er flüchtete mit ihr in die Dunkelheit der Nacht. So rasch es ging, huschten sie zurück zum Auto. Sein Herz raste immer noch, als er die Autotür öffnete. Keuchend ließ er sich auf den Fahrersitz fallen. »Das war knapp! Und das alles nur wegen eines dummen Stücks Eichenholz.«

Rosalie lachte nur. Ihre Wangen waren feuerrot wie ihr Haar. Sie sprühte förmlich vor Abenteuerlust. »Aber es hat sich gelohnt! Du musst das Holz untersuchen – und wenn es ebenfalls aus Crestet stammt, dann haben wir den Beweis, dass sich noch mehr Personen außer Ismael von diesem Holz bedient haben und als mögliche Täter infrage kommen. Verstehst du? Es kann Ismael entlasten!«

»Und es belastet nun auch Garcia!« Vincent spürte Erleichterung. »Dann können wir ja jetzt nach Hause fahren! Den Rest kann die Polizei erledigen!«

Doch Rosalie war anderer Meinung.

»Wir können doch jetzt nicht nach Hause fahren«, protestierte sie empört. »Jetzt, wo wir schon mal hier sind, können wir genauso gut auch noch bei Didier nachsehen!«

Ihr Tonfall duldete keinen Widerspruch. Also fuhr er weiter. Je näher sie an ihr Ziel kamen, desto mehr bereute er seinen Entschluss. Es war überhaupt nicht seine Art, sich auf solche Abenteuer einzulassen. Er tat das alles nur Rosalie zuliebe. Dabei schien sie nicht einmal viel für ihn übrig zu haben.

Nach einem weiteren Kilometer erreichten sie das Wäldchen, in dem Didiers Grundstück verborgen lag. Vincent parkte den Wagen auf einem Seitenweg, der von der Straße nicht einsehbar war. Dann reichte er ihr eine seiner Taschenlampen. Quer durch den Wald näherten sie sich dem Terrain. Noch bevor sie die Umzäunung erreicht hatten, schlug der Hund an. Zum Glück war Didier nicht zu Hause.

»Jetzt ist dein Einsatz gefragt!« Rosalie knuffte Vincent aufmunternd in die Seite.

Er holte tief Luft, griff nach dem Päckchen mit der Pastete in seiner Jackentasche und ging auf den Zaun zu. Minouche kam trotz ihres unübersehbaren Hinkens wie ein Pfeil aus einem der Schuppen herangeprescht. Mit gebleckten Zähnen sprang sie gegen den Zaun. Vincent sprach beruhigend auf die Hündin ein. Dabei hoffte er, dass sie ihn auch nachts wiedererkennen möge. Seine Angst war unbegründet. Sobald sie seine Witterung aufgenommen hatte, änderte sie ihr Verhalten, und im nächsten Augenblick begannen ihr Schwanz und kurz darauf das ganze Hinterteil zu wackeln. Mit einem freudigen Winseln begrüßte sie ihren ehemaligen Retter.

»Du hättest die Wurst gar nicht mitzunehmen brauchen.« Rosalie sah ihm schmunzelnd zu. Dann fingerte sie an der Kette herum, mit der der Eingang zu Didiers Grundstück verschlossen war. »Mist! Da kommen wir nicht rein!«

Zum ersten Mal an diesem Abend fühlte sich Vincent als Herr der Lage. Stolz zog er einen Seitenschneider aus der Jackentasche. »Damit dürfte es kein Problem sein!«

Rosalies bewundernder Blick entschädigte ihn für vieles. Schon sehr viel mutiger geworden, tastete er sich den Maschendraht entlang, bis er eine geeignete Stelle gefunden hatte. Mit ein paar Schnitten hatte er ein Loch in den Zaun geschnitten, das groß genug war, dass sie beide hindurchschlüpfen konnten. Didiers Hündin beschnupperte die beiden Eindringlinge freudig. Aus dem scharfen Wachhund war ein harmloses Schoßhündchen geworden.

»Am besten, wir teilen uns auf«, schlug Vincent vor. »Ich schaue hinter dem Wohnwagen nach, und du kannst dir die Schuppen vornehmen.«

Einen Augenblick später sah er Rosalie in der Dunkelheit verschwinden. Sie verzichtete auf die Taschenlampe, bis sie bei den Gebäuden war. Dann sah er kurz den Strahl der Lampe aufleuchten, bevor sie in einem der Schuppen verschwand. Er selbst begab sich zu dem rückwärtigen Teil des Grundstücks.

Da der Mond noch nicht aufgegangen war, stand ihm lediglich das Licht seiner Stablampe zur Verfügung. Das Gelände war uneben. Überall wuchs Unkraut, selbst zwischen den Schrotteilen. Zwischen kaputten Waschmaschinen, verrosteten Eisenbetten und aufgerissenen Sprungfedermatratzen konnte er nichts Verdächtiges entdecken. Er ging zu dem Holzblock, wo er Didier hatte Holz schlagen sehen. Merkwürdigerweise lag dort keinerlei Holz mehr herum. Die Ordnung wollte so gar nicht zu dem übrigen Durcheinander passen. Einzelne Holzspäne wiesen jedoch darauf hin, dass hier erst kürzlich Holz geschlagen worden war.

Der Schein seiner Taschenlampe glitt über einen Stapel, der sorgfältig mit einer Plane abgedeckt worden war. Vincent spürte plötzlich ein freudiges Kribbeln, als er die Abdeckung anhob. Darunter fand er jede Menge frisch geschlagenes Holz – und zwar Eichenholz! Doch das war noch nicht alles. Gleich dahinter stapelten sich meterlange Stücke von Baumstämmen, die vermutlich zum Abtransport bereitlagen. Rosalies feines Näschen hatte sie also tatsächlich auf die richtige Fährte gebracht. Didier Gris musste auf irgendeine Weise mit den Holzdiebstählen zu tun haben.

Vincent zog ein Scheit heraus, um ihn Rosalie zu zeigen, als er Minouche neben sich knurren hörte. Kurz darauf blendete ihn das Scheinwerferlicht eines sich nähernden Wagens.

32

Rachid schämte sich dafür, dass er so ein unaufmerksamer Gast war. Statt es zu schätzen, dass sein Freund Abdullah und dessen junge Frau Raja sich alle Mühe gaben, ihn bei Laune zu halten, saß er seit Stunden mehr oder weniger schweigsam auf seinem Sessel, trank Tee und rauchte eine Zigarette nach der anderen.

Der Besuch im Gefängnis wollte ihm einfach nicht aus dem Kopf gehen. Er hatte sich dadurch Erleichterung erhofft, stattdessen fühlte er sich jetzt nur noch mehr für Ismaels Lage verantwortlich. Am schlimmsten war jedoch, dass sein Cousin überzeugt war, er hätte ihn absichtlich bei der Polizei verraten. Nur so konnte er sich dessen absurdes Geständnis erklären. Wenn Ismaels Mutter davon erfuhr, würde sie daran verzweifeln.

Mit schwerem Herzen trank er weiter von dem starken Tee, den Raja ihm nach dem Essen serviert hatte, und zündete sich die nächste Zigarette an. Abdullah war gerade mit seiner Frau in der Küche, um die Reste des Abendessens aufzuräumen. Die beiden scherzten und lachten und ahnten nichts von seinem Kummer. Sie waren ein wundervolles Paar.

Unwillkürlich wanderten seine Gedanken zu Rosalie. Auch sie war eine wunderbare Frau. Sie hatte sein Herz im Sturm erobert, noch während er ihr zum ersten Mal in der Bar begegnet war. Diese Erkenntnis rief sein schlechtes Gewissen auf den Plan. Es wurde höchste Zeit, dass er endlich von sich hören ließ und damit aufhörte, sich selbst zu bemitleiden. Seit Ismaels Verhaftung war er sowohl ihr als auch seiner Familie aus dem Weg gegangen.

Sein Telefon vibrierte. Na, wenn das keine Gedankenübertragung war. Er erkannte Rosalies Nummer sofort. Dennoch hielt ihn sein schlechtes Gewissen davon ab, den Anruf entgegenzunehmen. Er ließ das Handy klingeln, bis der Ton erstarb. Erst als eine Textnachricht folgte, sah er nach.

Vincent und ich gehen neuer Spur nach. Fahren gerade zu Didier auf die Colline. Du bist nicht schuld, dass Ismael im Gefängnis sitzt. Melde dich!

Rosalies Worte beschämten Rachid. Während er sich hier bei Abdullah in Selbstmitleid ergoss, unternahmen seine Freunde alles Mögliche, um doch noch Ismaels Unschuld zu beweisen. So viel Treue hatte er nicht verdient. Und er saß untätig herum. Er warf einen Blick auf die Uhr. Es war erst kurz nach zehn. Wenn er sich beeilte, konnte er in gut einer Stunde bei ihnen sein. Er gab sich einen letzten Ruck, dann stand er auf und verabschiedete sich früher als verabredet von den überraschten Freunden.

Während der Autofahrt zurück nach Vassols gelang es Rachid endlich wieder, klar zu denken. Didier Gris spukte ihm ständig im Kopf herum. Ismael hatte ihm heute von ihm erzählt. Demnach hatte dieser Sonderling mit den Holzdiebstählen von Crestet zu tun. Ismael hatte behauptet, für Didier einige Male mit seinem Lieferwagen Holz aus dem Wald transportiert zu haben. Er war ihm nach dem Zwischenfall in der Bar zufällig begegnet. In nüchternem Zustand war er wohl recht umgänglich gewesen und hatte ihn gefragt, ob er ein paar Euro bei ihm hinzuverdienen wolle. Ismael war gern darauf eingegangen. Doch dann hatte er herausgefunden, dass es sich um heiße Ware handelte. Die Sache war ihm zu gefährlich geworden, und er war ausgestiegen. Er wollte auf keinen Fall noch einmal mit der Polizei in Konflikt geraten. Didier hatte es zur Kenntnis genommen und ihn mit Geld und einer Kiste Feuerholz ausbezahlt. Als die Polizei ihn nach Rivas' Ermordung befragte, hatte er Panik bekommen. Deshalb war er getürmt.

Rachid hatte Ismael gedrängt, es der Polizei zu erzählen, doch sein Cousin hatte sich strikt geweigert.

»Ich bin doch nur ein dreckiger Typ aus dem Maghreb. Wer wird mir schon glauben?« Dann hatte er ihn weggeschickt.

Von Aix bis Vassols brauchte Rachid eine knappe Stunde. Unterwegs versuchte er immer wieder, Rosalie anzurufen, um ihr mitzuteilen, dass er sich mit ihnen treffen wollte. Aber weder sie noch Vincent gingen ans Telefon.

*

Rosalie gelang es ohne Mühe, in den ersten der beiden Schuppen zu gelangen. Sie musste nur die Schiebetür einen Spalt beiseitedrücken, und schon war sie drin. Mit der Taschenlampe leuchtete sie jeden Winkel ab. Auch hier herrschte ein furchtbares Durcheinander. Überall türmten sich alte Möbel, die höchstwahrscheinlich von Haushaltsauflösungen stammten. Dazwischen stapelten sich Holzkisten und Pappkartons. Rosalie machte sich daran, in jede einzelne einen Blick zu werfen. Sie fand darin jede Menge billige Kleider, wie man sie auf Märkten verscherbelte. Enttäuscht begab sie sich in das zweite Gebäude. Auch dieses war unverschlossen. Auffallend war nur, dass sich hier die Unordnung in Grenzen hielt. Rechter

Hand stapelten sich weitere Kisten, in denen sich Werkzeug und Haushaltswaren befanden. Der linke Teil war durch eine Bretterwand und eine Tür abgeteilt. Rosalie beschloss, einen Blick hineinzuwerfen. Die Tür besaß kein Schloss, sondern war nur von außen durch einen Riegel zu verschließen. Sie schob ihn zurück und schlüpfte hinein.

Offensichtlich diente dieser Raum Didier als Büro. Da er kein Fenster besaß, knipste sie die Schreibtischlampe an. Auf dem schmuddeligen Tisch stapelte sich jede Menge Papierkram. Außerdem gab es einen altertümlichen Computer, den sie nach kurzer Überlegung hochfahren ließ, was seine Zeit dauerte. Unterdessen machte sie sich daran, die Unterlagen auf dem Tisch durchzusehen. Es handelte sich hauptsächlich um Lieferscheine und Rechnungen über all den Krimskrams, den sie hier auf dem Gelände gefunden hatte. Demnach war Didier ein überraschend erfolgreicher Zwischenhändler, was sie ihm gar nicht zugetraut hätte.

Schon bald fiel ihr auf, dass hier nur Unterlagen zum Verkauf von Waren zu finden waren, aber keine Dokumente, die zeigten, dass er sie auch eingekauft hatte. Das machte sie stutzig. Sobald der Computer hochgefahren war, warf sie einen Blick auf die abgespeicherten Dateien. Glücklicherweise war nichts durch ein Passwort gesichert worden. So war es für sie ein Leichtes, die Dokumente durchzusehen, die sich auf der Festplatte befanden. Sie kannte sich zwar nicht besonders gut damit aus, aber Didier hatte wohl keinerlei Sorgen, dass ihn jemand ausspähen könnte. In den Dateien, die sie fand, gab es ebenfalls keinerlei Aufschluss über den Einkauf von Waren, dafür aber Tabellen, die Didiers nicht unbeträchtliche Einkünfte zeigten. Auch die Einnahmen aus Holzlieferungen waren darunter.

Rosalie pfiff überrascht durch die Zähne. Wenn sie die Daten richtig deutete, dann sah es tatsächlich so aus, als wäre Didier ein gewiefter Hehler. Sie scrollte weiter und fand heraus, dass er schon einige Zeit lang illegal Holz verkaufte. Offensichtlich machte es ihm Spaß, alles genau zu dokumentieren. Sie suchte nach Namen, musste aber einsehen, dass ihr begrenztes Wissen nicht dazu ausreichte, alle Zusammenhänge zu erkennen. Dazu brauchte sie Vincents fachkundige Hilfe. Sie wollte gerade das Licht auf dem Schreibtisch ausknipsen, als sie eine Bewegung an der Tür ausmachte.

»Vincent, komm rein! Ich muss dir was zeigen«, rief sie erleichtert. Ungeduldig wartete sie darauf, dass er zu ihr in den Raum trat.

*

Als Vincent die Scheinwerfer des Autos auf sich zukommen sah, ging er sofort hinter dem Holzstapel in Deckung. Sein nächster Gedanke galt Rosalie. *Ich muss sie warnen*, schoss es ihm durch den Kopf. *In dem Schuppen bekommt sie gar nicht mit, dass Didier zurückkommt.* Er zog sein Telefon aus der Tasche, um ihr eine Nachricht zu senden. Erst da fiel ihm ein, dass sie es ja beide auf Vibration geschaltet hatten. Hoffentlich registrierte sie überhaupt seine Nachricht. Vincent spürte, wie die alte Panik Oberhand zu gewinnen drohte. Ihm fiel ein, wie unberechenbar dieser verrückte Typ sein konnte, vor allem, wenn er betrunken war. Sein Herz trommelte wie das eines gejagten Hasen. Gleichzeitig zitterte er wie Espenlaub. Wenn nicht gleich ein Wunder geschah, würde er eine Panikattacke erleiden. Krampfhaft versuchte er sich an Doktor Bertrands Ratschlag für solche Situationen zu erinnern. *Atmen Sie tief und regelmäßig ein. Alles wird gut. Nichts wird geschehen.* Mit viel Mühe beruhigte sich sein Pulsschlag nach einiger Zeit ein wenig, und es gelang ihm, wieder einigermaßen klar zu denken.

Das Auto hatte währenddessen vor dem Tor angehalten. Vincent sah, wie Didier im Scheinwerferlicht versuchte, es zu öffnen. Es gelang ihm erst nach einigen Versuchen. Auch die Hündin erkannte, dass ihr Herrchen zurückgekehrt war. Sie war die ganze Zeit an Vincents Seite geblieben. Jetzt sah sie unschlüssig von ihm in Richtung Tor. Schließlich besann sie sich und trottete auf ihren Besitzer zu, der das Schloss endlich aufbekommen hatte. Vincent hoffte inständig, dass sie nicht gleich wieder umkehrte und den Mann damit auf sich aufmerksam machte. Immerhin arbeitete sein Verstand wieder einwandfrei. Er holte sein Telefon hervor und registrierte nebenbei, dass Rachid mehrere Male versucht hatte, ihn zu erreichen. Dann rief er Arduins Nummer an. Ungeduldig wartete er darauf, dass der Polizist endlich abhob.

»Du musst sofort zu Didier auf die Colline kommen«, teilte er ihm ohne Umschweife mit. »Rosalie und ich stecken in der Klemme!«

»Weißt du eigentlich, wie spät es ist?« Arduin war alles andere als angetan.

Doch Vincent hatte jetzt keine Zeit für große Erklärungen. »Frag nicht lange! Komm einfach! Ich würde nicht anrufen, wenn es nicht dringend wäre! Wir glauben, dass Didier hinter den Holzdiebstählen steckt. Er ist gerade zurückgekommen.«

»Moment! Heißt das, ihr seid bei ihm eingebrochen? Weißt du, dass das ein Verbrechen ist?«

»Das spielt doch jetzt keine Rolle! Komm einfach! Du weißt doch, wie furchtbar jähzornig der Kerl werden kann – und sag dem Commissaire Bescheid!«

Vincent legte eilig auf und duckte sich. Didier war mittlerweile mit dem Auto auf den Hof gefahren und ausgestiegen. Er kraulte gerade Minouches Kopf und sah direkt in seine Richtung. Ob er etwas ahnte? Doch dann wankte er in Richtung seines Wohnwagens. Vincent hoffte, dass er sich gleich schlafen legte. Doch plötzlich hielt Didier inne und starrte in Richtung der Schuppen, in denen Rosalie gerade steckte. Irgendetwas schien ihm aufgefallen zu sein. Mit ungelenken Schritten wankte er auf einen der Schuppen zu. Vincent wurde abwechselnd heiß und kalt. Er hatte keine Ahnung, in welchem sich Rosalie gerade aufhielt. Dann entdeckte er einen Streifen Licht entlang der Bodenritze des zweiten Schuppens. Es schimmerte gut sichtbar unter den Holzbalken. Genau das musste auch Didier gesehen haben.

Wir brauchen jetzt jede Art von Hilfe, dachte Vincent mit einem neuen Anflug von Panik. Plötzlich fiel ihm Rachid ein. Er wagte nicht, noch einmal zu telefonieren. Die Gefahr war zu groß, von Didier gehört zu werden. Eilig sandte er ihm eine Nachricht. Damit war der Rest seiner außergewöhnlichen Courage aufgebraucht. Zitternd ließ er sich auf den Boden sinken und schämte sich für seine Feigheit, die von ihm verlangte, einfach ohne Rosalie das Weite zu suchen.

*

Philippe mochte jung und unerfahren sein, aber immerhin begriff er, dass die Panik in Oliviers Stimme durchaus etwas Besorgniserregendes gehabt hatte. Sich allein um diese Sache zu kümmern, war ihm jedoch eine Nummer zu groß. Er musste unbedingt dem Commissaire Bescheid geben. Gleichzeitig fürchtete er sich vor Viales Reaktion. Nach einigem Zögern griff er dennoch zum Telefon, um ihn zu informieren.

»Verstehe ich Sie richtig?«, bellte es aus dem Telefon. »Meine Schwester und Olivier sind bei Didier Gris eingebrochen? Sind die wahnsinnig?« Philippe hielt das Telefon unwillkürlich auf Abstand, so laut brüllte der Commissaire.

»Ich ... So, wie ich Monsieur Olivier verstanden habe, stecken sie in der Klemme. Monsieur Olivier behauptet außerdem, dass Gris hinter den Holzdiebstählen von Crestet steckt ...«

»Können die nicht *einmal* die Polizei ihre Arbeit machen lassen?«, echauffierte sich der Commissaire erneut. Der Mann war wirklich außer sich. Erst dann besann er sich. »Fahren Sie schon mal los! Ich schicke Ihnen noch einen Wagen hinterher. Und wenn Sie meine Schwester und ihren Freund tatsächlich dort antreffen, dann nehmen Sie die beiden gefälligst fest«, ordnete er an. »Ich werde mich morgen persönlich um sie kümmern.« Damit legte er auf.

Philippe fühlte sich nun erst recht überfordert. Er sollte Rosalie und Vincent festnehmen, obwohl die ihn doch um Hilfe gebeten hatten? Und was war mit Didier Gris? Sollte er den laufen lassen? Er verstand die Welt nicht mehr. Außerdem gab es in Vassols überhaupt kein Gefängnis. Außer einem vergitterten Aktenraum im Keller der *Mairie* gab es keine Möglichkeit, jemanden einzuschließen. Doch Befehl war Befehl. Allerdings würde er sich etwas Zeit lassen. Besser, seine Kollegen von der PN waren bei der Aktion mit von der Partie.

33

»Was hass du denn hier ssu suchen?«

Didier hatte Mühe, Rosalie genauer zu fixieren. Er wankte und war ganz offenkundig sturzbetrunken. Das verschaffte ihr etwas Zeit, sich von der Überraschung seines plötzlichen Erscheinens zu erholen. Sie kannte Didier schon ihr halbes Leben lang und wusste, wie aufbrausend und jähzornig er sein konnte. Auf der anderen Seite war sie immer recht gut mit ihm ausgekommen. Ihre gemeinsame Außenseiterrolle im Dorf hatte sie früher manchmal fast zu Verbündeten gemacht. Sie hoffte, dass er sich daran erinnerte. Außerdem setzte sie auf ihre weiblichen Reize. Allerdings musste er den Umstand, dass sie hier eingebrochen war, wohl erst einmal verdauen. Ihr musste möglichst schnell etwas einfallen.

»Okay! Ich weiß, dass ich nicht einfach hier hätte reinkommen dürfen«, versuchte sie es aufs Geratewohl mit Dampfplauderei. »Aber ich bin gerade etwas knapp bei Kasse – und im Dorf wollte mir niemand etwas leihen. Also dachte ich, ich versuch es mal bei dir. Bin ja auch erst gerade gekommen. Du warst nicht in deinem Wohnwagen, also hab ich hier nachgesehen.« Sie warf ihm aus langen Wimpern einen schuldbewussten Blick zu, der gleichzeitig um Verständnis und Milde bitten sollte.

»Und dass ssoll ich dir glauben?« Didier musterte sie weiterhin misstrauisch.

»Ich brauch nicht viel Geld. Hundert Euro vielleicht, zur Not auch fünfzig, dann kann ich eine Anzahlung auf meinen neuen Föhn machen ...« Rosalie kam langsam ins Schwitzen. Sie war sich durchaus bewusst, wie dünn ihre Ausflüchte waren.

»Und wie kommss du auf die Idee, dass ich dir helfe?«, erkundigte sich Didier.

»Weil du ein guter Kerl bist.« Rosalie versuchte es mit dem *Du-bist-der-Einzige-der-mir-noch-helfen-kann-Blick*. »Du weißt ja selbst, wie es ist, wenn man immer von den anderen ausgeschlossen wird.«

»Stimmt! Sind alles Arschlöcher im Dorf!« Didier machte eine raumgreifende Armbewegung, die ihn fast aus der Balance brachte. Sein Blick wurde immerhin etwas freundlicher. »Du hast recht, wenn du dir die nicht als Freunde aussuchst.« Er überlegte einen Augenblick, dann griff er in seine Jackentasche, fingerte nach seinem Portemonnaie und zog einen Hunderteuroschein hervor.

»Ich geb dir das Geld«, meinte er in einem Anflug von Großzügigkeit. »Hab nämlich heute im *Mistral* beim Kartenspiel gewonnen.« Ungeschickt versuchte er ihr den Schein zu übergeben. Rosalie nahm ihn mit dem charmantesten Lächeln entgegen, zu dem sie in ihrer Situation fähig war.

»Dafür werde ich dir immer dankbar sein«, flötete sie und versuchte, sich gleichzeitig an Didier vorbei in Richtung Ausgang zu schieben. »Ich zahl dir das Geld so schnell wie möglich zurück. Du kannst auch gern mal umsonst zu mir zum Haareschneiden kommen. Du wirst dich wundern, was für einen attraktiven Mann ich aus dir zaubern werde!«

Sie hatte die Tür schon fast erreicht, als Didiers Blick plötzlich auf den Computer fiel, dessen Bildschirm immer noch flackernd die aufgerufenen Listen präsentierte. Seine Freundlichkeit war von einem auf den anderen Augenblick wie weggeblasen. Leider auch seine Trunkenheit, wie es schien.

»Du hast doch hier rumgeschnüffelt!« Plötzlich war er mit zwei Schritten bei ihr und packte sie hart am Arm.

Rosalie quietschte vor Schreck. »Du tust mir weh! Lass mich sofort los! Ich weiß überhaupt nicht, wovon du sprichst!«

»Sag mir sofort, was das hier soll!« Didiers Griff wurde noch fester.

Rosalie schwitzte. Wo blieb eigentlich Vincent? Sie suchte krampfhaft nach neuen Ausflüchten.

»Die ... die Neugier ist bei mir so etwas wie eine Krankheit«, stotterte sie hilflos. »Ich wollte nicht schnüffeln, es war einfach nur so ... so ein Zeitvertreib.«

»Willst du mich verarschen? Bist auch nicht besser als die anderen Idioten im Dorf.« Didier zeigte sich wenig beeindruckt. Seine Nasenflügel blähten sich gefährlich auf.

»Aber nein! Ich bewundere dich doch. Ich finde es wahnsinnig sexy, wie raffiniert du bist. Das traut dir doch keiner zu. Chapeau!« Rosalie zog nun alle Register. Sie hoffte, dass auch Didier zu der Sorte Männer gehörte, die für devote Schmeicheleien anfällig waren. Sie redete weiter wie ein Wasserfall. »Okay, ich gebe zu, dass ich aus Langeweile hier etwas herumgeschnüffelt habe. Ich musste mir ja die Zeit vertreiben, bis du zurückkommst. Außerdem versteh ich ja nicht viel von so einem Zahlenkram, aber du scheinst ja wirklich ein sehr erfolgreicher Geschäftsmann zu sein.«

»Das geht dich einen feuchten Dreck an.« Obwohl er immer noch ungehalten klang, schien ihr Lob ihn etwas milder zu stimmen. Er ließ sie los, schubste sie aber weg von der Tür. Offensichtlich war er sich nicht ganz schlüssig, was er mit ihr anfangen sollte. »Willst du mit deinem Wissen etwa zu Arduin gehen?«, erkundigte er sich mit zusammengekniffenen Augen. »Oder geht es dir um Geld?«

»Glaubst du wirklich, ich würde dich erpressen?« Rosalie tat entsetzt. »So etwas würde mir niemals in den Sinn kommen. Du bist doch ein feiner Kerl. Wir kennen uns schon so lange. Außerdem ist es mir egal, was du machst. Und mit der Polizei habe ich erst recht nichts am Hut.« Sie zuckte kurz mit der Schulter. »Du weißt ja, dass mein Bruder Maurice ein *Flic* ist. Wir können uns nicht ausstehen!«

Didier lachte. »Hast wohl auch so eine Scheißverwandtschaft wie ich.«

»Alles Idioten!« Das war nicht mal gelogen. Außerdem schien sie mit ihrer Beichte bei Didier auf offene Ohren zu stoßen. Sie durfte nur nicht lockerlassen. Wenn er kapierte, dass sie ihn nicht verpfeifen würde, würde er sie vielleicht gehen lassen. »Was du tust, geht mich nichts an«, wiederholte sie im Brustton der Überzeugung. »Obwohl ich es schon krass finde, wie du der Polizei ein Schnippchen schlägst. Weißt du, dass mein Bruder schon seit Monaten versucht herauszufinden, wer das Holz im Wald von Crestet klaut?«

Ohne sie aus den Augen zu lassen, griff Didier nach der Flasche Schnaps auf dem Schreibtisch und nahm daraus einen ordentlichen Schluck.

»Willste auch?« Er reichte ihr großzügig die Flasche.

Rosalie überwand sich und trank ebenfalls. Sie gab sich Mühe, ihn nicht merken zu lassen, wie widerwärtig sie dieses Gesöff fand. Ihre Geste zeigte zum Glück die erhoffte Wirkung. Sie schaffte weiteres Vertrauen zwischen ihnen.

»Ich hab schon ganz andere Dinge gedreht, von denen die Polizei nichts mitbekommen hat«, begann Didier plötzlich sehr mitteilsam zu werden. Er setzte sich auf die Tischkante und nahm noch einen Schluck. Die Unterhaltung mit Rosalie schien ihm nun Spaß zu machen. »Die ganze Gesellschaft ist doch vollkommen kaputt«, fuhr er mit wieder schwerer werdender Stimme fort. »Wenn du nicht ab und zu selbst für dein Recht sorgst, dann wartest du vergeblich auf Gerechtigkeit, wenn du verstehst, was ich meine.«

»Du meinst, man muss sich Dinge nehmen, damit alles gerechter wird?« Rosalie ging davon aus, dass er die Diebstähle und Hehlereien so zu rechtfertigen versuchte.

Doch Didier winkte nur unwirsch ab. »Das sowieso. Aber auch noch mehr.« Dann lachte er bitter auf und fuhr sich, um seinen Worten Nachdruck zu verleihen, mit der ausgestreckten Hand quer über die Kehle. »Ich denke da an Männer wie Rivas«, fügte er plötzlich hinzu. Seine Stimme war nun von Hass erfüllt. »Es ist nur gerecht, dass dieser Tierquäler jetzt tot ist. Selber schuld!«

Rosalie fröstelte. Sollte dies etwa auf eine Art Geständnis hinauslaufen? Ihr Unwohlsein verstärkte sich mit jeder Sekunde, die sie ihm ausgeliefert war. Didier war ein Pulverfass, das jeden Augenblick hochgehen konnte – und er war nicht dumm. Wenn er tatsächlich etwas mit dem Mord zu tun hatte, wurde ihre Situation hier von Minute zu Minute brenzliger. Auf der anderen Seite war es auch *die* Gelegenheit, endlich die Wahrheit herauszufinden. Sie hoffte nur, dass Vincent rechtzeitig auftauchte. Nach kurzem Zögern setzte sie alles auf eine Karte.

»Rivas' Wachtelzucht war eine Schande«, bekräftigte sie seine Aussage.

»Die Wachtelzucht ist mir doch egal«, schnaubte Didier, »aber dass er meinen Ric auf dem Gewissen hat und Loulou für immer ein Krüppel bleiben wird, das hab ich ihm nicht verziehen!« Wut und Trauer spiegelten sich in seinem Gesicht, wurden zu tiefem Hass. Sein Gesicht verzog sich zu einer angewiderten Fratze. »Deshalb hab ich mich an ihm gerächt. Wollte, dass er auch mal so Schmerzen leidet wie Ric und Loulou.«

»Dann hast *du* ihn umgebracht?«, stammelte sie nun doch erschüttert über seine Offenheit. Sie musste sich anstrengen, ihre aufkeimende Angst zu unterdrücken.

Didier sah sie jedoch nur an, als verstehe er die Frage nicht.

»Umbringen?« Er schüttelte den Kopf. »Nein, ich wollte nicht, dass er draufgeht. Ich wollte nur, dass er Angst bekommt und spürt, wie das ist, wenn man einfach so in eine Falle gerät. Das war meine Absicht.« In seinen vom Alkohol trüben Augen sammelten sich Tränen. »Mein Ric hat tagelang in dieser verdammten Falle gelitten. Er ist verreckt da draußen – und das nur, weil er einmal in das verdammte Wachtelgehege eingedrungen ist und dort ein paar von den dämlichen Viechern gerissen hat. Sag, ist das gerecht?« Er starrte sie an, als erwarte er, dass sie Verständnis für ihn zeigte.

Instinktiv spürte Rosalie, dass sie nicht aufhören durfte, ihn am Reden zu halten.

»Also hast du das Holzscheit mit den Schrotpatronen präpariert?«

»Die Idee kam mir nicht gleich. Nachdem ich erfahren habe, dass Rivas der Fallensteller ist, bin ich sofort zu ihm hin, um ihn zur Rede zu stellen. Ich war so wütend, dass ich ihn zusammenschlagen wollte. Der sollte so richtig Dresche kriegen. Aber als ich in sein Büro kam, war er nicht da. Erst wollte ich alles kurz und klein schlagen, aber dann sah ich die Schachtel mit den Schrotpatronen auf seinem Schreibtisch liegen. Sie lag einfach so offen da. Da kam mir dann die Idee, ihm auch eine Falle zu stellen. *Das ist genau das, was du verdienst,* hab ich mir gedacht. Eine Ladung Schrot in deinen verdammten, dreckigen Winzerarsch!« Didier nahm einen tiefen Schluck aus der Flasche, bevor er fortfuhr. »Ich war doch immer noch so wütend. Ein paar von den Schrotpatronen im Holz, die ihm um die Ohren fliegen sollten, das war der Plan. *Das gibt ein Feuerwerk, das du nicht vergessen wirst,* hab ich mir gedacht. Ja, so war das.« Didier ballte die Hände zu Fäusten und starrte trotzig vor sich hin. »Konnte doch nicht wissen, dass der gleich abkratzt.«

An der Tür bewegte sich etwas. Rosalie versuchte sich nichts anmerken zu lassen.

»Und wie bist du dann weiter vorgegangen?«, erkundigte sie sich eilig.

Didier durfte jetzt keinesfalls zur Tür sehen. Seine Stimme klang seltsam monoton, während er fortfuhr, so, als berichte er von der Reparatur eines Autos und nicht von einer schrecklichen Tat.

»Ich wollte was von Rivas' Holz nehmen, aber da kam plötzlich die alte Rivas über den Hof. Die sollte mich nicht sehen. Also hab ich mich verzogen und bin erst mal nach Hause gefahren. Die Patronen hatte ich schon in der Tasche. Da hab ich eben ein paar von meinen Holzscheiten genommen und da Löcher reingebohrt, um die Patronen zu verstecken. Damit er nicht sieht, dass was drin steckt, hab ich die Löcher mit Harz zugeschmiert. Dann bin ich abends noch mal hingefahren und hab das Holz heimlich unter seinen Holzvorrat gelegt. Es war ganz leicht!«

Didier saß immer noch auf der Schreibtischkante mit dem Rücken zur Tür. Ganz langsam verbreitete sich der Spalt in der Tür, und sie sah, wie Vincent sich langsam in den Raum schob. In seinen Händen hielt er einen Spaten. Sein Gesicht war bleich wie der Tod, und dennoch erkannte sie auf ihm eine Entschlossenheit, die sie noch nie bei ihm gesehen hatte. Ohne dass Didier es mitbekam, holte er aus, um ihn niederzustrecken.

Rosalie hielt unwillkürlich die Luft an.

In diesem Augenblick berührte der erhobene Spaten die herabhängende Deckenleuchte. Trotz seiner Trunkenheit reagierte Didier unglaublich schnell. Er fuhr blitzschnell herum und erkannte die Gefahr. Noch bevor Vincent seinen Schlag ausführen konnte, bückte er sich und stieß ihm mit der Kraft eines wilden Stiers seinen Kopf in den Bauch. Vincent wurde von dem überraschenden Angriff gegen die Wand geschleudert und sackte zu Boden. Didier war sofort über ihm. Rosalie rechnete damit, dass Vincent gleich aufgab, doch zu ihrer Überraschung entwand er sich geschickt Didiers Zugriff und stieß ihm mit dem Knie gegen das Kinn.

Nun war eine wilde Rauferei im Gange. Vincent war wendiger als Didier, dafür war dieser um einiges stärker. Fäuste flogen. Rosalie sah, wie Blut aus Vincents Nase tropfte, dennoch kämpfte er mit einer erstaunlichen Verbissenheit weiter. Es gelang ihm, sich aus Didiers Klammergriff zu befreien und ihm seinerseits einen Haken auf das Auge zu platzieren.

Dann hatte Didier plötzlich ein Messer in der Hand. Rosalie schrie unwillkürlich auf, als er mehrmals versuchte, auf Vincent einzustechen. Immer wieder gelang es diesem auszuweichen. Dennoch war klar, dass Didier ihm mit der Waffe auf Dauer überlegen war. In ihrer Not griff sie nach der Schnapsflasche auf dem Tisch und zielte damit auf Didiers Kopf. Doch wie sollte sie treffen, wenn die beiden sich dauernd bewegten? In dem wilden Auf und Ab war es unglaublich schwer, ein Ziel anzuvisieren.

Didier und Vincent rollten nun über den Boden. Mal war der eine, dann wieder der andere oben. Als Rosalie erneut das Messer aufblitzen sah und meinte, Didier oben zu sehen, schlug sie aufs Geratewohl zu. Sie traf und hörte ein lautes Stöhnen.

Unglücklicherweise hatte sie den Falschen erwischt. Mit einem leisen Röcheln sackte Vincent in sich zusammen.

34

Als Rachid Rosalie weder zu Hause noch bei Vincent antraf, ging er davon aus, dass sie immer noch bei Didier auf der Colline waren. Er stand gerade vor Vincents Apotheke und versuchte ein weiteres Mal, wenigstens einen von beiden telefonisch zu erreichen. Keiner von beiden meldete sich. Er war sich unschlüssig, ob er ebenfalls auf die Colline fahren sollte. Womöglich würde sein Auftauchen nur unnötigen Wirbel verursachen. Er wollte nicht noch mehr vermasseln. Während er hin und her überlegte, was er nun tun sollte, sah er plötzlich Arduin mit raschen Schritten vorbeieilen. Er hielt kurz an.

»Bonsoir, Ammari«, begrüßte der ihn nicht sehr erfreut. »Heute gar nicht mit von der Partie?«

Rachid hatte das unbestimmte Gefühl, dass die ironische Begrüßung des Dorfpolizisten etwas mit Rosalie und Vincent zu tun hatte. »Bonsoir, *Adjoint*«, grüßte er vorsichtig zurück. »Noch so spät unterwegs?«

»Tun Sie nicht so, als wüssten Sie nicht Bescheid«, knurrte Arduin. »Sonst wären Sie doch gar nicht hier.«

»Stecken Rosalie und Vincent in Schwierigkeiten?« Rachids Gedanken überschlugen sich.

»Didier hat die beiden wohl beim Einbrechen erwischt...«

Bevor Arduin Näheres erläutern konnte, näherte sich ein Polizeifahrzeug mit Blaulicht. Arduin ließ Rachid stehen und eilte auf seine Kollegen zu. Dort stand auch sein Wagen, in den er kurz darauf einstieg.

Rachid dachte nicht lange nach, sondern eilte ihm nach. »Ich komme mit«, sagte er und stieg zu Arduin ein.

Der junge Polizist hatte offensichtlich nichts dagegen. Mit angezogener Handbremse gab er Gas und brauste mit eingeschaltetem Blaulicht davon. Das andere Polizeifahrzeug folgte ihm in geringem Abstand.

Maurice war immer noch außer sich. Er war wütend auf seine Frau, wütend auf diesen Grünschnabel Arduin, der sich wie ein Rennfahrer aufführte, wütend auf seine Schwester, die ihm nichts als Schwierigkeiten bereitete, und ebenso wütend auf sich selbst. Am meisten machte ihm jedoch die Einsicht zu schaffen, dass ihm bei den laufenden Ermittlungen mit einem Mal alle Fäden aus den Händen zu gleiten schienen. Die Beweise, die er gegen Bashaddi gehabt hatte, waren durch die neuesten Untersuchungen hinfällig geworden. Es war offenkundig, dass Bashaddi keine Ahnung hatte, woher die Patronen kamen. *Verdammt!* Damit steckte er in der Klemme. Er konnte dem Commandant ja schlecht erklären, dass er schlampig ermittelt hatte. Seine Beförderung konnte er sich damit gleich abschminken. Und dann war zu allem Überfluss auch noch der Anruf von Arduin gekommen, dass seine verdammte Schwester sich wieder einmal in die Polizeiarbeit eingemischt hatte. *Na warte*, dachte er, während er Arduin über die dunkle Zufahrtstraße zur Colline folgte. *Wenigstens dir werde ich ordentlich den Marsch blasen!*

*

Rosalie stieß vor Schreck einen Schrei aus, als sie Vincent so leblos vor sich liegen sah. Sie ließ sich sofort auf die Knie fallen, um nachzusehen, wie schwer er verletzt war. Sie hatte ihn am Hinterkopf erwischt. Die Schnapsflasche war beim Aufschlag zerbrochen und hatte eine hässliche Wunde hinterlassen. Zum Glück war sein Puls noch deutlich zu spüren. Rosalie strich ihm sanft über die Wange. Sie riss ihren Schal vom Hals und versuchte, die Blutung damit zu stillen. Ein schmerzhafter Griff an der Schulter machte ihr jedoch unmissverständlich klar, dass sie immer noch in ganz massiven Schwierigkeiten steckte. Didier stand mit zugeschwollenem Auge und aufgeplatzter Lippe direkt über ihr und sah sie mit einer Mischung aus Enttäuschung und Verachtung an. Das Messer hielt er drohend in der anderen Hand.

»Du verdammte Schlampe bist auch nicht besser als die anderen.« Er spuckte vor ihr aus.

Rosalie bekam es mit der Angst zu tun. Sie fürchtete, er werde gleich mit der Waffe zustechen. Seine Augen flackerten, als wäre er nicht mehr ganz bei Verstand.

»Lass mich in Ruhe, Didier«, versuchte sie es mit ruhiger Stimme. »Es ist schon genug Schreckliches geschehen. Lass mich Vincent helfen!«

»Helfen! Dass ich nicht lache! Ich werde euch helfen!« Didier begann irre zu lachen. Sein ganzer Körper bebte dabei. »Oh ja, ich werde euch helfen!« Er riss sie unsanft auf die Beine und zog sie mit sich zu seinem Schreibtisch. Aus einer der Schubladen zog er eine Schnur und begann ihre Hände auf den Rücken zu fesseln.

»Was hast du mit uns vor?« Rosalie fürchtete sich vor seiner plötzlichen Entschlossenheit.

Didier kümmerte sich nicht um sie. Er stieß sie zu Boden

und fesselte auch noch ihre Füße. Dann machte er dasselbe mit dem immer noch regungslosen Vincent.

»Lass uns gehen!« Rosalie bekam es immer mehr mit der Angst zu tun. »Wir sind doch deine Freunde. Vincent hat deinem Hund das Leben gerettet. Das kannst du doch nicht einfach vergessen.«

Wie aus dem Nichts tauchte in diesem Augenblick Minouche auf. Der Lärm hatte die Hündin angelockt. Knurrend und mit eingezogenem Schwanz betrat sie den Raum.

»Hau ab, Loulou! Das ist hier nichts für dich!« Sichtlich irritiert sah Didier zu, wie die Hündin zu Vincent lief, um ihm leise jaulend über das leblose Gesicht zu lecken. »Komm her, verdammtes Viech! Der ist das nicht wert«, herrschte er sie an. Doch die Hündin antwortete nur mit einem dumpfen Knurren.

»Sie mag Vincent, weil er ihr das Leben gerettet hat«, erinnerte ihn Rosalie erneut. Ein kleiner Funke Hoffnung keimte auf, als sie sah, wie Didier sich irritiert am Kopf kratzte. Dabei murmelte er leise vor sich hin.

»Er hat die Hündin gerettet. Dafür sollte Didier ihm dankbar sein.«

»Lass uns gehen! Ich werde zu deinen Gunsten aussagen. Mach nicht alles schlimmer, als es schon ist.«

Didier sah kurz zu ihr hinüber. Doch seine glasigen Augen glitten über sie hinweg, als wäre sie gar nicht da. Dann wandte er sich wieder seinem Hund zu.

»Geh weg von dem!« Er packte die Hündin am Halsband und zerrte sie grob weg. »Was scherst du dich um dieses Pack? Die wollen nur, dass Didier ins Gefängnis kommt!«

Minouche knurrte nun unverhohlen. Als Didier begriff, dass sich seine Hündin gegen ihn stellte, versetzte er ihr einen

Tritt und warf sie kurzerhand aus dem Raum. Manouche winselte und bellte dann wie wild. Sie war völlig außer sich.

»Hurenhund, verdammter! Das ist denen ihre Schuld, dass du so geworden bist!« Er richtete sich auf und sah sich wild entschlossen um.

In diesem Augenblick begriff Rosalie, dass der Schrotthändler von nun an keine Rücksicht mehr nehmen würde. Wie ein gut verschnürtes Postpaket lag sie dicht neben Vincent und hörte sein schmerzhaftes Stöhnen. Sie war unfähig, ihm zu helfen. Hoffentlich war er nicht ernsthaft verletzt. Ihre Verzweiflung gab ihr den Mut, sich nochmals aufzulehnen. Sie riss an ihren Fesseln, die jedoch keinen Millimeter nachgaben.

»Verdammt! Mach uns endlich los!«

Didier versetzte ihr einen derben Tritt in den Bauch. Ihr wurde so übel davon, dass sie zu würgen begann. Mitleidlos starrte er auf sie herab. »Du bist wie all die anderen«, schnaubte er verächtlich. »Meinst wohl wie alle andern, Didier ist blöd, was? Aber das ist Didier nicht. Hab euch die ganze Zeit nur den Trottel vorgespielt. In Wirklichkeit hab ich es voll hier drauf!« Er tippte sich mit dem Zeigefinger an die Stirn und stieß erneut ein irres Lachen aus. Dann wurde er wieder ernst. Wie seine Mimik änderte sich seine Laune von einem Moment zum anderen. Für einen kurzen Augenblick lag fast so etwas wie Bedauern in seinem Blick. »Schon etwas schade um dich. Hab dich fast ein wenig gern gehabt!« Er griff in die Schublade und zog eine weitere Schnapsflasche sowie eine Zigarette hervor. Nachdem er sie angezündet und ein paar Züge gemacht hatte, trank er einen großen Schluck und blickte dann bedauernd auf sie hinunter.

Rosalie bäumte sich erneut auf. Noch einmal versuchte sie an seine Vernunft zu appellieren.

»Du kannst uns hier nicht einfach einsperren. Vincent braucht einen Arzt. Wenn du jetzt vernünftig bist, werden wir zu deinen Gunsten aussagen. Vielleicht kommst du ja mit einem blauen Auge davon. Du hast doch selbst gesagt, dass du Rivas nicht töten wolltest!«

»Er hatte eine Chance!« Didier kratzte sich am Hals. Sein Blick war trüb, als er sie ansah. »Ich habe mit Rivas provenzalisches Roulette gespielt. Hätte doch auch sein können, dass die Patronen gar nicht hochgegangen wären oder ihn nicht getroffen hätten, oder?«

Rosalie sah eine winzig kleine Hoffnung. »Genau das werde ich aussagen. So kann man dich schon mal nicht für vorsätzlichen Mord anklagen. Mach uns los!«

Doch sie hatte sich getäuscht.

»Sein Pech, dass er dabei verloren hat!« Didier lachte, als hätte er einen Witz gemacht. »Und mit euch mach ich dasselbe. Wenn ihr's ehrlich mit mir meint, dann werdet ihr schon überleben! Wenn nicht, geht hier eben alles – bumm – in die Luft. Muss ohnehin von hier verschwinden.«

Mit schweren Schritten verließ er den Raum. Rosalie hörte, wie er sich draußen zu schaffen machte. Ihre schlimmsten Befürchtungen wurden zur Gewissheit, als er kurze Zeit später mit Bohrmaschine, Holzscheiten und Schrotpatronen zurückkehrte.

»Heute Nacht wird euch nicht kalt werden, das verspreche ich!« Seine Handlungen wirkten mit einem Mal ruhig und überlegt. In aller Ruhe begann er mit der Bohrmaschine Löcher in die Scheite zu bohren.

Rosalie schloss entsetzt die Augen. Dieser Wahnsinnige hatte tatsächlich vor, mit ihnen das gleiche Spiel wie mit Rivas zu spielen. Nur mit dem Unterschied, dass sie wussten, was auf sie zukommen würde. Hilflos musste sie zusehen, wie er schließlich die Patronen in den Holzscheiten versenkte. Dann stapelte er das Holz direkt neben ihnen zu einer Art Lagerfeuer. Er hatte sogar Anzündholz mitgebracht, damit es schneller in Gang kam. Rosalie befand sich mittlerweile in einem Zustand, in dem sie nicht wusste, ob sie losschreien oder in Schockstarre verfallen sollte. Selbst wenn die Patronen nicht losgingen, würde das Kohlenmonoxid des Feuers sie über kurz oder lang ersticken lassen.

Als Brandbeschleuniger goss Didier Benzin über einen Lappen und zündete ihn an. Der Stofffetzen ging sofort in Flammen auf. Er warf ihn auf das Holz und verteilte weiteres Benzin im ganzen Raum.

»Es brennt! Es brennt!«, rief er außer sich. In seinen irren Augen spiegelte sich der Widerschein der Flammen. »Das ist die reinigende Kraft des Feuers. Sie wird auch aus euch gute Menschen machen.«

Er war so fasziniert von seinem eigenen Werk, dass er nicht mitbekam, wie plötzlich mehrere Stichflammen auflöderten. Gierig griffen sie nach dem benzingetränkten Papier auf dem Schreibtisch und züngelten weiter auf Didier zu, bis auch er von den Flammen ergriffen wurde. Innerhalb von Sekunden stand sein rechter Arm in Flammen. Rosalie hörte noch, wie er schmerzvoll aufschrie und wild um sich schlagend versuchte, aus der Tür zu stürmen.

Das Feuer hatte bisher weder Vincent noch sie selbst erreicht, da sie beide am Boden lagen. Doch es war nur eine Frage der Zeit, bis das Feuer auch auf sie übergriff. Verzweifelt versuchte sie, Vincent mit ihrem Körpergewicht weg von dem Brandherd mit den Patronen zu schieben. Doch ihre Fesseln hinderten sie daran. Schon loderten auch hier die Flammen auf. Alles in dem winzigen Raum fing an zu brennen. Ebenso rasch breitete sich der Rauch aus. Die Luft wurde immer knapper. Rosalie begann zu husten. Der Rauch trübte ihre Augen, und sie fühlte, wie sich ihre Sinne zu vernebeln begannen. Dann erfolgte die erste Detonation.

35

»Beeil dich! Da vorn brennt's!«

Sie waren noch mehrere hundert Meter von Didiers Anwesen entfernt, als die Silhouette der nachtschwarzen Bäume von rötlichem Licht erhellt wurde. Arduin griff sofort nach seinem Funkgerät und informierte Feuerwehr und Notarzt. Rachid hielt es vor Sorge kaum mehr auf seinem Sitz. Mit schleppender Langsamkeit – so kam es ihm jedenfalls vor – näherten sie sich dem Schrottplatz. Arduin stoppte vor dem Tor. Rachid war schon ausgestiegen, bevor er überhaupt richtig angehalten hatte. Im nächsten Augenblick schloss Viale mit seinem Wagen zu ihnen auf. Dann stand er neben ihnen. Im Hintergrund brannte einer der Schuppen. Es folgten mehrere Detonationen. Als er das verschlossene Tor sah, griff Maurice nach seiner Pistole und schoss es kurzerhand entzwei. Um das Gebäude lief ein wild bellender Hund. Von Rosalie und Vincent war nichts zu sehen.

»Los, verteilt euch! Wir müssen nachsehen, ob jemand da drin ist!« Rachid bewunderte das entschlossene Vorgehen Viales, der umgehend auf den Brandherd zusprintete. Er dachte nicht lange nach und folgte ihm. Weißer Rauch schlug ihnen entgegen, als sie den Schuppen erreichten. Bereits auf dem Weg dorthin hatte Rachid sich die Jacke ausgezogen. Er schlang sie sich als Atemschutz um den Kopf und stürmte hinein. Viale war ihm dicht auf den Fersen. Von dem Schuppen war ein kleinerer Teil als Büro abgeteilt worden. Dort befand sich der Brandherd. Aus der weit geöffneten Tür torkelte ihnen ein brennender Mann entgegen. Der Schrei, den er ausstieß, hatte etwas Unmenschliches. Aus Jacke und Hose züngelten Flammen. Er sah aus wie eine lebende Fackel. Viale riss geistesgegenwärtig eine Abdeckplane von einem der Stapel und versuchte damit die Flammen zu ersticken. Rachid stürmte unterdessen weiter. Er glaubte, auf dem Boden noch zwei weitere, allerdings leblose, Personen liegen zu sehen.

»Rosalie! Vincent!« Er bekam kaum noch Luft. Die Jacke schützte ihn nur unvollständig vor dem immer dichter werdenden Rauch. Sie mussten sich beeilen. Mit wenigen Schritten war er bei den beiden. Rosalie röchelte noch und versuchte vergeblich zu sprechen. Vincent lag leblos daneben.

Viale stand plötzlich neben Rachid. Sein Gesicht war rußgeschwärzt, und er hustete. »Schnell, raus mit den beiden!« Er deutete auf das Dach des Schuppens, das jeden Augenblick einzustürzen drohte, packte Rosalie unter den Achseln und zog sie hinaus. Rachid griff sich Vincent. Kaum hatten sie den Vorplatz erreicht, barst das Gebälk mit einem knirschenden Krachen und brach in sich zusammen. Die Flammen züngelten unterdessen ungehindert weiter und griffen bereits nach der zweiten Scheune. Mit vereinten Kräften schleppten sie die Verletzten außer Reichweite, bis endlich das ersehnte Tuten der Martinshörner zu hören war.

»Rosalie, Liebes!« Rachid beugte sich über die liegende Gestalt auf dem Boden und strich ihr sanft ihre von Ruß geschwärzten roten Haarlocken aus dem Gesicht. Ihre Augenlider flatterten, was ihm die beruhigende Gewissheit gab, dass sie noch lebte. Endlich wachte sie keuchend aus ihrer Ohnmacht auf.

»Wo ist Vincent?«, krächzte sie mit schreckgeweiteten Augen.

»Er ist hier. Es geht ihm gut.«

Rosalie schloss für einen Augenblick die Augen. Rachid glaubte Tränen unter ihren Lidern zu erkennen. Dann wurde sie von einem neuerlichen Hustenanfall heimgesucht. Unterdessen waren Feuerwehr und Notarzt eingetroffen. Mehrere Sanitäter eilten auf die Verletzten zu und machten sich an die Erstversorgung. Rachid sah zu, wie Rosalie in einen der Krankenwagen verfrachtet und abtransportiert wurde. Dasselbe geschah mit Vincent und Didier.

»Sie sollten beide mit ins Krankenhaus kommen«, riet der Notarzt, dem nicht entgangen war, dass sowohl Rachid als auch Viale immer wieder husten mussten. »Wahrscheinlich haben Sie eine leichte Rauchvergiftung. Es ist besser, wenn Sie sich auch in Behandlung begeben.«

Rachid winkte ab. »Mir geht's gut!«

»Ach, lassen Sie mich in Ruhe!« Viale scheuchte den Notarzt weg, als wäre er eine lästige Fliege. Schulterzuckend verabschiedete sich dieser.

»Das ist gerade noch einmal gut gegangen«, meinte Maurice nach einer längeren Pause. Sein rußgeschwärztes Gesicht verlieh ihm etwas Sympathisches. »Sie haben viel Mut bewiesen, Ammari.« Sein Lob klang ehrlich, und Rachid freute sich, denn er wusste, dass es dem Commissaire nicht leichtfiel.

Viale räusperte sich. »Bevor sie Gris abtransportiert haben, konnte ich noch kurz mit ihm reden«, informierte er ihn knapp. »Er hat den Mord an Rivas zugegeben. Zwar schien er reichlich verwirrt, doch die Sachlage ist wohl eindeutig. Ihr Cousin wird also morgen aus der Haft entlassen werden!«

Rachid nickte bedächtig. Eine schwere Last wurde ihm von

den Schultern genommen. Als er sich endlich dazu imstande sah, etwas zu sagen, war Viale schon auf halbem Weg zu Arduin und den Kollegen von der eben eingetroffenen Spurensicherung. Rachid blieb gedankenverloren zurück und starrte auf die qualmenden Überreste des abgebrannten Schuppens. Ihn fröstelte bei dem Gedanken, dass hier beinahe seine einzigen Freunde, die er in Vassols hatte, ums Leben gekommen wären. Mit einem Mal spürte er etwas Nasses über seine Hand fahren. Ohne dass er es bemerkt hatte, war Minouche zu ihm gelaufen. Sie suchte Nähe, denn in all dem Trubel hatte niemand auf sie geachtet.

»Kommst dir wohl auch ziemlich verloren vor, was«, meinte er und kraulte der Hündin den Kopf. Seine Gedanken wanderten zu Rosalie und zu den Gefühlen, die er für sie empfand. Es war endlich an der Zeit, mit ihr darüber zu reden.

36

»Bleibst du wohl liegen! Der Arzt hat dir ausdrücklich Bettruhe verordnet!«

Rosalie schimpfte wie ein Rohrspatz und drückte ihn energisch in seine Kissen zurück. Sie hatte ihm extra ein Lager auf der hellen Couch hergerichtet, auf dem er sich nun wie ein Gefangener vorkam. Vincent verstand ihre Sorge nicht. Schließlich hatte er doch nur kurz aufstehen wollen, um ihr beim Kochen zur Hand zu gehen. Es war ja nicht mit anzusehen, wie umständlich sie sich dabei anstellte, ein paar Nudeln ins Wasser zu befördern! Doch sie bestand darauf, dass er sich schone. Seit er aus dem Krankenhaus entlassen worden war, behandelte sie ihn wie ein rohes Ei. Dabei war sie selbst nach der überstandenen Rauchvergiftung erst einen Tag vor ihm entlassen worden.

»Du darfst die Nudeln erst ins Wasser werfen, wenn es kocht.« Vergeblich versuchte Vincent, ihrem blinden Aktionismus Einhalt zu gebieten.

Rosalie hatte die Nudeln schon ins kalte Wasser befördert und wunderte sich gerade stirnrunzelnd darüber, dass sie obenauf schwammen. Schließlich brach sie die Nudeln kurzerhand in kleine Stücke und wartete geduldig darauf, bis das Wasser zu kochen anfing.

»Möchtest du lieber Pesto Genovese oder Thunfisch Bolognese?«

Vincent, der von seiner Couch aus direkt in die Küche schauen konnte, sah sie mit zwei Gläsern Fertigsauce hantieren.

»Ist mir egal«, verkündete er großzügig und fügte in Gedanken *schmeckt doch sowieso alles gleich fad* hinzu. Rosalies kulinarische Fähigkeiten waren eindeutig noch ausbaufähig. Doch das kümmerte ihn im Augenblick nicht. Allein die Tatsache, dass sie sich so aufopferungsvoll um ihn kümmerte, zählte. Ihr zuliebe war er bereit, noch ganz andere Dinge über sich ergehen zu lassen.

»Das Nudelwasser kocht jetzt übrigens«, informierte er sie, nachdem das weiß schäumende Wasser bereits über den Topfrand auf seine Herdplatte geschwappt war. Doch auch dieses Problem meisterte Rosalie mit der ihr eigenen Souveränität. Statt die Temperatur zu reduzieren und kaltes Wasser auf den Schaum zu schütten, nahm sie den heißen Topf mit bloßen Händen vom Herd.

»Ai, ai, ai«, hörte er sie prompt vor Schmerz stöhnen und durfte mit ansehen, wie sie das fast glühende Kochgeschirr auf seiner hellen, empfindlichen Holzplatte abstellte. Vincent hielt es trotz seines immer noch brummenden Schädels kaum noch auf seinem Lager. Weil er ihren Kocheifer jedoch nicht bremsen wollte, biss er sich auf die Lippen. Das verhinderte allerdings nicht, dass er sich dabei vorstellte, wie sich der Umriss des Topfes nun in seine Designerplatte brannte.

Rosalie werkelte unverdrossen weiter. Sie versuchte gerade, beide Saucengläser mit seinem japanischen Küchenmesser zu öffnen. Sie schaffte es tatsächlich, ohne dabei das sündhaft teure Messer abzubrechen. Ohne Hemmungen schüttete sie erst den Inhalt des einen und dann den des anderen Glases in eine Pfanne. Die appetitlich rote Thunfischsauce und das grüne Pesto vermengten sich prompt zu einer unansehnlichen bräunlichen Paste, was Rosalie mit leichtem Kopfschütteln quittierte.

»Das kommt jetzt aber nicht so gut.« Ihr selbstkritisches Murmeln verriet eine gewisse Unzufriedenheit. Vincent hielt es daraufhin für das Beste, sich nicht weiter um ihre Kochbemühungen zu scheren. Er würde essen, was sie ihm an sein Krankenlager brachte. Zu seiner Verwunderung gelang es ihm tatsächlich, sich ein wenig zu entspannen. Zurückgelehnt in seine Kissen döste er kurze Zeit später ein. Er erwachte erst wieder, als er Rosalies warme Hand auf seiner Schulter spürte.

»*Bon appétit*«, begrüßte sie ihn mit einem verheißungsvollen Lächeln.

Vincent wappnete sich innerlich gegen das fürchterliche Mahl und richtete sich auf. Als er jedoch das Tablett vor sich stehen sah, gingen ihm die Augen über. Zu seiner Überraschung fand er statt der erwarteten zerkochten Pasta in schmutzgrauer Sauce appetitlich duftende Köstlichkeiten vor sich. Es sah *Beignets de brandade de morue*, in Teigbällchen eingebackenes Stockfischpüree, mit einem Wildkräutersalat als Vorspeise, eine *Boeuf en daube*, den klassischen Rindfleischschmortopf, mit frischem Baguette als Hauptspeise und *Crème caramel* zum Dessert. Ein kleiner bunter Frühlingsstrauß in der Mitte des Tabletts und eine Flasche rubinroter Gigondas rundeten das vorzügliche Mahl ab. Vincent liefen die Augen über vor Überraschung.

»Ich hoffe, du wirst meine Spaghetti nicht allzu sehr vermissen«, meinte Rosalie mit einem spitzbübischen Lächeln. »Ich fürchte, die sind mir ziemlich misslungen!«

»Aber ... aber wie bist du so schnell zu solch einem wundervollen Essen gekommen?« Vincent kam aus dem Staunen überhaupt nicht mehr heraus.

»Betriebsgeheimnis.« Rosalie blinzelte ihm kokett zu. In ihren grünen Augen blitzte der Schalk. »Babette hat mir immer gepredigt, man muss noch einen Plan B in petto haben.«

Mehr bekam er aus ihr nicht heraus. Doch das war jetzt auch einerlei. Sein unüberhörbares Magenknurren machte ihm bewusst, was für einen Appetit er hatte. Das Essen schmeckte wirklich vorzüglich. Und noch schöner war, dass Rosalie ihm dabei Gesellschaft leistete. Immer wieder erkundigte sie sich besorgt, ob es ihm auch gut gehe. Es war nicht zu übersehen, dass sie immer noch ein schlechtes Gewissen hatte, weil sie ihm aus Versehen mit der Flasche eins übergebraten hatte. Doch wenn er dafür in den Genuss ihrer ungeteilten Aufmerksamkeit kam, war sein brummender Schädel das allemal wert.

»Mein Vater hat mich übrigens gestern im *Folies Folles* aufgesucht.« Rosalie erwähnte die Neuigkeit wie beiläufig beim Nachtisch.

Vincent sah überrascht auf. »Und wie hast du reagiert?«

Sie zuckte mit den Schultern. »Anfangs war ich wohl nicht sehr freundlich zu ihm. Ich dachte, er wolle mich nochmals davon überzeugen, dass ich wieder aus Vassols verschwinden soll. Also habe ich ihm klar gemacht, dass er sich Babettes Haus abschminken kann.«

Vincent verzog das Gesicht. »Also habt ihr wieder gestritten?«

Rosalie machte ein entrüstetes Gesicht. »Du hältst mich wohl für sehr streitlustig, was?«

Vincent hob entschuldigend die Hände. »Ich weiß, wie es ist, wenn zwei Dickköpfe aufeinanderprallen«, murmelte er unbeirrt.

Rosalie nahm ihm seine Äußerung nicht übel.

»Nein, stell dir vor, wir haben nicht gestritten. Mein Vater war ausnahmsweise äußerst zuvorkommend. Er hat meine Unfreundlichkeiten einfach überhört. Stattdessen bat er mich, gemeinsam mit ihm und meinen Brüdern zum Mittagessen zu gehen. Sie warteten bereits in der Hoffnung, dass ich mitkomme.«

»Und hast du angenommen?«

Rosalies schelmischer Gesichtsausdruck sagte alles.

»Beim letzten Mal ist ja so einiges schiefgelaufen. Vielleicht war das ja auch ein wenig meine Schuld«, räumte sie widerwillig ein. »Deshalb wollte ich uns einfach noch eine Chance geben. Außerdem ...«, ihre Augen funkelten jetzt vor Schadenfreude, »außerdem wollte ich mir nicht die Gelegenheit nehmen lassen, meinem Bruder Maurice unter die Augen zu treten. Schließlich hat dieser arrogante, selbstgefällige Idiot uns die ganze Zeit das Leben schwer gemacht. Wenn wir nicht in seine Ermittlungen eingegriffen hätten, säße Ismael womöglich immer noch unschuldig in Haft.«

Vincent stöhnte. »Puh! Das muss ja ein schönes Treffen gewesen sein.« Doch er irrte sich erneut.

»Oh ja, das war es durchaus! Maurice hat sich als überraschend fairer Verlierer erwiesen. Hätte ich ihm, ehrlich gesagt, gar nicht zugetraut. Er hat mich sogar über die noch laufenden Ermittlungen in Kenntnis gesetzt.« Sie kräuselte verächtlich die Lippen. »Allerdings erst, nachdem mein Vater und Louis gegangen waren.«

»Und was gibt es Neues?« Vincent brannte darauf, dass sie mit ihren Ausführungen fortfuhr. Schließlich hatte er die letzten Tage nichts erfahren.

»Didier Gris hat den Mord an Rivas umfassend gestanden.

Man wird ihm wohl den Prozess machen, sobald er sich wieder erholt hat.«

»Er hat Glück gehabt, dass er überlebt hat.« Vincent schauderte immer noch bei der Vorstellung, auf welch grausame Weise sie beinahe alle ums Leben gekommen wären. Welche Ironie des Schicksals, dass ausgerechnet Didier um ein Haar Opfer seines eigenen Mordanschlags geworden wäre. Der Verrückte konnte einem fast leidtun. In seinem Wahn, verstärkt durch die Trunkenheit, war ihm die Gefahr nicht bewusst gewesen, in die er sich selbst begeben hatte. Da er unmittelbar vor dem Feuer gestanden hatte, waren die explodierenden Geschosse direkt auf ihn zugeflogen, während Rosalie und Vincent dadurch, dass sie flach auf dem Boden gelegen hatten, davon verschont worden waren. Eine der explodierenden Schrotladungen hatte ihn aus nächster Nähe schwer am Bauch verletzt. Rosalie kannte weitaus weniger Mitleid als Vincent.

»Mit seiner Freiheit ist es jedenfalls vorbei. In wenigen Tagen wird er in ein Psychiatrisches Krankenhaus verlegt. Maurice meint, dass sie ihn für unzurechnungsfähig erklären werden. Es gibt eindeutige Anzeichen für eine Schizophrenie. Gemeinsam mit seiner Trunksucht und der daraus resultierenden Unberechenbarkeit bleibt er eine wandelnde Zeitbombe mit einer beträchtlichen kriminellen Energie.«

»Der Kerl war wirklich erstaunlich raffiniert«, stimmte Vincent nachdenklich zu. »Er hat mit seinem illegalen Holzhandel sämtliche Behörden, die Polizei eingeschlossen, über mehr als zwei Jahre hinters Licht geführt. Jede seiner Aktionen war akribisch genau geplant. Er hat alle Eventualitäten vorausgesehen und beinahe keine Fehler gemacht. Er muss eine Menge Geld damit gemacht haben.«

»Das leider mit dem Schuppen verbrannt ist«, fügte Rosalie

lakonisch hinzu. »Dummerweise hat Didier das Geld keiner Bank anvertraut, sondern es bei sich zu Hause verwahrt. Die Feuerwehr hat die verkohlten Reste in den Brandruinen gefunden.«

»Was für eine Verschwendung!«

»Ich glaube, Didier war das Geld im Grunde genommen egal«, mutmaßte Rosalie. »Das Ganze war für ihn wie ein Spiel. Es machte ihm einfach Spaß, alle auszutricksen. Vielleicht wollte er auch nur sich selbst beweisen, dass er nicht der Trottel war, für den ihn alle gehalten haben. Didier war schon immer ein Spinner. Für ihn waren alle Menschen Feinde. Seine einzigen Freunde waren seine Hunde ... Denen hat er alles durchgehen lassen, selbst die Wilderei in Rivas' Wachtelgehege.«

»Deshalb hat Rivas die Fallen aufgestellt, was gleichbedeutend mit seinem Todesurteil war.« Vincent schüttelte angewidert mit dem Kopf. »Was für eine bittere Ironie! Wie geht es denn Madame Rivas?«

»Suzanne kommt erstaunlich gut zurecht«, meinte Rosalie. »So paradox es klingen mag, aber Yves' Tod hat neue Energien in ihr geweckt. Nachdem sie seine Geschäftsbücher durchgesehen und festgestellt hat, wie oft er seine Geschäftspartner übervorteilt oder gar betrogen hat, hat sie sich eine neue Aufgabe gestellt. Sie will versuchen, altes Unrecht wieder ungeschehen zu machen. Ein erster Schritt dazu war, dass sie Alfonso Garcia die Wachtelfarm als Pacht überlassen hat. Außerdem will sie Ismaels jüngere Brüder wieder einstellen. Einer von ihnen macht gerade seinen Abschluss in der Landwirtschaftsschule von Serres. Wenn er sich gut anstellt, kann er auf dem Hof viel erreichen.«

»Und wie geht es Ismael? Hat er die Zeit in Untersuchungshaft einigermaßen überstanden?«

Über Rosalies Gesicht huschte ein Schatten. »Er hat dort offenkundig Leute kennengelernt, die keinen guten Einfluss auf ihn haben«, meinte sie nicht sehr froh. »Rachid sagt, dass er neuerdings andauernd in die Moschee geht, um zu beten. Nicht, dass dagegen grundsätzlich etwas einzuwenden wäre, aber die Leute, die er dort trifft, sind irgendwelche religiösen Fanatiker. Ich hoffe nur, dass er bald merkt, mit was für Idioten er sich dort einlässt.«

Sie wechselten das Thema, und Rosalie berichtete ihm den neuesten Dorftratsch. Unter anderem erfuhr er, dass Jean-Luc Arnauld nun ohne Parteiunterstützung für das Amt des Bürgermeisters kandidierte. Seine Chancen standen gar nicht mal schlecht. Während Rosalie erzählte, gestikulierte sie lebhaft. Vincent beobachtete fasziniert, wie sie jedes einzelne Wort tatkräftig untermalte. Ihre Hände waren trotz der gepflegten Nägel und makellosen Haut erstaunlich kräftig. Sie passten zu ihrem energiegeladenen Wesen, fand er. Er spielte mit dem Gedanken, sie einfach zu umarmen, um sie zu spüren. Sie musste seine Gedanken erraten haben, denn sie stutzte plötzlich und sah ihn mit fragendem Blick an.

»Du hast immer noch nicht erzählt, wie euer gemeinsames Mittagessen abgelaufen ist«, zwang er sich mit rauer Stimme zur Raison.

Ihre Augen hielten einander immer noch gefangen. Für einen kurzen Augenblick entstand eine Nähe, die ihm Hoffnung machte, dass sie ihn nicht zurückweisen würde, wenn er sie jetzt küsste. Doch er wartete einen Augenblick zu lange. Mit einem Mal wurde ihre Körperhaltung wieder reserviert, und sie besann sich auf ihr Gespräch, als hätte es diesen kurzen Moment nie gegeben.

»Wir trafen uns bei Etienne Bouvier. Stell dir vor, er will

demnächst ein Restaurant hier in Vassols aufmachen und hat für uns eine Art Probekochen hingelegt. Von ihm stammt übrigens auch dein Essen. Es sind die Reste von gestern, die er mir mitgegeben hat.« Ihre Lippen charmant zugespitzt, machte sie ihm ein Geständnis. »Ich war mir nämlich ziemlich sicher, dass ich das mit dem Selbstkochen heute vermasseln würde.«

Vincent konnte nicht anders, als herzlich zu lachen.

»Oh, Rosalie«, seufzte er.

Sie ging nicht darauf ein, sondern fuhr mit ihrer Erzählung fort. »Wir haben Etiennes wunderbares Essen sogar richtig genossen. Mein Vater entschuldigte sich für den neulich so misslungenen Abend und schlug vor, dass wir einfach noch einmal von vorn beginnen sollten. Er überwand sich sogar dazu, sich über mein Haarstudio zu äußern. Ich glaube, er sagte: ›Man hört ja nicht nur schlechte Dinge über deinen Salon‹, wenn ich mich recht erinnere.« Rosalie kicherte. »Also, besonders charmant war der Alte ja noch nie. Er gehört wohl einfach zu den Menschen, denen es schwerfällt, andere zu loben. Aber für seine Verhältnisse war das schon eine gewisse Anerkennung – eben ein echter Provenzale. Was soll's!« Sie zuckte mit den Schultern. »Ich hab mir vorgenommen, seine Bemerkungen nicht mehr allzu sehr auf die Goldwaage zu legen.« Sie schüttelte mit dem Kopf. »Auch Louis war unglaublich bemüht, bei mir Eindruck zu schinden. Er bat mich sogar darum, ihm zu einem etwas flotteren Aussehen zu verhelfen, was ich ihm allerdings rundheraus ausgeredet habe, denn bei seinem Quadratschädel sind ohnehin Hopfen und Malz verloren!«

Vincent amüsierte sich köstlich. Das war Rosalie, wie sie leibte und lebte.

»Und wie war es mit deinem Bruder, dem Monsieur le

Commissaire?«, zog er sie auf. Rosalie spitzte erneut die Lippen.

»Nun, Maurice hielt sich aus allem raus. Er gab sich wirklich Mühe, mich während des Essens nicht zu verärgern. Ich glaube, er hatte Angst, dass ich ihn vor unserem Vater bloßstellen könnte, weil er doch mit seinen Ermittlungen viel zu vorschnell gewesen war. Erst als Vater und Louis sich verabschiedeten, bat er mich, mit ihm noch einen Kaffee im *Mistral* trinken zu gehen. Dort hat er mich dann, wie bereits gesagt, über den Fall aufgeklärt. Er tat es mit sichtlichem Unbehagen, und ich müsste lügen, wenn ich behaupten würde, dass mir das nicht gefallen hätte. Zum Abschied musste er mich wieder einmal maßregeln.« Sie lachte und ahmte Maurice' Stimme nach: »›Misch dich nie wieder in meine polizeilichen Angelegenheiten, hörst du?‹ Er kann einfach nicht aus seiner Haut.«

»Und was hast du darauf geantwortet?«

»Kannst du dir das nicht denken?« Rosalie legte den Kopf schief und sah ihn erwartungsvoll an.

Vincent wusste es tatsächlich. »Du hast ihm gesagt, dass er sich seine Ratschläge ein für alle Mal sonst wo hinstecken kann, stimmt's?«

Sie nickte zustimmend und fiel fröhlich in sein Lachen ein.

»Maurice hat immerhin versucht, es sportlich zu nehmen.«

»Zum Glück gibt es in dieser Gegend nur selten Gewaltverbrechen«, meinte Vincent genüsslich. »Denn wenn ich ehrlich bin, dann ist mein Bedarf an neuen Abenteuern für mindestens fünf Jahre gedeckt. Wie du bereits feststellen durftest, gehöre ich nicht zu der Sorte Held, die besonders großen Eindruck schinden kann.« Er war richtig stolz auf die Selbstironie, zu der er mittlerweile fähig war.

Rosalie wurde plötzlich sehr ernst. Ohne dass er damit

gerechnet hätte, nahm sie seine Hand in die ihre. Dabei sah sie ihm fest in die Augen.

»Ohne dich wäre ich höchstwahrscheinlich nicht mehr am Leben«, betonte sie leise und streichelte sanft mit dem Daumen über seinen Handrücken. Das Kribbeln übertrug sich von seiner Hand auf seinen ganzen Körper. »Wenn du die Polizei nicht verständigt hättest, wäre alles wohl ganz anders verlaufen.«

Vincent musste schlucken. Er fühlte sich bei ihrem Lob nicht ganz wohl. Wenn Rosalie wüsste, wie kurz er davor gestanden hatte, einfach abzuhauen. Auf der anderen Seite stand fest, dass er es nicht getan hatte. Und das verschaffte ihm wenigstens heute gewisse Freiheiten, fand er. Er überwand seine letzten Skrupel und tat endlich das, was er schon die ganze Zeit über hatte tun wollen. Mit einer Entschlossenheit, die ihn selbst überraschte, zog er Rosalie zu sich auf die Couch. Für einen kurzen Augenblick sah es so aus, als würde sie sich dagegen stemmen. Doch dann gab sie plötzlich nach und begegnete seinem Kuss mit einer Intensität, die ihm den Atem raubte. Ihr würziger Lavendel-Rosmarin-Duft betörte ihn ebenso wie ihre Leidenschaft. Vincent hatte das Gefühl, gleich abzuheben. Er spürte, wie ihre Hände unter seinen Pullover glitten, während seine Lippen sich langsam zu ihrem Ausschnitt vortasteten. Sein Körper bebte vor Erregung, als ein nachhaltiges Klopfen an der Tür dem Zauber abrupt ein Ende bereitete.

»Achte nicht darauf.« Seine Stimme war heiser vor Erregung. Doch das Klopfen hörte nicht auf. Noch einmal versuchte er, Rosalie bei sich zu behalten, doch sie machte sich mit einer jähen Bewegung von ihm frei.

»Oh, mein Gott! Was hab ich getan?«, murmelte sie zu seiner Enttäuschung. »Ich habe Rachid ganz vergessen!« Sie zupfte sich rasch die Bluse zurecht und steuerte in Richtung Tür.

Mit tiefem Bedauern sah er ihr hinterher. So nah am Ziel und doch so weit davon entfernt. Seufzend sah er zu, wie Rosalie die Tür öffnete. Doch ihm blieb keine Zeit, der entgangenen Chance hinterherzutrauern, denn im nächsten Augenblick stürmte ein braun-weißes Fellbündel freudig jaulend auf ihn zu und sprang mit einem einzigen Satz zu ihm aufs Sofa. Minouches Freude war so groß, dass sie sich umgehend daranmachte, sein Gesicht abzuschlecken. Er musste sich mit beiden Armen dagegen wehren.

»Was machst du denn hier?«, japste er zwischen ihren aufdringlichen Annäherungsversuchen. Endlich gelang es ihm, die Hündin auf den Boden zu bugsieren, wo sie sich sofort auf den Rücken legte, um gekrault zu werden.

»Ich glaube, die wirst du nicht mehr los«, grinste Rachid schadenfroh. Er war hinter Rosalie in sein Wohnzimmer getreten. »Mir ist der Hund ehrlich gesagt in den letzten Tagen ganz schön auf die Nerven gegangen«, fügte er mit gespielter Leidensmiene hinzu. »Ich wusste gar nicht, dass Tiere so anspruchsvoll sind.«

»Heißt das, du möchtest, dass ich mich um sie kümmere?«, erkundigte sich Vincent, ohne seine Hand vom Fell der Hündin zu nehmen. Er musste zugeben, dass es sich gut anfühlte, Minouche bei sich zu haben.

»Du hast ihr doch schon einmal das Leben gerettet.« Rosalie stellte sich neben Rachid und hakte sich wie selbstverständlich bei ihm unter. Sie verhielt sich, als hätte es den Kuss zwischen ihnen nie gegeben.

Vincent kam sich reichlich albern vor. Mittlerweile hätte er wirklich wissen müssen, dass er sich falsche Hoffnungen bezüglich Rosalie machte. Er war eben doch nicht ihr Typ. Es war zwar nur ein geringer Trost, aber wenigstens hatte sie mit Rachid keine schlechte Wahl getroffen. Der Typ war echt in Ordnung. Doch im nächsten Augenblick löste sie sich von dem Algerier und setzte sich wieder zu ihm auf die Couch. Ihre Reaktion brachte ihn erneut durcheinander. Diese Frau war so unberechenbar wie der Mistral. Zwar tat sie so, als wolle sie nur Minouche kraulen, doch ein- oder zweimal berührten ihre Finger dabei wie unabsichtlich seine Hand. Diese Frau versetzte einen ständig in ein Wechselbad der Gefühle.

»Setz dich zu uns«, forderte sie Rachid auf und klopfte zur Bekräftigung mit ihrer freien Hand auf den Sessel direkt neben ihr. Kaum hatte er dort Platz genommen, wurde Vincent klar, dass sie Rosalie nun von beiden Seiten flankierten. Auch Rosalie schien sich dessen bewusst zu sein. Sie sah von einem zum anderen und begann plötzlich herzhaft zu lachen.

»Was schaut ihr denn so einfältig drein?«, fragte sie. Dann hakte sie sich bei ihnen beiden unter und stieß einen dramatischen Seufzer aus. »Was sollte ich nur ohne euch beide anfangen?«

Worterklärungen

Abri: frz. Unterstand, Schutz – ist ein durch Erosion entstandener, oft kalkiger, Felsüberhang.
Banlieue: frz. Bannmeile. Randzone einer Großstadt. Heutzutage sind die Randgebiete oft geprägt durch einen hohen Anteil an Arbeitslosen, Sozialhilfeempfängern und Immigranten.
Beffroi: offener, mittelalterlicher Glockenturm, den man oft an erhabenen Punkten in provenzalischen Dörfern findet. Die Glocken des Beffroi wurden geläutet, wenn sich Feinde näherten.
Belote: beliebtes französisches Kartenspiel.
Berlingot de carpentras: pyramidenförmige, gestreifte Bonbonspezialität in unterschiedlichen Farben. Die Bonbons werden aus dem eingedickten Saft eingelegter Früchte hergestellt.
Bouquet garni: Mischung aus unterschiedlichen Kräutern, die zusammengebunden werden. Es dient zum Aromatisieren von Suppen, Eintöpfen oder Schmorgerichten. Traditionell besteht es aus drei Petersilienstängeln, einem Zweig Thymian und einen Lorbeerblatt.
Cheminée: frz. offener Kamin
Chiens méchants: frz. Vorsicht bissige Hunde!
Comme il faut: beliebte frz. Redewendung: Wie es sich gehört!
Crème brûlée: frz. gebrannte Creme. Süßspeise aus Eigelb,

Sahne und Zucker, die mit Vanille, Zimt, Orangen- oder Zitronenschale, Ingwer oder Mandelmilch aromatisiert wird. Das Besondere ist die Karamellkruste, die nach dem Bestreuen des Desserts mit Zucker mittels eines kleinen Gasbrenners hergestellt wird.

Daube: provenzalisches Schmorgericht. Es ist eine spezielle Art von Ragout, die typisch für die Provence ist. Die Basis ist oft Wildschwein, aber sie wird auch gerne aus Rind, Lamm, Hammel oder Schwein gemacht. Ursprünglich wurde ein Tontopf am Morgen mit den Grundzutaten (Fleisch, Karotten, Sellerie, Zwiebeln, Weißkohl, Knoblauch, einem Stück Orangenschale gefüllt und mit Rotwein auf dem Herd ca. 8 bis 10 Stunden bei kleiner Flamme gegart. Hin und wieder muss Rotwein nachgegossen werden.

Dorade royale: Goldbrasse, ein beliebter Speisefisch aus dem Mittelmeer. Er wird sehr gerne gegrillt.

Étude: Kanzlei

Fichier Central: Zentralregister

Flic: umgangssprachliche Bezeichnung für einen Polizisten. Es ist mit dem deutschen »Bullen« vergleichbar, aber nicht so negativ besetzt.

Foie gras: Gänsestopfleber, eine für viele Franzosen unverzichtbare Delikatesse, die aus der Fettleber von fünf bis sechs Monate alten Gänsen oder Enten gewonnen wird. 2005 wurde die Foie gras von der französischen Nationalversammlung in einem Zusatz zum Landwirtschaftsgesetz zum nationalen und gastronomischen Kulturerbe erklärt und ist dadurch von französischen Tierschutzgesetzen ausgenommen.

Garde Champêtre: Feldhüter, kommunaler Beamter, der polizeiliche Aufgaben übernimmt, z. B. in land- oder forstwirtschaftlichen Gebieten.

Gigot d'agneau: Lammkeule, die in der Provence gerne mit Knoblauch, frischem Thymian und Lorbeerblättern als Ganzes gegrillt wird. Dazu isst man frische Bohnen und Brot.

Hôtel de Ville: Rathausgebäude

Mairie: Bürgermeisteramt. Die Mairie bezeichnet das Amt des Bürgermeisters und in kleineren Gemeinden ohne Stadtrecht auch das Bürgermeistergebäude.

Maître: frz. Meister, hier die respektvolle Anrede des Notars

Mamie: frz. liebevoll für Großmutter

Merde! Mist! Vulgärer Ausdruck für Scheiße

Méteo: Wettervoraussagedienst

Mince alors! frz. Donnerwetter! Zum Kuckuck

Moustier-Fayencen: berühmte, bemalte provenzalische Keramiken aus dem malerischen Bergdörfchen Moustiers-Sainte-Marie. Die ersten Keramikwerkstätten gab es bereits im 17. Jahrhundert.

Navet: zarte Speiserübe, die in vielen Eintöpfen und Suppen zu finden ist.

Perroquet: frz. Papagei. Hier: beliebte, erfrischende Pastis-Mischung im Süden Frankreichs. In den mit Wasser und Eis angerichteten Pastis wird ein Schuss Minz-Sirup zugegeben, was dem Getränk eine giftgrüne Farbe verleiht.

Rabasse: provenzalische Bezeichnung für Trüffel. Die Gegend um Carpentras ist berühmt für ihre schwarzen Trüffel.

Sans papiers: frz. »ohne Papiere«. Damit werden in Frankreich MigrantInnen ohne geregelten Aufenthaltsstatus bezeichnet.

Soupe à pistou: provenzalische, sehr aromatische Gemüsesuppe, deren Clou eine Würzpaste, die Pistou, ist. Suzanne Rivas macht den Eintopf mit weißen und grünen Bohnen,

Staudensellerie, Möhren, Lauch, Kartoffeln und Vermicelles (feinen Suppennudeln). Für den Pistou nimmt sie »comme il faut« Basilikum, gepressten Knoblauch, getrocknete Tomaten, Olivenöl und Salz und Pfeffer. Die Suppe lässt sich sehr gut aufwärmen!

Tajine: typisches algerisches Gericht mit Hähnchenschenkeln und grünen Oliven. Zora Ammari würzt das Hühnchen mit Zimt, Kreuzkümmel, Knoblauch, Safranfäden und Petersilie. Dazu wird Couscous gereicht.

Tarte: bezeichnet man in Frankreich einen Kuchen, der aus einer speziellen Art von Mürbeteig hergestellt wird (in der Regel völlig ohne Zugabe von Salz oder Zucker). Er kann sowohl herzhaft als auch süß belegt werden. Vincent hat ihn mit selbst gepflücktem Wildlauch belegt, den man im März und April überall in der Natur finden kann.

Vin de noix: frz. Nusswein, der aus grünen Walnüssen hergestellt wird. Traditionell werden die Walnüsse am Johannistag (24. Juni) gepflückt und dann verarbeitet. Er ist ein beliebter Apéritif.

Catherine Simon
Kein Tag für Jakobsmuscheln

256 Seiten
auch als Hörbuch-Download
und E-Book erhätlich

Der charmante Kommissar Jacques Leblanc hat sich von Paris in die Normandie versetzen lassen, um der brutalen Großstadtkriminalität zu entkommen. In Deauville-Trouville ist das Leben beschaulicher, und er kann seinen Leidenschaften nachgehen, dem Essen und den Frauen. Aber dann findet seine frühere Geliebte Marie einen Toten am Strand, und vorbei ist es mit dem süßen Leben. Während Leblanc einer vielversprechenden Spur nachgeht, lässt sich Marie auf das Schloss des Adligen und skrupellosen Fischindustriellen Montfort-Risle einladen – und das setzt dem Kommissar nicht nur aus beruflichen Gründen zu ...

www.goldmann-verlag.de
www.facebook.com/goldmannverlag

GOLDMANN
Lesen erleben